도완석 장편 시나리오

길 위의 초상 1

도완석 장편 시나리오

길 위의 초상
1

도완석 지음

여호와여 오직 주는 하나님이시라 주께서 이 좋은 것으로
주의 종에게 허락하시고 이제 주께서 종의 집에
복을 주사 주 앞에 영원히 두시기를 기뻐하시나이다.
여호와여 주께서 복을 주셨사오니
이 복을 영원히 누리리이다 하니라
(역대상 17: 26-27)

평민사

국민학교 입학식날 엄마와 함께 찍은 사진 1959.3.2

목 차

서문

나는 한국 전쟁 중에 유복자로 태어났고 청년시절에 아내를 만나 지금의 가족을 이루기 전까지 내 인생의 절반을 어머님과 단둘이서 살았다. 이 책은 나의 소중한 어머님에 대한 실존적 이야기를 중심한 나의 가족사 이야기이다. 물론 어머님에게 있어서는 늘상 당신 자신보다 더 소중했던 자식인 내가 있었기에 어쩌면 어머님의 인생 이야기 가운데에는 나의 이야기가 대부분일 수도 있다. 실제로 자칫 잊힐 뻔했던 나의 어릴 적 성장기 이야기가 상당 부분 기술되었는데 그것은 어머님의 사랑과 고난이라는 인생 여정의 회고를 통해 비로소 인생의 의미와 가치를 염두했기 때문이다.

글의 기본적인 테마는 내 어릴 적 어머니께서 들려주셨던 아버지에 대한 사무친 정과 한국전쟁이라는 대서사적 배경 속에서 어머님의 실존적 경험 속에 등장했던 동시대 사람들에 대한 인물초상들이 중심이다. 오래 전 이야기이기에 전적으로 나의 기억력에 의존하였고 애매한 시대적 상황의 설명을 보완하기 위해 역사적 자료를 참조하였으며 문학적 표현의 구성을 위해 팩트가 아닌 비사실(nonfactive)적인 꾸밈을 첨가하기도 하였다.

특히 어머님과 나의 인생이라는 여로 속에서 등장하는 수많은 인물들에 대한 초상을 기술한 것은 그들 모두가 비록 역사의 뒤안길에 사라진 민초들이지만 어쩌면 그들의 삶 자체가 먼 훗날 이 시대를 설명할 수 있는 역사적 증인이 될 수 있기 때문이다. 또 하나 나는 종종 아내로부터 "당신은 왜 그렇게 살아오면서 신세진 사람들이 많으냐?" 하는 핀잔을 듣게 되는데 그것은 달리 말하면 내 살아온 지난날의 인생 굴곡이 심했다는 증거이기도 하다. 비록 이야기속에 등장하는 그들의 생존여부는 알 수 없지만 나는 그들과 책 속에서의 조우라도 소중했기 때문에 대사 한 마디 한 마디에 정성을 기울인 것은 그분들에 대한 뒤늦은 감사를 꼭 표현하고 싶었기 때문이다.

또 하나의 자부심은 우리 가족사의 한 시대적 혼돈과 소용돌이 속에서 모질었던 고난의 세월, 그 삶의 공간적 배경이 바로 대전이라는 것이다. 나는 내 인생의 터전인 대전이라는 도시를 누구보다도 사랑한다. 그래서 언젠가 내 사랑하는 손주들이 오랜 세월 후에 나를 회고할 때 할아버지가 살았던 대전의 모습을 그리게 해주고 싶었다. 그들이 보는 훗날의 대전이 아닌 그들이 기억해야할 대전의 옛 도시풍경을 상상할 수 있는 자료로써 말이다.

이 책의 시대적 배경은 1950년대부터 2021년까지로 했다 상황에 따라 인물들의 회고장면에서는 1900년 초반으로 거슬러 내려가기도 하겠지만… 한 가지 독자들에게 양해를 구하는 것은 책 속에 등장하는 인물들의 이름이 그리고 사건의 장소나 배경이 실명과 가명으로 뒤섞여 있다는 점이다. 아무래도 창작 시나리오로서의 작품이기에 그 점을 이해해 주시길 바란다.

버드내 산방에서
지은이 드림

제1부

인연

#1. 피난길

(실제 1950년대 초 피란 행렬의 사진 또는 영상 insert) 그리고 사진 풍경과 같은 영상. 진눈깨비 휘날리는 눈 덮인 산야. 기다란 시골 신작로의 피난민 행렬, 피난 보따리, 달구지, 지게로 짐을 가득 지고 가는 허기진 사람들의 표정, 솜이불로 덮어씌운 어린아이들, 가끔씩 군용트럭이 지나가고 멀리서 간간히 들려오는 포격소리, 그 풍경 속에 잔잔한 음악이 흐른다.

자막: 1953년 1월 10일

#2. 달구지

눈이 내린다. 모두가 지친 표정, 느린 우보의 걸음걸이를 따라 삐그덕거리는 소달구지. 한 육십 중반을 훌쩍 넘긴 노인이 모는 그 달구지에 출산을 앞둔 몸의 이십대 젊은 길자와 함께 사십이 넘은 여인1 그리고 오십대 후반의 중년여인2가 이불을 뒤집어쓰고 얼굴만 빼꼼이 내민 채 눈을 맞으며 타고 간다.

얼굴을 찌푸리며 배를 움켜잡고 힘겨워 하는 길자.

여인1 새댁! 안색이 안 좋아보이는데 어디가 아픈겨?

길자 아입니다! 아까 전부터 기냥 배가 이래 실실 아픈기 체긴가 싶네예.

여인1 아 뭘 먹었어야 체기지. 우덜 모두 상주 지나구서부텀 여즉 암것두 못 먹었잖어. 홀몸도 아니구 저래 배가 남산만한데 뱃속 아가 지쳤는갑다. 그 보따리라도 꺼내서 어여 배를 좀 덮어봐 겉이 추우면 속도 추운 법잉게.

길자 야! (머리쪽에 있던 보따리를 꺼내 배를 덮는다. 그러다 다시) 아… 아!

여인1 (걱정스러운 듯) 왜 그려! 또 속이 쓰린겨?

길자 아… 아지매요… 아… 아! (잠시 후 긴 호흡)

여인1 아 글쎄 왜 그러는 건디. 저… 저런 이마에 땀나는 것 좀 봐라!

길자 (다시 한숨 쉬고는) 후, 후- 인자 좀 괜않아예. 아까부텀 자꾸 요래 배가 살살 아프다가 또 괜않고 또 아프다가 괜않은 기. 지… 지금은 또 괜않아졌어예.

여인1 아 뭔 조화여. 아프면 확 아프고 말면 마는 거제 희한하네 그려! 암튼 집 떠나면 고생인겨. 이 난리통에 그저 너나 할 것 없이 몸 건강한기 최곤기여 조심혀 새댁!

달구지영감 거 아 나올라는 거 아녀? 아줌씨는 아를 안 나봤소? 내 생각엔 그런 거 같은디.

여인1   오메 오메! 그런가보네 새댁 지금이 산달이랬지? 얼라가 나올라는 징존겨! 오메 맞다. 내가 왜 여태 고걸 생각 못했을꼬. 이봐 새댁 진통인겨. 요래 요래 자꾸 뒤틀리면서 아프제?

여인2   (자다가 깨어나 화들짝 놀라며) 뭐… 뭐시라? 아가 나온다꼬? 차… 참말이당가? 아이고 이걸 워쩔까잉? (길자를 살펴보다가) 차, 참말인가 보네이… 야, 야, 새댁아 정신 바짝 차리랑께. 안 그면 큰일 치룰 수도 있응께 말여!

길자   아! 아! 아… 아지매요. 또 그러네예. 증말 마이 아파예 아! 아! 아지매요. 내 내 좀 살려주이소… 아 아!

여인1   맞네 맞어! 지금 애가 나올라구 하는 기 맞는갑네 그려! 이를 워쩌? 이 난리통에 예서 어쩔 건데… (달구지영감에게) 여… 영감님 어디 빈 집이라도 있나 좀 살펴 봐줘유! 이봐 새댁… 새댁 저… 정신차려 응? 저, 여 영감님 빠, 빨랑유!

길자   아! 아! 아… 아지매요. 내… 내 좀 살려 주… 이소.

여인2   봐라! 새댁아 저… 정신 차리더라고! 안 그믄 니 죽어야 헝께 어여 정신 차리랑께!

음악.

#3. 산비탈 빈 오두막집

길자의 비명소리. 여인들의 소리. 잠시 후 아기 울음소리.

여인1　아이구 고추여 고추! 그나저나 이걸 워쪄, 뜨신 물이라도 있으야 쓰것는디….

여인2　우선 그 뭐시냐… 얼라랑 산모가 바람 쐬면 안 됭께 퍼뜩 그 솜이불로 꽁꽁 동여매고 말이시! 필랑은 기냥 내뿌려 두랑께! 난중에 빨면 되능 것잉께. (여인1에게) 그라고 물이 없음 얼능 바깥에 나가 눈이라도 퍼다가 가마솥에다 퍼담고 끓이더라고! 아 그리 구경만 하덜 말고 말이시!

여인1　아 알았시유! 음메? 조기 장작 패서 쌓아논 것 좀 봐! 옴마야 마른 지푸라기도 있구먼유, 불쏘시개로 씀 되겠씨유!

길자　(눈을 부스스 뜨고 좌우를 둘러보며) 아!… 아지매예! 내캉 살았능교?

여인1　(장작을 한 아름 안고 들어오며) 새댁 정신이 든겨?… 그래 살았다. 아 이 성님 아녔음 정말 큰일 날뻔했어. 이 성님이 그래도 얼라를 받아 본 경험이 있어 새댁 아를 받아낸 기여.

길자　고맙심더. 정말 고마와예… 아… 아는?

여인2　여기 요데기로 싸매 자네 옆에 눕혀놨지라! 아는 무사혀당께! 고추여 고추! 인자 곧 뜨신 물 데펴 오믐 말이시 얼라 먼저 씻기고 탯줄도 끊어야 할탱께 그동안만이라도 자넨 몸 추스르고… 잠시 눈 좀 부쳐! 암튼 욕봤지라! 얼라가 사내놈이라서 그런지 아주 튼실한 게 울음도 대차더랑께.

길자　아지매들요 정말 고마버예… 이 은혜를 우에 갚아야 할등지는 모르겠어예! (와락 운다)

길자의 흐느낌 소리와 아기의 울음소리 O.L 그리고 호주끼(전투기) 날며 지나는 음향 소리와 함께 음악이 이어진다.

#4. 피난민 행렬

노인 길자 (독백) 니가 그래 태어났다. 휴전협정이 있던 그 해 정월 초 열흘에… 지금도 그날이 생생한기 그날 따라 억수로 추법 고 웬 눈이 그리도 펑펑 쏟아지던지 시상 온 천지가 그냥 허연기 어디가 산인둥 땅인둥… 그라고 내 지금도 늘 가슴 에 얹혀있는 것은 그 피난길에서 만나 낼러 도와준 그 고 마분 아지매들하구 소달구지 몰던 그 영감님을 증말 잊을 수가 없능기라. 그분들 아니었음 니캉 내캉은 이래 생면부 지도 몬했을 낀데 그 어르신들 모다 어디 계신지… 아마 돌아 가셨을끼라. 내 생각으론 그분들은 모다 하늘이 니랑 낼러 살게 해줄라꼬 보내주신 천사지 싶다. 그래 천사가 맞을끼라….

#5. 아기의 얼굴과 길자 클로즈업

#6. 달구지

여전히 휘날리는 잔설, 찬바람소리가 야속하게 간간히 들려온다.

여인2 이 난리통에 그래도 저 생명이 죽지 않고 태어나 지 에미 품에 안겨 있는 건 참말로 삼신할미가 도운 거랑께! 난리 통이 아닌 평시도 세상 얼라들이 지 에미 뱃속에서 기어 나와 숨 쉬며 저리 지 에미 젖 빨아먹는 게 어디 쉬운 일이당가! 열이면 대여섯은 지 명 다하지 못하구설랑 구천으로 떠가는 게 태반사지라.

여인1 에고! 그나저나 새댁 쟈도 전에 같음 고추 달린 사내 아를 낳았다고 온 집안이 법석대며 뜨끈뜨끈한 아랫목에서 폭신한 이불 덮고 미역국 먹어가며 호강했을 거인디…! 근데 워쩌유 시국이 시국인디… 그나마 이렇게라도 피난길에서 아 낳고 무탈하게 달구지를 탈수 있다능기 천행 아니고 뭐겄시유! 시상에 워떻게 그 피난가고 없는 빈 집구석에 군불 땔 장작하고 장독에 감자며 씨레기가 있을 수가 있었겠슈? 고거이 다 저 얼라 놈이 가지고온 복 아님감유?

여인2 그라제. 삼신할미가 저놈을 위해 준비 해둔 복이 맞지라! (달구지 영감에게) 아, 안 그요? 덕분에 우덜 목구멍도 호강 좀 했응께. (이불을 덮어주며) 자! 야야! 애 난 산모한텐 시린 바람이 빨갱이 놈들보다 더 독한 것잉께 기냥 답답하더라도 이불 꾹 눌러 덮어쓰고 있더라고! 난중에 삭신이 쑤신다고 고생하덜 말구 말이시!

달구지영감 그럼 그렇고말고. 저 아줌니 말대로 정말 하늘이 도운 거시여. 아 이 난리통에 어떻게 먹을 것하고 장작뗴기를 구할 수가 있었겠는감! 참말로… 그래 아는 자고 있나? 좀 전에는 보채 쌌더니만서도… 어 뭐라? 육실헐 또 눈이 내리는구먼. 모두들 어여 답답하더라도 저 아줌씨 말대로 새댁 마냥 담요들 뒤집어들 써! 하늘을 본께 언제 그칠지 모르는 눈 같은께! 그리고 거기 충청도 아줌씨, 그 옆에 있는 가마니뗴기 한 장 이리로 던져 주구려! 아무리 말 못하는 짐승이지만서도 (소를 가리키며) 이놈 등짝에도 덮어 씌워줘야겠구먼….

여인1 (가마니 한 장을 건네주며) 암튼 영감님이 제일 고생 많았시유. 새댁 해산할 동안 웬종일 우덜 장작불도 때주고 먹을 것도 찾아주고 영감님 아녔음 이 사람 여기서 살아남들 못했을 거구먼유. 이 성님 말마따나 모다 이 사람하고 아 복이겠지만 말여유… 근데 새댁은 워쩌서 만삭한 몸으로 혼자 피난을 오게된 거여? 말씨도 이쪽 사람 같드만… 청주서부터 우덜하고 주욱 같이 왔제?

길자 야. 그리 됐어예. 이 근동이 옛날로 치면 지가 난 고향쯤 되겠지만서도 지가 얼라 때 떠나와가 지도 예가 어디가 어딘둥 잘 몰라예. 야 애비는 군인이라서 지금 전선으로 떠난 뒤 연락이 두절됐고예. 지는 충북 괴산이라 카는 큰 시숙네 집에 얹혀가 살았는데 모다 피난을 가가 지 혼자 해산할 날만 기다리다가 인민군들이 다시 마을로 쳐들어온다 카는 바람에 급하게 이래 따라 나선 기라예.

여인1 아니 배가 남산만한 새댁만 남겨두고 지들끼리만 피란을 갔단말여! 이런 우라질….

여인2 설마 그랬겄어. 배부른 사람 델꼬 험한 피난길에 나설 수 없응께 그랬던 게지! 워뗘 내 말이 맞지라?

길자 큰 아지매 말씸이 맞아예. 지가 혼자 남겠다 켔어예. 행여 우리 그이가 지를 델러 올지도 모른다는 생각도 있었고 내 이래가지고 시댁식구들캉 피란 따라 나선다는 게 여간 힘들지 않을 꺼라 생각해가 그냥 지 혼자 남겠다고 고집을 부렸던 기라예. (이때 아기가 깨어 운다)

여인2 어이쿠 얼라가 또 배고픈갑네! 어여 빨랑 젖 멕여야 쓰겄다!

길자 야! (아기에게 젖을 꺼내어 물린다. 그리고 물끄러미 젖 먹는 아기를 바

라보며 생각에 잠긴다)

대포소리와 전투기소리, 그리고 군용트럭이 소리 내며 지나간다.

#7. 읍내 학교운동장

멀리서 폭격소리와 함께 사이렌소리 들리고 여러 대의 탱크가 집결해 있는 임시 주둔지인 소래국민학교 운동장으로 군용트럭과 지프차가 달려 들어간다. 운동장에는 군인들 막사가 쳐있고 무장한 군인들 어지러이 부산한 움직임을 보인다. 이때 지프차에서 목발 짚고 내리는 학준이, 부하 병사의 부축을 받는다.

#8. 주둔지 CP 교실 밖

교실 유리창 안쪽 임시 CP로 사용하고 있는 교실 안에는 대대장 순철이 책상에 앉아 수화기를 들고 상급부대와 통화를 하고 있다. 이때 노크소리와 함께 문이 열리면서 목발 짚은 학준과 부하 병사가 들어온다.

#9. 주둔지 CP 교실 안

목발을 한 채 학준이 통화중인 순철에게 거수경례를 한다. 그러자 대대장 수화기를 내려놓고 급하게 책상에서 일어나 반가운 표정으로 학준에게로 다가선다.

순철   야! 시게오! 아니 학준이! 자네가 정말 학준인 거야? 야! 이게 얼마만이야, 응? 그래 그동안 어디 있다가 이제서야 나타난 거야 이 친구야!

학준   네! 상사 우학준! 2사단 병참부대 소속으로 근무하고 있었습니다.

순철   (학준을 부축하고 왔던 병사에게) 자넨 잠시 밖에 나가 대기하고 있다가 부르면 그때 다시 들어오게!

부하 병사 거수경례를 하고 문을 열고 나간다.

순철   (학준에게) 이 사람아 어떻게 된 거야? 언제 군에 입대했으며 또 왜 그동안 아무 연락도 없었던 거니? 내 자넬 찾으려구 얼마나 애썼는 줄 알아? 무려 7년 동안 말야 7년! 다리는 또 어떻게 된 거구?

학준   저 잠깐 의자에 앉아도 되겠습니까?

순철   왜 이래 이 사람아! 이 방엔 우리말고는 아무도 없잖은가! 맘 편히 하게나. 친구로서 말야!

학준   넷! 그럼 실례하겠습니다 (의자에 앉다말고 얼굴을 쳐들며) 그래 가네야마 이 호랑말코야! 핫하하!

순철   그래 이 고라니사촌 개코야! (다가와 덥썩 끌어안으며) 정말 보고 싶었다. 이 못된 친구야!

학준   그래 나도 니놈이 너무 보고 싶었어.

순철   그렇게 보고 싶었다면서 이제서야 나타나? 이 무정한 친구 같으니라구… 우리가 왜놈들 보국대로 끌려갔다가 해

방되고서 시모노세키에서 서로 다른 배를 타고 귀국했으
니까 벌써 만 7년이구나. 정말 어떻게 된 거야?

학준   그래 너는 시코쿠지역 소속대 애들과 3부두 배를 탔고 나
는 미애깽 소속이어서 1부두에서 배를 탔었지. 기억난다.
그런데 우리가 탔던 배의 엔진이 고장나는 바람에 보름이
나 늦게 떠나 왔을 거야! 그래서 우리가 만나기로 약속했
던 부산항에서 못 만났던 거지! 여지껏 헤어져 있었던 이
유이고 말야! 그래 아버님께선 강녕하시고?

순철   그럼 여전히 건강하시지! 지금 우리 가족들은 모두 부산
으로 피란을 가서 거기서 살고 있어! 아버지는 그곳에서
도 임시 개교한 서울종합대에서 강의하고 계시고! 너는?
형님들 모두 평안하시냐? 너 장가는 갔고?

학준   장가는 무슨! 아직도 총각이시다. 우리 큰 형님이 조금 다
치셔서 잘 걷질 못하시고 둘째 형님은 대동아전쟁 때 돌아
가셨어! 막내형님은 예전처럼 여전하구 말야! 그래 너는
어떻게 군인 장교가 된 거야? 너도 아버님처럼 교수가 될
거라고 하지 않았나?

순철   (차를 따라 건네며) 그렇게 됐다. 학교로 복직하려고 했었는데
아버지 조카뻘 되시는 정일권 장군께서 날더러 군정장교
로 입대해서 미군통역을 좀 맡아 달라고 권유하시는 바람
에 그 형님 땜에 이렇게 됐어. 그런데 너는?

학준   나? 나도 맘에도 없는 군엘 운전기술이 있다는 이유 하나로
이렇게 군복을 입게 되었지! 그냥 뭐 촌구석에서 농사짓는
것보다는 낫겠다 싶어 제대를 미뤄왔는데 그만 갑자기 전쟁
이 터지는 바람에 이렇게 병참부대에 눌러 앉게 된 거야!

순철   암튼 잘됐다. 그런데 다리는? 다리는 왜 부상을 입은 건데?

학준 재수가 없었던 거지 뭐! 우리 애들이 차량정비를 가라로 하는 바람에 차량이 전복되어서 죽다 살아났어! 하지만 이제 괜찮아! 곧 자대로 복귀할 정도로 많이 회복되었으니까….

순철 정말 다른 이상은 없고? 암튼 그만하길 다행이다. 그나저나 야, 개코! 내가 널 찾으려고 얼마나 노력했는 줄이나 아니? 니네 고향으로 인편을 부쳤더니 군대엘 갔다고 해서 또 전군을 대상으로 널 찾아 수소문을 했잖아. 그런데 최근에서야 니가 3야전병원에 있다는 소식을 알게 된 거지! 거기 우리 사촌형이 군의관으로 있잖아 김병철 소령이라고… 외과전문의, 자네를 아주 잘 알던데!

학준 그럼 잘 알고말고. 날 살려내신 분인데! 암튼 고맙다. 어쨌든 우리가 이렇게 만났잖아. 그러니 이제부터라도 헤어지지 말고 잘 지내면 되지 뭐!

순철 그래! 그래서 말인데 내가 니 동의도 없이 야전사령부에다 연락을 해서 우리 부대로 널 전출시켜 놨어. 괜찮은 거지?

학준 뭐라구? 아니 그게 가능한 거야? 그렇게 쉽게 전출이 가능할 수가 있었어? 이 비상시국에….

순철 그러니까 군대지! 실은 형님 빽을 좀 썼어! 암튼 이제부터 우리 부대로 와서 당분간 여기 민가를 하나 구해줄 테니까 여기서 치료를 받다가 완전히 몸 회복되면 우리 부대 병참부대로 와. 내가 페니실린하고 좋은 영양제들을 공급해줄 테니까 말야? 야! 정말 꿈만 같다. 너 개코 내가 널 얼마나 보고 싶어했는지 아니?

학준 그건 나도 마찬가지지! 이 호랑말코야! 하하!

음악.

#10. 면장댁 관사

옛 일본식 관사이다. 전쟁 중이지만 그런대로 가족들 밥상에 둘러 앉아 저녁을 먹고 있다. 이때 현관 문 두드리는 소리가 들린다.

순철   (소리) 면장님 계십니까? 면장님 안에 계세요? (계속 문 두드리는 소리)

면장   대대장 아이가? (자리에서 일어서며) 예, 예 있십니더. 쪼매만 기다리시소! (일어나 현관으로 나간다)

#11. 현관

면장   (현관문을 열면서) 아이고 대대장님요! 어서 오이소.

순철   저녁참에 죄송합니다. 저 면장님께 긴히 상의드릴 말씀이 있어서요.

면장   아이고 반가버라. 일단 들어오이소. 아즉 저녁 안 드셨지예? 마침 잘됐십니더. 지들도 이제 막 하려던 참이었는데. (안에다 대고) 임자야 대대장님 오셨다 퍼득 상 차리거라. 어서!

순철   마침 잘됐군요. 저희도 아직 식사 전이였거든요… 맨날 군대 짬밥만 먹다보니 민간인 밥상이 그리웠는데… 그럼 신세 좀 져도 되겠습니까?

면장	하모요 신세는 무슨, 지들이 더 영광 아입니까. 퍼득 들어 오이소.
순철	저 면장님 실은 일전에 말씀드렸던 제 친구가 도착해서 오늘 함께 왔습니다. 괜찮겠습니까?
면장	무슨 말씀잉교? 괘않다마다요. 퍼득 함께 들어오이소! 헤헤!
순철	(밖에다 대고) 어이 곽 상병! 우 상사 모시고 들어와라. 그리고 뒷자리에 실은 것도 가지고 오고!

이때 학준이를 부축하고 운전병 들어왔다가 다시 나간다.

학준	(거수경례를 하고) 저 실례하겠습니다.
면장	어서 오이소. 아이고 어쩜 이리도 인물이 훤합니꺼?
학준	죄송합니다. 초면에 불쑥 찾아왔습니다.
면장	아닙니다. 예 대대장님 손님이 지 손님 아닙니꺼. 대대장님은 지들 식군기라예. (안에다 대고) 길자야! 니 퍼뜩 나온나 예 손님들 오셨다. (학준에게) 자 여기 가이당이 있으니까는 조심해서 올라 오이소.
길자	(두 사람을 보고 멈칫한다. 수줍은 듯 대대장에게 인사를 한다) 대대장님 오셨능교?
순철	아! 길자 씨 집에 있었군요. 여기 제가 친구를 한 사람 데리고 왔습니다. 좀 신세를 지려고요.
길자	(수줍은 듯) 아 예!….
면장	뭘 꾸물대고 있노? 인살 했으면 퍼뜩 들가 상 채리질 않고….
학준	아, 실례합니다. (부축하려고 하는 면장에게) 아닙니다. 저 혼자

서도 올라갈 수 있습니다.

이때 운전병이 포대 자루를 들고 들어온다.

면장	아니 이건 또 뭔교?
순철	뭐 별건 아닙니다. 오늘 후방 병참부대에서 마침 대민 구호식량이 들어왔길래 쌀하고 고기 좀 가지고 왔습니다.
면장	아이고 전번에 보내주신 것도 안즉 마이 남는데 뭐 할라꼬 또 이래 준비하셨능교? 매번 죄송스럽게시리… 암튼 빨랑 들어오이소. 곽 상병도 들어오고….

모두 군화를 벗는다.

#12. 면장댁 안방

밥상에 둘러앉아 술잔을 기울이며 모두 흥건한 분위기, 면장부인과 길자, 음식을 나르며 시중을 든다.

면장	난리통이라 이래 귀한 손님이 오셨는데도 이것밖에 내놓을 게 없다 안 합니꺼! 고마 이해들 하이소!
순철	아 무슨 말씀이세요. 정말 난리통인데 이렇게 진수성찬을 베풀어주시다니요!….
면장	그렇습니꺼? 그렇다면 다행이고예! 하지만 이기 다 대대장님께서 구해다 주신 식량들 아잉교. 염치없게시리… 자 마 한잔들 드입시다. 이 술도 전번에 대대장님께서 주신

양주라 카는 서양술 아입니꺼!

순철 아 그 술이 여즉 남았었나요? 하하. 이 술은 지난해 제가 미군 통역관으로 있을 때 미군친구가 선물해준 술인데 향이 좀 독특하더군요. 저는 이 댁에서 담근 우리 밀주가 더 입에 달라붙는데 말입니다. 아직도 몇 병 더 남았는데 언제라도 필요하시면 말씀해주십시오. 자! 드십시다.

이때 면장부인이 두부무침을 들고 들어온다.

면장부인 대대장님요! 그나저나 이 전쟁은 언제쯤이나 끝날 것 같습니꺼? 안즉도 가끔씩 오밤중에 저기 산 너머 쪽에서 간간히 총소리가 들리던데….

순철 조금만 더 기다리시면 곧 이 전쟁이 끝날 겁니다. 지금 미군 맥아더 총사령관이 서해상에서 군 상륙작전을 펼쳤는데 대성공을 거두었다고 하더군요. 지금 인민군 놈들이 모두 북쪽으로 도망치고 있다고 들었습니다.

면장부인 참말잉교? 우야꼬. 이자 맴 편히 좀 잘 수 있겠네. 아이구 시상에 이래 고마불 수가.

면장 그카면 이제 우덜도 저 읍내 쪽으로 내 댕길 수가 있겠십니꺼? 안즉은 안 되지예?

학준 아직은 조심하셔야 할 겁니다. 도처에 낙오된 인민군들이 숨어있어서 예전처럼 빨치산 노릇을 하고 있을 테니까요.

순철 네, 이 친구 말이 맞습니다. 항상 조심하시고 또 이웃 주민들에게도 꼭 전달해 주시면 좋을 것 같습니다. (학준에게) 아 그리고 여기 면장님네 하고는 주민 비상연락망으로 우리 CP와 유선통화기를 가설해 놓았으니까 아주 급할 때는 이

통화기를 사용하면 되네!

이때 운전병이 급히 들어온다.

순철   무슨 일이야?

운전병 대대장님 어서 부대로 들어가 보셔야 할 것 같습니다. 연대로부터 계속 대대장님을 찾는 긴급호출입니다.

순철   뭐라구? 알았다. 당직사관한테는 내 곧 간다고 전해라. (급히 자리에서 일어서며) 그럼 저는 그만 일어나야 할 것 같습니다. 연대로부터 긴급 호출이 오는 모양입니다.

학준   연대에서? 그럼 나도 일어나야 되는 거 아냐? 나 좀 부축해주게나!

순철   아니야! 자넨 일어나지 않아도 되네. 내 면장님께 얼마 전부터 다 이야기 해놓았으니까 자넨 여기서 몸 회복될 때까지 보름이고 한달이고 푹 쉬면서 지내도록 하게나. 매일 의무병을 보내줄 테니까 주사도 맞고 약도 잘 챙겨먹고 말야. 3야전병원에다가도 형님한테 우리가 여기서 자넬 치료하겠다고 통지해놓았네! 면장님, 괜찮겠습니까?

면장   하모요. (학준에게) 내 말씀들었니더. 그까니까는 맘 푹 놓으시고 내 집이라 생각하면서 그냥 편히 지내시소. 마침 예가 옛날 왜놈들 관사로 쓰던 곳이라서 방 여유가 안 많습니꺼. (순철에게) 대대장님예! 아모 염려마시고예 퍼뜩 부대로 들어가 보이소. 그나저나 뭔 일인지 걱정스럽네예. 좋은 일이어야 할 텐데….

순철   자 그럼 개코… (이크!) 내 들어갔다가 특별한 일 없으면 내일 오전 중에 다시 들리겠네. 그러니 면장님 말씀처럼 이

댁에서 푹 쉬고 있게나. 남은 이야기는 내일 마저 하기로 하고 말이야!

학준   알았네 고마워! 어서 가보게!

순철   그럼! (면장에게 인사하고 나간다)

음악.

#13. 산 중 모퉁이길

강원도 험준한 산길, 산모퉁이 길로 아군 군용트럭 한 대가 달려온다.

#14. 군용트럭 운전석

구성진 노래를 흥얼거리는 운전병 옆자리에 상사 계급장을 단 학준.

운전병   가랑잎이 휘날리는 전선의 달밤 소리 없이 내리는 이슬도 차가운데 단잠을 못 이루고.

학준   야야… 임마! 노래 그만하고 운전이나 똑바로 해! 전방 주시하고!

운전병   와요? 지 노랫가락이 맘에 안 드능교?

학준   맘에 안 들어서가 아니라 강원도 산길은 깜빡하면 낭떠러지 천리길이라고 했잖아! 그러니까 정신 바짝 차리고 운전이나 똑바로 하라는 거야! 전방주시!

운전병   전방주시!

이때 트럭 뒤 짐칸에 타고 있던 오 상병이 소리친다.

오상병 아따 선임부대장니임! 이 길이 한두 번 다니는 길이당가요? 고놈 군대 오기 전에 유랑극단 딴따라였다는디 노래가 기가 막히지라. 계속 부르면 안 된당가요?

운전병 오케이! 오 상병! 역시 군대 동기가 최고지라! 이 허전한 맴 알아주는 놈은 니놈뿐이구마. 선임부대장님 계속 해도 되겠습니꺼?

학준 알았다 임마! 눈은 전방주시! 입은 노래 일발 장진. 발사!

운전병 오케바리! 히히 돌아눕는 귓가에 장부의 길 일러주신 어머님의 목소리.

일동 아아 아아 그 목소리 그리워 짜라잔짜짜! 들려오는 총소리를 자장가 삼아 꿈길 속에 달려간 내 고향 내 집에는 정안수 떠놓고서 이 아들의 공 비는….

#15. 산길 숲 속

숲 속에서 따발총을 든 인민군들의 움직임.

#16. 군용트럭 운전석

운전병 어머님의 흰 머리가 눈부시어 울었소.

학준 자… 잠깐.

운전병 아아아… 아니 또 와 그라는데요? 막 바이브레숀 넘어갈라 카는데예!

학준 (긴장하며) 글쎄 조용하라니까 그리고 차 세워! 저쪽 소나무
숲 쪽에서 뭔가 움직였다!

운전병 네에? (급하게 차를 세운다)

오상병 (급정차에 머리를 흔들리며) 옴메야! 야 김 상병 너 운전 똑바루
못하겠냐? 아이고 대갈빽이야!

학준 뒤에도 모두 조용히 해! (전방을 주시한다. 그러다 갑자기 소리친
다) 모두 엎드려!

이때 숲 속으로부터 총알이 빗발치듯 쏟아지고 운전병이 총을 맞고
쓰러진다.

학준 김 상병! 김 상병! (사이) 모두 총 들고 차에서 하차! 어서!

이때 또다시 트럭 앞쪽으로 인민군이 던진 수류탄이 날라와 터지면
서 차가 기우뚱 쓰러지고 언덕 밑으로 굴러 떨어지기 시작한다. 학준
과 병사들의 비명소리… 에코로 울려퍼진다.

#17. 면장네 집 학준 방

학준 아! 아! (비명을 지르며 잠꼬대를 한다)

이때 문 밖에서 길자 문을 두드린다.

길자 (소리) 군인아저씨에 와 그라능교? 어데 많이 불편하십니

꺼? 야? 군인아저씨예!

학준 아! (눈을 뜬다) 휴-우. (… 또 꿈이었어!)

길자 (소리) 군인아저씨예! 괜않아예?

학준 예? 아, 괜찮습니다.

길자 (소리) 그라믐 문 좀 열어도 됩니꺼?

학준 아, 잠깐만요. (상의를 주워 입는다) 네 문 여세요.

길자 (문을 열고 문 밖에 쪼그리고 앉아서) 무슨 일인데예? 방금 전에 군인아저씨가 막 소리를 질러 쌌튼데 어디가 아픈가 싶어 이래 달려 안 왔능교. 괜않아예?

학준 제가 막 소리를 지르던가요?

길자 (여전히 문 밖에서) 하모요! 지는 군인아저씨 어데 아퍼가 소리 지르는 줄 알고…! 정말 괜않십니꺼?

학준 예! 악몽을 꾼 것 같습니다. 지금 몇 시쯤 됐습니까?

길자 아침 9시가 좀 넘었어예.

학준 아니 벌써 그렇게 됐습니까? 면장님은요?

길자 아부지는 식전에 부대장님 전화 받고 급하게 군인들이 주둔하고 있는 핵교로 들어 가셨어예.

학준 아니 무슨 일이라도 생긴 겁니까? 어제 김 중령이 부대로 복귀한 후로 다른 연락이 온 건 없었구요?

길자 식전 일찍이 비상전화가 오긴 했지만서도 무슨 일인둥 모르겠어예. 기냥 아부지가 전화 받으시고는 급하게 핵교엘 가신다꼬 나가셨어예!

학준 (혼잣말로) 무슨 일이지…?

길자 아침상 이리로 올릴까예? 아님 세수 먼저 하실랍니꺼?

학준 아, 내가 알아서 할게요. 조반도 생각나면 말씀 드릴 거구요. (혼잣말로) 무슨 일이지?

#18. 주둔지 CP 교실 안

대대장 CP 안에 순철과 부하 참모들 그리고 면장과 이장 여러 사람들이 테이블에 둘러 앉아있다.

순철   여러분 모두 들어 아시겠지만 지금 우리 전세는 매우 호전적이라서 지난번처럼 피란을 간다거나 또는 방공호 속으로 숨어 들어갈 정도는 아닙니다. 하지만 울진, 주문진 이 근방 해안쪽 태백산 자락에는 산이 험하고 골이 깊어서 인민군 잔병들이 삼삼오오 떼 지어 숨어 있다가 마치 지리산 빨치군같이 더러 야밤에 민가로 내려와서 양식을 탈취하고 해코지를 할 수가 있으므로 모두 각별히 주의하지 않으면 안 될 것 같습니다. 어제 연대로부터 내려온 전문에 의하면 약 이틀 전에 여기서 약 30킬로쯤 떨어진 범내골로 인민군들이 야밤에 나타나서 주민들을 약탈하고 산중으로 숨어들었다고 합니다. 그래서 오늘 갑자기 면장님과 각 동리 이장님들을 모시고 군민합동회의를 가지게 된 것입니다. 현재 우리 부대 형편상 우리 부대원들이 마을 방위하기까지는 좀 병력이 모자랍니다. 그래서 우리 군에서는 각 마을 단위로 여러분들이 민간자치방어군을 구성해주셔서 스스로 방위체계를 지켜 주시면 좋을 것 같다고 결정했는데 주민 여러분들 의견은 어떠십니까? 가능하시겠습니까?

이장1   대대장님요, 지들이 들은 바로는 아래 미군 맥아더 장군이라 카는 양반이 인천 상륙작전을 성공해가 우리 아군들이 북진하고 있다고 들었는데예 아직도 이곳에 빨갱이 놈들이 남아있단 말입니꺼? 다 전멸한 게 아이고예?

이장2	아제는 여즉 뭔 소릴 들은 긴데예! 귀 막고 있었어예?
이장1	가만있어 봐라! 내 무식쟁이 아이가! 그케가 내 좀 더 자세히 알라카는긴데 와 그라노?… 니 전에 우덜이 그 빨갱이 놈들한테 당한 거 생각 안 나나! 그칸데 또 그 빨갱이 놈들이 밤에 찾아올지도 모른다카이 내 겁나 묻는기라. 와 잘못됐드노?
면장	맞데이… 지금이사 예 대대장님 부대가 있어가 우리가 이래 맘 편히 지내지만서도 매일 밤 먼 데서 간간이 들려오는 총소리로 보아 대대장님 말씀대로 이 근동 어딘가에 인민군 놈들이 숨어있지 않다고 누가 장담할 수 있겠노? 그케 하는 말씀이니까는… 모다 조심해서 나쁠 게 없다! 대대장님요 가능이고 뭐고간에 우덜 목숨이 달린 문젠데 당연히 해야 않겠습니꺼! 그카면 마을 자치방위군 편성은 우에 하는 긴데예?
순철	면장님 말씀이 옳습니다. 전시 중에는 서로가 조심해서 스스로 자기 가족들을 지켜야만 합니다. (모두 술렁임) 자! 여러분 모두 주목해주십시오. 마을 자치방위군 조직에 대해서는 여기 작전참모 심 소령이 여러분께 설명해 드릴 겁니다.

음악.

#19. 영상 인천상륙작전

실제 다큐영상이 비춘다.

노인 길자 (독백) 내는 무식해가 우에 설명할둥 잘은 모르겠지만서도 맥아더 장군이라 카는 나이방을 쓴 윽수로 잘 생긴 미군장 군이 우리 군이 낙동강에서 전쟁할 때 인천 상륙작전이라 카는 전술을 써가 마 크게 성공했능기라.

내레이션 (영상과 함께) 작전의 개시는 미 제10군단의 주도하에 실시 되었다. 제10군단은 미 제1해병사단과 미 제7보병사단 그 리고 한국군 부대로서는 제1해병연대와 국군 제17연대 등 총병력 7만여 명으로 구성된 지상군 부대이다. 당시 맥 아더장군은 인천상륙작전을 개시하기에 앞서 상륙부대로 양동작전을 전개하였다. 즉 북쪽 평양에서부터 남쪽 군산 까지, 또 인천을 포함한 서해안 상륙작전 가능지역 그리고 동해안 삼척, 영덕 일대에 먼저 맹포격을 가해 북한군으로 혼미케 했다. 그런 후에 제7합동 기동부대로 하여금 미 제 7함대 세력을 주축으로 한 261척의 유엔군 함정과 통합 지휘하여 작전을 개시하였던 것이다. 이로써 맥아더 장군 은 북한군의 병참선을 일거에 차단할 수가 있었고 낙동강 방어선의 위기를 벗어나 북한군을 일격에 패하게 했으며 손쉽게 전쟁의 교두보를 확보할 수 있게 하였던 것이다. 그런가 하면 인천의 항만시설과 서울에 제반 병참시설을 북진을 위해 사용할 수 있게 하였고 무엇보다도 서울 수도 탈환의 성공으로 국군 및 유엔군의 사기를 크게 드높였으 며 동시에 북한군의 사기를 결정적으로 저하시켜 세계전 쟁사에 유래 없는 전승 기록을 남긴 작전이 되게 하였던 것이다.

영상 사라진다.

#20. 달구지

여전히 진눈깨비 속의 피란길.

여인1 그래 그 다리 부상당했다던 선임부대장인가 뭔가 하는 사람이 바로 애 아범인 겨? 그 면장댁에서 만났다는….

길자 야! 하지만 그 뒤로 사연이 많았어예.

여인2 아, 아무리 난리통이라지만 명새기 면장 친정아버지가 있는데 다 어째 뽈고 무신 긴긴 사연이 그리 많았당가?

길자 실은 면장님이 제 친아버지가 아니라예! 지가 소싯적에 지 진짜 아버지는 돌아가시고 우리 엄니가 살기 어려버가 어린 지를 남한테 맽겨두고 재취를 안 갔능교! 그 바람에 지는 고아 아닌 고아가 돼가 왜정시대 때 증말 옥수로 설움 마이 받아가며 친척들 손에서 자라다가 언젠가 기억은 가물가물한데 그때 친척 중 누군가의 손에 끌려 다행히도 어떻게 어떻게 해가 면장님 댁으로 수양딸 삼아 들어가게 된 기라예….

여인2 오메 고런 사연이 있었구먼이라?

길자 (긴 한숨) 말이 수양딸이지 그 댁 더부사리 종년과 다름 없었어예. 다행히도 그 댁 식구들 맴이 고와가 그렇게 고생이다 싶지는 않았지만서도 남정네들이 할 수 있는 머슴 역할을 지 혼자서 다 안 했능교!

여인1 어휴 참으로 고생 많았구먼 그려. 그런디 그 뒤 애 아빠랑은 어떻게 된 거여? 가슴 아픈 얘길 거 같지만 심심한데 한번 해줘봐! 해줄껴?

이때 갑자기 호주기(전투비행기) 소리가 들려온다.

달구지영감 (다급하게 큰소리로) 어서 모두 엎드려. 어서…!

#21. 전투비행기

멀리 창공으로부터 세 대의 전투 비행기가 요란한 소리를 내며 비행한다.

#22. 피난민 행렬

피란 행렬 길이 갑자기 어수선해진다. 모두 산 쪽으로 몸을 피해 숨고 마차 밑으로 뛰어내리고 아이들의 울음소리가 여기저기서 들려온다.

#23. 전투비행기

피란행렬 상공 위로 세 대의 전투 비행기가 요란한 소리를 내고 다가오다가 사라진다. 잠시 후 피난행렬 중에 누군가 호루라기를 분다.

#24. 달구지

모두 몸을 웅크린 자세로 누워 떨고 있다. 아기가 놀랐는지 우렁차게 운다.

달구지영감 지나갔구만! 이제 괜찮으니 모두 정신들 차려. 빨갱이 놈들 호죽긴 줄 알았더만 아군 호죽기였어. 안심하고설랑 어여들 일어나!

모두 한숨을 내쉬면서 일어난다. 아기가 계속 운다. 전투비행기 소리가 여전히 가늘게 여운을 남기고 길자 아기를 가슴에 안고 멍하니 하늘을 쳐다본다.

#25. 면장댁 뒷마당

아군 전투비행기가 공기를 가르며 굉음을 내며 창공 저 너머로 사라진다. 낙엽이 쌓여있는 뒷 뜨락에 학준이 의자에 앉아 책을 읽고 있다. 이때 길자 머리에 수건을 두른 채 한 짐 나뭇단을 이고 들어오다가 학준을 보고 놀라 뒤로 넘어진다.

길자 에구머니나!
학준 아니! 길자 씨? (지팡이를 의지하고 빠른 걸음으로 다가온다)
길자 (누워 자빠진 채로 얼굴을 붉히며) 예 계셨네예. 그란 줄도 모르고 놀라가!
학준 그대로 가만히 있어요. 내가 도와줄 테니까 아니 이렇게나

많은 나뭇단을 혼자 지고 온 겁니까?

길자 아 아니라예. 지 혼자서도 일날 수 있어예. 군인아저씨는 그냥 가시가 책이나 보시소.

학준 자 나무는 그대로 두고 내 손을 잡아요 어서! (길자의 손을 잡고 일으켜 세운다)

길자 (얼굴을 붉히며 일어선다) 아! 괘않은데…!

학준 (나뭇단을 일으켜 세워 줄로 묶고는 잡아당겨 굴뚝 옆으로 옮긴다. 그리고 길자 옆으로 다가온다) 괜찮아요? 어디 다친 데는 없구요?

길자 (여전히 얼굴을 붉히며) 참말로 괘않아예! 고맙심더.

학준 그나저나 어서 이 전쟁이 빨리 끝나야지 길자씨 고생이 이만저만이 아니네요! 어제 밤에는 마을 자치방위대로 나가 밤샘하며 야방을 섰다면서요? 아니 남자들은 뭐하고 젊은 여자가 그런 델 다 나갑니까?

길자 우덜 동네는 남정네들이 거의 없어예. 죄다 군에 갔거나 먼 데로 피난을 가고 노인들 뿐인기라예. 그래가 지들 동네는 여자들이 안 나감 마을을 지킬 수가 없다 안 합니꺼.

학준 아니 아무리 그래도 그렇지, 여자들끼리만 밤을 새운다는 건 더 위험한 거 아닐까?

길자 그래도 동네 아지매들캉 담 밑에 도란도란 앉아가 옥시기 묵어가며 이런저런 시상 돌아가는 야길 하믐 금세 날이 새가 괘않아예….

학준 그렇게 밤을 새고서 쉴 틈도 없이 또 부엌일 하고 이렇게 산에 가서 나무까지 해오다니 그러다 쓰러져 병이라도 나면 어쩔려구요? 안 되겠요. 내가 면장님한테 얘길 좀 해야지!

길자 (와락) 아이라예… 그러지 마이소. 그카면 지 입장이 더 어려버예!

학준 그게 무슨 말입니까? 입장이 어렵다니요? 아니 아무리 난리 중이라 해도 그렇지 고명딸 하나를 이렇게 막 부려먹어도 되는 겁니까?

길자 아니라예! 지금 시상은 누구나 어느 집도 다 그캅니더! 지만 그런 게 아이라 예. (잠시 머뭇거리다가) 그카고 실은… 지는 이 댁 친여식이 아입니더!

학준 아니 길자 씨가 면장님 따님이 아니라구요? 그럼…?

길자 (조심스럽게 눈치를 보며) 더부살이하는 옛날 같으면 종년이라예. 열 살 좀 못 돼가 기억도 없는 나이에 누군가가 질 이 댁으로 델고 왔는데 그때부텀 면장님 하고 마나님한테 그냥 아부지 어머이하고 부르며 딸처럼 지내온 기라예?

학준 네, 그랬군요. 그럼 이 댁엔 친자식들이 없습니까?

길자 어데예! 언니야 둘하고 오빠야 하나가 있는데 두 언니들은 모두 시집가가 한 언니는 속촌가 어딘둥 살고 있고 작은 언니는 대구로 가 사는데 난리 터지고는 연락이 두절됐다 안 합니꺼! 그카고 오빠야는 해방 전에 일본여자한테 미쳐가 집 떠나 일본으로 가 산 지 벌써 십년도 넘었어예! 어린 지한테도 참 잘해 준 오빠얀데….

학준 길자 씨 어려서부터 고생이 많았군요. (물끄러미 길자를 바라본다) 저도 길자 씨만큼은 아니지만 가난한 소작농 막내로 태어나 일찍이 아버지 어머니 여의고 부모님 얼굴도 모른 채 형님들 손에서 자라나다가 세상 안 해본 거 없이 일본놈들 밑에서 숱한 고생을 했습니다. 그래서 길자 씨 이 고생을 다….

길자 지 보기에는 그냥 부잣집 도령님맨키로 생겨가 그리 생각은 안 했는데예?

학준 아닌데! 남들은 날보고 고생을 많이 해 내 나이보다 늙어 보인다고 하던데 길자 씨만 날 도령같이 생각하다니 이거 영광인데요! 참, 가만 있어봐요. (갑자기 책을 놓아 둔 의자로 다가간다)

길자 (학준 걸어가는 모습을 보고는) 이자 군인아저씨 걸음걸이가 많이 좋아졌네예. 아픈 거는 좀 괜않아예?

학준 예! 다 길자 씨 덕분이죠! 이제 며칠만 더 지나면 이 지팡이 없이도 그냥 걸을 수 있을 것 같습니다. 가끔씩 머리 통증은 있지만 약을 먹으면 한나절은 개운 하구요.

길자 증말 다행이라예! 그칸데 와 그라는데예?

학준 (책을 들고 길자에게 다가와 건네며) 길자 씨한테 너무 고마워서 이 책을 주고 싶어서요.

길자 뭐라꼬예? 지한테 이 책을 준다꼬예?

학준 예 이 책은 일본작가 요코미조 세이시가 쓴 〈밤산책〉이라는 추리소설인데 참 재밌습니다. 저는 몇 번씩이나 반복해서 읽어 다 외울 정도죠! 하지만 지금은 그냥 심심해서 다시 읽는 중인데. 길자 씨한테 주려구요. 그동안 많은 신세를 졌는데 가진 거라곤 이 책 한 권뿐이 없네요. 자! 선물입니다!

길자 (당황해하며) 아, 아이라예! 지가 군인아저씨한테 해드린 게 뭐가 있다고 이런 귀한 책을… 그리고 부끄러운 야기지만서도 지는 배운 게 없어가 글을 몬 읽어 예. 더군다나 일본 글은….

학준 그래요? 미안합니다. (문득) 아! 그렇다면… 이렇게 하면 어떨까요?

길자	(커다란 눈망울로 학준을 쳐다본다)
학준	길자 씨가 좀 한가한 시간에 저한테 오면 제가 대신 책을 읽어드릴게요! 괜찮지요? 책이 참 재밌어요!
길자	(다시 얼굴을 붉히며) 어데예! 괘않아예. 지한테 그런 한가한 시간이 어딨겠능교.

이때 면장부인이 길자를 부른다.

면장부인	(소리) 길자야! 집에 있드노? 애 길자야! 아니 이놈오 가시나 어디 간 기고?
길자	(깜짝 놀라 후다닥) 어무이 지 예 있어예! 와 그라는데예?

안채로 급히 사라진다.

학준	아니! 길자… 씨! (어이없다는 듯 겸연쩍어하며)
면장부인	(소리) 니 뒷켠에 있었나? 아니 사람이 부르면 대답을 할래기지 니 귓구멍이 막혔드노?

음악.

#26. 깊어가는 가을 밤하늘

귀뚜라미 우는 소리. 밤하늘에 둥근 달이 떠있다.

#27. 면장댁 부엌 정지칸

그 밤에 부엌에서 아궁이에 불을 지피고 있는 길자, 그리고 부엌문에 다 호야등을 걸어두고 문 뒤에 서서 책을 읽어주는 학준.

학준 소심한 실체를 남에게 간과 당하고 싶지 않아서 펼치는 위장술이라고, 물고기든 곤충이든 약한 놈일수록 외모는 무섭지 않나? 그것과 마찬가지야. 아, 정말이지… 그러니까 악당인 척 최대한 협박을 해도 속으론 착하고 정직하다 이거야? 언젠가 내가 그랬지! 난 약점을 일부러 드러낸다고. 그 말이 맞아. 이를테면 취미라고, 본질이 아냐! (잠시 길자에게) 길자 씨, 지금 센코쿠 나오키에게 주인공이 한 말이 무슨 말인 줄 이해하겠어요?

길자 (부지깽이로 아궁이에다 나뭇가지를 더 밀어 넣으면서) 지금 말하는 센고쿠 나오키라는 사람이 남잔교? 여자잉교?

학준 (길자의 반응에 희색을 띠우며) 당연히 남자지요! 왜요, 여잔 줄 알았어요?

길자 왠지 이름이 여잔 거 같아서예.

학준 아! 일본사람들 이름은 끝소리가 키면 남자고 미면 대부분 여자이름이지요. 더러 아닐 경우도 있지만… 그럼 계속 읽습니다.

길자 ….

학준 그러니 옆에서 보기에 아무리 상궤를 벗어난 듯 보이는 행동이더라도 한계를 분명히 알고 있다 이거야! 무심코 사회의 도덕률을 넘어서려 하면 엇, 아이쿠, 하고 뒤로 물러설 정도의 자각은 있단 말이지. 하지만… 그 녀석하고 그

계집애는… 그런 게 없는 거야. 그 녀석 눈빛에는 도덕이
고 나발이고 있지를 않아 곤란해. 정말 난처하다고, 어이
아무 말이라도 좀 해봐!

길자 야? 지보고 하는 말입니꺼? 아무 말이라도 해보라꼬예?

학준 아니! 지금 주인공이 센고쿠 나오키더러 하는 말이잖아요!

길자 아! 지는 또 지보고 하라는 말씀인 줄 알고 깜짝 안 놀랬
능교!

학준 (살짝 웃으며 계속 읽는다) 아무 말이나 하라니, 무슨 얘긴지 전
혀 못 알아 듣겠는데. 못 알아듣겠다고? 그게 말이 되냐?

길자 저… 군인 아저씨에!

학준 예?

길자 지도 몬 알아 듣겠어예! 누가 누구한테 말하는둥 어려버가
지도 몬 알아 듣겠네예! 그라고 상궤가 뭔 말이고 또 도덕
률 같은 말은 너무 유식해가 무슨 뜻인지조차 모르겠고예!

이때 면장부인이 다른 호야등을 들고 정지 쪽으로 다가오며 길자를
부른다.

면장부인 길자야! 길자 니 아직도 정지깐에 있드노?

학준 얼른 자리를 피해 숨는다.

길자 엄마! 내 예 있어예!

면장부인 (정지깐으로 와서) 니 여즉 야방스러 안 갔드노?

길자 (아궁이에 나무를 뒤적거리며) 오늘 저녁은 우리집 당번차례가
아이라예!

면장부인	그렇노! 그카면 고단할 텐데 퍼뜩 잠이나 잘네기지 여적 정지깐에서 뭐하고 있드노?
길자	갑자기 날씨가 추버가 구들짝에 불 때고 있지 않능교! 엄마나 퍼뜩 들가 주무시소 그마!
면장부인	(대견스러운 듯) 니 없음 우리집 우에 살등 내 복인지 니 복인지 암튼 이만한 기 우덜 복이라카이! 대충 불씨 살랐으면 낭구 몇 개만 더 집어넣고 들가 자거라 날 새면 할 일이 쎄 뿔 텐데….
길자	야!
면장부인	(정지문에 호야등을 보고) 아니 정지깐 아궁이 불도 환한데 뭐 할라꼬 문밖에다 호야등은 걸어뒀노! 지름 아깝게시리….
길자	(당황하며) 무서버가… 내 곧 끄고 들어 갈끼라예!
면장부인	(소리) 알았다. 퍼뜩 들가 자거레이!
길자	(주변을 살피며 안도의 한숨을 내쉰다)

음악.

#28. 산비탈(늦가을)

단풍이 곱게 물들어 있고 낙엽들이 소복이 쌓인 가을 숲, 그 산비탈
에 나뭇단을 쌓아둔 지게 곁에 길자 앉아있고 나무에 기대어 서서
책을 읽어주는 학준.

학준	나오키는 흐릿하게 충혈된 눈으로 나를 보았다. 나는 그 눈 속에서 기묘한 위험을 느끼고 무심코 오싹해졌다. 그물

눈처럼 핏발이 선 나오키의 눈은 취기로 인해 반짝반짝 빛
나고 있었다.

길자 (일어나서 주변의 나뭇가지를 주우며 다시 일을 시작한다)

학준 길자 씨! 왜 재미없어요? 조금 있으면 흥미진지하고 스릴
이 넘칠 텐데.

길자 (일하면서) 아이라예, 그런 기 아이고 퍼뜩 낭구해가꼬 내려
가가 저녁물 올려야 안 합니꺼! 지금도 마이 늦었어예!

학준 그래요? 아직 저녁밥 지을 때는 아닌데….

길자 그카고 지는 진짜로 어려버가 몬 알아 듣겠능기라예. 앞에
서 읽어주신 말을 생각 할라카믐 금세 뒷말을 읽어주곤 하
다보이 아예 군인 아저씨 목소리만 들리는 기라예.

학준 그러면 책을 천천히 아주 천천히 읽어줄까요?

길자 아이라예! 그카고 글 내용이 웬일인지 점점 무서버지능기
엊저녁에도 무서버가 한잠도 몬 잤다 안 합니꺼!

학준 하하하! 그럼 길자 씨! 이해 못하는 것이 아니군요. 이 책
내용이 추리소설이라서 좀 무섭거든요.

이때 동네 아낙이 나뭇단을 지고 맞은편 산비탈로 내려오며 소리친다.

동네아낙 길자가? 니 맞제! 니 낭구하러 왔드노?

학준 얼른 나뭇단 뒤로 엎드려 숨는다.

길자 (당황하며) 야! 복순아지매도 참샛골로 낭구하고 오는 갑네
예!

동네아낙 그래 니 데가 앉아 쉬고 있드노?

길자   야! 좀 데네예! 인자 곧 내려갈끼라예!

동네아낙   알았다. 퍼뜩 내려가제이! 니 그리 혼자 있음 안 무섭드나? 내 먼저 간다.

길자   야! 조심해 내려 가입시더! (잠시 후 속삭이듯) 군인 아저씨예! 아저씨예!

동네아낙   (갑자기 오줌을 누고 있다가) 니 내 불렀나?

길자   (당황하며) 아니… 아닌데예!

동네아낙   (일어나 옷을 추스르며 갸우뚱한다) 분명 누군동 부르는 소리가 났는데…? 길자야! 오늘 밤에 니도 야방에 나올끼가?

길자   (더듬거리며) 야! 이따가 부침개 좀 싸가 갈 끼라예!

동네아낙   (소리) 부침개? 고맙데이! 그래도 면장댁이라서 그란지 그 집엔 먹을 게 아즉 있는갑다!

길자   (멀리 사라지는 아낙을 바라보다가 안도의 한숨을 내쉰다)

음악.

#29. 뒷뜰 우물가

우물가에서 빨래를 하고 있는 길자, 맞은편 의자에 앉아 책을 읽어주는 학준.

학준   어쨌든 동행인 세 명도 그날 밤 처음으로 '튤립'에서 만났을 따름이었고 완전히 취해 이름도 몰랐다. '튤립'에서도 처음 온 손님이라 어디 사는 누군지 모른다고 했다. '하나'에 있던 손님 중에도 누구 하나 그 여자를 아는 사람은 없었다.

길자 (빨래를 하다 멈추고) 군인아저씨예. 튤립이라카는 게 뭐교? 꽃 이름잉교?

학준 그렇지요 길자 씨가 늘 빨강꽃이라고 부르던 그 꽃 이름이 튤립이지요. 하지만 여기선 튤립이라는 게 카바레 이름을 말하는 겁니다. '하나'라는 곳도 카바레 이름이구요.

길자 아까 전부터 카바라 카바라 카 썼는데 카바라가 뭐교? 내 그 일본 이름이 희안해가 그찮아도 군인아저씨한테 물어볼라 안 했능교!

학준 카바라가 아니라 카바레인데 술집을 말하는 겁니다. 우리 조선의 주막집 같은 곳이 아니고 그보다 더 크고 근사한 도회지 요정 같은 술집 말입니다.

길자 그카면 기생들이 춤추는 곳인가 보네예?

학준 일테면 그런 곳이지요! 일본에서는 도회지에 그런 술집들이 많은데 주로 서양 술을 팔고 또 아가씨들도 서양 옷을 입고 손님들 시중을 드는 곳입니다.

길자 군인아저씨도 예전에 일본서 계셨다면서 남자니까는 그런 곳에 가봤겠네예?

학준 우리 같은 조선사람들은 보국대로 끌려가서 죽으라고 일만 했지 어디 그런 델 갈만한 시간이나 돈이 있어야죠? 그냥 그런 데가 있다는 말만 들었지요. 아직 한번도 가본 적은 없습니다.

길자 (혼잣말로) 휴, 다행이라예….

학준 네? 다행이라고요?

길자 (얼굴을 붉히며) 아, 아이라예. 내 그리 말한 적 없는데…!

학준 하하하!

이때 면장이 순철과 함께 마당으로 들어오며 소리친다.

면장   (소리) 길자야! 내 왔다! 여기 대대장님도 오셨고! 니 어딨
노?

학준 후다닥 장독간 뒤로 엎드려 숨는다.

길자   (당황해서 얼른 일어나 손을 닦으며) 아부지 오셨능교! 지 뒷곁에
서 빨래하고 있어예, 금방 나갈 끼라예. (학준이 숨은 장독간을
바라보며 나간다)

#30. 면장댁 안뜰

김 일병이 장작더미를 들어다 마당에 쌓아놓고 순철, 면장 서서 담소
한다.

순철   면장님 제 친구 우 상사 때문에 많이 불편하시죠?
면장   아이라예, 무신 말씀을 그리 하시능교? 우 상사는 충청도
사람이라 그런지 옥수로 예의바르고 반듯한 게 참말로 양
반입디더! 그라고 아픈 사람 같잖게 혼자서 자기 할 일은
자기 혼자서 다 하능기 참말로 대견스러운 기라예! 참 좋
은 친구를 두신 것 같던데예!
순철   그래요? 면장님께서 그리 말씀을 해주시니 제가 맘이 좀
가벼워지는군요? 그 친구 이제 많이 좋아졌지요?
면장   하모요! 아직은 지팡이를 짚고 다니지만서도 걸음이 상당

히 가볍다 안 합니꺼! 지금 방에 계실긴데. (안에다 대고) 우
상사님요! 안에 있능교? 아니 신발이 없꼬마…?

순철   어디 산책이라도 나갔나 보군요!

이때 길자가 뒷곁에서 나온다.

길자   아부지 뎅겨 오셨능교? 대대장님도 오셨네예!

순철   아, 길자 씨! 이 친구 어디 갔습니까? 불러도 대답이 없
네요?

길자   (약간 머뭇거리며) 안에 없어예? 지는 잘 모르겠는데예. 지는
뒷곁에서 빨래 빨고 있어가 잘 몰라예!

이때 뒷곁에서 학준 지팡이를 들고 나타난다.

학준   (경례를 하며) 대대장님 오셨습니까?

순철   (두 사람을 번갈아 바라보며) 아니 뒷곁에 있었어?

학준   (빙그레 웃으며) 그래 뒷곁에서 책을 읽고 있었다! 부대에서
오는 거야? 두 분이 같이 오신 겁니까?

면장   (길자에게) 아니 방금 니는 모른다 안 캤나? 같이 뒷곁에 있
었드노?

길자   (얼굴을 붉히며) 지는 빨래만 빨고 있어가…. (급히 다시 뒷곁으로
달려간다)

면장   (길자에게) 아니 손님 오셨는데 어딜 가노? 퍼뜩 안에 들가
뜨신 차라도 준비 않고로!

길자   (얼굴을 붉히며 다시 달려와 현관 문 안으로 뛰어 들어간다) 야!

순철   (학준을 바라보며) 개코 너… 너!

학준 (능청스럽게) 왜? 뭘? 왜 그러는데….

순철과 면장 서로 바라보다가 파안대소 한다

음악.

#31. 면장댁 안방

순철, 학준, 면장이 나란히 방석에 앉아있다. 길자가 조심스레 눈치를 보며 찻잔을 들고 들어와 찻잔을 건네고 나간다. 학준, 슬쩍 길자를 바라보고는 다시 순철을 바라본다. 순철, 학준에게 찡긋 윙크를 한다.

#32. 안방문 밖

안방에서의 웃음소리. 길자, 문 밖에서 쟁반을 가슴에 안고 안방에 귀 기울이며 눈을 찡그린다. 이때 면장부인이 다가온다.

면장부인 이 문디가시나 와 그리 서 있노?
길자 (깜짝 놀라며) 쉿! 조용히! 아… 아이라예.
면장부인 뭐가? 뭐가 아인데! 대대장님 안 오셨드노? 문 밖에 대대장님 차가 서가 있는데….
길자 야! 지금 모두 방에 계셔예!
면장부인 그래? 대대장님 오셨는데 차라도 내드렸드노? 곶감이라도 내오지, 대대장님 곶감 좋아하시는 것 같든데….

길자 야, 차는 내드렸는데 곶감은 아즉… 금방 내올끼라예. (얼굴을 붉히며 나간다)

면장부인 아니 저 문디가시나 지금 와 저러노? 참말로…. (길자, 뒤를 따라 간다)

#33. 면장댁 안방

순철 (면장에게) 사실 이 친군 제게 생명의 은인이나 다름없는 친굽니다.

학준 왜 또 그래! 무슨 말을 하려구….

순철 그러니까 그때가… 우리가 만나고 나서 4년 뒤에 해방이 됐으니까 아마 소화 16년 아니 1941년쯤일 겁니다. 그래 그해 겨울에 대동아전쟁이 발발되었으니까 소화 16년이 맞을 거야! 이 친구는 형님을 대신해서 보국대로 끌려왔고 저는 징병으로 소집됐다가 징병으로 가면 다들 죽는다고 해서 집에서 헌병대에다 손을 써서 근로보국대로 바꾸어 가게 된 겁니다. 그리고 우린 그곳 일본 시코쿠에서 처음 만나게 되었지요.

면장 아니 그카면 대대장님과 여기 우 상사 두 분이 모두 조선 농업보국청년대로 일본에 끌려갔었단 말입니꺼? 아이고야! 욕수로 고생이 많았을 낀데….

순철 말하면 뭐 합니까 죽다 살아났죠. 말이 근로보국대지 학병 징용보다 더 독했으니까요. 안 그런가?

#34. 보국대 다큐영상

실제 다큐영상과 길자의 독백 그리고 내레이션.

노인 길자 (독백) 보국대라꼬 니 들어봤나? 내는 여자기도 하고 또 배움이 없어가 다행인둥 시골 산골에 쳐박혀 있어가 그런데 가보진 않았다만서도 갔다온 사람들 얘길 들어보믐 증말 욕수로 고생 많이 했다 안 카드나! 느그 아부지한테도 잠깐씩 들었는데 증말로 그때 왜놈들 모다 천벌을 받아도 쌀 정도로 무지막지 했다는데….

내레이션 중일전쟁이 시작되면서부터 일본제국은 산업자원의 부족과 함께 절대적인 노동력 부족으로 말미암아 인적·물적 자원을 충당하기 위하여 조직적으로 평민들을 대상으로 한 노동력 착취를 꾀할 목적으로 1938년 4월 1일 '국가총동원법'을 공포하였고 이어 그해 7월에는 학생·여성·농촌 노동력을 강제동원 하는 제도로 '국민정신 총동원 근로보국운동에 관한 건'을 공포함으로서 조선의 많은 남녀 젊은이들이 일본 야욕에 의한 강제노동에 시달리게 되었다. 이른바 '근로보국대'가 바로 그것이다. 먼저 어린 학생들을 대상으로 실시한 학교 근로보국대가 1938년 6월 11일부터 시행되었고 이어 같은 해 7월 7일부터는 20세부터 40세 미만의 남녀를 대상으로 한 지역별 근로보국대가 시행되었으며 각 단체 중심의 각종 연맹 근로보국대가 차례로 결성된 이후 점차 강제로 노동력을 할당하는 형식으로 강화했던 것이다. 이렇게 시작된 보국대 운동은 1939년부터 만주와 사할린으로 동원하는 '흥아청년근로보국단' 과 1940년부터 조선 남부지방에서 북부지방으로 동원하는 '특별근로보국대', '화태개척근로대', 그리고 이른바 대동아 전쟁이 발발된 1941년부터는 일본 내 자국의 농촌 일손이 딸리자 일본으로까지 동원하는 '조선농업보국청년대'가 생겨나게 된 것이다. 이러한 보국대는 젊은 학도병 강제 징집과는 또 다른 강제노동 징집제도로써 일제가 조선의 젊은 남녀들을 대상으로 노동력을 착취, 현장에 투입했던 강제노동부대였던 것이다.

#35. 보국대 다큐영상과 연계된 장면

욱일승천기가 나부끼는 일제 트럭 3대가 설경의 일본 농가와 겨울 벌판을 달린다.

#36. 일제 트럭 안

조선 한복을 입은 30여 명의 조선 청장년 남녀들이 추위에 몸을 움츠린 채 떨며 서로를 의지하고 트럭 안에 실려 가는 모습, 모두 춥고 지치고 배고픈 모습이 역력하다. 이때 안경 쓴 순철이 갑자기 차내에서 구토를 한다.

순철   으웩…! 악! (심한 구토)

순철, 두 손으로 구토물을 받아내고 그 구토물을 트럭 밖으로 내던지며 여전히 심한 구토를 한다. 그리고 맥을 추스르지 못하고 바닥에 쓰러진 채 캑캑댄다. 모두 멀뚱히 바라보면서도 관심을 두질 않는다. 이때 학준이 순철이에게로 다가온다.

학준   이봐유! 정신차려봐유. 이렇게 쓰러진 채 누워가다가는 입 돌아가고 몸이 마비가 돼! 자! 어서 (순철을 일으켜 세우고 안쪽 자기 자리 쪽으로 데리고 가 앉힌다)

동행남 아니 뭐시여, 시방… 왜 하필이면 내 곁이당가! 아휴 냄새!

학준   (힐끗 동행남을 째려보며 왼손을 들어 올리며) 확! 인정머리 없게시리 같은 조선사람인디… 맘씨 옳게 쓰고… 까불지 마시유 웅!

동행남 (움칫) 아! 뭐시냐 그냥 거시기… 함께. (겁을 먹고 팔짱을 끼고 돌아앉는다)

학준   (순철의 옷매무새를 고쳐주고 끌어안으며) 정신 잃으면 끝장이여! 그러니 정신 바짝 차리라구, 자 내쪽으로 확 붙어봐유. 그럼 덜 추울 테니께!….

순철   고… 고맙소. (눈을 감는다)

중년남 저 젊은 양반 시모노세끼에서 하선할 때부텀 비틀거리더니… 약골이구먼그려. 저런 몸으로 워떻게 보국대를 자원해 왔을꼬? 고생 옥수로 할 텐디….

중년녀 자원해오긴 끌려온 거제! 시끄러운께 남 참견 말고 잠이나 자두소. 잠 모자라 비실대들 말고….

중년남 아… 알았어 아무 데서나 강짜는… 제길! 아, 이리 바짝 붙어봐 바람구멍 내들 말고 말여!

#37. 달리는 일본군 트럭

찬바람 소리와 함께 눈발 휘날리는 어둠 속 들판을 달리는 일본 트럭. 희뿌연 설경 속 땅거미 진 일본 농가를 지나치는 등 어둠의 여러 장면들 서로 O.L 된다.

#38. 시코쿠 협동농장 1분소

시코쿠협동농장(四國協同農場 第1 分所) 간판이 철조망 문 입구에 보인다. 그 안으로 들어서는 3대의 트럭. 막사 앞쪽으로 나와 서 있는 관리인들과 미리 와있던 조선인 노동자들 5-60여 명. 트럭이 멈추자 일본관리 감독관이 소리치며 하차를 종용한다.

감독관 早く 早く 降りろ! 男たちはあっちの 女たちはこっちに 早く! 하야쿠 하야쿠 오리로! 오토코타치와 앗치노 온나타치와 콧치니 하야쿠!
어서들 빨리빨리 하차해라! 남자들은 저쪽 여자들은 이쪽으로 어서!

학준, 순철을 부축하고 트럭에서 내려 남자들이 서 있는 곳으로 가서 선다.

일본관리 소장 さあ、寒いからまず 名簿を照合して いったん 兵舎に 入れろ。 どこか遠い道で疲れてご飯でもまともに食べられようか。 炊き出しも明日の朝に頼んで早く さあ、 사무

이카라 마즈 메에보오 쇼오고오시테 잇탄 헤에샤니 이레로。 도코카 토오이 미치데 츠카레테 고한데모 마토모니 타베라레요오카。 타키다시모 아스노 아사니 타논데 하야쿠

자 추우니까 우선 명단 대조하고 일단 막사로 쳐넣어. 어디 먼 길에 지쳐 밥이나 제대로 먹을 수 있겠나. 배식도 내일 아침에 시키고 어서.

감독관 はい! さあ、所長の言葉通り、すべて一列に並べて名簿を確認し、それぞれ指定された兵舍に入れろ、早く! 하이! 사아, 쇼초오노 코토바도오리, 스베테 이치레츠니 나라베테 메에보오 카쿠닌시 소래조레 시테에사레타 헤에샤니 이레로 하야쿠!

하이! (완장 찬 감시관들에게 소리친다) 자, 소장님 말씀 따라 모두 한 줄로 세워서 명단 확인하고 각 지정된 막사로 들여보내라 빨리빨리!

감시관들 보국대에 끌려온 사람들을 거칠게 다루면서 나누어 세운다. 그리고 한 사람씩 본부 천막으로 들여보낸다. 작은 책상 앞에 남폿불을 비추고 명단 확인하는 감독관. 이후 감시관들 각자 막사로 분리해서 보낸다. 학준, 여전히 순철을 부축하고 서 있는 모습이 보인다.

제 2 부

사 랑

#1. 협동농장 막사 안

여기저기서 쿨럭이며 추위에 떠는 막사 침상. 순철의 신음소리 그 옆에서 간병하는 학준.

#2. 협동농장에서의 풍경들
(다큐영상과 같은)

순철 (독백/영상과 함께) 저는 그때 시모노세키 항구에서 하선을 하고 시코쿠현으로 배속되어 가던 그 첫날부터 트럭에서 시게오라는 이름으로 창씨개명을 한 학준을 만나 도움을 받으며 보국대 생활을 시작하게 되었습니다. 본래부터 몸이 쇠약했던 저는 전쟁터로 끌려가지 않기 위해 학도징병에서 자원하여 옮겨간 근로보국대 생활이었지만 그곳에서의 생활도 하루하루가 전쟁터와 다름없는 지옥 그 자체였습니다. 새벽 5시에 기상하여 '동방요배'를 올림과 동시에 시작되는 노동의 시작은 '정오묵도'와 함께 점심을 먹는 20여 분간의 시간을 제외하고는 밤 9시까지 죽도록 노동을 해야만 했습니다. 그리고 하루 세 번 배급되는 식사란 오래 되어 냄새가 나는 밀죽 반 공기에 생감자 한 덩이가 전부였지요. 그러나 그보다 더 참을 수 없는 고통은 감독관들과 농장 감시원들의 욕설과 매질이었어요. 놈들은 기분에 따라 한밤중에도 막사 밖으로 불러내어 잠을 재우지 않고 시비를 걸면서 구타를 했으니까요. 그러한 생활 속에서 학준은 나의 보호자가 되어 내 대신 매를 맞아준 것이 한두 번이 아니었고 또 인심 사나워진 같은 조선인 노동자들 사이에서도 언제나 절 보호해준 친구였지요. 그러던 어느 봄날이었습니다.

#3. 협동농장 밭

넓은 농작지에서 일하는 조선인 노동자들의 저녁풍경. 동방묵도를 알리는 사이렌 소리. 모두 일손을 멈추고 동쪽을 향해 머리를 숙인다. 잠시 후 다시 사이렌이 울리자 누가 먼저라 할 것도 없이 농기구를 내려놓고 배식하는 천막을 향해 뛰어 달려간다. 순철과 학준도 함께 달려간다. 이때 갑자기 동행남이 달려가다 순철과 부딪치며 함께 넘어진다. 그러나 동행남은 재빨리 일어나 배식구를 향해 달려간다.

학준   아니. 뭐야 저 얌생이 같은 놈! (쓰러진 순철이에게 다가가) 괜찮아? 빨리 일어나! 끝줄에 서면 배식이 바닥날 수도 있어! 어서!

순철 그래! (순철, 일어나다말고 갑자기 비명을 지르며 주저앉는다) 악! 시게오! 발목이 삐었나봐! 일어설 수가 없어! 아… 앗 시게오!

학준 아니. 뭐여? 발목이 삔 것 같다구? 이런 육시럴. 야 가네야마! 어서 내 등에 업혀! 어서. (순철을 일으켜 세우고는 등에 업는다)

순철 안 돼. 안 되겠어. 나 내려두고 너라도 빨리 달려가서 배식을 받아. 안 그럼 너도 굶을 수 있어! 어서! (순철, 내리려고 한다)

학준 야! 이 호랑말코야 잠자코 있어! 까짓 굶으면 같이 굶는 거지 뭐! 자 꼭 잡아! (순철을 업고 달린다)

#4. 배식구 앞

모두 한 줄로 서서 저녁 배식을 받는다. 뒤늦게 순철을 업고 달려온 학준. 순철과 함께 맨 끝 줄에 선다. 배식을 받지 못할까 안절부절 못하는 학준.

순철 미안하다 나 때문에….

학준 가만 있어봐! 우덜 차례도 올 꺼여! 니기미 죽도록 일만 시켜먹고 밀죽 반 그릇도 안 줄라고! 그러면 내 확 가만히 안 있을 꺼여!

마지막 차례가 온 학준, 순철을 부축하면서 밥공기를 내민다.

배식관 (히죽대며) 残念だがすべて食料がすべてなくなった! 最近の

補給食糧が 前よりかなり減ったようだ。 気の毒だね. お
前らは飢えるしかない… 잔넨다가 스베테 쇼쿠료오가 스
베테 나쿠낫타! 사이킨노 호큐우쇼쿠료오가 마에요리 카
나리 헷타요오다. 키노도쿠다네. 오마에라와 우에루시카
나이

오 마이데스네. 안타깝지만 다 떨어졌다! 요즘 보급식량이 전
보다 많이 줄어든 것 같애. 안 됐군. 네놈들은 굶을 수밖에…

학준   뭐시여! 이런 젠장! 니기미 시펄! 그럼 우리 둘은 오늘 야
간일은 않고 쉬어야 되겠구먼. 아 먹을 것도 안 주었으니
께 말여! 우리도 일 안 하면 될 꺼 아녀!

배식관   何て？今何て言ったの？朝鮮語じゃなくて 私たちの言葉
で言ってみて！早く！ 난테? 이마 난테 잇타노? 초오센고
자나쿠테 와타시타치노 고토바데 잇테미테! 하야쿠!

*뭐라고? 너 방금 뭐라고 말한 거야 조선말로 말하지 말고 우리
말로 해봐! 어서!*

학준   니기미 시펄이라 했다 왜? 이 쪽제비 같은 쪽발이 상놈오
새끼야!

배식관   パガヤロ！ 僕たちの言葉で話して。 僕たちの日本語で。
빠가야로! 보쿠타치노 코토바데 하나시테. 보쿠타치노 니
혼고데.

빠가야로! 우리 말로 하란 말이야 우리 일본말로.

학준   親切な配膳官の雅量を施して明日の朝食にはお粥を2杯く
ださい。 신세츠나 하이젠칸노 가료오오 호도코시테 아스
노 초오쇼쿠니와 오카유오 니하이 쿠다사이.

*친절하신 배식관님 아량을 베푸셔서 내일 조식엔 죽 두 그릇
주세요.*

(한국말로) 했다 이 족제비 같은 재수 없는 쪽발이 새끼야!

배식관　ダメ! 戦時状況では規定通りに配食するしかない。 夕食を食べられなかったとして朝2杯をあげることはできない! そしてこれから私の前では朝鮮語でしゃべったら処罰されるぞ! 内線一体なのにまだ朝鮮語をしゃべるなんて天皇ペへに対する忠誠じゃないんだ! 分かったか? 다메! 센지조오쿄오테와 키테에도오리니 하이쇼쿠스루시카나이. 유우쇼쿠오 타베라레나캇타토 시테 아사 니 사카즈키오 아게루 코토와 데키나이! 소시테 코레카라 와타시노 마에데와 초오센고데 샤벳타라 쇼바츠사레루조! 나이센잇타이나노니 마다 초오센고오 샤베루난테 텐노오페하니 타이스루 추우세에자 나이다! 와캇타카?

안 돼! 전시상황에선 규정대로 배식할 수밖에 없다. 저녁을 못 먹었다고 아침에 두 그릇을 줄 수는 없어! 그리고 앞으로 내 앞에선 조선말로 지껄였다가는 처벌 받을 줄 알아! 내선일체인데 아직도 조선말을 지껄인다는 것은 천황폐하께 대한 충성이 아닌 거야! 알았나?

학준　そうですね。 もう縁起でもないチョッパリ野郎! 소데스네! 모오 엔기데모나이 초파리야로오

소데스네! 에이 재수때가리 없는 쪽발이 새끼야!

#5. 막사 주변 밤풍경

막사 주변의 암담한 밤풍경. 보름달이 떠있다. 순찰병이 총을 메고 막사 주변을 돌고 있다. 간간히 개 짖는 소리.

#6. 막사 안 (자정 즈음)

모두가 지쳐 쓰러진 모습으로 잠들어 있는 막사 풍경. 순철, 발목이 쑤시는 듯 작은 신음소리를 낸다. 학준, 옆에서 잠을 못 이루다가 순철을 툭툭 친다.

학준 (속삭이듯) 야! 가네야마! 아까 삐끗한 발목, 통증이 심한겨? 많이 아퍼?

순철 아까 저녁에는 좀 괜찮았는데 지금은 막 쑤시는 게 잠을 못 자겠어! 또 배도 고프고.

학준 어디 발 좀 봐! (일어나 앉아 담요를 벗고 순철 발을 꺼낸다)

순철 아아! 아야!

학준 뭐야? 이게 니 발 맞어? 아주 덴뿌라 마냥 퉁퉁 부었구먼 그려. 너 이러구두 여즉 가만 있었던 거여? 이 자슥아… 아까 초저녁에라도 의무실에 간다고 쪽바리들한테 이야길 하지 그랬어!

순철 이야기한다고 해서 놈들이 들어줄 것 같애? 꾀병 부린다고 몽둥이 찜질이나 안 하면 다행이지!

학준 씨펄… 안 되겠다. 찬물이라도 떠와 냉찜질이라도 해서 부기를 빼야지 안 그럼 너 내일부터 식사배급은 꽝인겨! (사이) 아니지! 너 빨랑 일어나 지금 나랑 나가서 요 앞 또랑에라도 가야겠다! 거긴 물이 더 차가울 거 아녀. 찬물에 발 담구고 부은 곳을 살살 주물러주면 쉽게 부기가 빠진다고 들었어!

순철 너 미쳤어? 그러다가 놈들한테 들키면 어쩔려구?

학준 이런 진짜 호랑말코 같은 놈하고는… 아 들키면 니 부은

발 보여주면 되잖여. 너무 아파서 부길 뻬러 나온 거라구… 지놈들도 인겁을 뒤집어썼으면 이핼하겠지! 아, 안 그려? 자, 어서 일어나! 어서 일나라니께….

순철 그래도 놈들은 그냥 넘어가질 않을 텐데…?

학준 암튼 일나. 어여! 조심하구!

순철을 부축하고 학준 막사를 빠져 나간다.

#7. 막사 밖(밤풍경)

학준, 순철을 부축하고 주변을 살피며 그림자처럼 철조망 담장 곁으로 다가 간다. 그리고 나지막이 철조망을 벌리고 허리를 굽히면서 둘이서 철조망을 빠져 나간다.

#8. 막사 밖 개울가(밤풍경)

별들 반짝이는 밤하늘에 둥근 보름달이 떠있다. 개울가로 흐르는 물소리와 함께 멀리서 간간히 들려오는 개 짖는 소리.

학준 (작은 소리로) 괜찮은기여? 내 어깨 꽉 잡고 천천히 한 걸음씩 내디뎌봐! (순철, 학준이 어깨를 잡고 불편한 걸음으로 풀숲을 헤치고 개울가로 내려와 앉는다)

순철 아! 아! (작은 신음. 발을 물에 담근다)

학준 어뗘? 괜찮겄어? 춘분, 청명 지나 곡우가 지난 지도 얼마

되지 않아 물은 차갑겠지만 부기 빼는 데는 이게 최곤겨!

순철 암튼 고맙다. 시게오! 너 내가 왜 너한테 고라니사촌 개코라고 하는 줄 알아?

학준 야! 참 달도 밝다. (건성으로) 가네야마, 내가 널 호랑말코 같은 놈이라고 혀서?

순철 아니! 니놈은 약싹 빠르고 눈치 빠르면서도 순하고 착한 놈이라서!

학준 되게 큰 칭찬이구먼… 임마 너 저 달 보면 누구 생각나는 사람은 없냐?

순철 (물끄러미 달을 쳐다보다가) 있지! 하지만 저 달만치나 멀리 있는 사람이라서 내 평생에 만나볼 수 있을지 모르겠다. 넌?

학준 나? 나도 있었겠지! 하지만 모두 기억 속에 사라진 아주 오랜 옛날이야기라서 지금은 아무도 생각나는 여자가 없어. 그냥 대보름날 형수들이 만들어주던 저 달마냥 넓적한 부침개가 먹고 싶을 뿐여! 야 어때 좀 시원혀? 좀 더 세게 주물러봐! (문득) 안 되겠다. 너 여기서 잠깐 이러고 있어. 아무래도 취사실 부식창고라도 가서 생감자라도 몇 개 집어와야지! 배가 고파서 도저히 못 참겠다!

순철 야, 시게오, 그러지 마! 그러다가 만약 발각이라도 되면 너 매 정도로 넘어갈 놈들이 아니야! 놈들도 요즘 비상시기라서 그런지 신경을 바짝 곤두세우고 있잖아! 그러니 가지 마. 우리가 조금만 더 참자! 안 되겠다… 시게오 우리 그만 들어가자! 내일도 꼭두새벽같이 일어나야 되잖아.

학준 가만히 좀 있어봐 임마! 내가 다 알아서 헐 테니께 넌 기냥 여기서 조용히 기다리고만 있어! 알았어? 가네야마 그래서 넌 호랑말콘 거여! 겁 많은 새끼 호랑이…. (주변을 두리번

거리며 일어선다)

순철　(조심스럽게 나지막한 소리로) 야! 개코… 시… 시게오!

#9. 막사 밖 (밤풍경)

학준, 그림자 되어 주변을 살피며 재빠르게 움직인다. 순찰병이 하품
하며 보초 서는 곳을 조심스럽게 스쳐 지나간다. 그리고 부식창고 쪽
으로 다가가 숨는다.

#10. 부식창고

희미한 부식창고 안에서 그림자 된 학준. 감자포대를 발견, 허겁지
겁 감자를 꺼내 한 입 베어 물고 씹으며 연신 감자 서너 개를 꺼내
품에 넣는다. 이때 갑자기 학준 얼굴을 비추는 플래시 불빛, 소스라
치게 놀라는 학준의 얼굴 클로즈업, 그 장면 위로 호각 소리와 사이
렌 소리.

#11. 부식창고 안에서 두들겨 맞는 학준

부식창고 천정 대들보에 묶여 매달린 채 서너 명의 일본인 배식관들
에게 사정없이 두들겨 맞는 학준.

배식관1　パガヤロ、この汚いチョセンジン！ありのままに言え！ど

うして真夜中にここに隠れて入ってきたんだ？ うん 빠가
야로, 코노 키타나이 조센진! 아리노마마니 이에! 도우시
테 마요나카니 코코니 카쿠레테 하잇테키 탄다? 응?

*빠가야로 이 더러운 조센징놈! 바른대로 말해 왜 이 야밤에 이
곳으로 숨어 들어온 거야? 응?*

학준 (피투성이가 된 채) お腹。お腹がすいてて。 오나카, 오나카
가 스이테테.

배… 배가 고파서.

배식관2 パガやろ, 嘘つくな。お腹が空いてそう したって? 前もし
かして炊事場の副食室にあるナイフを盗みに入ってきた
んじゃないの? 빠가야로, 우소 츠쿠나. 오나카가 아이테
소오시탓테? 오마에 모시카시테 스이지조오노 후쿠쇼쿠
시츠니 아루 나이후오 누스미니 하잇테키탄 자나이노?

*빠가야로! 거짓말 하지마라 배가 고파서 그랬다고? 너 혹시 취
사장 부식실에 있는 칼을 훔치러 들어온 거 아니야?*

학준 아니다. 이 쪽바리 놈들아! 진짜로 배… 배가 고파서 그랬
다니까….

배식관3 お前, さっきから私が朝鮮語で話さないで、私たち の言
葉で話してって言った? わかったの? パガやろ,この汚い
ジョセンジン 오마에 삿키카라 와타시가 초오센고데 하
나사나이데 와타시타치노 코토바데 하나시텟테 잇타? 와
캇타노? 빠가야로 코노 키타나이 조센진.

*너 아까부터 내가 조선말로 말하지 말고 우리말로 하라고 했
어? 안 했어? 앙? 빠가야로 이 더러운 조센징놈.*

학준 本当にお腹… お腹 がすいて そうしたんだから。 혼토오
니 오나카… 오나카가 스이테 소오시탄다카라

진짜로 배… 배가 고파서 그랬다니까.

배식관1 ダメだ。このジョセンジン。 正しい 言葉を言う時まで無
条件打て! そうでなければ 他のチョセンジン奴らも真似
することができる! 다메다. 코노 조센진 타다시이 코토바
오 이우 도키마데 무조오켄다테! 소오데나케레바 호카노
초센진야츠라모 마네스루 코토가 데키루!
*안되겠다. 이 조센징새끼. 바른 말을 할 때까지 무조건 쳐라!
안 그러면 다른 조센징 놈들도 따라할 수가 있어! 요시! (학준을
두들겨 팬다)*

학준을 구타하는 배식관1,2,3 그리고 심한 매질에 실신하는 학준.

순철 (독백/영상과 함께) 그날 학준은 나를 위해 부식창고로 가서
감자를 훔치다가 그렇게 배식관들에게 들켜 밤새도록 두
들겨 맞았지요.

#12. 협동농장 운동장

조선 노동자들이 전체 줄지어 서 있고 학준, 포승줄에 묶인 채 피투
성이 몸으로 군중들 앞에 서 있다. 보국대 일본 관리감독관이 소리
치며 훈시를 한다. 이때 일제 트럭 한 대가 들어오고 감시관들 학준
을 포승줄에 묶은 채로 끌고 트럭에 태운다. 순철, 군중들 속에서 흐
느끼는 장면. 학준을 태운 트럭이 협동농장을 떠나간다. 군중들 모두
흩어지고 운동장 한 가운데에 서서 우는 순철의 모습.

순철   (독백) 그날 피투성이가 된 채로 시게오 아니 학준은 나를 힐끗 한번 쳐다보고는 일본놈들 트럭에 실려 어디론가 끌려가버리고 말았지요. 나중에 일본 감시관들끼리 하는 말을 엿들었는데 학준이는 당시 악명 높은 미애깽 탄광보국대로 끌려갔다고 했습니다. 나 때문에 식량절도범으로 몰려 죽을 고생을 다한 내 생명의 은인이 바로 이 사람입니다. 시게오, 우학준!

음악.

#13. 면장댁 안방

학준, 순철, 면장, 술잔을 기울이고 있다.

면장   아이고마, 두 분 왜정 때 정말 옥수로 고생 많이 하셨네예. 이렇게 살아 돌아온 기 천행인기라! 참말로 하늘이 도우신 거 아니겠능교.

순철   왜 아니겠습니까! 소문에 의하면 그 보국대는 누구도 살아 돌아오지 못하는 죽음의 보국대라고 해서 저도 이 친구가 그곳에서 죽었을 거라고 생각했지요. 그래서 미안한 얘기지만 저는 이 친구가 묻혀 있을 땅 흙이라도 한 줌 꼭 가지고 와서 내 손으로 매년 제라도 올려주어야겠다고 생각했었으니까요! 그런데 해방이 되고 며칠 안 돼서 보국대에서 살아남은 우리가 귀국선을 타기 위해 시모노세키항에 집결 대기하고 있었는데 아, 거기에 저 친구가 덩그러니 살아 서 있는 게 아닙니까! 와! 정말이지 그때 저는 하나님이 존재하신다는 사실을 알게 되었지요. 우리는 누가 먼저라 할 것도 없이 그냥 거기서 그 많은 사람들이 지켜보는 앞에서 서로 얼싸안고 한참을 소리 내어 울었습니다. (학준을 바라본다)

학준 (빙그레 웃으며 우수에 잠긴 표정으로 고개를 끄덕인다)

순철 그런데 우리는 배정된 귀국선이 서로 달라서 아쉽지만 부산항에서 만나기로 약속을 하고 헤어졌는데 그만 사정이 생겨서 서로 못 만났다가 이번에 이렇게 이곳에서 다시 만나게 된 겁니다. (다시 학준을 바라본다)

면장 아마도 두 분 같은 인연 이 세상에선 둘도 없을 것 같네예. 자, 그런 의미에서 제가 술 한 잔 따라 올릴 테니 오늘 제 집에서 마음껏 드시고 아즉 못다 한 두 분 회포를 푸시고 대대장님도 부대로 갈 거 없이 예서 그만 자고 가이소. 하하하 자 드입시다.

순철 (면장에게) 그나저나 면장님, 이 친구 아직까지 장가를 들지 못한 숫총각인 거 아십니까? 난리 중이지만 어디 쓸 만한 색싯감 없을까요?

면장 우 상사님한테 맞는 색싯감요?

학준 아니 난데없이 웬 장가? 장가는 나보다 자네가 먼저 가야 하는 거 아니야?

순철 아 내가 여즉 자네한테 말을 안 했구나. 나 장가갔어. 임마. 두 살 난 딸애도 있구! 또 둘째 애가 세 달만 있으면 세상에 나올 거야! 자네 몰랐구나?

학준 뭐? 장갈 갔다구? 그럼 가족들은 모두 어디에 있는데?

순철 내가 말했잖아. 아버님이 지금 부산에 계시다구. 모두 아버님 댁에서 같이 살고 있어!

학준 그래? 정말 축하한다. 그럼 혹시 제수씨가 그날 밤에 보름
달을 쳐다보면서 자네가 내게 저 달만치나 멀리 있는 사람
이라서 내 평생에 만나 볼 수 있을지 모르겠다던 바로 그
사람인 거야?

순철 야! 개코 너 기억력 한번 좋구나. 맞아 바로 그 사람이야.
내가 연희보고 시절에 만난 여고생이었는데 집사람이 졸
업하자마자 자기 부모님을 따라 미국으로 이민을 갔었거
든… 그런데 전시 직전에 잠시 귀국했던 그 사람을 서울
을지로에 있는 교회에서 우연히 만나 우린 바로 결혼하게
되었던 거지. 하하! (면장에게) 아, 면장님 이제 이 사람 차렌
데 어디 중매하실 만한 좋은 처자 없겠습니까?

면장 아이고마. 이 난리 중에 그런 색시가 어디 있겠습니꺼? 우
상사님 같이 인물 좋고 이래 훌륭한 신랑감은 도회지에서
나 구해야지 이런 촌구석엔 짝이 될 만한 처잔 없다 안합
니까!

순철 아 멀리 도회지까지 갈게 뭐 있습니까. 아주 가까운 곳에
도 참한 색싯감이 있는 것 같던데요!

학준 (당황해 하며) 아! 이 사람아 벌써 취한 거야?

면장 (순철을 바라보다가) … 혹시 우리 집 길자를 두고 하시는 말
씀입니꺼?

순철 네! 맞습니다. 이 댁 길자 씨야말로 참하고 예쁘고 일 잘하
고 면장님 딸인데 어디 가서 그런 색싯감을 구할 수 있겠
습니까? 저는 이 친구에게 아주 좋은 배필감이라고 생각
하는데… 자넨 어떤가? 하하하 이 친구 수줍어 하긴… 아
주 톡 까놓고 말해보게. 이런 자리 흔치 않잖아?

학준   (당황스러워하다 더듬거리며) 나… 나야! 좋지!

순철   하하하! 보십시오.

면장   (잠시 생각하는 듯 머뭇거리다가)… 으음, 죄송하지만 대대장님 요 그건 그리될 일이 아니라예.

순철   예? 그게 무슨 말씀입니까. 아닌 것 같다니요? 정작 여기 본인은 좋다고 하는데…!

학준   면장님 저 무슨 이유라도…?

면장   그런게 아이고예… 생각해보이소. 두 분은 배울 대로 배운 분이고 또 군에서 부하들을 거닐고 있는 높은 양반들인데 어디 우리집 길자 같이 배움도 없고 이런 촌구석에서 지내 는 무지랭이 애를… (손사래 치며) 가당치 않습니다. 지금이 사 그냥 농담 삼아 웃으며 쉽게들 하는 말씀들이겠지만서 도 우리 아한테는 상처가 될 깁니더. 그러니 고만들 하이 소. 지는 비록 저 아가 지 친딸은 아니지만서도 저 아를 쬐 매할 때부터 댈고와 키운 정이 있어가 저 아 눈에 눈물 나 는 꼴은 볼 수 없다 안 합니꺼. 그카니까는 두 분들 그만 하시소 고마 미안합니데이.

순철   (학준을 바라본다)

학준   면장님 절대 그렇지 않습니다. 저는 지금 절대로 농담으로 드리는 말씀이 아닙니다….

이때 면장부인이 들어오며.

면장부인   (면장에게) 와 안 되는데예! 우리 길자가 어데가 어때서예? 야가 핵교 졸업장이 없어가 그렇지 지 혼자 독학을 해가 언문도 쓰고 읽을 줄 알아예. 그카고 지들 아들이 쟈를 친

동생매냥 정 주면서 같이 컸기 때문에 핵교 공부도 가르쳐
주고 천자문도 갈켜줘가 제법 어려운 한문도 꽤 쓸 줄 압
니다. 그라고 쟈가 어릴 때부터 바느질을 배워가 바느질
솜씨 좋고 음식 솜씨도 좋고 또 심성 또한 좋아가 어른 잘
공경할긴데 어데가 어때서예. 인물도 저만함 가꾸질 않아
서 그렇제 찍고 바르고 분칠하면 아마 이 근동 어디에서도
볼 수 없는 예쁜 얼굽니다.

학준 면장님 정말입니다. 저는 지금 길자 씨를 마음속 깊이 흠
모하고 있습니다.

면장 지금 뭐라켓능교, 흠모한다꼬예?

음악.

#14. 부엌 부뚜막

초겨울밤 하늘에 보름달이 둥그렇게 떠있다. 어두운 그림자로 드리
워진 면장댁 부엌 정지칸 쪽에서 새어나오는 희미한 불빛. 카메라 페
이닝. 부엌 부뚜막에 두 팔을 괴고 쪼그리고 앉아있는 길자, 눈에 눈
물이 거렁거린다.

길자 (독백) 천지신명님요 뭐가 뭔지 잘 모르겠어예! 저 안에 있
는 군인아저씨가 지를 좋아한다카면서 아부지한테 지를
달라켓다 아입니꺼. 진짜로 지가 좋아 그런둥 아님 여자가
필요해서 농 삼아 거짓뿌렁으로 그런둥 남자라카는 사람
들 속맘을 잘 모르겠어예. 지는 가진 것도 없고 배운 것도

없고 조실부모해가 암것도 없는 거 잘 아시잖능교. 그칸데 지가 우에 저리 훌륭한 남자의 내자가 될 수 있겠능교. 하늘님요 하늘이 점지해주신 인연이 아니걸랑 차라리 저 군인아저씨가 지를 이참에 떠나가게 해주이소. (눈물이 주루룩 두 볼을 타고 흘러내린다).

잠시 후 호야등을 들고 부엌 쪽으로 다가오는 면장부인. 흠칫 부뚜막에 웅크리고 앉아 우는 길자 모습을 물끄러미 쳐다본다. 길자, 면장부인을 보고 화들짝 놀라며 눈물을 치마로 훔친다. 면장부인, 부엌으로 들어선다.

면장부인 니 울었나? 와 우는데…? 니도 저 방에 있는 남정네들 하는 소릴 들은기가? 그럼 저 우 상사라카는 군인이 하는 얘기도 들었겠네?

길자 (말없이 아궁이만 쳐다보며 다시 주르르 눈물을 흘린다)

면장부인 니는 워떻노? 니 맴 말이다.

길자 (말없이 옷고름으로 눈물을 닦아낸다)

면장부인 울 거 없다. 니가 여자라카는 거 말고 뭐가 꿇린다꼬 이래 청승맞게 혼자 울고 있는 긴데! 니는 당당한 우리집 내 딸인기라. 지금사 이래 난리중이지만서도 면장 딸이라카믐 누가 얕보고 깔볼끼가!… 내는 만약에 니가 저 남자한테 맴이 있어가 시집을 간다카믐 내 느그 언니들이 해간 거맨치로 똑같이 남들 부럽지 않게 다 해줄끼고마. 까짓거 기면 기고 아이면 아이지! 시상에 남자가 저 사람뿐이드노! 안 그렇나?

길자 아이라예, 지는 마 뭐가 뭔지 암것도 모르겠어예! (소리 내어

치마에 얼굴을 파묻고 운다)

음악.

#15. 학준의 방

유리창 밖으로 둥근 달이 외롭게 떠있다.

학준, 벽에 기대어 머리를 움켜잡고 우두커니 앉아있다. 이때 문 밖
에서 면장 목소리가 들린다.

면장 우 상사 자능교?

학준 (화들짝) 아… 아닙니다.

면장 그카면 내 좀 들어갈까예?

학준 아, 그러믄요! (문을 열며) 아니 면장님! 무슨 일로….

면장 (술병을 내밀고는 방으로 들어온다) 하도 잠이 안 와가 우 상사하
고 내캉 이거 한 잔 마자 할까 싶어 안 왔능교! 괜않겠지예?

학준 아, 그럼요 어서 들어오세요. 그렇잖아도 저 역시 잠이 안
와서 술 생각이 나던 참이었습니다.

면장 그래요? 그카면 잘됐네. 내캉 오늘 밤에 한 잔만 더 하입
시더.

#16. 학준 방

면장 우 상사! 아까 전에 우리 아를 맘에 두고 있다카는 말이 사실잉교? 행여 술기운에 농한 거 아이지예? 내 그카면 우 상사를 콱 쥑여 뿌릴라꼬!

학준 면장님 제가 드린 말씀 정말로 농담이 아닙니다. 저 사내답게 분명히 말씀드리지요. 저 정말로 길자 씨를 좋아합니다.

면장 뭐라꼬 좋아한다꼬? 그카면 그 말인슥은… 우리 실자를 참말로 우 상사 내자로 맞아들여 백년해로라도 하겠단… 말잉교? 분명하게 똑똑히 말해보소!

학준 (무릎을 꿇으며) 정말입니다. 면장님! 길자 씨를 제게 주십시오. 길자 씨를 아내로 맞아들여 천년만년 저 사람 하나만을 사랑하며 반드시 행복하게 해줄 자신이 있습니다. 면장님!

면장 그래예? 그카면 내 한번만 더 물어볼랍니더. 아까 전에도 내 말한 거처럼! 저 아가 어데 어데가 좋와가 그리 맘을 먹은 긴데예?

학준 어디가 아니라 전부가 다 좋습니다. 면장님께서 허락만 해주신다면 당장이라도 고향 형님들께 인편을 드려서 길자 씨와 혼인하겠다고 통지하겠습니다.

면장 참말로 그리해 줄끼라예? 그라고 참말로 우리 아 눈에 눈물 안 흘리게 해줄 자신이 있습니꺼?

학준 사내라는 이름 내걸고 내 꼭 약속드리겠습니다. 면장님.

면장 (한참을 침묵하다가 불쑥 술잔을 내밀며) 그라믐 자! 내한테 술 한 잔 따라 보소. (술을 단숨에 마시고는 학준에게 술잔을 내밀며) 그라입시다! 우리 길자를 델꼬 가소. 하지만서도 행여 쟈가 내 친딸이 아니라케서 없수이 여긴다거나 쟈 눈에 눈물나게 하믐 내 가만 있지 않을 끼라예! 무슨 말인지 알지예?
꼭 명심하소!

학준 　감사합니다. 면장님 아니 장인어른 (벌떡 일어서서) 제 절을
　　　받으십시오. (큰 절을 올린다)

면장 　(학준을 쓸어안고 등을 다독거리며) 고마부예! 참말 고마운 기라
　　　예.

경쾌하고 밝은 음악.

#17. 울진 앞바다 해변가

밝고 행복한 음악 계속되며 눈발이 아주 조금씩 휘날리는 바닷가. 학
준과 길자, 바닷가 백사장을 거닌다. 기쁜 표정의 학준, 두 팔을 벌리
고 소리를 지르며 백사장을 뛰어다니다 길자에게로 다가온다. 그리
고 길자의 얼굴을 살핀다.

학준 　길자 씨 어때요? 기쁘지 않아요? 아직도 내 맘에 진정성이
　　　없어 보여 그러는 겁니까? 아니면 못다 감춰진 어떤 미련
　　　같은 것이라도 있는 거예요?

길자 　어데예?

학준 　그런데 왜 밝게 웃질 않는 겁니까? 나 혼자만 좋아서 이러
　　　는 거예요?

길자 　아이라카이… 기냥….

학준 　그냥 뭐요? … 그냥 뭐냐구요?

길자 　(머뭇거리다가) 우 상사님예! 참말로 이 담에 후회 안 할 자신

있능교?

학준 그게 무슨 말입니까? 후회라니요…?

길자 지캉 이래 인연을 맺어가 우덜이 혼례를 치루고 난중에 자식까지 낳은 후에 지가 무식한 여자라꼬 지한테 등 돌리거나 후회하지 않을 자신 있냐 이 말입니더.

학준 (갑자기 바다를 향해 소리친다) 아이고! 바다 용왕님이시여! 지금 이 여자가 하는 말 좀 들어봐유. 내가 이 사람한테 등 돌리고 후회할지도 모른다고 걱정하고 있네유. 용왕님요! 용왕님도 그래 보이십니까…?

길자 (주변을 살피며) 어머 와 이래예! 그만 하이소… 소리 좀 낮추라카이! 지나가는 사람들이 들음 우얄라꼬.

학준 예? 하하하. (계속해서) 용왕님 뭐라구요? 아니지요! 분명 지금 이 우학준이는 그럴 사람이 아니라고 말씀하셨지요! (사이. 길자에게) 들어봐요 용왕님이 지금 내가 그럴 사람이 아니라잖아요. 길자 씨는 용왕님이 대답하는 말이 안 들려요? 저기 지금도 아니라고 말씀하시잖아요…! 저… 기 저 기서.

파도소리가 들린다.

길자 어데예! 지 귀에는 기냥 물소리뿐인기라예!

학준 아닌데! 내겐 분명히 용왕님 소리였는데 길자 씨한테는 파도소리라니? 이건 말도 안 되네!

길자 (슬그머니 미소 지으며) 아이라예. 그거시 용왕님 소린등 모르겠지만서도 지도 그렇게 들리네예! 파도소리가 낼러 두고 우 상사님은 그럴 사람이 아니라카네예.

학준 그렇지요! 분명 그렇게 들었지요?

길자 (고개를 돌리며) 야!

학준 (길자의 등을 돌리며) 길자 씨!

길자 ….

학준 나 정말 길자 씨를 좋아해요. 길자 씨를 사랑한다구요! (와락 끌어안으며) 사랑해요. 아주 많이… 나 정말 길자 씨가 염려하는 그런 짓 절대 안 할 겁니다.

길자 (주위를 돌아보다가 학준 얼굴을 천천히 바라보며) 참말잉교?… 내 그 말 믿어도 되예?

학준 (길자를 끌어안고 입을 맞춘다)

바닷가에 진눈깨비가 천천히 내린다. 음악과 함께.

#18. 다시 달구지

진눈깨비가 내리고 영감이 끄는 달구지, 여인들과 아기의 모습이 비추고 길자, 아기를 품에 안고 멍하니 하늘을 쳐다본다.

여인1 오메, 오메 시상에 활동사진에 나오는 이수일과 심순애 마냥 둘이서… 끽끽끽 그 바닷가에서 아이구머니나 얼마나 좋았을꼬! 히히히.

여인2 그려가꼬 고로콤 둘이서 정신 못 차리다가 그 길로 이 얼라를 만들었당가?

길자 아, 아니라예 남사스럽구스리… 무슨 그런….

여인2 아, 인자는 처녀도 아닌데 뭐가 남사스럽당가… 그 뭐시냐… 그렇께 그 담엔 워찌 됐당가? 참말로 재밌구먼이랴!

길자　그칸데 그때 바로 부대에서 어떤 군인이 무슨 일인둥 그 바닷가꺼정 그일 찾으러 안 왔능교….

여인1　뭐여? 군인이… 왜? 분위기 깨게끔….

길자　그이한테 지금 바로 막 부대로 복귀하라꼬 기별이 온 기라예!

여인1　부대로 복귀하라고? 그럼 그때 집의 신랑은 다리가 다 나았능감?

길자　그랬을끼라예. 그카니까 지 앞에서 바닷가를 막 뛰어다녔지예. 기별을 전한 그 군인이 하는 말이 아주 급한 일이니 지금 바로 부대로 들어가야 한다 카데예….

#19. 달리는 지프차 안

학준　무슨 일인가? 부대에 무슨 일이라도 생긴 거야?

오 하사　그게 아니고요 인민군들이 다시 쳐들어오고 있답니다. 떼놈들하고 말입니다.

학준　뭐라고 떼놈들? 아니 그럼 중공군 놈들 말이야?

오 하사　예, 그렇습니다. 자세한 것은 부대로 들어가서 대대장님께 직접 들어보시죠!

길자, 지프차 뒷자리에서 웅크린 자세로 물끄러미 하늘을 쳐다본다.

#20. 면장댁 앞

길자를 내려주고 부대를 향해 달려가는 지프차. 멀리 사라지는 지프차를 바라보고 서 있는 길자. 진눈깨비가 여전히 천천히 내린다.

불안한 음악.

#21. 대대장 CP 안

대대장이 참모들과 함께 군용테이블 주위에 앉아있고 작전참모 브리핑을 하고 있다. 이때 학준 등장. 대대장인 순철에게 거수경례를 한다.

순철 오 어서 오게나! 자 저기 자리에 앉지! (작전참모에게) 자! 어서 계속해!

작전참모 네 그러니까 지난해 10월 중순 모택동 부대인 중국공산당 놈들이 아무런 선전 포고도 없이 압록강을 건너와 이북 괴뢰놈들과 합세하여 전쟁에 개입, 지난 11월에는 북진해있던 우리 아군기지와 UN군 기지를 습격하고 대대적인 공세를 취했다고 합니다. 이들은 셀 수도 없이 많은 병력을 밀고 들어와 소위 인해전술이라고 하는 공세작전을 취하여 아군과 유엔군을 밀어 붙였는데 이로써 우리 국군과 유엔군은 지난 12월 4일 평양을 그리고 12월 24일에는 장진호 전투에서 구사일생으로 벗어나 흥남에서 철수를 시작하게 되었고 지난 주말에는 38선 이북을 완전히 중공군

놈들에게 넘겨주고 또 다시 후퇴를 계속하고 있는 상황이
라고 합니다. 이상입니다. (거수경례)

순철 아니 그런데 왜 상부에서는 여지껏 가만히 있다가 오늘서
야 이런 전문을 보내 온 거야? 12월 24일이면 성탄절 전야
로 바로 지난 주 상황이었는데 말야. (다시 작전참모에게) 그래
서 우리에게 하달된 명령은 뭐라고 통지해온 거야?

작전참모 네 일단은 비상체제를 갖추고 대기하고 있다가 전방 지원
명령이 떨어지는 대로 강릉방향 7연대로 이동, 작전개시
에 동참하라는 내용이었습니다.

순철 수고했소! (자리에서 일어나며) 방금 모두가 들은 바대로 지금
전시상황은 이렇게 되었다. 그러니까 지금 즉시 각 중대별
로 완전무장시키고 막사를 정리한 후에 연병장으로 집합
대기 하도록! 지금 시각이 15시 27분이니까 앞으로 1시
간 반 후 정확히 17시 정각까지 완료토록 해야 한다. 수송
부대 선임관과 병참부대 선임관, 그리고 작전관만 남고 모
두 나가 서둘러라 이상!

작전참모 일동 기립! (모두 일어선다) 경례! (모두 대대장에게 경례를 한다)
필승! 해산! (모두 해산! 구호를 외치고 급히 CP 밖으로 나간다)

순철 (학준에게) 우 상사는 이제 복귀할 정도로 몸은 회복되었소?

학준 (일어서서 절도 있게) 넷. 이제 정상적으로 회복되었습니다.

순철 그래? 다행이군 그래! 그럼 이제부터 병참부로 복귀하여
선임하사로부터 상황 설명을 듣고 병참부를 지휘토록 하
게나!

학준 넷! 알겠습니다.

순철 수송관!

수송관 (일어서며) 네! 상사 김병관.

순철	지금 우리가 가용할 수 있는 차량은 모두 몇 대나 되나? 병참, 취사차량 모두 포함해서 말이야!
수송관	네! 부대 예비수송차량 2대, 병참차량 3대, 취사차량 2대, 그리고 G1, G2 전용 지프차까지 포함해서 모두 아홉 대입니다.
순철	(작전참모에게) 만약에 우리가 19시쯤 출발해서 강릉 7연대로 이동하게 된다면 몇 시쯤이나 연대에 도착할 수 있겠나?
작전참모	네 아마도 익일 11시쯤에는 도착 가능할 것 같습니다.
순철	(잠시 생각하다가) 그럼 수송관은 선발대로 취사차량과 병참차량 두 대를 먼저 보내고 남은 병참차량 한 대는 부대 이동 완료 후에 뒷정리를 한 후 출발시킬 수 있도록 배차완료하고. 작전관은 계속 상황대기 전문 오는 대로 내게 보고하도록… 이상!
작전참모	네 알겠습니다. 차렷, 경례! (일동 필승)
순철	(경례를 받으며) 필승! (모두 CP막사를 나간다. 이때) 우 상사!
학준	네! 상사 우학준!
순철	자네는 잠깐 나 좀 보게나.
학준	네!
순철	(주변을 확인하고) 어떻게 됐어?
학준	뭐가?
순철	길자 씨 말야! 면장이 길자 씨만 좋다고 하면 허락한다고 했다면서!
학준	모두 잘됐어, 그런데?
순철	그런데 뭐? 아! 지금 이 전시 상황 말이야? 너무 걱정하지 마. 중공군 놈들이 아무리 인해전술이니 뭐니 하며 당장

은 우세한 것 같지만 맥아더 장군이 어떤 사람인데… 그리고 유엔군 화력 또한 장난이 아니야! 곧 전세가 바뀔 테니까 너무 염려하지 말고 길자 씨한테 잠시만 기다려 달라고 하게나! 다시 북진이 시작되고 전시상황이 안정되면 우리 부대 안에서 결혼식을 올리면 되지 뭐!

이때 공중으로 전투기 비행 소리가 나고 부대 내로 사이렌이 울려 퍼진다. 이어 작전관이 CP로 급하게 뛰어 들어온다.

순철 무슨 일인가?

작전참모 큰일 났습니다. 대대장님! 지금 막 연대로부터 전문이 왔는데 강릉으로 집결하지 말고 빨리 영덕 9사단으로 퇴각하랍니다.

순철 뭐야? 영덕으로 퇴각?

작전참모 네 그렇습니다. 어떻게 할까요?

순철 뭘 어떻게 해! 빨리 작전시간을 1시간 앞당겨서 16시까지 연병장으로 모두 집결시키고 환자들만 예비수송차량에 태우고 모두 도보로 이동해야지! 어서 서둘러!

작전참모 넷! 알겠습니다. (퇴장)

학준 그럼 저도 병참대로 가 보겠습니다(거수경례를 하고 퇴장)

순철 (밖에다 소리친다) 부관 부관! 연대로 무전기 돌려봐 어서!

사이렌소리가 연속적으로 울린다. 강한 음악.

#22. 부대원들 퇴각

진눈깨비가 쏟아지는 가운데 군 부대원들 완전무장을 하고 퇴각하는 장면. 간간히 들려오는 포소리와 전투기 소리. 은은한 합창곡이 들려온다

#23. 병참차량 운전석

학준, 걱정스런 얼굴을 하고 한숨을 내쉰다. 그러다가 문득 주머니에서 수첩과 연필을 꺼내 편지를 쓴다.

학준   (독백) 길자 씨, 긴급한 상황이라 그대에게 연락도 못하고 지금 부대와 함께 이동중이요. 현재 중공군들이 밀고 내려온다고 하는데 면장님한테 동네사람들 모두 영덕이나 포항 쪽으로 속히 피난을 가야한다고 일러주시오. 우리 그곳에서 만납시다. 그리고 혹시라도 그곳에서도 우리가 못 만난다면 여기 내 고향집 주소를 적어 보내니 전시 상황을 봐가면서 그곳으로 찾아가시오. 우학삼 씨가 내 큰 형님이니 내 얘길 하고 그곳에서 날 기다리시오. 충북 괴산군 청안면 장암리 웃지경이요. 꼭이요. 꼭! 사랑하오 길자 씨! 부디 몸조심해야 하오.

이때 차창 밖으로 소달구지에 나뭇짐을 싣고 지나가는 동네 영감님의 모습이 보인다.

학준   잠깐! 이 일병 차를 세워라! (차가 멈추고 차창 밖으로 소리친다) 저 영감님! 영감님.

소달구지영감   (달구지를 멈추고) 내요? 방금 낼러 불렀능교?

학준   예. 혹시 영감님 소래골에 사시지요? 학교 앞 동네에….

소달구지영감   지를 아능교? 아니 그라고본께 면장댁에 계시던 군인 아닝교? 거 우 상사라켔든가? 맞지예?

학준   네 맞습니다. 아니 그런데 어딜 댕겨오시는 겁니까?

소달구지영감   아, 예! 우리 둘째 며늘아가 곧 해산한다 안 합니꺼! 그 래가 저그 방아실에 사는 동상 집에 가가 미역 한 다발 구하고 또 낭구가 필요할 것 같아가 전에 해둔 낭구를 싣고 가는 길인데예! 그란데 무신 일 났능교?

학준   네- 저 영감님 가능한 빨리 집으로 가시구요. 부탁 좀 드려도 괜찮겠습니까? (편지쪽지를 건네며) 저 죄송하지만 이 편지 좀 면장님댁에 꼭 전해주십시오. 가능한 그 댁 길자 씨한테….

소달구지영감   아 맞네! 그카고 본께 그 집 길자캉 우 상사님 혼담 야길 들은 거 같은데… 맞지예?

학준   네 맞습니다. 저 지금 출동 중이라서 긴 말씀을 나눌 수가 없구요, 이 편지 좀 꼭 부탁드리겠습니다.

소달구지영감   알겠십니더. 염려마시소. 네 지금 가가 꼭 전해줄 테니까는. 그칸데 지금 뭔일 났능교?

학준   저 영감님께서도 어서 식구들을 데리고 빨리 영덕 아래로 피난을 가시는 것이 좋을 것 같습니다. 면장님 댁에도 꼭 그리 전해주시구요.

소달구지영감   피난예? 그카면 또 난리가 터졌단 말입니꺼?

학준   암튼 빨리 마을 사람들한테 알려주셔야 합니다. 그럼 전이만. (경례를 한다. 운전병에게) 자 ! 출발하자!

소달구지영감   (그대로 서서) 아이구야! 또 난리라카이? 참말로 큰일이데
이… 우리 며눌아는 우야면 좋노….

은은한 코러스가 울려 퍼지고 차창 밖으로 함박눈이 펑펑 쏟아진다.

#24. 눈을 맞으며 퇴각하는 장면

부대원들의 도로 안쪽으로 행군하는 모습. 그리고 길 양쪽 가로 피난
민들의 행렬도 이어진다. 코러스가 잔잔하게 울려 퍼지고 함박눈이
펑펑 쏟아진다.
전투기 비행하는 소리가 크게 들리다가 사라진다.

자막: 1.4후퇴

어머니 독백과 내레이션.

노인 길자   (독백) 그카니까 사람들은 뒤에 그날을 1.4후퇴라 안 했드
노. 참말로 모다 어이가 없었제. 그냥 유엔군들이 북진을
해가 그대로 남북통일이 됐음 좋았을낀데 우알라꼬 떼놈
들이 인민군들한테 붙어가 또다시 백성들을 모다 피란가
게 만들고 고생을 시켰는지… 말도 말그레이. 그때 또다시
모다 죽을 고생들을 안 했드노.

내레이션   (다큐 영상과 함께) 인천상륙작전의 성공으로 아군과 유엔군

은 북진하여 압록강변에까지 이르게 되었지만 중공군 총사령관 팽덕회가 이끄는 중국 인민공산당 북한지원군 1차 25만여 명이 10월 19일 전쟁에 개입하여 인해전술이라는 중공군 특유의 인력공세 작전으로 인하여 전세는 뒤바뀌게 되었고 이어 계속된 중공군 증가 지원병력으로 인하여 결국 유엔군과 국군은 후퇴를 거듭하여 1951년 1월 4일 서울은 또다시 중공군과 인민군들에게 장악되어 수많은 백성들이 혹독한 추위와 굶주림 속에서 피란길에 오르게 되었으니 이것이 바로 1.4후퇴이다.

#25. 피난길 풍경

멀리서 호각소리가 들린다. 모든 피란 행렬이 잠시 멈춘다. 주변에 포격으로 불에 탄 초가집들과 담 허물어진 기와집들이 서너 채 보인다.

#26. 달구지

달구지영감 자! 우덜도 여기 내려서 빨리 죽이라도 끓여 먹읍세다. 꾸물대다 피란행렬 놓치면 오도가도 못혀….

여인1 (주위를 둘러보며) 영감님 여기가 워디쯤이래유?

달구지영감 글씨… 잘은 모르겠지만서도 내 짐작으론 아마 시오 리만 더 가믄 영덕읍이 나올 것 같은데… 이리로 지나 본 지가 한참 돼 놔서 잘 모르겠구먼….

여인2 오메 그럼 자네가 아까 전에 말하던 그 영덕이 바로 여기 당가?

길자 잘 모르겠어예. 아마 그런 것도 같고. (사방을 두리번거린다)

여인1 우덜이 멀리도 왔구먼 그려. 아 청주서부터 벌써 몇 날 며칠 밤을 새며 온 거여… (사이) 아이구야 먹은 것도 없었는디 왜 갑자기 요로콤 배가 아픈 기여 금방 쌀 것 같혀!

여인2 지럴허구라. 죽 끓여 먹자는디 웬 똥타령이당가… 아 쌀라면 저만치 멀리 가서 싸랑께. 사람들 보는 데서 엉덩이 까내보이지말고야!

여인1 아 알았씨유. 대신 쌀주머니 말구 보리주머니에서 딱 한 움큼만 꺼내 아줌씨가 대신 죽 좀 끓여줘유.

길자 (아기를 안고 계속 두리번거리며) 아가야 예가 영덕이란다. 이 근동 어딘가예 엄마가 쬐매할 때 살았던 동네가 있을긴데… 너무 마이 달라져가 어디가 어딘동 모르겠다.

이때 경비행기 소리와 함께 공중에서 삐라가 뿌려져 휘날린다. 피난민들 모두 서로 그 삐라를 줍느라 소동이다. 계속해서 경비행기 소리.

#27. 옛 영덕읍내 실개천

피란민들이 떼지어 오가고 피란민 상대로 물건을 파는 노점상들이 실개천 다리 위로 줄지어 장사를 한다. 매우 어수선한 피난통. 가끔씩 군용차량들이 거리를 가로질러 질주한다. 이때 다리 모퉁이로 바쁘게 지나가는 길자의 모습. 두리번거리며 행인들에게 길을 묻는 모양이다. 그리고 다시 읍내 거리로 향한다.

#28. 옛 영덕읍내 거리

거리 좌판 떡장수 할매에게 다가가는 길자.

길자   할매요! 길 좀 물라 카는데예? 혹시 말입니더… 예 영덕에 7연대 군인들이 있다카는 부대가 어디쯤인 줄 아능교?

떡장수   그걸 내 같은 아낙네가 우에 알겠노! 꼭두새벽부터 이 자릴 지키느라 달려와가 해 저물 때까지 예 이래 앉아가 장사만 하는데… 내는 모르것다. 딴 데 가 알아봐라.

길자   그래예? … 그… 럼… 마이 파시소. (힘이 없다)

떡장수   이봐라, 야 야! 군부대를 찾을라카믐 군인들에게 물음 젤 빠를낀데… 그라지 말고 요 앞에 잠시 서 있다가 군인차가 지나가믐 세워가 물어봄 안 되겠나. 그라믐 금방 알려줄끼라…!

길자   아! 그카면 되겠네예! 고맙심더. 그란데 우덜 같은 민간인이 차를 세워도 바쁜 군인양반들이 금방 차를 세워 주능교?

떡장수   그건 모르제! 하지만서도 사람이 사람을 부르는데 민간인이 어딨고 군인이 워 딨노! 맞다! 그래 이카믐 되겠네!

길자   뭔데예?

떡장수   니 내 떡을 조금 사가 (흉내내며) 이래 한손으로 들고 다른 손으로 막 군인을 향해 흔드는기라. 그카면 먹을 거 쥐어든 예쁘장한 젊은 처녀가 손을 흔드는데 차를 안 세워 주겠노?

길자   (찜찜…) 떡이 얼만데예?

떡장수   시루떡 아이가! 난리통엔 이기 최곤기라! 먹으면 든든한

기 한 사나흘 굶어도 괜않타카데 온갖 시름도 달래주고… 그래 시루떡이라 안 카드나! 한쪽에 십전인데 싸줄까? (길자 돈을 건넨다. 이때 그 앞으로 군용 지프차가 지나간다)

길자   에구머니나! 방금 지나간 저게 군인차 아닝교! (지프차를 향해 소리친다) 보이소! 군인아저씨예! 보이소! (실망하며 돌아선다) 아주머이요….

떡장수   (떡을 건네며) 떡을 들고 손을 흔들라 안 켔나? 그카니까 갔지!

길자   아, 그렇네예! (시루떡을 손에 꼭 쥔다)

떡장수   마, 괜안타. 전시 중에 군인차가 어디 한둘이드뇨! 예 있으면 또 금방 지나간다.

길자   그래예? 오늘 안으로 꼭 찾아가야 할낀데… 안 그러믐….

떡장수   젊은 색씨는 어데서 왔드노?

길자   내예. 울진서 안 왔능교!

떡장수   울진?

길자   야!

떡장수   울진 어덴데?

길자   소래골이라예! 울진을 아능교?

떡장수   (와락 놀라며) 소래골! 아니 그카면 그 핵교 있는 동네 아이가?

길자   맞아예. 증말 잘 아시네예

떡장수   아다마다 거기가 내 어릴 적 친정고향이다!

길자   그래예? 시상에….

떡장수   (멈칫) 봐라! 조오기 저 군인 찌부차가 또 온다카이 퍼뜩 나서가 손 흔들어봐라.

길자   오메! 참말이네! (떡을 쥔 손을 흔들며 소리친다) 보이소! 여기요! 군인아저씨예! 예 좀 보이소!

군용 지프차가 길자 앞으로 다가선다.

#29. 군용 지프차

운전사병 옆에 선글라스를 쓴 선탑장교가 타고 있다.

선탑장교 뭡니까?

길자 (시루떡 봉지를 펼치며) 저… 여기 시장하시지예… 이거 드시면서 내한테 길 좀 갈켜 주이소!

군인선탑자 아니? 이 여자가 정말… 우린 지금 작전 중이라서 민간인을 차에 태울 수가 없습니다. (운전병에게) 자, 가자!

길자 차 태버 달라카는 게 아닙니더. 저 7연대를 찾아 갈라카는데 그 부대강 어드메 있는둥 어디로 가야하는 둥 낯선 길이라 몰라 그래예!

선탑장교 7연대? (운전병에게) 영해쪽 평시소학교에 주둔하고 있는 부대가 7연대 맞지?

운전병 넷 맞습니다!

군인선탑자 (길자에게) 군인 가족이요?

길자 (엉겁결에) 야! 맞심니더. 지는 군인 가족이라예… 지 아제가 게 있어예!

선탑장교 아제요?

길자 아니! 지 신랑 말입니더. (순간) 맞아예 지 신랑이 게 있어가가!

군인선탑자	(운전병에게) 우리가 그리로 지나가지?
운전병	네 그렇습니다.
선탑장교	그럼 빨리 타시요. 원래는 민간인 탑승은 안 되는 거지만 군인가족이라고 하니 태워드리는 겁니다.
길자	(얼른 뒷자리로 올라타며) 고맙심더. 참말로 고마버예! (떡장수를 향해) 할매요 고마버예. 떡 마이 파시소!
떡장수	그래 조심해 가거레이. 그카고 무슨 일 있거들랑 내한테 또 온나! 알았제?
길자	야! 알았심더. (군 지프차가 출발한다)

#30. 황량한 전시중 시골길을
달리는 지프차 풍경

차량 뒷자리에 길자, 보따리를 꼭 쥐고 앉아있다.

면장	(소리) 그래 조심해 가거레이. 내캉 저 사람은 마을 사람들 다 떠나는 거 보고 뒤따라갈 테이까는 니 먼저 가가 우 상사를 만나고 있그라. 면장이라카는 사람이 난리 났다고 동네사람들을 뒤뿌리고 먼저 피란 가뿔면 사람들이 우에 생각하겠노! 그카고 7연대라켔제? 내도 그리로 찾아갈꺼고마… 마침 영덕으로 가는 도라꾸가 있어가 다행인기라. 뭐 하노 퍼떡 안 가고….
길자	아부지예…. (머리를 감싼 펄럭이는 마후라를 다시 옭아맨다)

#31. 평시초등학교 정문 앞 초소

길자, 차량에서 내리고 인사를 할 때 군용지프차가 다시 달리며 사라진다.

길자, 바리게이트가 세워진 학교 정문 앞 초소로 다가간다.

초소병 (경계하며) 정지! 어디서 오셨습니까?

길자 사람을 찾아 안 왔능교? 저 군인아저씨에 예가 7연대가 있는 부대 맞습니꺼?

초소병 7연대요? 찾는 사람 부대 소속명은 알고 왔습니까?

길자 야! 7연대 3대대 병참부라예!

초소병 (고개를 가우뚱하며) 3대대는 오늘 새벽에 모두 철수했는데… 잠깐만요. (초소 안으로 들어간다)

길자 (중얼거리며) 우야노… 안 되는데… 그카면 안 되는데… 어무이요….

초소병 (초소에서 나오며) 맞습니다. 오늘 아침 새벽에 전투부대는 모두 철수했습니다.

길자 그… 그카면 어디로 철수했는등 알 수 있겠능교?

초소병 모릅니다. 또 알아도 부대 이동사항은 군 기밀사항이라서 민간인에게 알려 줄 수도 없구요.

길자 (울먹이며) 우야면 좋노…. (발길을 돌린다)

초소병 (측은한 듯) 저! 군인가족이십니까?

길자 (화들짝) 예 맞아예. 지… 지는 군인가족이라예!

초소병 (길자에게로 다가와 작은 소리로) 포항 쪽으로 가보십시요!

길자 포항이라꼬예? (연거푸 절을 하며) 고… 고맙심더… 참말로 고맙심더!

음악.

#32. 다시 옛 영덕읍내 거리

전투기 소리와 함께 영덕읍내 곳곳에 폭탄이 터지고 집들이 파괴되면서 사람들 여기저기서 아우성치며 혼비백산한다. 이때 보따리를 머리에 얹고 달리는 길자 모습이 보인다. 그리고 부서진 상점 옆으로 피해 주저앉는다.

계속해서 길자가 숨어 피해있는 앞 도로로 기관단총 총알이 박히며 지나간다. 길자, 보따리로 귀를 막으며 소리친다.

길자 우야면 좋노… 아부지예! 하늘님요 내 좀 살려주이소! 내 좀 살려주이소 악! 부처님예!

이때 탱크 소리가 들리며 탱크가 쏘는 포격에 집들이 부서지는 광경이 나타난다.

#33. 부서진 기와집 상점 안

길자, 포격소리에 다시 놀라며 부서진 상점 안쪽으로 기어 들어간다.

길자 (여전히 놀라 중얼거리며) 하늘님요! 부처님요 내 이래 죽음 안되는기라예. 죽드라도 꼭 그이를 만나야 합니더. 그 사람한테 지 맴도 전해야 카는데예… 하늘님요. 낼러 좀 살려주이소!

#34. 부서진 기와집 상점 밖 도로

붉은별 표시가 선명하게 보이는 인민군 탱크가 지축을 흔드는 듯한 소리를 내며 지나가고 그 뒤를 따라 인민군들이 총을 들고 따라가는 행렬이 보인다.

#35. 부서진 기와집 상점 안

길자, 다시 숨죽이며 기어서 상점 안쪽으로 들어가 숨는다.

길자 아부지… 어무이요… 하늘님… 부처님요… 내 좀 살려주 이소!

이때 누군가 등 뒤에서 길자 팔을 잡아끈다.

길자 아악! (놀라 기절한다)

#36. 부서진 기와집 상점 안쪽

이미 폭격을 맞아 상점 안쪽에는 물건들이 여기저기 흩어져 있고 아 수라장이다. 이때 길자, 부스스 깨어난다. 그리고 다시 소스라치며 놀란다.

길자　　악!

떡장수　쉿! 조용해라! 내다. 내 알제? 떡장수할매! 인자 깬기가?
　　　　내라카이! 쉬-이…!

길자　　헛… 아, 떠… 떡 장수… 할매…?

떡장수　그래 내다… 정신이 드노?

다시 쓰러지는 길자.

떡장수　(조심스럽게 흔들며) 봐라! 봐라… 내라카이. 일나거라 어서.

눈을 부스스 뜨는 길자.

떡장수　많이 놀랬는갑다. 당연하지 늙은 내도 이래 떨리는데… 봐
　　　　라 니 지금 정신이 든기가?

길자　　하… 할… 매요.

떡장수　(작은 소리로) 그래 내다. 그래 7연대로 가가 만날 사람은 만
　　　　나고 온 기가? (손을 입에 대고) 쉬… 조용하거레이… 지금 이
　　　　앞으로 억수로 많은 인민군들이 나다니고 있다카이.

길자　　이… 인민군이 맞지예?

떡장수　(길자 입을 막으며) 그래 그카니까 소리 내지 말고 그냥 잠자
　　　　코 이래 숨죽이고 있자카이. 알았나?

길자　　(고개를 끄덕인다)

#37. 어둠이 내린 상점 안쪽

길자 (조심스레 속삭이듯) 할매요? 지 좀… 일나도 되겠능교?

떡장수 와?

길자 오줌이 마려가 못참겠어예.

떡장수 기냥 속곳에다 지려 싸그라. 지금 일나다 소리 내뿔면 지나가는 빨갱이 놈들한테 발각된다 그카면 우얄끼꼬! 내도 아까 전부터 세 번 그리 쌌다… 똥 매려운 건 아니제?

길자 아… 아이라예.

떡장수 그카면 됐다. 니 배는 안 고프나?

길자 예? 모… 모르겠어예. 배가 고픈둥 뭔둥 그냥 이래 가슴이 벌렁벌렁거리는게….

떡장수 소리 낮추라카이! (시루떡을 건네며) 옜다. 이거 묵그라. 아까 전에 폭격으로 먼지가 많이 묻었을긴데 그래도 괜안타. 묵을 만하다.

길자 (떡을 받아들고 조심스럽게 한입 베어문다)

떡장수 그라고 니 단디 듣거레이. 우리가 영덕을 빠져나가기 전까지는 니캉 내캉 이래 함께해야 한다. 그라고 미리 알려주는데 만약에 우덜이 빨갱이 놈들헌테 들키거나 잡히면 말이다 니는 기냥 눈을 뒤비가 이-래 반쯤 감고 입으로는 침을 질질 흘리라카이. 내는 또 우덜이 싼 오줌 묻은 흙으로 니캉 내캉 얼굴에다 바를 테이 냄새나도 좀 참고….

길자 (눈을 찡그리며) 와 그케야 하는데예!

떡장수 몰라 묻는기가? 그케야 니는 지랄병 든 미친 아가 되는기고 내는 노망든 미친 할매가 되가 빨갱이 놈들이 드럽다고 우릴 해꼬지 하지 않을게 아이가!

길자	아하! 그… 그렇네예!
떡장수	니 할 수 있겠제?
길자	(고개를 끄덕인다)
떡장수	죽기살기로 용써야 산다카이! 이기 전쟁이라 카는기다. 내 일정 때도 안 그랬드노! 내도 니처럼 젊었을 때 어느 할마 시가 갈켜줘가 그래 살았다. 에고 무시라 무시라. 왜놈들 진짜로 못된 놈 만나믐 참말로 인간이 아니데이. 짐승잉기 라. 내 무서버가 할 짓 안할 짓 다 안 했드노!

음악.

#38. 다시 날 밝은 영덕 읍내

읍내 곳곳에 포연 연기가 피어오르고 여전히 탱크가 지나 다닌다. 그 리고 곳곳에 인민군들이 양민들을 포승줄에 묶고 지나간다. 거리가 공포스럽다. 그리고 보도연맹 차량이 종이마이크로 방송을 하며 지 나간다.

보도연맹 차량방송 친애하는 영덕군민 동지 여러분! 우리는 조국인민해 방을 위해 이곳을 사수한 조국 인민해방전선의 용사들입 네다. 우리는 영덕군민 동지여러분들을 저 악랄한 미제국 주의놈들과 이승만 괴뢰도당으로부터 구해내기 위해 불철 주야 이 엄동설한에 사선을 뚫고 넘어왔시요. 이제부터 인 민동지 여러분들은 자유로이 백미로 지은 밥을 먹을 수 있 고 또 동해 바다에서 잡아 건진 생선과 부르조아 대지주놈들이 소유했던 소고기, 돼지고기를 마음껏 잡아서 삶아먹고 구워먹고 국 끓여 먹으면서 살 수 있게 되었단 말입네다. 이는 위대하신 수령동지이신 김일성 장군님께서 특별히 영덕군 내 인민동지 여러분들에게 베풀라 명하신 선물입네다. 친애하는 영덕군민 동지 여러분! 우리는 조국인민 해방을 위해….

#39. 날이 밝아진 상점 안쪽

길자와 떡장수 할매가 거적데기를 둘러쓰고 서로 꼭 부둥켜안은 채 떨고 있다.

길자 (덜덜 떨며) 아 할매요? 아… 아즉 주무시능교?

떡장수 (덜덜 떨며) 자… 자기는! 내 추버가 벌써부터 깨가 이래 숨 죽이고 있다. 옥수로 춥제?

길자 야… 아! 추버가 손가락 하나 까딱할 수가 없어예. 다리도 마비된기 내 다린둥 할매 다린둥 아무런 느낌도 없능기라예!

떡장수 내도 그렇다 하지만 쬐매만 참아보자카이… 바… 바깥 사정이 어떤가 좀 더 보고 움직여도 움직여야 않겠나! 내 이 집을 좀 안다. 안쪽으로 가믐 안채에 방이 두어 칸 있는데 지나는 사람들 뜸할 때 후딱 그리로 옮기자 그래도 사람 살던 방이니까는 예보단 따습지 않겠나. 냉기도 덜 할끼고… 아이구야! 옥수로 춥구만. 자… 내한테 바짝 붙거라.

#40. 영덕읍내 거리

다시 보도연맹 차량이 영덕거리를 오가며 인민군가를 틀고 거리방송을 한다. 이때 덕명, 꾀죄죄한 누더기 한복차림에 인공기를 손에 쥐고 흔들며 보도연맹 차량을 뒤따라간다. 약간 모자라 보인다.

보도차량방송, 음악 북한전투가 〈결전의 길로〉가 크게 들린다.

강렬한 전투의 저기 저 언덕 피 흘린 동지를 잊지 말아라
쓰러진 전우의 원한 씻으러 나가자 동무여 섬멸의 길로
만세 만세 만세 높이 부르며 원수의 화점을 짓부수며 앞으로
원수의 화점을 짓부수며 앞으로 나가자 동무여 결전의 길로

방송   친애하는 영덕군민 동지 여러분! 우리는 조국인민해방을 위해 이곳을 사수한 조국인민해방전선의 군사들입네다. 우리는 영덕군민 동지여러분들을 저 악랄한 미제국주의 놈들과 이승만 괴뢰도당으로부터 구해내기 위해 불철주야 이 엄동설한에 사선을 뚫고 넘어왔시요. 이제부터 인민 여러분들은 자유로이 백미로 지은 밥을 먹을 수 있고 또한 동해 바다에서 잡아 건진 생선과 부르조아 대지주놈들이 소유했던 소고기, 돼지고기를 마음껏 잡아서 삶아먹고 구워먹고….

#41. 상점 안

상점 안쪽에서 문밖 풍경이 보인다.

떡장수 (갑자기 놀래며) 아니… 저… 저게 누꼬? 덕맹이 아이가? 저 문딩이자슥이 지, 지금 저게 뭐하는 짓이고 웅?

길자 (덜덜 떨며) 더… 덕맹이가 누군데예? 저… 저, 기 흔들며 가는 저 머슴아 말인교?

떡장수 그… 그래 저놈이 덕맹이 맞지 싶다. 아이고 불쌍코마. 저 문딩이자슥이 우애 저리 됐드노? 나이는 자네 나이나 비슷할낀데 난리 터져뿔고 지그 식구들 몽땅 죽고 지 혼자 살아남더니만 저리 됐능기라! 쯔쯔쯧. (사이) 야, 야, 니 시방 일날 수 있겠나? 어여 사람 뜸할 때 퍼뜩 안채로 옮기자카이! 어서!

길자 야! (다리가 저리고 감각이 없는지 일어서다 다시 주저앉는다)… 하… 할매요!

떡장수 와! 다리에 힘 빠졌드노? 그래도 퍼뜩 일나그라. 안 그러믐 예 이래 있다가 빨갱이 놈들한테 들키면 우얄끼고! 또 안 들킨다해도 추버 얼어 죽는다카이. 자, 일나그라. 어서….

두 사람 힘겹게 일어나 안채로 들어간다.

#42. 안채 안방

떡장수 (안으로 들어서며) 야야! 봐라! 방안에 아즉 온기가 있다! (방바닥을 짚어보며) 방구들도 아즉 식지 않은갑다. 미지근한기 이제 살은기다. 우덜이….

길자 할매요, 조기 이불도 있어예 솜이불이라예!

떡장수 맞다 그러네. 이 집 영감탱이가 집 버리고 가면서 살림가재를 모다 내뿔고 갔는갑다. 으그 추부라! 퍼뜩 이불 피가 덮자! (이불을 펴서 머리 위로 덮어 쓰며) 내사마 이제 좀 살 것 같네. 아이고 하느님이요. 감사합니데이! 뭐하노 퍼뜩 안 들어오고!

길자 야! (다리를 절룩거리며 떡장수할매 곁으로 가 함께 이불을 덮어쓴다)

떡장수 다리는 괘않트나? 밤새 얼어 그런기라. 고마 이래 깜빡 한두어 시간만이라도 예서 기냥 눈 좀 부치자. (연신 하품을 하며) 아즉 맴을 봐서는 안 될끼고만서도 눈까풀이 이래 감겨오고 하품이 나오는데 내는 잡힐 때 잡히더라도 우선 눈 좀 부쳐야 쓰겄다. 그카고 낸중에 뭘 있는동 찾아보믐 살던 집이니까는 뭐라도 먹을 게 있을끼다. 아이고 그 문디이자슥… 덕맹이놈 참 불쌍타 저걸 우에 하노…. (스르르 잠이 든다)

길자 (독백/묵묵히 천장을 바라보며) 우에 됐능교? 아무 일 없지예? 절대로 내캉 만나기 전까지는 꼭 살아있어야 됩니데이. 꼭 이라예… 꼭…. (중얼거리며 스르르 눈을 감고 잠이 든다)

제3부

추억의 초상

#1. 피난길 풍경

피난민들이 여기저기서 연기를 피워가며 밥을 지어먹는다. 철없는 꼬맹이들이 그 사이로 뛰어 다니고. 포대기에 씌여 긴 천으로 나무에 매단 채 우는 어린 아기, 허리 꼬부라진 초라한 할머니 쪽박 들고 여기저기 밥 동냥하며 다니는 모습, 불에 탄 초가집들과 담 허물어진 기와집들이 보이는 풍경 속에서.

#2. 달구지 옆에서

여인2 (달구지영감에게 죽 한 그릇 내밀며) 영감님 먼저 한 그릇 드시시요잉. 참말로 영감님 고맙지라. 우덜은 그래도 틈틈이 잠이라도 자가며 가는데 영감님은 왠종일 잠도 못 주무시고 고생스러버 워쩐다요? 죽이 뜨거웅께 찬찬히 식혀 가며 드시고 이불 덮고 쬐끔이라도 눈 좀 부치랑께요. 이따가 인솔대장이 호각 불면 깨워드릴랑께….

달구지영감 (죽그릇 받아들며) 고맙소. (여인1에게) 그리고 죽 다 끓였으면 그 불씨 꺼트리지 말고 부찌깽이로 화롯불에 끌어담아 불 나지 않게 조심혀서 얼라 옆에다 올려놔 깐난쟁이가 잘 울지도 못하는 거 봐설랑 지도 추위타는 거 같든데….

여인1 알았시유! 인정 많은 우리 영감님 분부대로 합지유 (길자에게) 자네는 그냥 게 앉아있어. 찬바람 쐬면 난중에 큰일나! 성님 이 사람한테두 죽 한 그릇 퍼줘유. 그냥 예 앉아 먹게!

여인2 (죽을 퍼담으며) 그려. 서로 혈육은 아니지만서도 이래 맴 나누고 정 나눙께 참 말로 좋지라! 이게 사람 사는 참 모습이랑께! 근데 그 빨갱이 놈들은 뭣땜시 난리를 일으켜설랑 온 나라백성들을 요로콤 고생을 시킨당가 빌어먹을 금수들 같으니라구.

길자 아주무이요, 근데 난리는 언제쯤이나 끝날 것 같응교? 이래 다시 부산까지 피란 가다가 모다 지쳐 죽어삘면 우야능교?

여인2 그걸 우덜이 어찌 안당가? 인민군이 쳐들어오믐 기냥 죽기살기로 이래 피난가는 거고 유엔군이 인민군을 쳐부수면 또 살던 곳으로 가 헤어진 식구들 찾아설랑 그냥저냥 가 사는 거시제 (영감에게) 아, 안그요! 그렁께 나라 백성들이란 냇가에 흔들리는 갈대랑께라. 에구 우리 막둥이놈 전쟁터에서 목숨부지 혀야 쓰것는디… (여인1에게) 자 우덜랑 죽 아까웅께 이래 같이 긁어 먹더라고!

길자 아지매 아드님도 군에 갔능교? 지는 처음 듣네예!

달구지영감 인명은 재천인겨! 아무리 전쟁터로 나갔다 혀도 죽을 놈은 죽고 살 놈은 살 거지만서도 저 아줌닌 인정이 많은 거 보니께 평소 덕을 많이 쌓아 하늘님이 막둥이 아들놈 잘

보살펴 줄 꺼여! 그러니까 걱정 싸매두고 짐 섞이지나 않
게 자기 짐 자기가 잘 챙겨둬봐. 나는 아줌니 말대로 한숨
자고 일날 테니께. (달구지 안쪽으로 가서 이불을 덮고 눕는다)

여인2 말씀이래두 고맙당께로… 내 박복한 팔자에 무신 덕이 있
당가요? 그냥 내 덕 말고 그 순둥이 우리 막둥이놈 지 쌓
은 덕대로 하늘님이 보살펴주심 나가 대신 죽어도 상관 없
응께 그리 되았음 좋겠지라….

길자 (독백/아기에게 젖을 물리고 죽을 한 술 입에 넣다가 물끄러미) 하늘
님요, 부처님요 이래 착한 백성들인데 우에 나라 백성들이
이런 모진 시련을 받아야 합니꺼. 내 누구한테 기도를 드
려야 좋을동 모르겠지만서도 제발 이 착하신 어른들 형편
을 좀 보살펴 주이소… 그카고 지도 어릴 때 이 근동 어딘
가에서 자란 것 같은데 지 친엄마를 찾아야 안 되겠습니
꺼? 하늘님요 부처님요 낼러 좀 도와주이소!

여인1 근데 아까 새댁이 어디까지 말했던겨? 그려 그 떡장수 할
마시하고 안채로 숨어들어가 잠을 잤다고 했지? 그래 그
곳에서 인민군들한테 들키진 않았던겨? 또 애 아범은 만
났구?

여인2 거기서 살아났당가? 이런 살아났응께 예 있는 거지라…
그래 영덕서 탈출혀서 포항꺼정 갔었능가?

잔잔한 음악.

길자 (아기를 토닥거리며) 근데 아지매요?

여인1,2 (길자한테 고개를 돌린다) 왜?

길자 아지매들은 참말로 하나님이 있다고 믿능교? 아니 기적이

라카는 게 진짜로 일어날 수 있다고 생각하능교?

여인2 고게 무신 말이당가? 아 하나님이 있고 말고라. 부처님도 있고 산신령님도 있고 삼신할미랑 무당들이 섬기는 오방신이 없다면 세상사 어떻게 돌아갈 수가 있당가… 아 있고 말고라.

여인1 왜 난데없이 하나님 타령인디… 그리고 기적은 또 뭔 말이여?

길자 지는 똑똑히 봤어예. 이거이 하늘의 기적이구나 하는 거 말이니더.

여인1,2 뭐? 뭐라구 기적?

음악(코러스 합창곡 up-down)

#3. 안채 안방

곤히 잠든 길자에게 칼이 달린 총이 보이며 소리친다.

인민군1 이보라우! 애미나이 동무! 이보라우!

길자, 떡장수, 눈을 뜨며 소스라치게 놀란다.

방안에 인민군 한 명이 길자와 떡장수 할매를 향해 총을 겨누고 있다. 그 뒤로 팔에 부상을 당한 채 피를 흘리고 있는 인민군 소년병사가 벽에 기대어 신음소리를 내며 괴로운 표정으로 앉아있다.

떡장수 (덜덜 떨며) 누… 누꼬?

인민군1 (총을 겨누며) 보… 보면 모르갔시요! 우리래 이북서 온 인민 해방군이야요!

떡장수 (속으론 덜덜 떨면서도 담대하게) 그… 그칸데 와요? 와 갑자기 남의 내실에 들어와가꼬 이래 총뿌리를 내미는 긴데?

인민군1 (여전히 총을 겨누며) 그… 그거이… 배… 배가 고파설라므니… (사이) 아니다. 이 영덕 인민 동무들의 안전을 보호하기 위해 설라므니 내래….

소년인민군 (팔을 잡고 고통스러워하며) 형… 내… 내래 죽갔시오 빠… 빨리….

인민군1 (잠시 머뭇거리다가 갑자기 총을 내리고 무릎을 꿇으며) 하… 할마이 동무… 쟈… 쟈를 좀 살려주시라요. 쟈는 내 친아운데 사고로 총을 맞았시오. 파… 팔뚝이 썩어가서 지금 치료를 하지 않으면 주… 죽을 거인디… 어… 어드메 야… 약 같은 기 없갓시오?

떡장수 (이불을 벗겨내며) 뭐… 뭐라꼬? 팔뚝이 썩는다꼬? (일어나 소년 인민군에게 다가간다) 어디 좀 보자 아! 팔 좀 보자카이…. (팔을 잡아든다)

소년인민군 (고통스러워 비명을 지른다) 아… 아아!

떡장수 (얼굴을 찡그리며) 시… 시상에 이게 뭐꼬…? 이래 갖고 우에 살았드노… 야야! 길자야! 니 퍼뜩 일나 저 뒷간 장독대에 가가 된장 좀 있나 살펴보고 있음 좀 퍼갖고 온나 어서!

길자 (눈을 뒤집어 까고 입을 삐뚤게 하고 있다가 일어나며) 아… 알았어 예.

떡장수 (혀끝을 차며 동정어린 말투로) 시상에… 시상에 이래 어린 얼라

들꺼정 죄다 끌고와가 이 난리통에 총을 들게 했드노… 시
시상에 아이고 하느님요! (소년 인민군에게) 니 몇 살이드노?

소년인민군 (여전히 아파 신음을 내면서) … 아… 아, 여… 열세 살이라요…
아… 아.

떡장수 열세 살?… 아이고 이 문디아-야! 시상에 이래 어린 아를
끌고와가 손에 총을 쥐어졌드노? 시… 시상에 시상에…
(인민군1에게) 그래 우에다 이 아가 이래된 긴데?

인민군1 영덕군을 점령하러 내려오다 흥해 쪽에서 남조선 국군 아
새끼들이랑 교전이 있었드랬시오. 그때 총상을 입었는데
약품이 없어서리 저리된 기야요. 하나뿐이 없는 아우인데
이래 지나가간 죽을 것 같고 또 배도 고프고 해설라무니
엊저녁에 야를 데리고 부대를 도망쳐와 헤매다가 우연히
이리로 들어왔시오. 할마니 쟈 좀 살려주시라요!

떡장수 아이구야 가여버 우짜노… 인민군은 부상당한 아들 치료
해줄 약도 없나?

인민군1 피양서 내려올 때부터 우리 해방군들은 총탄은 있어도 의
약품이나 생필품은 부족해서리 구경도 못해봤시오. 할마
니, 내래 할마니동무래 은혜는 잊지 않갔시오. 그러니 내
동생아를 좀 살려주시라요

떡장수 인명은 재천인기라! 내 우에 됐든 간에 힘써 볼 테니까는
쪼매만 기다려 보그라. 근데 총각 니는 나이가 얼마나 된
기가? 수염이 있어가 하대를 해야할둥 말둥 몰라가 묻는
기라.

인민군1 열아홉입네다. 끈끼니 말씀 놓으시라요.

떡장수 열아홉? 아이구머니요. 인자 열아홉이라카믐 우리 작은 손
자캉 같은 나인데 가여버 우짜노. (밖에다 소리친다) 뭐하노?

아즉 못 찾았드노?

길자 (밝은 목소리로) 예! 찾았어예.

떡장수 뭐라꼬! 찾았어? 그럼 퍼뜩 퍼가지고 온나 어서!

길자 (들어와 된장을 내밀며) 예 있어예. 할매요. 그라고 된장 말고 묵은지도 있고 다른 장독간엔 허연 쌀도 있능기라예!

떡장수 (희색을 띄며) 뭐라꼬 그게 참말이드노? 아이고 하느님요! 감사합니다. 감사합니다. 이 집 영감탱이가 혼자 살면서도 부자였는가 보다. (길자에게) 그카면 니는 퍼뜩 밥하고 묵은지에 된장 풀어가 국을 끓이그라. 내는 야를 돌볼 테니까는. 퍼뜩.

길자 야! 알았어예. (밖으로 나간다)

떡장수 야가 살라꼬 하늘이 이래 준비해두신갑다. (앞치마 자락을 찢으며 인민군1에게) 그카고 니도 퍼뜩 나가가 뜨신 물을 좀 끓여가 온나. 느그 동상 먼저 살려야 않겠나. (소년인민군의 팔을 살핀다) 시상에 시상에….

강한 음악 up-down.

#4. 다시 안채 안방

다친 소년병사 한쪽 구석에 구부린 채 깊은 잠에 빠져 있고 인민군1과 떡장수 할머니, 길자가 고구마 껍질을 벗겨 까먹으며 이야기를 나누고 있다.

떡장수 이기 다 하느님이 있단 증거 아니고 뭐겠노. 이 난리통에 모다 뒤지삘 목숨들인데 우에 우덜이 이렇게 먹을 거하고 뜨신 방을 차지할 수가 있드노 말이다. 하느님이 어린 니들 불쌍타고 이 지옥 같은 곳에다 이런 귀하디 귀한 곡물들을 숨겨두신 거 아니겠나! 그카니까 언제 어찌될둥 모르는 우리네 인생 미리 걱정들 말고 그냥 이래 있을 때 실컷 먹어두자카이. 근데 빨갱이 놈들은 뭐한다꼬 저래 어린 아까지 몽땅 다 군에 끌고 왔드노?

인민군1 (와락 짜증을 내며) 할마이 동무! 거 자꾸 빨갱이 빨갱이 하지 마시라우요. 우덜도 할마이 동무처럼 같은 조선사람입네다. (팔뚝을 걷어 부치며) 보시라요. 우덜 살갗이 어드메 빨갛습네까?

떡장수 (당황스레) 아이고 그래 내 고마 잘못했다. 그래서 그런기 아이고 우덜 남쪽 사람들은 습관이 되가 이북 사람들을 죄다 그래 부른다 안카나! 미… 미안테이….

길자 (조심스럽게) 맞아예! 그칸데 증말 이북에서는 저레 어린아들도 군에 갈 수 있능교?

인민군1 (한풀 꺾이고) 그렇틴 않아요! 우리래 기냥 기럴만한 사정이 있었댔시요!

길자 그럴만한 사정이라꼬예? 그기 뭔데예?

인민군1 (긴 한숨을 내쉬며) 우리 아바이 때문이었시요!

떡장수 느그 아버지 때문이라꼬? 와?

인민군1 (멍하니 천정을 바라보며) 전쟁이 터지기 던에 우리 아바이는 장사꾼이었더랬시요!

떡장수 무신 장사를 했는데?

인민군1 쌀장수였디요!

떡장수 그래가?

인민군1 그러니끼니 이태 전이었시오. 그때도 해방 후였지만서도 인민들이 먹고살기가 막막해설라므니 쌀이고 뭐고 먹을 기 있는 집 사람들헌테 자기들이 가지고 있던 귀한 물건들을 내주면시리 막 바꾸어 먹곤 했디요. 그때 우리 아바이는 남조선으로 내댕기면서 쌀장사를 해설라므니 꽤 재물을 모았디요. 그날도 이른 꼭뚜새벽 녘에 아바이가 38선을 넘어가 쌀을 구하러 남조선으로 갈라켔는데 저놈아가 지도 델고 가달라고 아바이한테 울며 막 떼를 쓰질 않았 갔시오. 저놈은 우덜 집 막뒤이라서 우리 아바이가 특별히 귀여버하니까 아바이를 무척 따랐었디요.

#5. 이북 초가삼칸 집

새벽안개가 자욱하다. 짐을 챙기는 40대 남자 앞에 훌쩍이는 열 살 소년과 그의 형, 그리고 할머니와 애들 어머니.

소년 (훌쩍이며) 아바이 내래 아바이 따라 갈 끼야요, 내래 인자는 성아맹키로 힘을 쓸 줄 아니까는 쌀자루 하난 짊어질 수 있으니 시름 노시라요 네. 아바이.

아바이 (버럭 소리 지르며) 그만 닥치지 못하겠네! 열살밖에 안 쳐먹은 아새끼레 무슨 심이 있다구서니 그 삽한 길을 따라간다고 그라네. 니는 거저 남아서 니 오마니하고 할마니 모시고 있으라우야. 나댕기지 말고 말이다. 요즘은 세상이 하두 어수선해설라므니 조심하지 않음 애나 어른 모다 좋을 께 없어야! 알아듣네?

형	아바이 내는요? 내는 따라가도 일 없습네까?
아바이	오늘은 너도 남끼라. 요즘 38선 주변상태가 심상치 않은 기 이 아바이 혼자서도 넘나들기가 여간 삽하고 고된다 하지 않았네! 이번 양식일랑은 남들헌테까정 팔지 아이하고 우리 식구들 먹을 것만 구해올 테니끼니 짐보따리가 아이 무겁다. 모다 알아들었네?
소년	내레 기래도 아바이 따라 갈끼라요.
아바이	아바이가 아니 되믐 아니 된 줄 알아야지 간나새끼마냥 자꾸 보챌래?
할마이	니 아반 말을 아이 들을래? 인자 너도 열 살을 처먹었음 덜머리총각인데 그러면 아이 된다.
오마이	(아바이에게) 우리 막뒤이래 뭐가 갖고 싶어 그러는 것 같으니끼니 당신이 돌아올 때 얘가 사고 싶은기 뭔가 알아서 좀 사가지고 오시라요.
소년	아니야요. 내래 기냥 우리 아반하고 같이 있고잡아 그러니끼니 모다 상관말란 말입네다.
아바이	그래 이 아바이가 돌아올 때에 니들 좋아하는 쎈뻬이하고 작기장, 연필을 사올 테니끼니 새벽부텀 떼쓰지 말라우야. 알아 듣간? (할마이에게) 그럼 오마니 내레 다녀오갔시오. 한 사나흘 걸릴 테니까는 끼니 걸지 마시구 시름 노시라요.
할마이	알았다. 우리네 걱정말고 아반이나 삽한데 잘 댕겨 오라.
오마이	빨랑 가시라요. 일행들 기다릴 텐데….
아바이	우리 막뒤이래 울지 말라우야. 니가 그카면 이 아바이 마음 어떻갔네? 알간!
소년	아바이 그럼 꼭 세 밤만 자기요!
형	잘 다녀 오시라요. 야는 내래 잘 간수하갔시오.

아바이   그래 우리 장손만 믿는다. 자, 그럼.

등짐을 진 아바이, 새벽안개 속으로 사라진다.

#6. 다시 영덕 피란지 안채 안방

떡장수   그래 그케서 우에 됐노? 느그 아버지캉 돌아왔드노?

인민군1   ….

이때 소년병사가 잠에서 깨어나 혼자 훌쩍거리고 있다.

인민군1   (힐끔 동생을 바라보고는 버럭) 울지 말라우야! 기케 울면 내레 맘 편하간… (긴 한숨) 그케 집 떠난 우리 아바이가 영영 돌아오지 않았시요!

떡장수   뭐라꼬 돌아오지 않았다꼬. 와?

인민군1   … 모르디요. 우리네가 어찌 알 수 있갔습네까! 38선에서 미제놈들한테 잡혀 돌아가셨는지 아님 38선이 험해 넘어올 수 없었는지 알 길 없었디요. 그카는 바람에 전쟁이 터지니깐 저 막뒤이 놈이 인민군에 지원하믐 아바이 있는 남조선에 갈 수 있다고시리 지 혼자서 우리 몰래 지 동무들하고 소년병으로 자원 입댈하지 않았습네까!

떡장수   뭐… 뭐라꼬? 아버지 찾겠다꼬 지 혼자서? 시상에 얄구꼬마… 그럼 니는?

인민군1   내레 우리 아바이하고 한 약속 땜시리 저거이 간수해야 할 책임이 있으니끼니 저 아새끼레 지켜줄라고 저도 보위대로 찾아가질 않았겠습네까! 그래설라므니 같이 입대한 기라요.

떡장수   참말로 용테이 참말로 용혀.

이때 다시 폭격소리와 진동하는 집터. 그리고 계속해서 들려오는 포소리와 함께 음악 통렬하게 들려온다.

#7. 달구지 위에서

여인1   (딱딱히 굳은 인절미를 씹으며) 시상에 우덜은 이북에는 새빨간 빨갱이놈들만 사는 줄 알았는데 거기도 인정머리 있는 사람들도 있었나보네!

여인2   (인절미를 씹다말고 나무라며) 말이여 막걸리여? 아 사람이 사는 시상인디 어딘들 정이 없을 수 있당가! 그래 그 팔 다친 어린 동생놈하고 갸 형이라는 젊은 인민군 애는 어찌 되얐어야? 죽 같이 지냉겨? 아까 전에 새댁이 우덜한테 기적이니 뭐니 했싸터만 뭐시가 기적이당가?

길자   (인절미를 씹다말고 물끄러미 하늘을 바라보다가) 아휴 시상에 내는 난리 난리 그런 난리는 처음 겪었능기라예. 인민군들이 영덕을 차지한 지 사흘도 안 되가 쫓겨간 줄 알았던 우리 아군들하고 미군들이 다시 왔는둥 우리 편하고 인민군들이 (대사와 함께 영상 O.L) 이틀 낮밤도 없이 서로 포를 쏘아대는데 (귀를 가리며) 이래 귀를 막아도 귀천장이 떨어져 나가는 거 같고 우리가 있던 집 지붕이 무너져 내리앉드만 시커먼 연긴둥 먼진둥 머리맡으로 억수로 쏟아지는기라예.

오메 이기 말로만 듣던 지옥이고 이기 죽는 기구나 싶은기 아주 죽을 똥을 썼어예. 근데 아지매요! 참으로 이상한 기 사람이 사람을 그리버 한다는 기 그리 심이 되는 줄 내 처음 안 기라예. 그 와중에도 입으로는 하느님, 부처님을 찾으면서도 자꾸만 그 사람 생각뿐인기라예. 그래가 내 이래 중얼댄 거 같아예 "보이소 내는 당신 얼굴 몬 보고 이래 죽는다카믐 억울해가 죽어 구천 리 떠도는 구신이 될 텐데 제발 널러 당신 얼굴 한번만이라도 보여주면 안 되겠능교" 했더만 갑자기 그 먼지 구댕이 속에서 그 사람 얼굴이 이래 보이는 기라예. 참말로 신기했어예. 그카더만 내 분명히 내 귀에 그 사람 음성이 들리는기 "나도 당신 몬 보면 내 인생 끝이니까는 꼭 살아야만 하오" 하는 기라예 그라고는 또 다른 소리가 들리는데 길자야! 길자야! 하고 내 이름이 들리는 것 같드만 그 뒤론 아무 기억이 없어예. 지가 까물친 모양입디더!

#8. 폭격으로 무너져 흩어진 안채 안방

방안은 폭격으로 지붕이 무너져 내려앉고 온통 어수선하다. 길자가 쓰러져 있다. 그때 한쪽 벽 구석에 기대어 쓰러져 있는 떡장수 할머니, 힘없이 길자를 부른다. 얼굴은 온통 피로 얼룩져 있다.

떡장수　(힘없이) 길자야… 퍼뜩 정신 차리고 일나거라… 길… 자야 일나라카이….

길자　(잠시 후 짚더미 아래서 꿈틀대더니 아주 힘겹게 일어난다. 그리고 떡장수 할머니를 발견하고는) 할매요. 내 살았능교?

떡장수 (힘없이) 내 말하는 거 안 들리노? 이래 살았으니께 니깡 말하는 건데… 길자야… 내, 내 좀 일으켜도고.

길자 (비틀거리며 떡장수 할머니에게 다가간다) 괜않은교? 할매요! 참말로 괜않아예?

떡장수 (숨을 내몰아 쉬고는 힘없이) 모르겠다… 기냥 얼릉 낼러 좀 일켜도고….

길자 (떡장수 할머니를 일으켜 세우다 깜짝 놀란다) 앗! 할매요! 이게 다 뭔교? 피… 피 아닝교? 머리에 이기 다 피가… 할매요!

떡장수 (힘없이) 이게 다 피드노? 모르겠다. 이게 핀둥 물인둥 아까 전부터 이래 자꾸 흘러내리는데 눈이 가려가 암것도 안 보인다카이.

길자 (피나는 떡장수 할머니 머리를 손으로 막으며) 정신 차리시소, 할매요 정신 차리라카이.

떡장수 니 내 하는 말 단디 듣거라… 니 신랑 만나고 니 울진으로 갈 때에 영해 쪽으로 가가 우리 집 좀 찾아가 줄 수 있나? 그래가 내 딸애한테 이거 좀 전해주거라! 그리 할 수 있제? 핏줄이라곤 그 아 하나뿐인기라. 이 속에는 그 애 애비 이름하고 사는 동네 주소를 적어 놓은 게 있다. 꼭 그리로 찾아가라 케라.

길자 할매요. 그기 무신 말입니꺼? 와 이래쌓는데예. 예? 할매요!

떡장수 가… 만, 가… 만… 단디 들라카이. 내 딸도 니캉 나이가 비슷할긴데 내 늦은 나이에 남의 집 소실로 가 늦둥이로 난 딸인기라. 첩살이가 하도 고달퍼가 어린 갸를 델고 도망쳐 나와가 이래 스무 해를 숨어 안 살았드노! 갸도 아즉 시집을 못보냈다. 지금 내를 마이 기다릴 텐데 내 죽었단 말 말고 그냥 이 주머니만 전해주믐 되는기라! 그래 할 수 있나?

길자 (떡장수 할머니를 끌어안고 울부짖으며) 할매요. 와 이래쌓노. 와 죽는다 카는데예…그카지 말고 낼로 함께 가입시다. 내 할매를 업고 갈 수 있어예!

떡장수 ….

길자 할매요! 할매요! 눈 좀 떠 보소! (떡장수 할머니를 흔들며) 할… 매요? 아… 아… 아! (떡장수 할머니를 끌어안고 오열한다)

길자, 여러 모양 O.L
길자, 떡장수 할머니 속바지에서 주머니를 끄집어낸다. 그리고 울며 일어서다 반대쪽에 인민군1이 어린 동생 소년병사의 손을 잡고 엎드려져 죽어있는 모습을 보고 소스라치게 놀란다. 그리고 하늘을 향해 울며 소리를 친다.

길자 아, 앗! 안 됩니더. 이라믐 안 되는기라예! 아… 아… 으앗! 안 된다카이!

강한 음악.

#9. 달구지 위에서

여인1 세상에 그 할마시도 할마시지만 그 어린 것들이 그래 죽었단 말여? (눈시울을 적시며) 그 어린 것들 불쌍혀서 어쩐디아!

여인2　이놈오 전쟁이 원수랑께라. 아 뭐땀시 요로콤 전쟁을 해갔고 그 착하고 불쌍한 어린 것들이 죽어야 한당가! (두 손을 비벼대며) 아이고 하느님, 부처님, 부디 그 아들과 떡장수 할마시 왕생극락 해주시오잉!

달구지영감　모두 착한 사람들이니까는 저-어기 더 좋은 델 갔을 꺼구먼! 그래 새댁은 신랑은 만났고?

길자　어데예! 인민군들을 몰아낸다꼬 쫓기는 인민군들을 향해 대대적으로 아군들과 미군 양키들이 주문진 쪽으로 돌진해 가는 바람에 그 사람이 어데 있는둥 연락할 길도 없고 인민군도 아군도 없는 텅 빈 영덕 시내에서 이틀간 더 숨어지내다 안 왔능교! 그땐 참말로 무서벗어예.

여인1　아, 무서웠겠지. 온통 사방엔 죽은 시체들뿐이고 그 읍내엔 혼령들만 득실거렸을 텐데 안 그려유? 그래 그 떡장수 할마시네 집에 가서 그 할마시 딸은 만났고?

길자　하모요! 그 할매 딸이 마침 살아있어가 내 그 집에서 밥도 얻어 묵고 이삼 일 잠도 재워줘가 그래 기운을 차려가 집으로 올 수 있었던 기라예. 그라고 또 그 할매 딸이 말해줘가 마침 울진으로 가는 고깃배를 얻어타고 쉽게 안 왔능교. (다시 긴 한숨… 그러다가 아기를 안고 훌쩍거린다)

여인1　왜? 왜 또 우는겨… 또 무신 일이 있었던겨?

길자　(잠시 울다 눈물을 닦아내며) 야! 시상에 이럴 수는 없는기라예 산 너머 산이라꼬 우에 사는기 그리 고된지 한번 죽다 살아났음 한동안은 그래도 쬐매 있다가 뭔 일을 당해도 당해야 할 낀데 지 인생은 그렇치가 않았어예. 지는 우에 그런둥 숨 쉴 여가도 없이 그냥 눈만 떴다 하면 연달아 시련이 닥쳐오는기 내 전생에 무신 죄가 그리 많아가 이런가 싶어

참말이지 죽고 싶을 때가 한두 번이 아닝기라예. (긴 한숨을 내쉴 때 아기가 깨어 운다)

여인2 뭔 사설이 그리 길당가? 아, 얼라 울잖여. 젖 먼저 물려야! 그라고 시나브로 또 뭔 일이 있었는지 조근조근 말해보더랑께.

#10. 불에 타 쓰러진 면장 사택 앞

길자 혼비백산. 불에 타 쓰러진 집 앞에서 소리치며 울부짖는다.

길자 아이고, 아버지예? 어무이요-? 이기 다 뭐꼬? 와 이리 됐노 말이다! 아이고 아버지예-! 어무이요-! 이기 어찌된 일잉교 야? 아버지예! 엄니요. (바닥에 털썩 주저앉으며 통곡을 한다) 시상에 이럴 수는 없는기라 이게 다 뭐꼬. 동네 사람들요 우리 아부지캉 엄니는 모다 어데 갔는데예 야? 대체 집이 우에 이 모양 이 꼴이 됐능교 야? 동네 사람들요. (크게 울부짖는다)

이때 동네 복순아지매가 달려온다.

복순아지매 길자야! 니 어데 갔다 이제 왔노? 응? 어데 갔다 지금 나타난 긴데?

길자 아지매예 이기 다 뭔데예? 우에 이리 된 긴데 말 좀 해주이소! 야?

복순아지매 아이고 말도 말거레이! 난리 난리 그런 난리가 시상 천지에 또 어데 있드노!

길자   와예? 무신 난린데예? 무슨 난리가 났단 말잉교? 아지매 예 퍼뜩 말 좀 해 주이소!

복순아지매   니 맴 단디이 묵고 놀라지 말거레이! 알았나! (숨을 한번 쉬고는) … 핵교 안에 있던 군인들이 영덕인둥 포항인둥 철수 하고 난 담날 우리 마을에 인민군놈들이 바로 들이 닥치지 않았드노! 그래가 그 빨갱이 놈들이 미처 피난가지 못한 마을 사람들을 죄다 불러내가 느그 집 앞마당에 모이라 해 놓고는 시상에 시상에…. (덜덜 떤다)

길자   그래서예, 그래 우에 됐는데예? 그놈들이 우에 했길래 그러는데예… 야?

복순아지매   내 암만 해도 말 몬 하겠다. 지금도 내 이래 가슴이 뛰고 오금이 저리는데 그땐 마 미쳐 죽는 줄 알았다카이. 아이고 오메요… 시상에 그놈들이 인겁을 뒤집어쓴 구신인둥 절간 입구에 이래 선 도깨빈둥 마을사람들을 이리 내치고 저리 내치면서 발로 짓밟고 길다란 총으로 쑤셔대는데 한 시간도 안 되가 모다 산송장맨키로 지쳐가 꼬꾸라진 채 안 있었드나.

길자   그케 가지고예? 우리 아부지캉 어무이는 우에 됐는데예?

복순아지매   놈들이 며… 면장님캉 동네 이장들을 먼저 불러내드만 어디서 소문을 들었는 둥 죄다 국군한테 빌붙어먹은 거 안다 카면서 뭐라 카드노? 그래 반동분자라 카드라. 그카면서 새끼줄로 손발을 꽁꽁 묶어가 느그 집 안채로 델고 들어가서는 집 기둥에다 매달고는 아이다. 그 담은 내 말 몬 한다. 니 한테 우에 말할 수 있겠노? 내 말 몬 한다카이!

#11. 불타는 면장 사택 영상

인민군들이 면장과 이장 세 명을 결박해서 안방 기둥에 묶고 기름을 뿌린 다음에 횃불로 불을 지른다. 이에 면장부인과 몇 명 가족들이 소리치며 불 속으로 뛰어 들어가고 사람들 혼비백산 한다. 인민군들 사이에 완장을 찬 민간인들이 그 와중에도 옆에서 꽹과리를 쳐댄다. 그런 혼란스러운 장면이 영상으로 비춘다.

강한 음악/ 전장씬 O.L

#12. 복순아지매 집 안방

복순할머니가 누워있는 곁에 길자가 누워있다. 그리고 길자, 소리를 지르며 깨어난다.

길자　아부지요! 엄니요!

복순할머니　니… 인자 깼나! (밖을 향해) 이봐라! 에미야! 복순아! 야 인자 깼나부다. 퍼뜩 들와 봐라!

길자, 일어나 앉으며 멍한 표정으로 허공을 응시한다.
이때 복순아지매, 방문을 열고 사발그릇을 들고 들어온다.

복순아지매　니… 인자 깼드노! (길자를 보며) 야야 길자야! 니 정신 차리거레이. 자, 우선 물 한 모금 마시고… (길자에게 물을 마시운다) 그래, 그래 옳지!

길자	(물을 받아 마시고는 두 손으로 얼굴을 감싸며 다시 소리 내어 운다)
복순아지매	됐다마. 이자 그만 울거라… 이래 운다꼬 느그 아부지캉 어무이가 다시 돌아올끼가 응? 그만 됐다카이! (등을 쓰다듬는다)
복순할머니	(드러누운 채) 쯔쯧 그래도 키워준 정이 있어가 저래 우는 거 보이 봉식이놈 내외가 쟈를 델고 와가 모질게 키우진 않았는갑다… 에이구 쯔쯧!
복순아지매	(누워있는 할머니에게) 봉식이라카믐 그 면장님 말인교? 하모요. 말해 뭐합니꺼. 모다 좋은 분들이었지예… (길자에게) 느그 양아부지캉 엄마캉 참말로 좋은 분 맞제? 그리 생각 안 하나?
길자	(더욱 소리 내어 운다)
복순아지매	그만 울라카이! 그라고 내 하나만 묻자. 그래 니 그동안 어디 가 있었드노? 니 그 니하고 혼인 약조했다는 군인 찾아 간 기가? 맞제? 그래 니 그 사람은 만났드노? 듣기로는 영덕도 인민군들이 쳐들어가 있었다카든데….

길자, 울면서 머리를 가로 흔든다.

복순아지매	몬 만났다꼬? 하기사 이 난리통에 누굴 만날 수가 있었을끼고. 그라믐 니 이제 우얄낀데? 느그 신랑 될 그 군인을 계속 찾아 다닐끼가?
길자	(울음을 멈추고 고개를 들어 흐트러진 머리를 손으로 매만지며 코맹맹이 소리로) 아니라예. 내 따로 갈 데가 있어예?
복순아지매	뭐라꼬? 갈 데가 있다꼬? 그기 어딘데….
길자	(한참을 말이 없다가) 충청도라예!

복순아지매 충청도?

길자 야! 그 사람이 그날 떠날 때 용식네 아재 편으로 지한테 건네주라꼬 보낸 쪽지가 있어예. 그 쪽지에 그 사람 고향주소가 적혀있었는데 지더러 그리로 가가 있으라 캤어예! 그기 충청도 어디라꼬 했는데 그리로 갈라꼬예!

강한 음악.

#13. 달구지 위에서

여인1 참말로 산 너머 산이라더니 새댁이 그 짝 났구면 그려. 아니 신랑 찾아 가는 건 당연한 이치지만서도 경상도에서 충청도가 이래 먼 길인데 젊은 처녀 혼자서 그 먼 데를 어찌 찾아갈 수가 있었데? 더구나 난리통에 말여! 참말로 새댁도 악바리였구면 그려! 아, 안 그려유?

여인2 고거이 사랑잉겨. 오살맞게끔 사랑이 있응께 그 먼길에 용기를 냉거시고 사랑이 있응께 자네 말마따나 악바리가 된 거 아니당가! 참 조오-타! 나가 젊었을 때도 저랬는진 모르겄는디 암튼 사랑에 눈이 뒤지버 뿔면 어떤 난리도 눈에 뵈는 게 없능 게 사랑 아니당가. (갑자기 소리를 한다) 사랑 사랑 사랑 내 사랑이야. 사랑이로구나, 내 사랑이야. 이이이이 내 사랑이로다! 어짜 내 말이 틀렸당가?

여인1 (박수를 치며) 오메! 오메! 어쩜 그리도 구성지데유? 아 성님 옛날에 어디 창가하는 데 있었던 거유? 참말로 겁나게 잘 부르는구면유 시상에 시상에.

여인2 (잠깐 한숨) 그려 나가 부끄러버 말 안 헐러구 했는디말여라 나가 본시 소싯적부터 기방서 자라지 않았당가! 동기로 팔려간 건 아니고 우리 아비가 내 예닐곱 살적에 어린 거 배 안 곯게 한다고 말이시 읍내 기방집에다 일이나 시켜먹고 밥일랑 굶기지 말라고 하맹시 기방집에 맡겼다는 거 아니것스라! 지금도 나가 이자뿌리지 않는 거이 그 해 한양서 전깃불이 처음 들와서 모두 놀래 자빠졌다는 그 핸께라. 나가 그것도 우짜 알았는가 하믐 말이시, 한 날은 기방 손님이 내 나일 물어본 적이 있었는디 그때 그 야길 하니까 그 손님이 그 해가 메이지 33년쯤 되았을 꺼라면서 내 나일 알려주더랑께라….

여인1 그래서 동기로 권번에 입문했었구먼유!

여인2 아 아니지라! 우덜 보기엔 말이시 권번 기생하믐 그냥 화루계 화냥년 취급을 하는디 그게 아니랑께… 기방에도 급이 있고 질이 있당께!

여인1 그게 뭔 말이래유 아 권번 기생이면 다 기생이지 기생이 무신 급이 있고 질이 있다는 거래유?

여인2 고거이 다들 몰라 그런당께로! 본시 권번 기녀에게도 종류가 있지라. 1패, 2패, 3패로 나누는디 1패는 여자악공으로 총독부꺼정도 뽑혀나가 가무를 하는 일급 기생이고, 2패는 고급요리집이나 양반부잣집에 출입하며 가무를 들려주는 기생들이지라. 이들이 진짜로 급 높은 기생들인데 말이시 절대 함부로 몸을 팔지도 않고 은군자하며 도도하기가 하늘 높은 줄 모를 정도로 기품이 있는 기생들이랑께… 그라고 나머지 3패가 술좌석에서 몸을 함부로 굴리는 기녀들인디 말이시 갸들은 엄밀히 말혀 기생이라고 할 수가 없지라. 뭐! 하기사 우덜은 그 축에도 못 끼는 그냥 부엌떼기였응께!

달구지영감 그런데 어쩜 그리도 창가를 잘 하시유? 부엌떼기였다믐서….

여인2 오메 뭐당가? 영감님두 지들끼리 씨부렁대는 소릴 들었으라? 아 그거야 뭐 권번에서 맨날 듣고 보는 게 창가고 춤잉께로 안 그란다요. 아 기방집 똥갱이들도 낑낑델 때는 창타령하며 낑낑댄다 안하요!

달구지영감 그럼 어디 마저 한번 들어봅시다. 긴 시간을 작은 의자에 엉덩짝 붙여 앉아 왔더니만서도 이제 지치는구면. 아까 그 곡조로 뽑아보구려 내 힘나게끔.

여인1 그려유 성님 마저 한번 뽑아봐유 증말 구성지두만유.

여인2 아, 내가 뭐 명주실 뽑아내는 누에당가. 자꾸 뽑으라 쌌게! 남사스럽게스리 헛 음… 음 그럼 내 영감님 힘이 필요하다고 혀니께 마자 뽑아볼랑께 슝이나 보덜 마시시요잉.

달구지영감 아, 슝은 무슨….

여인2 그럼 음 음, (목을 가다듬더니 소리를 한다) 이리 오너라 업고 놀자. 이리 오너라 업고 놀자. 사랑 사랑 사랑 내 사랑이야. 사랑이로구나, 내 사랑이야. 이이이이 내 사랑이로다. 아매도 내 사랑이야. 니가 무엇을 먹으랴느냐? 니가 무엇을 먹으랴느냐? 둥글둥글 수박 웃봉지 떼뜨리고, 강릉 백청을 따르르르 부어, 씰랑 발라 버리고, 붉은 점 옴벅 떠 반간 진수로 먹으랴느냐.

이때 하늘에서 비행기 소리가 들리고 길자, 아기를 안은 채 하늘을 쳐다본다.

길자 어, 아니 아지매요, 저, 저거시 다 뭐교?

여인1 뭐… 뭔데? 아니 오메 저, 저건 삐라 아녀?

비행기에서 삐라가 뿌려져 내린다. 이어 피난민들이 서로 삐라를 주워들고 읽고는 소리쳐 환호성을 지른다.

여인2 (노래를 멈추고) 아니 뭐시랑가? 저거시 뭔데 사람들이 저리들 날뛰고 소리친당가?

달구지영감 (소리치며 지나가는 소년에게) 야, 얘 꼬맹아! 그 삐라가 뭔데 저리들 소리치고 날린 거냐! 응? 너 손에 든 거 이리로 한 장만 다오!

소년 (삐라 한 장을 달구지영감에게 건네며) 인민군들이 죄다 삼팔선 너머로 물러갔대요. 이제 곧 전쟁이 끝난대요. (소리치며) 와! 종전이다. (다시 달려간다)

달구지영감 (삐라 쪽지를 건네받아 읽으며) 옳거니 저놈 말이 참말이구먼 그려! 이봐요 아주머니들 방금 저 꼬맹이놈 말대로 인민군들이 우리 아군들에게 밀려 삼팔선 너머로 도망을 갔다는구려. 그러니 더 이제 이상 피란 갈 필요가 없으니까 모두들 고향으로 되돌아가라는 내용인 거여 허허허! 참 내.

다시 강한 '사랑가' 음악이 울려 펴지면서 마치 눈이 내리는 것처럼 공중에 삐라들이 여전히 너풀거리며 떠다닌다.

#14. 위문단 트럭이 달리는 시골풍경

봄날 풍경이 아름답게 펼쳐지는 옛 시골 신작로로 유랑극단 트럭 두 대가 달린다. 그 풍경 위로 춘향가의 '사랑가' 노래가 덧입혀 들려온다.

박록주의 사랑가 노래
이애 춘향아 우리 업고도 한 번 놀아 보자.
아이구 부끄러워서 어찌 업고 논단 말이오
건넌방 어머니가 아시면 어떻게 하실려 그러시오
애야 네가 모르는 말이로다 이리 오너라 업고 놀자.
이리 오너라 업고 놀자.
사랑 사랑 사랑 내 사랑이야.
사랑이로구나, 내 사랑이야.
이이이이 내 사랑이로다. 아매도 내 사랑이야.

#15. 위문단 트럭 안

트럭 안에 소리하는 박록주와 함께 국악인들 모습이 보이고 십여 명의 연예인들이 몸을 웅크리고 더러는 자고 더러는 날고구마를 먹는 광경.

박록주 (Close up)

니가 무엇을 먹으랴느냐? 니가 무엇을 먹으랴느냐?

둥글둥글 수박 웃봉지 떼뜨리고,
강릉 백청을 따르르르 부어,
씰랑 발라 버리고, 붉은 점 옴벅 떠
반간 진수로 먹으랴느냐.
아니 그것도 나는 싫소. 그러면 무엇을 먹으랴느냐?
니가 무엇을 먹으랴느냐? 당동지지루지허니
외가지 당참외 먹으랴느냐? 아니 그것도 나는 싫소.
그러면 니 무엇 먹으랴느냐? 니가 무엇을 먹으랴느냐?
앵도를 주랴, 포도를 주랴, 귤병 사탕의 혜화당을 주랴?
아매도 내 사랑아. 그러면 무엇을 먹으랴느냐.
니가 무엇을 먹으랴느냐?
시금털털 개살구, 작은 이 도령 서는듸 먹으랴느냐?
아니 그것도 나는 싫어. 아매도 내 사랑아.

황정순 아이 언니! 당참외니 포도, 앵도, 개살구, 노래 속에 온통
먹는 대목이 나오니 엄청 여름실과가 먹고 싶네그려. 우린
보름째 이 날고구마뿐인데. (모두들 키득거린다) 거 뭐 좀 야
실야실한 대목 없어요 먹는 거 말고 호호!

박록주 (힐끗 황정순을 훑어보다가) 저리 가거라. 뒤태를 보자. 이만큼
오너라 앞태를 보자. 아장 아장 걸어라. 걷는 태를 보자. 방
긋 웃어라. 잇속을 보자. 아매도 내 사랑아.

황정순 그렇지! 그 이왕이면 잇속보다는 속곳을 보자고 불러보면
어떨꼬! (또다시 모두들 키득키득)

박록주 어허. (부채로 땅을 치며 황정순을 힐끗 쳐다보며) 니 지금 뭔 소릴
하는기가? 우린 지금 수업을 하는 중이고마!

황정순 (멈칫) 언니 내 미안해! 난 그냥 언니 혼자서 심심해서 부르

는 창인 줄 알았수. 그럼 어서 수업 계속해요.

박록주   (다시 국악제자들을 향해) 판소리 '사랑가'는 조선 순조 때 명창
이신 송광록(宋光錄) 선생님을 비롯하여 여러 명창 어르신
들께서 소리를 짠 것으로서 짧은 통절형식으로 된 '긴 사
랑가'와 '자진사랑가', '정자(情字)노래', '궁자(窮字)노래',
'업기타령', '타기타령', '낭군타령' 등의 여러 가지 음악으
로 짜여져 있는기라. 그 중에서도 '긴 사랑가'와 '자진 사
랑가'는 이도령과 춘향이가 서로 사랑의 말을 주고받는 것
으로 되어 있으며, '정자노래', '궁자노래', '업기타령', '타
기타령' 등은 이도령의 노래로 되어있고 '낭군타령'은 춘
향이의 노랜기라. 때문에 처음엔 진양조장단과 우조(羽調)
로 짜여진 '긴 사랑가'에서 시작해가 점차 흥겹고 남사스
럽게 불려야 하능기라. 모다 알아들었나?

어린국악인들   (모두다) 예!

박록주   창이라 카는 건 말이다 소리가 아니라 감정인기라. 입에서
내는 소리는 소리가 아이고 이 깊은 가슴 속에 담구어진 마
음 즉 감정을 끌어내야 비로소 소리가 되는 기란 말이다.
느그들 아즉 사랑 몬 해봤지! 춘향가는 말이야 특히 사랑
가 대목에서는 소리를 듣는 관중들이 모다 첫날 밤 새신랑
새각시가 되가 그때를 연상하면서 사랑의 심금을 느끼게끔
불려야 그기 진짜 소리가 되는 기야. 알았나?

어린국악인들   (모두다) 예!

이때 어디선가 코고는 소리가 들린다.

박록주   누꼬?

길자가 작은 보따리를 껴안고 트럭 안쪽 한켠에서 코를 골며 자고 있는 모습이 보인다.

황정순 (힐끗 길자를 쳐다보고는) 아! 쟤, 오늘 아침에 영천서부터 우리 와 함께 타고 온 아인데 언닌 몰랐수?

박록주 누군데? 또 단장이 근본도 모르는 아를 태워 온기가?

황정순 (조미령을 쳐다보며) 미령아! 쟤 누구라니?

조미령 아, 저 아가씨요? 우리 밥해주고 빨래해준다고 약속해서 델구온 그냥 시골 처녀라고만 들었는데 잘 모르죠.

최은희 어머 미령아, 너 이제 서울 말씨 잘 한다 얘! 경상도 사투 리를 고치지 못해 박진 선생님한테 노상 혼나고 눈물 찔끔 찔끔 짜더니 성공했네.

조미령 아즉까지는 아이라예. 그냥 노력해 보느라구… 저 아가씨 배우 지망생은 아닌 거 같아예!

황정순 모르지. 첨에는 다 그런저런 사연 갖고 달려들었다가 난중 에 속맘을 드러내는 애들이 어디 한둘이야? 우리는 뭐 안 그랬니?

최은희 하기사 뭐 남 말 할 건 못 되지 뭐! 언니 말마따나 우리도 그랬으니까. 저 아가씨 촌티는 나지만 얼굴은 그런대로 반 반한데!

황정순 (최은희에게) 너 방금 나한테 언니라구 했니? 세상에 동쪽에 서 해 뜨는 것 좀 보게나. 암튼 고맙다

최은희 아 왜 그러셔! 지난 번 일로 아직꺼정 삐진 거야? 이제부 터 한 살 아니 9개월 먼저니까 언니라고 할게! 그리고 언 니 말마따나 해는 동쪽에서 뜨는 거니까 호호호!

황정순 암튼 예의 지켜라! 한 살이래도 언닌 언니고 극단 입문도

내가 먼저 했으니까 선배 대접 똑바로 해야 돼!

최은희 영화 데뷔는 내가 언니보담 선배유! 왜 그러셔!

황정순 저게 그냥!

모두 깔깔대며 웃는다. 그 바람에 길자가 깨어난다.

길자 (화들짝 놀라며) 저… 여기 좀 보이소… 예가 어디쯤잉교?

조미령 인자 깼어예? 마이 피곤했던가 보네. 쫌 있으면 대구에 다와 안 갑니꺼!

길자 그래예! 그칸데… 어데서 마이 본 얼굴인데 혹시 우리 고향사람 아잉교?

조미령 (혼자 끼득대다) 고향이 어딘데예?

길자 울진이라예! 아이다 쬐매했을 땐 안동에서 자랐서예!

조미령 (다시 끼득대며) 지는 경남 마산입니더!

모두들 끼득대고 웃는다.

길자 그래예? 근데 어디서 마이 본 얼굴이고 무척 낯이 익어가… 그란데 와 모다 웃는데예?

조미령 (웃음을 참지 못하다가 크게 웃고는) 미… 미안해요.

최은희 (함께 웃다가) 고향은 달라도 낯은 익을 수 있지요. 우린 모두가….

길자 어마? 그라고 본께 성님도 아는 사람 같은데예. 분명 어디서 많이 본 얼굴이라예!

황정순 나는 본 기억이 없어요?

길자 오메요 이기 다 뭔 조환교? 서… 성님도 내 아는 분 같아예…!

모두 다 깔깔대며 웃는다.

조미령   정말 우릴 모르겠어예?… 우린 모두 배우들이라예! 영화
          에서 만난 여배우들….

길자   영화라 카믐 그 활동사진 말잉교…? 오메 맞다. 그라고 본
          께 영화서 본 분들이네예! 지는요 가끔씩 동네 핵교운동
          장서 활동사진을 틀어줬는데 그때마다 가서 쥐다 안 봤능
          교. (조미령에게) 그래 그러네! 내 거기서 댁을 봤어예. 그 뭐
          라켔드노…? 그래 〈갈매기〉 끼룩끼룩 갈매기! 그 활동사
          진 속에서 댁이 선주집 하녀 아녔능교. 와! 신통테이….

조미령   (손뼉을 치고 웃으며) 와우! 기억하시네예!

황정순   내가 출연했던 영화도 봤어요? 나도 기억해요?

길자   아… 아이라예? 기억이 가물해가… 지는 핵교서 보여준
          활동사진은 죄다 보긴… 했는데 아! 〈청춘행로〉…? 아인
          데 그 영화에서 비스므레한 할마시는 기억나지만… 모르
          겠네예!

최은희   (웃으며) 맞아요! 그 못돼 처먹은 할마시가 바로 이 언니야
          요! 호호호.

다시 같이 웃는다.

길자   그래예? 근데 이 성님은 지금 그리 늙은 할마시가 아닌
          데…?

최은희   배우라서 그래요! 그냥 할머니처럼 분장하고 할머니처럼

연기를 해서 그렇게 보인 것뿐이지 언닌 아직 젊은 우리 또래예요?

길자 오메 놀래레이… 정말 그기 참말잉교?

황정순 아가씨 이름은 뭐야? 그리고 나이는…?

길자 지예? 지 이름은 길자… 경주 월성최씨 최길자. 나이는 범띠라예!

최은희 (화들짝 놀라며) 어머, 그래요? 병인년 범띠라면 나하고 동갑이네… 어쩜 너무 동안이다….

황정순 그래 나이치곤 너무 어려보이네… 나는 을축년 소띠 그러니까 한 살 언니네! 그치만 그냥 같이 지내는 동안 동무라고 생각해도 돼! 길자 씨! 나 말 놔도 괜찮지?

길자 하… 하모예 괜않아예!

황정순 뭐 우리는 직업상 산전수전 다 겪어가면서 이렇게 역마살 끼고 조선팔도 안 돌아다닌 데 없는 팔자라 그런지 모두 나이 들어는 보이지! (최은희에게) 얘는 길자 씨랑 동갑! (조미령을 가리키며) 쟤는….

조미령 (환하게 웃으며) 지는 언니보다 세 살 어린 기사년 뱀띠라예….

이때 트럭이 급정거 하느라 크게 소리 내며 모두들 앞으로 기우뚱한다. 일동 비명.

황정순 아, 뭐야!

#16. 위문단 트럭 밖

김승호가 트럭 쪽으로 다가온다.

황정순   오라버니, 왜 그래? 또 뭔 일 났어?

김승호   도라꾸가 빵꾸란다.

황정순   아이참 벌써 몇 번째야? 지랄맞게시리.

김승호   야 이년아! 넌 시집간 지 1년도 안 된 새색시가 그게 무슨 말버릇이냐! 신랑 여기 없다고 말 함부로 해도 돼? 지랄맞다가 뭐야? 지랄맞다가….

황정순   (꽥 소리 지르며) 오라버니!

김승호   아이쿠 깜짝이야. 아 웬 소리는 지르구 난리여! 아… 알았다 이년아! 자 모두들 하차하라고 해! 여기서 점심 요기나 해야겠다. (박록주에게) 녹주 누님! 아니, 박 선생님! 여기서 한두어 시간 쉬었다 이동할 테니까 소리하는 애들 모두 내려서 쑥 좀 뜯어오라고 좀 해주슈! 아까 보니까 지천에 쑥들이 엄청나드만. 미령이 넌 된장 풀어 간만에 쑥국 좀 끓여주고… 아니지? 우리 밥해주기로 하고 태워온 그 아가씨 안에 있지? 이제부턴 그 애랑 같이 해라.

강한 음악.

#17. 세워져 있는 달구지 옆

아기를 업고 풍로에 불을 지피는 길자 옆에서 싸리나무를 꺾는 여인

2와 나무물통에 물을 퍼내는 여인1.

여인1 뭐… 뭐라구? 조미령, 최은희? 또 황정순! 아니 참말로 그 유명한 여배우들을 만났단 말여? 자네가? 뭐 김승호도….

길자 아 참말이라예! 그라고 또 재작년 난리 터지던 해에 보았던 〈놀부와 흥부〉라는 영화에 나왔던 노경희란 예쁘장한 여배우도 안 만났능교!

여인1 뭐… 뭐라구? 노경희도?

길자 야, 진짜라예! 지보다 세 살 어려가 노경희랑 조미령이 지보고 언니라 캤어예!

여인2 참말로 그 여배우들이 그리들 이쁘당가?

길자 하모요. 모다 참말로 조선팔도에선 제일 이쁜 것 같았어예. 그 중에서도 지는 최은희라 카는 배우가 진짜 예뻤던 기 맘씨도 그리 고울 수가 없었어예! 지하고 동갑입디더!

여인2 갸는 얼굴 생김새하곤 딴판으로 권번에서 내 듣기론 팔자가 억세가꼬 숱한 고생을 했다 들었당께로… 그보다 자네 진짜로 록주를 만났당가?

길자 야! 지 손으로 진지도 챙겨드리고 빨래도 해드렸다 안 합니꺼. 하지만 워낙이 말씀이 없던 선상님이라서! 가깝게 지내진 않았지만 참 좋으신 분 같았어예.

여인2 나가 갸를 잘 알지라! 갸는 본시 경남 산청 안디 열 살 넘어서 갸 아버지가 록주를 당대 서편제 명창이라 불리던 박기홍 선생님한테루 보냈어라. 그라고 기미년 만세사건이 있던 해에 대구 달성권번에서 여러 명창들한테 남도 민요 '육자배기'와 '화초사거리'를 배웠는데 록주는 그때 이미 대구에서 김초향 다음 가는 명창으로 이름을 날렸당께. 그

라고 열아홉 때 서울로 가서 조선 말기 최고 명창이신 송
만갑 선생님한테 단가 '진국명산'과 '춘향가'의 '사랑가'에
서부터 '십장가'까지 모두 배워 그 해 우미관에서 열린 명
창대회에서 상을 싹쓸이 하는 바람에 조선팔도에서 갸 이
름을 모르는 남정네들이 없을 정도였응께! 하지만 갸도
재주맨키로 팔자가 드셔가지고 갸 머리 없은 사내만 해도
숱하게 많았지라…!

여인1　아니 그런데 성님은 어찌 그 명창을 그리 잘 안대유?

여인2　나가 그런 일이 쪼매 있었지라. 록주 갸랑은 두어 핸가 잠
깐 권번에서 같이 지낸 적이 있었응께…! 지금 어찌 변했
을까 참말로 보고잡네 그려!

여인1　그건 그렇고 아니 그런데 새댁은 뭔 재주로 그렇게 유명한
배우들을 만날 수 있었던 거여?

길자　지도 우에 된둥 모르게 그리 됐어예. 울진서 그래 큰 변을
당하고 그 사람이 적어준 대로 충청도 그이 고향집에 찾아
가는 도중에 영천에서 갑자기 그리 된 기라예. 지는 그 도
라꾸가 그런 사람들이 탄 줄도 모르고 기냥 어떤 아제한테
낼러 도라꾸에 태워주면 가는 도중에 밥도 하고 빨래도 해
줄 테니까는 낼러 공꼬로 태워줄 수 없느냐 했드만 그냥
그러라 하데예! 그래가 그리된 긴데 그 아제가 알고 보이
까는 활동사진강 연극이라 카는 천막극장에서 아주 유명
한 김승호라카는 배우였든기라예!

여인2　암튼 대단하당께. 그나저나 인자 자낸 어떻게 할 참이당가
이 핏덩이를 델고 다시 괴산인가 하는 시댁으로 갈랑가 아
님 여기 남을랑가?

여인1　아 이 핏덩이 난 지 얼마나 됐다고 다시 그 먼 길로 돌아간

대유? 그러지 말고 이왕지사 이리됐으니까 듣던 야기 좀 마저 들으면서 한 이틀 우리랑 같이 지내는 게 안 낫겠어유? 이젠 지도 지치구먼유!

여인2 아 지치기로 하면야 모두 매 한가지 아니당가! 저 영감님 생각은 어떻당가요?

달구지영감 난리가 멈췄다니까 고향집으로 되돌아가는 거이 당연한 거겠지만 나도 이젠 지쳐서 예서 한 사나흘 정도 쉬었다가 믐 좋겠네 그려. 병이 날 것 같어! 몸이 떨리고 삭신이 쑤시는 거이.

여인2 아, 영감님 병 나믐 안 되지라. 그려 그럼 그냥 어디 돈 좀 내드라도 저 동리로 가설랑 아무 집이라도 한 이틀 빌려 있다가 떠나는 거시 좋겠스라!

음악소리와 함께 멀리서 들려오는 은은한 예배당 종소리.

#18. 천막극장 밖

동네 아이들 관객들의 웃음소리가 새어나오는 천막 밖에서 주변을 살피며 서성이고 있고 시골 복장 차림의 사람들 입장표를 내고 천막 안으로 들어가는 유랑극장 주변의 풍경들. 주변 가난한 풍경이 매우 낯설게 느껴지는 1950년대 면소재지 다리 밑 전경이다.

#19. 천막극장 안

관객들의 박수소리와 함께 무대 위 나비넥타이에 큰 중절모를 쓴 사회자의 모습, 윤부길이다.

윤부길 (중절모를 들어 올리며) 안녕하십니까, 안녕하십니까! 여러분이 기대하시고 고대하시고 그토록 애타고 목마르게 기다려왔던 부길부길쑈! 그 부길부길쑈를 진행할 사회자 윤부길 인사드립니다용. (약간의 몸 개그와 함께 관중들의 박수 소리) 오늘 부길부길쑈 첫 번째 순서는 큰 가슴, 짤룩한 허리, 길쭉한 다리의 각선미로 여러분의 가슴에 뱃고동 심장소리를 울려줄 미녀들의 환상적인 댄스 후렌치 캉캉입니다. 박수우-.

윤부길, 박수를 치며 사라질 때 밴드팀의 음악소리와 함께 여자무희들이 등장 현란한 춤을 춘다. 이때 무대 끝부분에 약간 키가 작고 통통한 고춘자가 함께 춤을 추며 관객들의 웃음을 자아낸다. 춤이 끝나고 무희들이 퇴장을 하면 무대 암전이 되고 이어 가로등 불빛 아래 기다란 벤치 위에 걸터앉아 아코디언을 치는 피에로 분장을 한 남자에게 핀조명이 비춘다. 이어 이난영이 반대편 무대로 등장 마이크를 잡고 구성지게 '목포의 눈물'을 부르며 무대 앞쪽으로 나온다. 관객들 박수소리.

이난영
사공의 뱃노래 가물거리면 삼학도 파도깊이 스며드는데
부두의 새악씨 아롱 젖은 옷자락 이별의 눈물이냐 목포의

설움

(간주) 삼백년 원한 품은 노적봉 밑에 님자취 완연하다 애
달픈 정조

#20. 천막극장 내 여자 분장실

이난영의 노랫소리가 들리는 여자 분장실. 여러 명의 여배우들이 의
상을 갈아입고 분장을 하고 있다.

소리　유달산 바람도 영산강을 안으니 님 그려 우는 마음 목포의
　　　사랑

황정순　(어머니 분장을 한 채 담배를 피워 물고) 햐아- 난영이 언니 노래
　　　는 언제 들어도 좋아! 듣는 이의 심금을 울리는 언니만의
　　　독특한 음색과 구성진 가락 정말 예술이다 예술! (복혜숙에
　　　게) 엄마는 안 그래요?

복혜숙　(할머니 분장을 한 채 성경책을 읽다가) 말해 뭐해! 저런 목소리는
　　　백년 걸려 하나 나올까 말까 하는 목소리지!

황정순　녹주언니 소리는? 그 언니 목소리도 백년 걸려 나올까 말
　　　까 하는 소리라면요?

복혜숙　이것아! 난영이 노래랑 녹주소리랑 같으냐? 난영이는 양
　　　악에서 나온 앵까고 녹주는 국악소린데 그걸 어떻게 비교
　　　를 해! 모다 하늘에서 내린 소리라는 거지!

이때 길자가 손잡이 달린 냄비에다 커피를 끓여 담고 조심스럽게 들

어온다.

길자   바깥 날씨가 옥수로 추버예. 그래가 미군들이 먹는 코피를 끓여왔는데 모다 잡수실랑교?

복혜숙   잘됐다. 그렇잖아도 추워서 목이 쉴 것 같았는데 나 한 잔 다오.

황정순   어머 길자 씨! 쎈쓰쟁이! 나도 아까부터 코피 한 잔이 그리웠는데 어쩜 이렇게 때맞춰 가져왔어 정말 길자 씬 우리 식구중에 보배야 보배.

노경희   길자 언니 나도 한 잔 줘요!

길자   근데 선상님요. 단 거이 없어가 맹 커피라 옥수로 쓰다 안 합니꺼! 그래도 괘않아예?

길자가 커피를 따라 나누어 줄 때 관객들의 박수소리가 들려오면서 이난영이 노래를 마치고 들어온다.

이난영   애 길자야 나도 한 잔 마실 수 있니? 코피 남았어?

길자   하모예! 약간 미지근해서 그렇지 선상님 드실 정도는 남아있어예! 아니 내 다시 가가 한 잔 진하게 데펴올까예?

이난영   아 아니다. 그냥 마실래, 이리 한 잔 줘!

복혜숙   난영아! 무대 위도 많이 춥디? 위풍이 많이 불지?

이난영   아니 괜찮아요 선생님. 약간 춥기는 하지만 관객들이 꽉 들어 차있어 그 열기가 후끈거리는 게 그런대로 견딜 만해요.

이때 윤부길이 급하게 등장.

윤부길 아니 지금 뭣들 하고 있어! 홍도야 시작하려고 지금 막 서곡 시작됐는데… 경희야 빨랑!

노경희 (후다닥 놀라 커피를 쏟으며) 그래요? 아이 진작 알려주시지! 오라버니 미안해요! (길자에게) 길자 언니! 바닥은 1막 끝내고 와서 내가 닦을 테니까 그냥 그대로 놔둬요. 의상만 조금 닦아주고.

윤부길 (무대로 나서는 노경희를 보며) 저년은 생긴 거하곤 영 성격이 딴판이라니까! 강원도 계집애가 충청도도 아니고 왜 그렇게 매사에 느긋한지 원!

복혜숙 (윤부길에게) 윤 단장! 자네랑 나랑 모두 충청돈데 우리가 매사 느긋하디?

윤부길 아이구 선생님 계신 줄 몰랐네유. 그냥 그렇다는 거쥬!

복혜숙 그리고 아무리 띠동갑 어린사람이라고 해도 단체생활에선 여러 사람 모인 자리에서 그렇게 여자 단원들에게 막말하는 게 아니야. 저년이 뭐니!

윤부길 죄송합니다 선생님! 앞으로 조심하겠습니다.

황정순 (복혜숙에게) 선생님 우리도 어서 준비해야 해요. 어서 무대로 오르세요.

윤부길 네! 어서 오르세요! (길자에게) 코피 조금 남았어?

길자 (냄비를 뒤집으며) 어데예! 다 비었네예! 다시 끓여 올까예?

윤부길 아냐 그럴 시간 없어! (주머니 시계를 보고) 이민이 나갔니? (옆 텐트에다 대고) 야 이민이 무대로 나갔어?

소리 네! 민이 형 나갔어요!

윤부길 (길자에게) 길자 씨! 오늘 저녁 반찬은 뭐야?

길자 저녁 반찬예? 글씨 그기… 나가 봐야 알건데예! 찬거리가 다 떨어져가….

윤부길　그럼 아무 밭에나 가서 무 좀 뽑아와! 들키면 악극단 표 몇 장 준다고 하고. 몸이 으슬으슬한 게 뜨끈한 무국이 생각나네…. (밖으로 나간다) 야! 승호야 승호!

길자　오메야! 또 어데가 무를 구해오노? 제 철도 아닌데….

이난영　우리 윤 단장은 저리 빼싹 마른 몸에 웬 식탐은 그리 많은지 먹고 싶은 것도 참 많다 그치? 길자 씨!

길자　단체를 이끌라카믄 먹고잡은 것도 많을끼라예! 그럼 지는 나가 볼랍니더!

이난영　그래 코피 고마웠어 길자 씨! 다음에도 또 부탁할게!

길자　야! 코피는 많이 있어예. 단설탕이 없어가 그렇지… 아무 때고 말씀만 하시소.

#21. 천막극장 바깥

김이 무럭무럭 나는 솥단지에서 연신 무국을 퍼 담는 길자, 밥과 국을 나르는 여자단원들, 앉고 서서 식사를 하는 남자단원들과 나이든 단원들. 유랑극단 단원들의 저녁식사 장면.

남자단원1　야! 거 무국 맛이 일품이네 그려! 서울서는 이런 무국 파는 데가 없는데 말야.

남자단원2　없긴 왜 없어! 저 청량리 쪽 쪽방촌에 가면 많이들 해먹는데.

남자단원1　그려? 난 이런 무국 처음 먹어보는데 참 맛있네 그려.

남자단원3　우리 길자 씨 음식 솜씨가 좋아 그런 거여! 아무나 이런 맛을 낼 수 있당가!

남자단원2	맞다. 그렇긴 한데 지금은 무철도 아닌데 어디서 이런 무를 구할 수 있었노! 애 길자야!
길자	(일을 하다 뒤돌아보며) 야? 내 불렀능교?
남자단원2	그래, 지금 무철도 아닌데 어디서 무를 구했드노?
길자	아까 전에 단장님이 무국을 자시고 싶다케가 낼러 아무 밭에나 가가 무가 있으믄 캐올라했드만 지금이 제 철이 아닌기라예! 그래가 동네로 가가 어떤 아주머이헌테 표 한 장 주고 사정 야기를 했드만서도 마당에 묻어둔 무를 꺼내 주능기라예! 또 된장도 얻어 안 왔능교! 그래가 무국을 끓였는데 맛은 괜않아예?
일동	맛있다마다. 최고다. (여기저기서)

이때 모두의 머리 위로 벚꽃 잎이 떨어진다.

| 최은희 | 어마! 예뻐라 사꾸라 꽃잎이 떨어지네! |

벚꽃 잎이 식사하는 그들에게 계속 떨어져 휘날린다.

#22. 천막극장 바깥 풍경과 함께
공연영상 O.L

유랑극단 다큐영상이 비춘다.

| 노인 길자 | (독백) 니 유랑극단이라꼬 들어본 적 있나? 주로 악극하고 노래하고 춤추면서 지방을 순회하며 돌아다니던 쇼 하는 |

단첸데 지금 영화나 텔레비전에 나와가 저리 유명한 배우 캉 코메디언, 가수가 된 연예인들이 모다 옛날에는 유랑극단에서 활동들을 안 했드노! 참 춥고 배고프고 잠 한번 잘 라카믄 잠자리가 마땅찮아 억수로 고생들 했던 사람들인 기라. 내는 느그 아부지 만날라꼬 울진서 느그 고향 지경까지 가는 동안에 잠깐 동안 그 사람들한테 밥해주고 빨래도 해줘가면서 같이 생활 안 했드노. 그때는 고생도 약간 있었지만서도 모다 억수로 맘들이 착해가 내 지금도 그 사람들을 잊을 수가 없는기라.

내레이션　(다큐영상과 함께) 유랑극단! 일제 강점기 때부터 시작된 연예계에는 해방이 되자 그야말로 악극단이 우후죽순처럼 등장했다. 조선악극단, 반도가극단, 나미라가극단, 백조악극단, 부길부길쇼, 삼천리악극단 등 한국전쟁이 발발하기 직전까지 서울에서만 30여 개 악극단이 활동했고 이어 이들은 한국전쟁 중에도 전쟁터를 피해 가면서 대도시뿐 아니라 지방의 소도시는 물론 사람들이 모이는 곳이면 어디라도 달려가서 간이 천막을 치고 공연을 하면서 전쟁에 지쳐있던 국민들의 마음을 위로해주었던 것이다. 주로 춤과 노래 그리고 눈물겨운 애환이 담긴 악극과 코미디를 공연했다. 오늘 여기에 등장하는 과거의 기라성 같은 스타들이 대부분 악극단 출신이었는데 김승호, 김희갑, 주선태, 최남현, 김진규, 최무룡, 복혜숙, 황정순, 최은희, 조미령, 노경희, 주증녀, 윤인자 등의 연기자들과 가수로는 남인수, 백년설, 김정구, 현인, 고복수 그리고 이난영, 김백희, 금사향, 백설희 등이 활동했고 희극 연기자들로는 이종철, 박옥초,

임생원, 전방일, 윤부길, 구봉서, 배삼룡, 양훈, 양석천, 서영춘, 장서팔, 고춘자 등이 모두 각각의 유랑극단에 소속되어 활동을 했던 당대 최고의 유랑극단 스타들이었다.

#23. 철거하는 천막극장 옆

뒤 배경으로 남자 유랑극단 단원들이 천막을 철거하는 모습이 보이는 가운데 함께 길자를 배웅하러 나온 단원들.

윤부길 길자 씨. 그동안 고생 많았다. 덕분에 우덜이 배곯지 않고 따슨 밥에 호강했지 뭐냐! 괴산 어디라고 했지 가는 곳이?

길자 지경이라꼬 청안이라 카는 데서 한참을 더 들어가야 한다고 했어예!

김승호 그럼 예가 청주니까 아직 게까지 갈라믐 며칠을 더 가야할 텐데 고생이것구만.

길자 아이라예. 예까지 온 것만 해도 어딘데예. 그동안 참말로 고마웠심더. (고개 숙여 절을 하며) 단장님, 부단장님 그리고 선생님, 언니 동상들 모다 그동안 옥수로 고마웠어예. 지를 이 먼 곳까지 공꼬로 태워주고 단원도 아인데 식구매냥 잘 해주셔가 오는 내내 맘이 참말로 편했어예. 모두 안녕히들 가시소.

황정순 길자 씨. 길 잃어버리지 말고 잘 찾아가서 신랑 만나 혼례 잘 치러요. 이 난리가 언제 끝날지 모르겠지만 언젠가 난리 끝나고 조용해지면 우릴 한 번 찾아오고 정말 고마웠어 길자 씨!

복혜숙   그래 너 시집가서 시댁어른 잘 섬기면서 신랑하고 행복하 게 잘 살아라 고생 많았다.

길자   야! 명심하겠습니더 선생님. 참말로 옥수로 고마웠어예!

복혜숙   고맙긴. 우리가 니 덕분에 잘 지냈지.

이때 이난영이 한복을 한 벌 들고 나온다.

이난영   길자 씨! 시집갈라고 예까지 왔다지? 여기 내가 입던 무대 의상인데 이거 받아 이왕이면 새색시가 예쁘게 차려입어 야지. 아무리 난리 중이지만 말이야!

길자   아 아이라예! 이건 선상님이 무대에서 입으시는 옷인데 지가 우에….

이난영   괜찮아! 나는 이 의상 말고도 여러 벌 더 있어! 그냥 내 고 맙다는 마음의 정표니까 받아둬 길자 씨!

최은희   그래 길자 씨! 선생님이 주시는 거니까 어서 받아.

길자   선상님요. 증말 고맙심더. 내 잘 입을께예. 그라고 모다 고마워예. 지 그만 갈랍니더! 모다 건강하시고 공연들 잘 하이소!

서로 아쉬워하는 이별 장면.

음악과 함께.

제4부

먼 길

#1. 길자의 독백과 풍경들

길자 무거운 보따리를 머리에 이고 홀로 시골길을 걷는 풍경 장면.
험한 산길을 걷는 풍경, 빈 달구지를 타고 가는 풍경 등.

길자　(독백) 참말로 시상에 조선 땅에 그리 멀리 있는 집은 처음
이라예. 주소가 있고 사람 사는 동네라케서 길을 떠났는
데 아무리 사람 사는 곳이지만서도 그리 골째기에 틀어 박
혀있는 동넨 줄 내사마 생각도 몬했어예. 그렇게 유랑극단
사람들이 낼러 청주에다 내려줘가 물어물어 주소 있는 곳
을 찾아갈라 했드만 누군등 낼러 보고 괴산이라 카는 데로
가라카데예. 그때도 지금 맨키로 난리중이라서 버스가 있
는 것도 아이고 마침 괴산까지 사람들을 실어다 준다카는
다 썩어빠진 도라꾸 한 대가 있어가 돈 쪼매 내니까 타라
해서 그 도라꾸를 타지 않았능교.

#2. 승객 트럭 뒷자리

열 명 남짓한 시골사람들이 타고 있다. 비포장도로의 흙먼지가 날아 들어와 모두 입을 막고 콜록거린다.

트럭녀　콜록, 콜록! 이봐유 샥씨! 피란민이유?

길자　내 말입니꺼? 콜록, 아, 아이라예.

트럭녀　아니긴 말씨로 보아허니 저어기 밑에 지방에서 온 사람 같은디? 채림새로 보건 그 보따리를 봐도 영락없는 피난민이 맞지 싶은데… 근데 왜 혼자여?

길자　그, 그럴만한 사정이 있어예! 피난민은 아이라예!

트럭녀　그려? 그래 어디꺼정 가는데… 괴산?

길자　야! 괴산군에 가가 다시 청안면 웃지경이라꼬 아주 산골이라 카든데 괴산서 내려가 걸어 갈라꼬예! 콜록!

트럭녀　뭐여 청안 웃지경? 아니 그럼 왜 괴산까지 갈려구혀? (콜록). 청안 지경이라믐 증평서 내렸어야 하는디!

길자　그래예?!

트럭녀　초행길인가 본데 증평서 내려야 청안이 가깝지… 어유 내가 안 물어 봤음 큰일 날 뻔했구먼그려. (문득) 가만 가만 있어보자 오메 이제 막 증평이었는디… (갑자기 앞 운전석을 향해) 스도프 스도프 이봐유 차장 아저씨유! 아저씨유 스도프 하라니께유! 아저씨유!

트럭이 멈춘다.

트럭조수　(소리) 아! 왜 그려유! 왜 차는 세우구 난리유? 갈 길이 급한디….

트럭녀　여기 증평서 내려야할 샥씨가 타고 있어그려. 어여 사람 내리게 혀!

트럭 조수　(트럭 뒤로 다가와서 열어주며) 아! 씨부럴… 뭘 하느라구 여태 내리질 않구 있다가 차를 세우구 난리여!

트럭녀　아! 이 샥씨가 초행길인가벼! 샥씨 어여 내려! 큰일날 뻔 했네. 조기 보이는 조기가 증평이여! 거기 가서 사람들헌 테 주소 내보이고 또 길을 물어봐!

길자　야, 고맙심더 아주머니예! 참말로 고마버예!

트럭 조수　(짜증스럽게) 아, 뭐해유 빨랑 안 내리구!

트럭남　(슬쩍 트럭녀에게) 저 샥씨 어디루 간다구유? 청안 지경?

트럭녀　그려 청안고개 너머 죽을 지경이라는 지경리! 아저씬 알 아유?

트럭남　아, 알다마다유 죽을 지경. 예서 내려두 한 하루 반나절은 걸릴 텐디….

트럭 조수　아, 안 내릴 거유? 씨발… 뭐해유?

길자　지금 내려가예! 쪼매만 기다리시소, 아주머니예 고맙습니 더. 안녕히 가시소! (트럭에서 내린다)

트럭 다시 흙먼지를 날리며 달려간다.

길자　(갑자기) 아니 내 보따리? (트럭 뒤를 쫓아가며) 보이소! 내 보 따리예! 내 보따리 내던져주고 가이소. 스도프. 스도프 쿨 럭… 쿨럭.

이때 트럭 밖으로 보따리가 던져진다. 길자, 달려가서 떨어진 보따리를 집어들고 가슴에 안는다. 그리고 차 밖으로 손을 흔들어 주는 트럭녀에게 고개 숙이고 인사를 한다.

길자   (약간 울먹이며) 참말로 고마버예… 우에 감사해야 되노? (멀리 달려가는 트럭을 향해 두 손을 비비며 서 있다)

다시 음악이 흐른다. 시골 풍경과 함께.

#3. 옛날 신작로

저녁 햇살이 아름답게 비춘다. 보따리를 머리에 이고 신작로 가로수 길을 걷는 길자.

노인 길자   (독백) 참말로 아무리 난리통이라고 해싸도 그리 착한 사람들이 많은 거 볼 때 그래도 우리 조선사람들 맴씨가 최곤 기라. 사람은 누구나 사는 형편캉 환경하고 자기 운명에 따라 모양들이 달라 그렇지 본시는 모다 착하지 않은 사람은 업다. 내 그런 생각 저런 생각해가며 길을 물어물어 느그 아부지 고향이라 카는 데를 찾아가는데 그 차칸의 남자 말대로 금방 날이 어두워지고 사방이 깜깜해지는 게 갑자기 무서버지는기라. 배는 고프고 기운은 쪽 빠지고 왠종일 걷다보이 다리는 퉁퉁 부어가 한 발자욱도 내딛기 힘든 게 마 죽을 지경을 가는 게 아이라 참말로 에민 죽을 지경이 된 기라. (멀리서 불빛이 깜빡인다) 그때 마침 사람 이 살라카이 그랬던둥 저 멀리에 희미하게 불이 깜빡이는데 내 힘을 내어 죽기살기로 절룩거리며 막갔지. 가보이 마침 동리가 있고 동리 한 가운데 주막이 있능기라….

#4. 주막집 안

시끌벅적 술을 마시는 서너 명의 중년 술객들과 설거지를 하는 주모가 보인다. 조심스럽게 문을 열고 들어서는 길자를 모두 쳐다본다.

주모 (일을 멈추고 길자를 보며) 누구신기여?

길자 (사람들 눈치를 보면서 주모에게) 아지매요. 내 예서 요기 좀 할 수 있능교?

주모 요기? 피란민이유?

길자 아… 아이라예.

주모 아 돈 내면야 요기는 할 수 있지만서도 찬 없는 시레기 국밥 한가진데 그래도 괜찮아유?

길자 예… 괘않아예….

주모 그럼 저쪽으로 가 앉아 봐유!

길자, 피곤에 지쳐 보따리를 내려놓으며 털썩 자리에 앉는다.

주모 피란민이 아님 어디 먼 데서 오는 거 같은디 어디서 오는 거래유?

길자 저… 멀어예, 울진이라예!

주모 울진? 아니 그럼 강원도 울진?

이때 술객남1이 참견한다.

술객1   아, 울진이 왜 강원도여 더 밑에 있는 경상도지! (길자에게) 색씨 맞지 경상도?

길자   야. 맞십니더. 경상도라예.

주모   (국밥을 건네주며) 아니 그 먼데서 예까지는 뭔일루 온 거래? 피란가는 것도 아니라면서….

길자   (배고픈 듯 대꾸 없이 국밥만 퍼먹는다)

주모   (힐끗 길자에게) 아 얹혀! 천천히 먹어야지! 시장했나 보네 그려….

술객1   (자기들끼리 이야기를 나누며) 강릉, 울진 그쪽으론 아마 우리 6사단이 지금도 전쟁을 치루고 있을걸, 아니 8사단인가?

술객2   6사단이구 8사단이구 지금 우리가 빨갱이 놈들한테 이기고 있는거 지고 있는거?

술객3   지고 이기는 게 무슨 의미겄어! 적군 아군이 모다 조선사람들인디. 그놈오 중공군 놈들만 몰려오들 않았음 그만 백두산에서 전쟁이 끝나버리는 건데 말여….

술객2   근데 듣자니께 이승만이가 친일파 청산이다 뭐다 떠들면서도 말만 그렇지 지금 전선에 배치되어 군을 지휘하고 있는 군지휘관들이 죄다 친일파놈들이라면서?

술객1   말하면 뭐혀 2사단장 이형근이, 그리고 경상남도 계엄사령관 유승렬, 참모총장 이응준이 모두다 친일파 일본 장교 출신이라던데 거기다 이번에 바뀐 신임 참모총장인 이종찬 장군놈도 그놈 할애비가 천하에 몹쓸 조선말기 외무대신을 지내면서 나라 팔아먹은 악질 친일파 이하영이라잖여!

술객3   그렇긴 한데 듣자허니 이종찬 장군은 소신 있는 진짜군인이라고 하대! 이번에 이승만이가 부산에서 정치파동이 있을 때 군대를 투입시켜 파동을 막으라고 했는데 어찌 전선에서 싸우고 있는 군인들을 개입시킬 수 있느냐면서 이박사 명을 거역했다는 거여. 비록 친일파 자손이지만서도 지금은 일본놈들과 싸우는 전쟁이 아니고 김일성군대 놈들과 싸우고 있는 마당인데 친일파면 어떻고 독립군 출신이면 어때? 일단 이 싸움에서 이기고 난 다음에나 따질 문제지. 아, 안 그려!

술객2 근데 자네들은 이 난리 중에도 어떻게 그리들 세상 돌아가는 걸 잘 아는겨? 서울 애들마냥 라디오가 있는 것도 아니고 신문이 있는 것도 아닌데 어디서 보고 들어 그리들 유식한겨? 내 참 알다가도 모르겠어…!

술객3 아! 지난 번 우리집 사랑채에서 민박했던 서울서 온 피난민들한테 들었제. 내도 뭐 알아 알 수 있겄어. 이런 산골에 쑤셔박혀 사는 놈인디… 모다 귀동냥이제. 그건 그렇고 주모 여기 모다 얼마여?

술객1 왜! 그만 일나시려구유?

술객3 아, 일어나야지 또 인민군 놈들이 언제 밀고 내려올지도 모르는데 이 난리통에 술만 퍼먹고 있음 쓰겄어. 밤중에라도 구덩이 파고 그나마 남아있는 곡식들을 장독에 담아 파묻어 놔야지 안 그면 마누라한테 혼나야!

술객2 그래도 자넨 파묻을 곡식이라도 있어 좋겄다. 우리 집구석엔 씨종자들뿐이 없는데 말여….

술객3 예라 이 씨종자 같은 소리 하구 자빠졌네. 있는 것들이 더 죽는 소릴 한다니께! 주모! 오늘도 그냥 우덜 이름으로 달아놔! 내 잊지 않고 때봐서 꼭 갚을 테니께.

모두 일어나 나간다. 잠시 후.

주모   (혼잣말로 투덜거리며) 진짜루 씨종자 같은 소리 하며 자빠질
       못된 것들 같으니라구! 우덜은 뭐 똥 처먹고 사는 줄 아
       나! 이런 난리통에 뭔 놈오 외상술이여… 하루이틀도 아
       니구. 아! 동네 이장이라는 작자가 더한다니께! 어이쿠…
       (길자를 보고) 그나저나 샥씬 어디루 가는 중인데 이 저녁
       에 혼자 밥 사먹으러 들어온 기여? 엄청 배고팠던 모양인
       디… 증말 피란민이 아닌겨?

길자   (은근히 두려워하며) 아이라예! 지 집이 청안 지경리라꼬 거길
       가는 중입니더!

주모   뭐라고, 지경? 그 죽을 지경이라는 그 산골째기 동네?

길자   야!

주모   거기서 온겨?

길자   아이라예. 거기로 가능기라예

주모   아니 보아허니 초행길 같은데… 이 저녁에 달빛도 어둘 텐
       디 어떻게 그 먼 곳을 가려구 그려?

길자   그곳이 그리 먼교?

주모   아 멀다마다. 남정네들 걸음도 쉼 없이 밤새 걸어야 하는
       아주 먼 거리여!

길자   근데 아지매요! 왜 사람들이 그 동네를 자꾸 죽을 지경이
       라꼬 해쌌능교?

주모   아 왜긴 왜여! 말 그대로 살기가 어려워 죽을 지경이니까
       그렇지!

길자   그 동네가 그리 어려운 동넨교?

주모   어렵다마다 논떼기 하나 없이 천수답으로 밭농사만 지어

먹고사는 화전민 촌잉께 그렇제. 허긴 뭐 이 난리통엔 죽을 지경 아닌 동네가 어디 있을라고….

길자 ….

주모 오늘 샥씬 그곳에 못 가! 잘 때 없음 여기서 나하고 자고 내일 아침에 일찍 가! 밤길에 산짐승도 무섭고 더러 낙오된 빨갱이 놈들도 혹간 나타난다는 청안고개매냥 또 한 고갤 더 넘어야 하는디 어떻게 샥씨 혼자 갈 수가 있었어? 청안고개만은 덜하지만 그 고갯길도 꽤 험혀! 근데 그 동네에 누구 아는 친척이라도 사는겨?

길자 저 그게 아이고… 실은 지하고 정혼키로 약조한 사람 고향이 그곳인데예 낼 보고 그리 가있으라케서 찾아가는 기라예. 난리중에 그 동네만치 안전한 곳은 없다카면서….

주모 오라 그라니께 그 뭐냐! 그 동네로 시집갈라고 가는 길이로구먼….

길자 야….

주모 그럼 더구나 안 되지. 시집갈 새샥씨가 그 험한 길을 밤새 혼자서 어떻게 갈려구 그려! 여기 방은 좁아도 불 때서 따신께 그냥 내하고 자고 일찍 가. 내한테도 샥씨 같은 친정 여동생이 있어그랴. 내 나쁜 사람도 아니고 돈 받을라고 하는 것두 아닌께 어여 저 방으로 들어가 쉬어!

길자 (머뭇거리다가) 고맙심더. 그럼 하룻밤만 신셀 질께예….

주모 그려 잘 생각혔어, 얼릉 들어가! 요즘은 시국이 시국인지라 저녁 술 손님도 없고 불 밝힐 일도 없어서 일찍 문을 닫을껴!

음악.

#5. 주막집 방안

주모   (잠자리에 나란히 누워) 에고 해방된 지 며칠이나 됐다고 이래 전장이 터져 이 난리들인겨? 나라 팔아먹고 왜놈들한테 직싸게 고생한 세월이 얼만디… 이제 뭔 지랄이라고 같은 조선사람들끼리 쌈박질을 하는 거여! 안 그려 색씨?

이때 길자, 신음소리를 내며 대답이 없다.

길자   (식은땀을 흘리며 헛소리를 한다) … 으음, 아… 음 어머이… 으으.

주모   (화들짝 놀라 자리에서 일어나며) 아니 샥씨! 샥씨! 왜 이러는겨 응? 어디가 아픈겨?

길자   … 아… 지매요… 괜않아예… 그냥 주무시소… 그냥 삭신이 쑤시고 머리가 이래 아픈기… 으음 아… 음 어머이… 으으.

주모   (혼잣말로) 에고 하기사 몸살도 날만하지 아까 전에 허겁지겁 밥 먹는 거 본께 한참 동안이나 굶었던가 본디… 더구나 증평서부터 그 먼 예까지 걸어왔으니… 쯧쯧! 근데 대체 얼마나 아프길래… 이래 헛소릴하는겨? (사이) 어메 어메 이 얼굴에 땀 좀 봐! 샥씨! 정신 좀 차려봐 어서….

주모, 밖으로 나가 물 담긴 대야를 들고 들어온다.

주모   (물 적신 수건으로 얼굴의 땀을 닦아준다. 그리고 손으로 목을 만지며) 어메! 몸이 불덩이여!… 이봐 샥씨야. 어여 정신 좀 차려

봐라 어서! (이때 길자 눈을 조금 뜨다 다시 감는다) 어디 많이 아
픈기여?

길자 (헛소리를 하며) … 군인아저씨에… 내 좀 보이소… 어무이
요… 아… 지매요… 내가 와 이러는데예… 아… 아!

주모 이거 큰일이구먼 그려 응? 이 밤에 약도 없고 어떡한디여!
이봐 샥씨! 어여 정신 차리고 눈 좀 떠봐 어여! 기운 차리
고 말여! 어여!

이때 창밖으로 천둥 번개가 치면서 소낙비가 쏟아진다. 주모, 안타까
워하며 병간호를 한다. 길자의 신음소리 높아가는데 밖에는 여전히
천둥 번개소리와 함께 세찬 비가 쏟아져 내린다.

#6. 주막집

여전히 세찬 비가 쏟아지고 주막집 주모가 짚으로 엮어 만든 가마니
를 둘러쓰고 당집할머니를 데리고 주막 안으로 들어온다. 빗물을 털
어내며.

당집할머니 아니 장마도 아닌디 봄비가 왜 이리 퍼붓는 거여! 필시 거
룻고개서 억울하게 죽은 혼령들이 통곡하는구먼!

주모 아 그챦아도 밤새 한숨도 못 잤시유… 무섭게시리 왜 그런
야길 하고 그런대유!

당집할머니 어디여? 그 젊은 샥씨가 누버있는 방이….

주모 저기 지가 자는 방이구먼유… 아 사람이 혼비백산혀서 헛
소리는 해쌌지 밖에서는 뇌성벽력이 내리치지 참말로 간

밤엔 난리난리 그런 난리가 없었구먼유. 자, 어여 들어가
보셔유!

#7. 주막집 안방

당집할머니 방안에 들어오자 길자의 얼굴을 찬찬히 들여다본다.

당집할머니 (주모에게) 틀림없구먼 그려.
주모 야, 뭐가유?
당집할머니 자네는 말여, 방에 들어오덜 말고 소반에다 냉수 한 사발
만 떠가지고 방으로 들여보내고 문밖에서 있는 거이 좋겠
구먼.

주모, 고개를 갸우뚱거리며 당집할머니 주문에 따라 작은 소반에 냉
수 한 그릇을 정성껏 담아와서 방안으로 들여보낸다. 당집할머니, 저
고리 깃 속에서 방울을 꺼내든다. 그리고는 누워있는 길자 머리를 중
심으로 하여 방울을 흔들어대며 주문을 외운다.

당집할머니 팔만사천 제대조왕 후토당산 오방 토지대신
삼만육천 성주대신
여유신도 신명님네들 금일날 소지 일장없사오나
이내 정성 받으시고
팔만사천 제대조왕님들 이 불쌍하고 가여븐
젊은 아낙의 지친 심신을
회복시키시사 소원성취 발원해주소서 어허….

주모   (밖에서 두 손 모아 따라 빌며) 예. 안면부지 없던 길 가던 나그네 여식입니다요. 기냥 불쌍히 여기시사 지친 심신을 회복시키시고 소원성취 발원하소서.

천둥번개와 세찬 빗소리 그리고 여전히 길자의 신음소리.

#8. 주막 안

방문을 열고 나오는 당집할머니.

주모   (옆에서 당집할머니 신을 신는 거동을 도와주며) 저 샥씨 뭐가 틀림없다는 거래유? 왜 저러는 건데유?… 이자 좀 괜찮아졌남유?

당집할머니 뭐 대단한 건 아닌 것 같혀. 그냥 내 생각인디. 예쁜 처자가 혼자서 청안고갤 넘어오니 온갖 잡귀신들이 히야까시를 했는지 여기저기 흙먼지 매냥 뿌연 것들이 어른대두만 그려. 그래 내 그것들 소제해주니께 끽 소리 않고 잠들던디. 깨어나믐 뭘 좀 먹여봐 그럼 기운차릴겨!

주모   (당집할머니에게 연신 두 손 비비며 굽신댄다) 어휴 그랬었구먼유. 암튼 고마워유 할머니. 비록 생면부지 처음 만난 처자지만 그래도 내집 손님이라 그런지 영 마음이 쓰이는 게 밤새 할머니 생각만 나더라니께유.

당집할머니 고거이 선행인겨. 내 식구도 아닌 남인데도 인정을 베푼다는 것이 어디 쉬운 일인감. 오방대신네가 자네의 그 인정머리를 보고 덕을 베풀실 건게 계속 살피며 도와줘. 내는 그만 간다.

주모 (당집할머니에게 볏가마니를 둘러주며) 웬 비가 그치질 않네유. 밤새 쏟았는데두 여직 내리는구먼유. 그럼 조심히 살펴가세유.

이때 바지저고리에다 보자기로 책가방을 둘러맨 중학교 모자를 쓴 열서너 댓 살 먹은 남자아이들 세 명이 주막 안으로 들어온다. 비를 털면서.

주모 (힐끔 쳐다보며) 느그들 뭐여?

남학생1 저… 아줌마 비가 하도 많이 와서 그러는디 예서 잠시만 비 좀 피했다 가면 안 되겠남유?

주모 그려? 아직 뭐 장사하는 것도 아닌데 그럼 그렇게 혀!

남학생들 고마워유 아줌마!

주모 그려! 내는 방안에 아픈 사람이 있어 들어가 있을꺼니께 있다들 비 그치면 가거라.

남학생들 야!

주모가 방문을 열고 방안으로 들어간다.

남학생1 근데 니들 소문 들었어? 어쩌면 우덜도 학도병으로 소집 될지 모른다던데

남학생2 뭐, 누가 그려? 아 종구 형 그 새끼지… 소문 퍼뜨리고 다니는 놈이…!

남학생3 종구 형? 그 면장네 소작농 아들이라는 올빼미 같이 생긴 새끼?

남학생1 아직 전쟁이 끝나려면 멀었대. 그래서 면사무소에서 면서기가 엊그제 학교로 찾아와서 선생님들헌테 징집증을 주고 갔다던데….

남학생2 씨팔! 근데 왜 그 종구 형은 뭐가 좋다고 히죽거리면서 온교실을 돌아다니며 먼저 그런 소문을 퍼뜨리고 다니는 거여? 얄미운 새끼 같으니라구….

남학생3 그놈 삼촌새끼가 빨갱이였다며? 난리 터지고 얼마 안 있다가 청안면에 인민군이 쳐들어 왔을 때 완장을 차구선 덕형이네, 중식이네 개네 사촌들 집까지 죄다 찾아다니며 그댁 어른들을 마구잡이로 끌어내서 인민재판이다 뭐다하며 선동했던 놈이여! 그렇게 설치다가 인민군 철수하고 우리 국군들이 다시 왔을 때 그 동네 사람들헌테 직사게 얻어 터지고 병신 됐다는데 그 빨갱이 머슴놈이 그놈이래. 혹시 그 새끼가 지 삼촌 생각하고 우덜이 모두 전쟁터로 끌려가서 죽으라고 고사 지내는 짓거리 아녀?

남학생1 만약에 우리 앞에서 그렇게 설레바리 치면 그땐 나이고 뭐고 상관 말고 그냥 우덜도 그놈을 다구리 쳐야혀! 증말 꼴 보기 싫은 놈잉께!

남학생2 그나저나 증말로 우덜이 학도의용군으로 징집될라나? 지난번엔 우덜은 아직은 어리다고 면제해주더니만… 아 씨팔 전쟁은 언제 끝나는겨….

남학생1 인자는 우리 조선사람들끼리 싸우는 전쟁이 아니라고 하더라. 지금 전쟁은 미군들이랑 중공군 소련군들의 싸움이래. 2반 담임선생님이 그랬어! 지금 전쟁은 민주주의와 사회주의가 싸우는 이념전쟁이란겨!

남학생3 이념전쟁? 그게 뭔 소리여?

남학생1 아 몰라 시펄! 나는 형들이 모다 군대엘 가서 내가 할아버지 할머니하구 엄마랑 여동생들꺼정 돌봐야 하는데 괜히 그런 소문을 들어가지구설랑… 아, 그 나쁜 종구 형 새끼….

남학생2 야! 비 그쳤다. 빨랑 가자! 일단 깃골꺼정 가서 다시 비 오면 (남학생3에게) 니덜 당숙네 집에서 잠시 비 피하다 가면 되지 뭐!

남학생1 (방문을 향해) 아줌마 우덜 가요! 고마웠시유!

이때 방문이 열리며 주모가 소리친다.

주모 야 학생들아! 자… 잠깐만, 니들 사는 동네가 어디여?

남학생1 우리유?

주모 그려 듣자니께 깃골서 더 가야 한다매?

남학생1 야! 쟤는 깃골 위에 샛골이고 우리 둘은 아랫지경에 사는데요. 왜 그런데유?

주모 뭐여? 아랫지경? 어메 그럼 잘 됐구먼.

남학생2 왜유… 뭐가 잘 됐는데유?

주모 니덜 잠깐만 다시 들어와 봐! 여기 이 방안에 엊저녁에 웃지경에 간다고 하던 젊은 샥씨가 와 있는데 지금 몹시 아파!

남학생1 아파유? 그… 그런데유?

주모 니덜 혹시 집에 가거들랑 말여 저 웃지경으로 가서 이 샥씨가 가려는 집에다 연락 좀 해줄 수 있겠어?… 여기 급한 아픈 사람이 있으니께 어여 데리고 가라고 말여.

남학생3 웃지경 누구네 집인데유?

주모   글씨… 그건 잘 모르겠는데… 자… 잠깐만! (길자를 흔들어 깨우며) 이봐 샥씨… 샥씨, 자… 잠깐만 눈 좀 떠봐 어여! 저기 웃지경 누구네 집여? 가고자 하는 집 말여? … 뭐 뭐라고? 누구? 우… 학… 준? 오, 우학준! 그려 알았어! 어여 다시 눈 감고 자. 어서! (남학생들에게) 우학준이라네. 그 동네 우씨덜 집이 많나?

남학생3   우 씨네유? (남학생2에게) 임마 니가 우 씨잖여! 왜 가만 있능겨? 웃지경에 니들 친척들 있잖여?

남학생2   가만! 아줌마 방금 우학준이라 했시유?

주모   그려 우학준이라고 한 것 같은데… (학생들에게) 내가 좀 전에 우학준이라고 했지?

남학생2   우리 막내 삼촌이 우학준이여유! 그럼 저 안에 그 아프다던 색씨가….

주모   참말잉겨? 아이구! 잘됐구먼이라. 그라면 느그들 어서 빨리들 가서 느그 어른들한테 여기 경상도 어딘가에서 샥씨가 왔다고 전해라! 어여 가! 시상에… 잘 됐구먼그려. 잘들 가 그라고 비 오면 가끔씩 예 와서 비들 피하고들 가고!

남학생1   어른들 알면 우리 혼나유. 그치만 몰래 올께유! 히히

남학생들 웃으며 주막문을 열고 나간다.

#9. 울진 앞바다 해변가

밝고 행복한 음악 계속되며 눈발이 아주 조금씩 휘날리는 바닷가. 기쁜 표정의 학준, 두 팔을 벌리고 소리를 지르며 백사장을 뛰어다니다

길자에게 다가온다.

학준 (에코) 길자 씨! 길자 씨는 기쁘지 않아요? 아직도 내 맘에 진정성이 없어 보여 그러는 겁니까? 아니면 못다 감춰진 어떤 미련 같은 것이라도 있는 겁니까? 어서 밝게 웃어봐요 어서!

길자 (에코) (머뭇거리다가) 우 상사님예! 참말로 이 담에 후회 안 할 자신 있능교?

학준 (에코) 그게 무슨 말입니까? 후회라니요…?

길자 (에코) 지캉 이래 인연을 맺어가 우덜이 혼례를 치루고 난 중에 자식까지 낳으면 지가 무식한 여자라꼬 지한테 등 돌리거나 후회하지 않을 자신 있냐 이 말입니더.

학준 (에코) 예? 하하하 그건 모르지요?

길자 (에코/소스라치게 놀라며) 뭐… 뭐라꼬예? 그… 그기 무슨 말이라예?

학준 (에코/갑자기 얼굴 표정이 바뀌면서) 사람 일이란 알 수 없는 거잖아요! 지금은 아니라해도 이담 일을 사람이 어떻게 알 수 있겠어요? 안 그래요? 이담에 혼례를 치루고 자식을 낳으면 내가 당신을 무식한 여자라고 깔보면서 등 돌리고 후회할 사람일 수도 있고 아닐 수도 있고… 흐흐흐 그럴 수도 있다 이 말입니다. 들어봐요 용왕님이 지금 내도 남자니깐 그럴 수도 있을지 모른다고 하잖아요. 길자 씨는 용왕님이 대답하는 말이 안 들려요? 저기 지금도 그렇다고 말씀하시네요…! 저… 기 저기서.

길자 (에코/놀라면서 실망하는 표정으로) 아… 아니라예 그카면 안 되는 기라예! 그… 그만 하시이소. 낼러 놀리는 겁니꺼?

학준   (에코) 놀리다니?… 남자란 다 그런 거 아닌가요? 길자 씨 억울해 말아요. 그럼 혼자 있다가 와요. 나는 먼저 갈 테니까는…. (운전병에게) 가자!

길자   (에코/눈물을 흘리며) 와 이카는데예? 참말로 지만 남겨두고 가는 겁니꺼? 그라지 마이소 안 돼예! 내는 이자 당신 없인 못 살아예. 가지 마이소, 우 상사 아저씨예… 우 상사 아저씨예 가지 마이소.

학준, 운전병 지프차를 타고 달려간다. 길자, 바닥에 엎드려 소리치며 울부짖는다.

불안한 음악.

#10. 군용트럭 뒤

담요에 싸인 채 학준의 팔에 안겨 눈을 감고 있는 길자.

길자   (헛소리를 하며) 아닌기라예. 우 상사 아저씨에 그라지 마이소!

학준   (길자를 흔들어 깨우며) 길자 씨! 길자 씨! 정신 차려요 어서!

길자   (소리를 지르며 눈을 뜬다) 아악 우 상사님예!

학준   길자 씨! 이제 깨어난 겁니까? 길자 씨!

길자   (주위를 돌아본다. 다시 학준 얼굴을 쳐다보다가 화들짝 놀라며) 누… 누군교?

학준   누구라니! 나 우학준이요 당신 남자 우학준! 오!

길자   뭐라꼬예 우 상사님이라꼬예? 차… 참말잉교? (다시 학준을

바라본다)

학준   그새 날 잊은 거요? 그래 어디를 헤매다가 이제 나타난 겁
       니까? 오, 길자 씨! 정신이 든 거요 이제?

길자   (머뭇거리다가 물러서면서) 아… 아니라예. 저리 가이소! 이…
       러면 안 되잖아예!

학준   길자 씨! 왜 이래요? 나요 나 우학준! 우 상사!

길자   (천천히 학준을 바라보다가) 우… 우 상사님예? 꿈이라예? 내
       시방 꿈을 꾸기라예?

학준   길자 씨! 꿈을 꿨군요. 꿈을… 길자 씨!

길자   (와락 학준 품에 안기며) 참말로 꿈이라예? 꿈이 맞지예?

학준   길자 씨 무슨 꿈을 꾸었는데 그래요? 나요 우 상사. 내 여
       기 있잖아요. 길자 씨! (강하게 길자를 끌어안는다)

길자   (학준 품에 안겨 크게 운다) 어딨다 온 기라예? 어디 갔다 온 긴
       데예? 어머이요! 정말… 엉엉!

학준   길자 씨! (강하게 길자를 끌어안는다)

봄꽃 잎이 휘날린다. 음악과 함께.

#11. 달리는 군용트럭

길자, 담요에 싸여 학준의 팔에 안겨있다.

노인 길자 (독백) 이기 꿈인가 생신가 안 했드노! 느그 아부지는 느그
         아부지대로 낼러 찾을라꼬 울진으로 영덕으로 안 단 데
         없다가 울진서 내가 충청도로 떠났다는 소릴 듣고 바로 지

경으로 달려왔던 기라. 마침 부대에서는 전쟁이 잠시 멈추던 때라서 대민사업이라는 명분으로 느그 아부지 친구 대대장이 특별 휴가를 내줘가 그리 다닐 수가 있었던 긴데 그날 조카한테 엄마 소식을 듣고 차를 몰고 급히 밀러 데리러 왔던 기지. 참말이지 고생 끝에 낙이라꼬 하늘이 밀러 도와주신 기 아니고 뭐꼬. 그때 내는 믿음이 없었을 때니깐 그냥 하나님이든 부처님이든 그냥 모든 신들이 억수로 고마웠던 기라! 느그 아부질 만나게 해주었으니깐….

음악이 up 되었다가 다시 사라질 때 잔칫집 풍각이 울려 퍼진다.

#12. 전통혼례장면

지경리 마을에서 동네사람들이 모인 가운데 혼례식을 올리는 학준과 길자.
비록 전쟁 중에 가난한 마을이지만 사모관대와 원삼쪽두리를 쓴 신랑 신부의 모습과 삼베천으로 하늘을 가리고 소담한 혼례상 차림 등 하객들의 옛 풍류가 흥겨움을 느끼게 하는 장면이다. 그리고 시골 사진사가 신랑 신부 사진을 찍는다.

사진 insert.

#13. 첫날 밤

학준 품에 안겨 누운 길자.

길자 지는예 지금이 억수로 무서버예!

학준 아니 뭐가 무섭다고 아까부터 자꾸 그러는 거요?

길자 지가 이래 서방님 품에 안겨 있다는 것이 꿈만 같은데 이 꿈이 금방이라도 깨어날 거 같아 안 그러는교! 그카고 어제 서방님 만나기 전 어떤 꿈을 꾸었시더!

학준 그런데?

길자 그 꿈속에서 서방님이 지한테 세상의 남자들은 훗날 사람이 변할 수 있다 카면서 지를 홀로 두고 떠나는 기라예…!

학준 에이 설마! 아무리 꿈속이지만 내가 그랬을라고?

길자 참말이지예? 서방님은 절대로 지를 두고 도망 안 갈 끼지예? 만일 그카면 내는 죽어버릴 끼라예!

학준 아니야! 그건 꿈이고 또 허기져 심신이 약해져 있다 보니 그런 몹쓸 꿈을 꾼 걸 거야! 원래 꿈은 정반대라잖아!

길자 그치예! 지는 이자 서방님 말만 믿고 살랍니더. 절대로 내를 버리지 마이소! 알았지예?!

학준 그럼 이렇게 예쁜 내 각시 놔두고 내가 어딜 도망가겠어! 천벌을 받지… 자 이제 그런 걱정일랑 말고 어서 이리로 와봐! 어서

길자 (부끄러워하며) 또 예? 아까 전처럼 밖에 사람들이 문구멍을 뚫고 우릴 쳐다 보믐 우얄라꼬예! 아이… 간지러버예! 아야아…!

음악.

#14. 두메산골의 초가집 이른 새벽 전경

닭이 홰치는 소리.

#15. 초가집 정지간(부엌)

길자, 허겁지겁 방문을 열고 마루를 내려와 부엌으로 들어간다.
부엌에는 큰 동서가 아궁이에 불을 떼며 가마솥에 밥을 짓고 있다.

길자   저… 서… 성님예! 내 지금 일났심더… 우야꼬….

큰동서   (연기에 눈이 매운지 눈을 비비며) 아니 새각시가 이 꼭두새벽에
뭐 할라고 이리 일찍 일어난 거래유? 어여 들어가 쉬어!

길자   괘… 괘않아예! 지도 이자부터 이 댁 식군데… 저… 뭐부
터 해야 합니꺼… 서… 성님!

큰동서   글씨 괜찮다고 해도 그러쌌네. 오늘랑은 첫날잉께 아무 걱
정 말고 어여 방에 들어가 서방님 곁에서 잠이나 더 자둬!
밤새 잠도 못 잤을 꺼 아녀!

길자   (얼굴 붉히며) 아이라예. 푹 잤심니더. 그카니까 아무 꺼나 시
켜주이소… 지도 정지일은 많이 해봐서 잘 합니더….

큰동서   그나저나 워쩌! 데련님 부대 복귀 날짜가 내일 모레까지
라면서… 그것도 강원도꺼정 갈라믐 내일 낮에는 떠나야
할 껀데. 동서는 괜찮겠어?

길자　(화들짝 놀라며) 뭐라꼬예? 내일 모레라꼬예?

큰동서　아니 몰랐어? 데련님이 말 안 한거? 에고 이래 예쁜 각시를 두고 말을 못 한 거구먼 그려! 동서 워쩌겠어. 지금이 전시 중이고 데련님이 아직은 군인인디… 그래도 친구가 높은 양반이라서 장가간다고 특별휴가를 내췄다던데… 지금도 거긴 전시 중이라매? 그러니 동서가 따라갈 수도 없고 워쩐디야…!

길자　(철렁 가슴이 내려앉는다) 아! 저… 서 성님요, 그카면 내 좀 안에 잠깐 들갔다 오겠심더…. (부엌을 나간다)

큰동서　그려 어여 빨랑 들어가. 에고 혼례 치른 다음날 생이별이라니 저게 뭔 팔자여 글씨! 쯧쯧…. (연기로 눈물 흘려가며 솥뚜껑을 열어 제킨다)

강한 음악.

#16. 세워져 있는 달구지 옆

뒤돌아 앉아 옆으로 몸을 숨겨서 아기에게 젖을 물리고 있는 길자. 다시 멍하니 하늘을 쳐다본다. 이때 풍로에 부채질하며 연기에 눈을 부비는 여인1과 달구지 위에서 짐을 정리하는 여인2.

여인1　에고 참말로 어찌 그리 운명이 기구한 기여! 그리 만난 신랑하고 혼례 치른 첫날밤만 보내고 그 이튿날에 자네 동서 말마따나 생이별이라니… 그래 그렇게 신랑을 떠나 보낸겨?

길자 우얍니꺼. 그기 지 뜻대로 될 수 있는 일이 아이라카는
데… 내도 신랑한테 떼를 안 써봤능교. 전쟁터도 상관없으
니까는 내도 따라 간다꼬예!

여인2 그러니까 뭐라디? 신랑이 그리 하자픈대로 하쟈등가?

길자 어데예… 기냥 쪼매만 기다리면 다시 온다꼬 하면서… (갑
자기 목이 메어) 그리 떠나간 뒤로 우에된둥 여직 편지 한 장
없어예! 참말로 내 그이가 보고자파서 미치겠능기라예….
(두 손을 가리고 운다)

여인1 (긴 한숨을 내쉬고는) 내도 그 맘 알어. 사람 맴이라는 것은 말
여… 형편이 달라 그렇지 사람 그리운 거보다 더 목 메이
는 것은 없지 싶구먼. 내도 그놈이랑 그랬으니까 말여.

여인2 뭐여? 자네도 그렇다니… 그라고 본께 여태 자넨 식구들
야긴 한 말도 없었지라! 자넨 뭔 사연이 있능겨? 어디 한
번 말해보더랑께.

여인1 기냥 사람 그리운 맴이 똑같다는 거지유! 뭔 사연이 있는
게 아니구…. (흠칫 하늘을 바라보는 눈빛이 촉촉하다)

여인2 나가 그냥 꽁꼬로 먹은 나이가 아니지라! 척하면 삼천리
랑께라? 그랑께 어디 한번 털어놔 보더라구! 아, 어서!

여인1 암것두 아니라니께 그러네유! (일어나 눈물을 찍어내며) 아 연
기가 왜 자꾸 내한테로만 오는겨? (문득) 새댁 그 얼라 좀
내한테 줘봐라! 이놈아가 그래도 난 지 며칠 됐다고 벌써
핏덩이가 뽀얗게 살오르네 그려! (아기를 안고 얼른다. 잠시 침
묵)… 꼭 요거이보다 좀 더 컸을 꺼구먼유 백일이 안 됐을
때니께!

여인2 뭐라고라? 언제쩍 얘기당가? 그럼 동상도 가족이 있었어라?

여인1 아, 시상에 가족 없는 사람도 있는감유… 인생 살다보니께

뭔 날벼락이 떨어져 모다 흩어지고 깨지고 살고 죽고 하면서 혼자되는 경우가 되서 그렇지유! 지도 성님마냥 없는 집에 태어나 집식구들 입에 풀칠 하나 덜 요량으로 나이 열여섯에 쌀 서너 가마 받고 아버지가 나보다 댓 살도 더 어린 초립동한테 시집을 보냈구먼유!

여인2   오메야 나가 어릴 적엔 그리 초립동 아그들한테 시집간 언니들 야긴 들어봤지만서도 이렇게 당사자한테 들어보긴 처음이라. 그래 그래서 워찌 살았당가?

여인1   어찌 살긴 뭐가 어찌 살아유? 사람 사는 게 다 매 한가지지유. 그라구 살면서 서방이란 생각은 전혀 못해봤시유. 아 서방이 서방 구실을 혀야 서방이지유. 기냥 첨엔 어린 동상 델구 사는 것 같드만유… 오히려 시집이라구 가서는 시어머니 눈쌀이 무서버 사는 건지 죽는 건지 왠종일 일만 직사게 한 기억밖엔 없었시유. 그러다 어린 신랑이 나이 한두 살 더 먹더니 제법 서방구실을 한다 싶드만 그것도 잠시뿐이고 도회지로 나가 공부한다고 저어기 대전으로 간 후부터는 서방인지 신랑인지 코빼기도 한 번 볼 수 없었으니까유….

여인2   오메오메 그건 또 뭔 지랄이당가? 그래서?

여인1   그래 언젠가는 때 되면 돌아오겠지 싶었는데 아 글씨 이것이 일년이 지나도 집에 안 오고 삼 년 오 년이 지나도 죽었는지 살았는지 편지 한 장이 없드만요 글쎄.

여인2   즈그 아버지 오메한테도 말이당가?

여인1   난중에 알고 보니 그게 더 섭섭했지유! 지한테만 비밀로 하구는 자기네끼리는 자주 소식을 왕래했드만유. 그래 한 날은 지가 정지간에서 시어머니한테 슬쩍 물어봤지유!

여인2　　그랬더니?

#17. 마당 넓은 고택

젊은 여인1이 부엌에서 저녁상을 차리고 있다. 이때 그 집 시어머니가 쌩하고 들어온다. 이때 방안에서 아기 울음소리가 들린다.

시어머니　아직 상차림이 멀었냐?

젊은여인　다 됐시유. 시랫국 간만 보면 돼유.

시어머니　아, 시집온 지 언젠디 아직도 그리 느려터진 거여! 정말 큰 일이구먼 그려. 걱정이다 걱정이여! 간은 내가 볼탱께 어여 다른 찬거리나 챙기거라.

젊은여인1　야! 저 근데 어머니 지금 안방에 아버님 찾아온 손님은 누구래유? 애기 울음소리는 또 뭐구유?

시어머니　(약간 당황하며) 아녀자가 남정네들 들락대는 손님들을 어찌 죄다 알겠냐? 행여 안다 혀도 기냥 모른 척 입 다물고 있는 거이 아녀잔겨!

젊은여인1　저 어머니?

시어머니　(힐끗 쳐다보며) 왜 또?

젊은여인1　저 뒷 곡간에 숨겨둔 쌀도 이제 다 떨어져가고 보릿쌀도 얼마 남지 않았구먼유!

시어머니　(화락) 뭐야? 그 많던 쌀이 왜?

젊은여인1　지난번 읍내서 순사들이랑 왔던 군청사람들이 공출이라고 강제로 쌀 퍼서 뺏어갔잖아유!

시어머니　(한숨) 참 그렇제! 하지만 산목숨에 거미줄 치는 거 보았냐?

넌 그냥 잠자코 니 할 일만 혀. 앞으로 우덜도 한 끼는 남들처럼 죽이라도 쑤어먹어야 쓰겄다! (혼잣말로) 어이구 집안 꼴이 이 꼬라진데 철딱서니 없이 공부하라고 보낸 놈이 저리 사고나 치고….

젊은여인1 어머니 그게 뭔 말씀이래유? 시방 서방님 말씀인 거여유?

시어머니 (결심한 듯) 그려 어차피 너도 알게될 텐게 숨기고 자시고 할 것도 없제. 니 독한 맘 묵고 지금부터 내가 하는 말 단디 들거라.

이때 안방에서 시아버지 소리가 들린다.

시아버지 (소리) 임자! 아직 멀웅겨?

시어머니 (안방을 향해) 예 지금 들어가유! (젊은여인1에게) 어여 손님상 들고 들어가거라. 이야긴 나와서 하자! 아휴 내 팔자야! 해도해도 너무 하구먼 그려.

음악.

#18. 세워져 있는 달구지 옆

여인2 뭐당가? 자네 옛날 어린서방이 뭔 사골 친 건디?

여인1 에고 기냥 지나간 옛날 얘긴께 마저 할께유. 글씨 지 어린서방인가 남방인가 하는 잡것이 스무 살도 안 돼서 대전서 사는 일본여자랑 바람이 났던 거지유!

여인2 뭐여, 바람? 그래가꼬 워찌 됐는디? 아라도 생겨부렸났당가?

여인1 말해 뭐 해유! 하라는 공부는 안 하고 일본년이랑 바람이 나서 글씨 애꺼정 나서 살림을 차렸다는구먼유!

여인2 워메! 저런 육실헐 놈 같으니라구! 하필이면 조선여자 놔 두고 웬 일본년이당가? (순간) 아이고 요놈에 조둥아리. 조 선이고 일본이고 그래싸면 안 되지라!

여인1 근데 글씨 그 일본년 아버진가 뭔가 하는 놈이 조센징 애를 낳아 장차 일본사람 미워하는 조선 땅에서 어떻게 살 거냐 면서 강제로 지 딸년만 델구 일본으로 가버린 거유 글씨!

여인2 저런 염병하겄네! 아는 워떡하고?

여인1 그리구설랑 조선사람을 시켜 그 갓난쟁이 아를 그날 저녁 에 우덜 집으로 델구 왔던 거지유! 시상에 시상에 가슴이 덜-컥 내려앉는 거이 사는 게 이게 뭔가 싶드라니께유!

길자 그래 아지매는 그 아를 받았능교?

여인1 안 받음 어쩌겄어! 시상 암것도 모르는 핏덩인 걸… 길디 길은 이내 팔자이야길 짧게 말허믐 말이시 지가 그 갓난아 를 스무 해를 넘게 혼자 키웠지 않았겄시유. 참 사람 맴이 요상터라니께유. 비록 내 뱃속에서 난 자식은 아닌데두 그 뭐냐 기른 정이 있어갔구설랑 그게 또 정이 들어서 인자는 일본년이구 못난 서방놈이구 암것두 생각 안 나구 그냥 그 놈 하나만 지극 정성으로 키웠지 뭐유! 그런데 글씨. (눈물 을 그렁거린다)

길자 (수건을 건네주며) 아지매요. 눈물 닦으시소! (아기를 받아 안는다)

여인2 그래 자네 말마따나 지나간 일잉께 울덜 말고 어여 하던 야기나 마저 혀보랑께.

여인1 그 아들놈이 스물한 살인가 두 살인가 될 때 해방이 됐시유. 그래 우덜 모다 인자는 좋은 세상이 온 거다 싶었는디 글씨 시상에 이 망할 놈이 그동안 지 모르게 저 낳아준 일본 엄마랑 오래 전부터 서찰로 내왕을 하고 있었지 뭐유.

여인2 오메 시상에 워쩌, 그래가꼬라고?

여인1 글씨 더 폭폭한 거는 이 자슥이 지한테는 일언반구 말 한 마디 없이 지 에미 말만 듣고는 조선 땅에 남아 있다가는 조선사람들한테 반쪽짜리 쪽발이라서 맞아 죽는다고 했다면서 편지 한 장 달랑 남겨놓고는 지 친모 있는 일본땅으로 도망가 버린 거예유 글씨! (펑펑 울면서) 내가 지를 워떻게 키웠는데… 아이구 지를 워떻게 키웠는데… 에! 이 망할놈의 자식… 아이구 참말로 죽겄두만유! (다시 펑펑 운다)

길자 (우는 아기를 흔들어 달래며 같이 울면서) 아지매요, 그만 우시소 아지매요….

여인1 (긴 한숨을 내쉬며) 그려. 내 그만 할 꺼구먼… 근데 이놈아가 낼러 배신했다는 것보다는 이놈아한테 든 정이 그리버서 내 허구헌날 울고 지낸 세월이 생각나 내 새댁 맴을 알겠다고 한 거여…. (코를 푼다)

모두 한숨을 내쉬며 멍하니 하늘을 쳐다본다. 이때 달구지 영감이 멀리서 다가온다.

길자 저기 영감님 오시네예.

여인2 (달구지 영감을 향해) 영감님! 우덜이 쓸 방 좀 구했당가요?

달구지영감 (달구지 쪽으로 다가오면서) 예 구했소! 근데 야 참말로 다들 야박하더구먼 그려! 사람들 심성을 하나하나 살피면 그리 착할 수가 없는디 이거이 여러 사람을 모아놓으면 어찌나 이해타산이 심하고 인심들이 사나운지… 돈을 남보다 더 얹어준데도 글씨 있는 방 뻔히 아는데도 없다고 잡아 떼는 기여! 저것들 전쟁 안 났음 뭘 먹고 살았을꼬. 피란민들 벗겨먹을라고 야 참 야박스럽대… 다행히 간난아기가 있다 하니께 어떤 할망구가 방을 내주더구먼… 모다 저 아기한테 감사해야혀!

여인들 야 잘 됐구먼이라.

음악이 흐른다.

#19. 허름한 피난길 초가집

여인들과 길자와 아기 그리고 달구지 영감 이불보따리를 들고 초가집 마당으로 들어온다.

달구지영감 (방문을 열며) 이 방이요. 어서 추운께 안으로들 들어 가시오. 저 간난쟁이 바람 쐬면 안 되니께 새댁이 먼저 들어가고. 난 주인 할마시한테 아궁이에 불을 쫌 때겠다고 허락을 받았으니까 아궁이 불쏘시개라도 좀 구해 올 테니까는.

여인2 영감님 우리 땜시 참말로 옥수로 고생이 많소잉… 이 은헬 어찌 다 갚아야 할지 모르겠구만이라. (방바닥을 만져보며) 오메 근데 이거이 다 뭐당가 방바닥이 냉골이고 장판도 없이 구들장에 맨흙만 칠해놓았당게!

여인1 시상에 이래놓구설랑 그 많은 돈을 처받았대유? 양심도 없는 인간들 같으니라구. 아주 피란민들 등골 뺏뜨러서 난리 끝나면 부자들 되겠네 그려.

달구지영감 난리란 다 그런 거니께 어여 암말들 말구 들어들 가서 가지고 온 요라도 펼쳐 노시오. 내 얼릉 아궁이에 불을 때줄 테니께.

길자 할아버지예 고맙십니다. (이때 아기가 운다) 그래 그래!

여인2 봐라야! 고것도 사람이라꼬 추분 걸 안당께라! 어여 들어 가더라고 잉.

여인들과 길자 아기를 안고 방으로 들어간다.

#20. 시골 초가집 건넌방

달구지 영감 방문을 열고 들어온다. 여인들 모두 피곤에 지쳐 쓰러져 자고 있다. 한쪽 구석으로 가서 자기 이불을 펼친다.

달구지영감 모다 피곤혀 아주 맛이 갔구먼 그려. 허기사 남자도 아니고 아녀자들 몸으로 이래 멀리도 왔으니… 우라질 날씨는 왜 이리 추분겨? 해방되던 해도 이래 춥지는 않았는데 말여! (이불을 뒤집어쓴다)

길자 할아버지예, 고생 참 많네예!

달구지영감 새댁은 안 잔기여? 얼라 델고 오느라 피곤했을 텐디 어여 한숨 자지 그려! 방은 따셔 오능감?

길자 야! 이제 미지근해지능기 좀 괜않아예! 할아버지도 쪼매 좀 눈 좀 부치시소!

달구지영감 난 아까 전에 잠시 눈을 부쳤더만 잠이 달아났어! 원래 난 잠이 없어! 새댁이나 얼릉 한숨 자지 그려! 내 이따 뭔일 있음 깨워줄 테니께.

길자 (하품을 하고는) 야 그럼 지는 좀 눈 좀 부칠께예! (아기를 품에 안고 눈을 감는다)

달구지 영감, 물끄러미 잠든 아기를 바라보며 깊은 생각에 잠긴다. 잔잔하게 대한독립만세 군중들의 함성 소리가 들려온다.

#21. 기미년 만세운동(영상)

달구지 영감, 슬픈 얼굴에 대한독립만세를 외치는 군중들의 영상이 O.L 된다. 일본군들이 도로를 차단하고 총을 쏘아대고 만세를 외치던 민중들이 쓰러진다.

#22. 한옥 도심의 골목길

갓난아기를 등에 업은 단심이, 손에 태극기를 들고 거리를 나서려는 승민이를 만류한다.

단심 (울부짖으며) 선중이 아버지. 선중이 아버지. 당신 정말 왜 이러는 거예요? 어서 집에 들어가요 이러다 정말 큰일나요. 네, 어서요!

승민 (소리치며) 이 손 놓지 못해! 큰일은 무슨? 나라 국모를 시해하고 이 조국강토를 지네 나라로 강탈한 놈들에게 온 조선

팔도의 국민들이 나서서 본때를 보여줘야 하건만 함께 나
서진 못할망정 지금 이게 무슨 짓이오?

단심　(울부짖으며) 그걸 몰라 그러는 게 아니예요 선중이 아버지!
우리 아기 선중이 때문에 그러는 거잖아요.

승민　선중이 때문에 뭘? 오히려 이놈 때문이라도 우리가 나서
야하질 않소? 훗날 이 어린 것이 자라 성인이 될 때 나라
잃은 백성으로 살게 할 순 없잖소. 제발 이러지 마시오!

단심　(울부짖으며) 지금 저기 왜놈들이 쏘아대는 총에 맞아 쓰러
지는 사람들을 보면서도 그런 말이 나와요? 만에 하나 당
신이 잘못되면 우리 선중이하고 나는 어찌하라고요! 제발
이담에 다른 방법으로 애국하시라구요! 예? 여보 선중이
아버지!

승민　(손을 뿌리치며) 아무리 아녀자라 하지만 하나만 알고 둘을
모르는 사람 같으니라고! 봐! 당신도 눈이 있으면 지금 저
곳을 보란 말이오. 저 만세 행렬 중에는 당신 같은 아녀자
뿐 아니라 어린 소학교 여자아이들까지도 저렇게 나서서
목이 터져라 만세를 부르거늘 어찌 당신은 이리 할 수가
있단 말이요! 당신 조선사람이 맞소?

단심　선중아버지! 제발… 예? 나 조선사람 맞아요. 그리고 나라
뺏긴 아픔이 얼마나 큰지도 알고 있어요. 하지만 난 나라
보다도 내 가정이 더 중하고 당신이 더 소중한데 어찌겠
어요! 그러니 오늘만 참으시고 내일 모레도 있잖아요. 네?
여보! 선중이 아버지!

승민　에잇! 이 답답한 사람아… (매몰차게 손을 뿌리치고 만세를 부르
며 거리로 달려 나간다) 대한독립 만세! 대한독립 만세….

단심　(울부짖으며) 선중아버지! 여보! 선중아버지!

#23. 명동 골목 어느 지하실

지하실에는 여러 남녀 젊은 동지들이 어수선하게 둘러 앉아있다. 이때 머리 부상을 입고 찢어진 태극기를 손에 쥔 채 비틀거리며 계단을 내려오는 승민.

상태 오! 승민 동지!

일동 승민아!

상태 어찌 된 건가! 그렇잖아도 아까 을지로3가 쪽에서 누군가가 쓰러져있는 자네를 보았다고 해서 모두들 걱정하고 있던 참이었네!

일재 승민아! 괜찮은 거야?

효정 괜찮을 리가 있겠어요! 저렇게 머리에 피가 나는데… 승민 오라버니 어서 이리로 와 앉아요 어서!

승민 그래 모두 고맙네. 이렇게들 살아 있어서! 아! (휘청거린다)

일재 승민아!

효정 안 되겠어요 일재 오라버니! 승민 오라버니를 어서 이리로 부축해서 의자에 앉혀주세요, 어서요!

상태 그래 머리 조심하고! (남자 장정 두어 명이 승민을 부축해서 의자에 앉힌다)

효정 (승민이 머리를 살펴보고는) 어… 어쩜 이리도 많이 다쳤으면서… 예까지 올 수가 있었다니!

일재 많이 다친 거야?!

효정 보면 몰라요? 어떤 쇠붙이에 찍혀서 머리를 크게 다친 거 같은데… 빨리 소독을 하고 꿰매야겠어요! (일재에게) 오라버니 어서 저 벽장 속에 둔 그거 좀 갖다 주세요. 얼릉요!

일재　알았어! (빠른 몸놀림으로 벽장문을 열고 약상자를 가지고 온다)

모두가 지켜보는 가운데 효정, 능숙한 솜씨로 치료를 한다. 핀셋으로 승민 머리에서 날카로운 유리조각들을 끄집어낸다. 모두 비명, 이어 피범벅이 된 머리를 효정 바늘로 꿰맨다. 소리를 지르며 몸을 뒤척이는 승민.

효정　안 되겠어요! 남자 동지들이 어서 승민 동지를 양쪽에서 꽉 잡아 주시고 일재 오라버니는 이 오라버니 머리를 꼭 잡아주세요! 움직이면 큰일나요!

일재　이렇게 말야? (소리치며 움직이는 승민에게) 가만히 좀 있게나. 이제 금방이면 끝나! 조금만 더 참으라고….

드디어 효정, 승민의 찢겨진 부위를 실로 꿰매고 압박붕대로 머리를 감는다.

효정　오라버니 잘 참으셨어요! (후배 진태에게) 진태 동지 그 책상 위에 것들 다 치우고 담요 한 장만 깔아줘요. 어서! 승민 오라버니를 뉘여야겠어요.

진태　네 누님! (책상을 치우고 담요를 책상 위에다 깐다)

남자들 승민이를 부축해서 책상 위에다 눕힌다.

효정　승민 오라버니 괜찮아요? 진통제가 없어서 많이 아프셨을 텐데 잘 참아주셨어요 이제부터 아무 말씀 마시고 오늘은 움직이지 말고 그냥 이대로 누워 계셔야 해요!

일재	역시 보구녀관 간호원 출신이라 다르구나!
상태	(승민에게) 이봐! 승민 동지 그래 다른 동지들은 모다 어떻게 되었나? 지금이라도 우리가 가서 후송조치를 해야 되는 거 아니야?
효정	지금은 안 돼요! 그 동지들한테는 미안한 이야기이지만 지금 우리가 나섰다간 우리 모두가 왜놈들에게 잡힐 수가 있어요! 그러니 오늘 저녁까지만 기다려 보도록 하지요!
진태	형님! 효정 누님 말씀이 맞는 거 같아요! 지금 왜놈 헌병들이 주모자나 선동자들을 찾는다고 난리들 치고 있을 거예요!
상태	그렇겠지! 암튼 모두 조심하고 웬만하면 오늘은 모두 흩어져 지내는 것이 좋을 것 같네
일재	그럼 승민 동지는?
효정	오늘은 절대 저 상태에서 움직이면 안 될 것 같아요. 제가 오늘 밤 승민 오라버니를 지키며 간병할 테니까 모두 대장 동지 말씀대로 각자 집으로 흩어지는 게 좋을 것 같아요!
승민	효정 씨!
효정	네, 오라버니.
승민	난 괜찮으니 효정 씨도 집에 돌아가 쉬어! 한잠 자고 나면 괜찮을 거야!
효정	그렇지 않아요 상처가 워낙 깊어서 자칫 쇼크가 올 수도 있어요. 그러니 내 걱정 마시고 오라버니는 어서 주무세요. 그것이 고통을 잊는 최선의 방법이니까요!

이때 1층 상점에서 문을 두드리는 소리가 들린다. 모두 긴장한다.

상태 (손가락으로 입을 가리고는 호롱불을 끈다.)

또다시 문 두드리는 소리, 이어 작은 대화소리가 들리는 듯하다가 사라진다.

상태 (작은 소리로) 모두 내 말 잘 들어! 만세운동은 오늘 하루만의 거사가 아니고 앞으로 당분간 계속되어야만 할 거야. 지금 우리 모두가 헤어지면 나는 효창원 쪽으로 가서 이화, 배재 그리고 조선기독교학교 등 학생연합지도부 동지들을 만나 오늘 이후 일정에 대해 논의를 한 후에 아마도 당분간 한성을 떠나 있어야 할 것 같아! 그러니 행여 긴급한 연락이 필요 시 여기 내 아우 진태에게 연락을 주면 아마 사흘 후에는 내게 전달이 될 거야. 그러니 모두 몸조심하고 어느 누구라도 우리 호민회 조직에 대해선 함구해주길 바란다. 그리고 아직은 확실치 않으나 어쩌면 일본 경시청에 우리들의 이름이 올라가 있을 수도 있으니 가능한 한 집에 거하지 말고 멀리 친척 집이나 지인들 집에서 당분간 피해 있는 것이 좋을 듯하다. 혹시 네게 다른 할 말이 있는 동지가 있으면 지금 말하라

일재 (동지들의 얼굴을 두루 살피고는) 없습니다.

상태 그럼 모두 몸조심하고 우리 대한제국이 주권을 회복하고 해방되는 그날을 위해 우리 호민동지회 신념을 잊지 말기를… 그럼 천천히 한 사람씩 여기서 나가시게나. (조심스럽게 계단을 오른다)

#24. 지하실 어두운 밤

어둠 속에서 승민과 효정 의자에 앉아있다.

효정   오라버니, 날이 새는 대로 의원에 가봐야 할 것 같아요. 엊
               저녁에 제가 치료한 것은 임시조치였거든요. 지금 통증이
               심할 텐데….

승민   아니 괜찮아. 아까는 너무 아파서 어지럼증처럼 머리가 흔
               들리고 정신이 가물가물했었는데 한잠 자고나니까 많이
               괜찮아졌어!

효정   그런데 어쩌다 그렇게 다친 거예요? 유리조각들이 머리에
               많이 박혀 있던데요. 어느 지역 담당이었어요?

승민   을지로 담당이었었는데 왜놈들한테 쫓기다가 그만 다리
               난간에 세워둔 유리등에 머리를 찍혔나봐. 그러다가 쓰러
               진 것 같았는데 내가 어떻게 여길 혼자서 찾아왔는지 도통
               기억이 없어!

효정   어쨌든 그만하길 다행이에요. 만약 오라버니가 일어나지
               못했다면… 나… 나는. (두 손을 모으고 울먹인다)

승민   효정 씨, 아니 효정이… 그만해. 정말 당신에겐 면목이 없
               구려. 그래도 이렇게까지 변함없이 날 생각해주는 이는 당
               신뿐인데….

효정   이제 와서 그런 말이 다 무슨 소용이에요? 어차피 우린 이
               미 남남이 되어 버렸는 걸요.

승민   하지만… 효정이.

효정   더 이상 아무 말 하지 말아요! 공연히 서로 가슴만 아프잖
               아요. 어차피 이것이 우리의 운명이라면 순응해야죠. 그리

고 저도 한 여성으로서 오라버니 아내인 그 형님에게도 이러는 건 도리가 아니잖아요. 남의 행복을 가로막는 것은 천하의 몹쓸 죄라고 배워왔는데 전 그런 죄인이 되고 싶지 않아요.

승민 그것이 도리라 하지만 아직 내 마음은 당신을 저버릴 수가 없는 걸 어떡해… 완고하신 아버님의 의지를 거역할 수가 없어서 혼례를 치루고 한 여인의 지아비가 되긴 했지만….

효정 저 이제 이번 거사가 끝나는 대로 간도로 갈 생각이에요. 거기 집안 할아버지께서 세우신 명동학교로 가서 조선 여성들에게 간호하는 공부를 가르칠 거예요. 그리고 조선 독립을 위해 세우신 중광단(重光團)에 입단하여 한때나마 당신에게 향했던 마음의 열정을 나라와 민족에게 쏟아 붓고 싶어요! 그러니… 제발 앞으로 우리 이런 사사로운 감정으로 대의를 저버리지 말았으면 해요 오라버니!

승민 간도의 명동학교라 하면 서일 선생께서 1911년에 세우신 학교가 아니요? 그럼 그 서일선생께서 당신의 조부 되신다구?

효정 오라버니는 어떻게 저희 할아버지를 아시는데요?

승민 조선의 애국청년들치고 그 어르신을 모르는 이들이 어디 있겠소! 더구나 작년에 간도와 시베리아에서 활동하는 독립운동가들과 함께 독립전쟁으로 민족의 독립을 쟁취하자는 무오독립선언서(戊午獨立宣言書)를 발표하신 어른이시잖아. 이젠 예전과 달라 서재필 선생님이 만드신 독립신문을 통해 조선 방방곡곡에 널리 알려져 비밀이라는 것이 없는 세상이 되었으니까.

효정 그래요. 전해들은 바로는 김좌진 장군께서도 중광단에 합류하셨다고 하더라구요. 그래서 저도 비록 여자의 몸이지만 나라 잃고 왜놈나라에 얹혀사는 것보다는 조선의 여인으로 떳떳하게 조선인으로 살고 싶어요.

승민 효정이! 정말 부끄럽소. 사내장부로서 민망하기 그지 없어. 나라 잃은 양반가문이 무슨 가치가 있다고 아직까지 우리 집안에서는 조부께서 늘상 수신하고 제가한 다음에 치국을 하는 것이 도리라 엄히 명하고 계셔서… 그 바람에 장손인 나는 꼼짝할 수가 없어.

음악.

#25. 피란길 초가집 골방

여인2 그렇게 영감님은 고로콤 첫 정을 잃고 말았구먼이라 쯧쯧… 하기사 옛날엘랑은 그런 일이 흔했지라. 지가 아는 사람만 혀도 숫했응께.

여인1 그럼 그거시 끝잉겨유? 그럼 영감님 할매하고 그 선중이라는 아드님은 어떻게 됐는디 이래 난리 중에 영감님 혼자서 이런 달구지 장살 하는 건데유?

달구지영감 그 사연을 죄다 말할라믐 여기서 몇날 며칠을 걸려두 그야길 다 못혀!

여인1 아 그리 운만 띄울 바엔 뭣땜시 그리 야길 꺼냄남유? 궁금한께 대충이라두 말씀해 보세유. 아까 전에 오자마자 피곤혀가 퍼질러 잤두만 이자 잠이 다 깨서 오늘 밤 잠은 다 잔 거 같어유!

여인2 지도 마자 듣고잖응께 어서 해시보더라고잉.

달구지영감 내 혼자 있으믄 속 시끄러워 이렇게 피란민 상대로 달구지 장살하믐서 다 잊을라 했드만 워쩌다… 실은 그 효정인가 하는 첫 정을 준 여인이 간도로 떠난 후에 나도 도저히 참을 수가 없어설라므니 아니 여인의 정이 그리워서가 아니라 사내대장부로서 여인들도 나라 민족을 위해 목숨을 바치는데 내 이래 살면 안 되지 싶어서 작심하고는 가족들을 버리고 그녀가 있는 북간도로 도망치질 않았겠소!

길자 뭐라꼬예? 할아버지 혼자서 말잉교?

달구지영감 그려 내 혼자서… 그라고설랑 김좌진 장군 밑에서 있다가 또 여기저기 정의단에도 있었고 암튼 청산리 전투 말고도 숱한 싸움터서 나라 독립운동을 한다고 무려 2-30년을 헤매지 않았겄어! 그러다 해방되갖고 서울 집을 찾아왔드만… (긴 침묵) 조부, 조모, 아버지, 어머니 모두 세상을 하직하셨고 아내하고 아들놈마저 내 찾는다고 만주로 떠난 후 연락두절이 되었다고 하더구만. 나라 평계 잡고 내 가족들한테 참 못된 짓 많이 한 죄진 몸이여! 혹 우리 할멈하고 아들놈이 어디서라두 살아있음 좋으련만….

제5부

인천 동양방적

#1. 대학교 전경

자막: 2020년 10월

대학교 캠퍼스가 한눈에 보이고 다시 캠퍼스 정문으로 빨간색 소형 승용차 한 대가 들어온다. 단풍으로 물든 가로수 길 아래 도로 길가로 지나는 싱그러운 젊은 대학생들. 카메라는 드론으로 공중에서 승용차 뒤를 쫓는다.

#2. 우영신 교수 연구실

창밖을 향해 말없이 바깥풍경을 바라보고 있는 영신, 심오한 생각에 잠겨있다.

여의사   (소리) 어머나! 우 교수님, 혈압이 140이고 당수치가 180이나 되네요. 더구나 복부 비만이셔서 아주 조심하셔야겠어요. 식사조절은 물론이고 꾸준히 운동을 하셔서 살을 빼시지 않으면 큰일나요! 특히 교수님 같으신 분은 고지혈약을 복용하시기 때문에 자칫 몸 관리를 안 하시게 되면 심장질환에 이상이 올 수도 있고 심하면 당뇨 합병증이 와서 생활에 많은 불편을 초래하게 됩니다.

#3. 김상진 박사 진료실

김 박사, 소파에 앉아있는 우영신에게 종이컵 녹차 한잔 건네주며 마주 앉는다.

김상진박사 혈압이랑 당수치가 약간 높다고 그러던데 몸 관리를 어떻게 한 거야? 초음파 결과로는 다행히도 특별한 건 없지만 간, 쓸개 옆에 담석이 두세 개가 있더군, 두 개는 약 4-5mm 정도지만 한 개는 제법 크더군… 한 1, 2cm 정도? 가능한 이런 것도 빨리 제거해야 돼. 당장은 아니겠지만 방심하고 그대로 방치했다간 자칫 담석이 담낭 입구를 막아 쓸개액을 썩히기라도 하면 큰 수술을 해야 하거든 시술은 뭐 그렇게 어려운 것은 아니니 다음 주라도 시간을 내게나. 거 일도 좀 줄이고….

#4. 우영신 교수 연구실

영신, 긴 한숨을 내쉴 때 노크소리와 함께 김유리 작가가 문을 조금 열고 얼굴을 들이민다.

유리   (싱긋 윙크를 보내며) 아버님! 들어가도 돼요?

영신   (뒤를 돌아보며) 오! 김 작가 왔구나. 어서 들어와!

유리   에이, 김 작가가 뭐예요! 시아버님! (노랑 창포꽃 한 다발을 들고 들어온다)

영신   우리 진석이가 그 호칭 허락했어?

유리   (투명 사각유리 화병에 꽃을 꽂으며) 그 부분은 아버님께서 협조해주셔야지요!

영신   난 당사자 간에 협약 없이는 끼어들 생각 없는데!

유리   암튼 부자간에 성격이 너무 똑같으세요. 점심식사는 드셨어요?

영신   그럼 몇 신데… 김 작가는?

유리   저는 항상 브런치라서 교수님 인터뷰 끝나고 천천히 저녁 겸해서 먹으려구요. 이따 사주실 거죠?

영신   진석이 몫을 나더러 대신하라고?

유리   에이 또 이러신다 사주실 거면서.

영신   진석인 오늘 저녁 시간 없대? 너들 데이트 할 거잖아.

유리   맨날 하는 데이트라서 재미없어요. 전 오늘 교수님과 데이트하고 싶은 걸요.

영신   나는 오늘 우리 마나님하고 데이트할 건데.

유리   와! 잘됐다. 그럼 우리 커플링해요. 제가 사모님 좋아하실 멋진 맛카페를 알아 뒀거든요! 괜찮죠?

영신 언제는 어머님 어머님 하더니 오늘은 웬 사모님?

유리 사랑하는 어머님 약자예요 사, 모. 님!

영신 암튼…! 그래 그럼 오늘은 어디서부터 시작할까? 아! 오늘은 말이야 두 시간밖에 여유가 없어! 총장실에서 긴급 보직 회의가 있거든 아마 한 시간 남짓할 테니까 그 시간 맞춰서 진석이한테 시간 약속해놔! 집사람한테도 대신 연락 좀 해주고.

유리 넵!… 그럼 할머님께서 교수님 데리시고 시골 고향을 떠나시던 때부터 해주실래요? 그 전 대목은 할머님 이야기로 횟수를 종료하고 이제부터는 교수님 이야기로 타이틀을 잡고 시작할 꺼거든요

영신 그나저나 요즘은 로코가 대센데 우리 같은 늙은 사람 옛 추억담이 드라마로 먹힐까?

유리 그건 장차 며작가의 손에 달린 거죠! 이 며가 담당 감독도 A급 PD로 섭외를 해놓았으니까요. 아마 요즘 같이 경제가 어려울 땐 그때를 아십니까 같은 드라마가 먹힐 거예요! 방송국 사람들한테도 모니터 해봤더니 모두들 OK들 하던걸요. 그러니 그 점은 이 며에게 맡기시고 자, 시작하시죠 교수님!

영신 그래? 그런데 며는 뭔 신종어인가?

유리 에이 모르셔도 되요!…! (살짝 윙크하며) 며느리… 준말.

영신 하하하 녀석 참….

#5. 시골풍경

영신 (독백/다큐와 같은 대사에 맞춘 영상과 함께)

우리 어머니께서 그렇게 경상도 안동 쪽으로 피란을 가시다가 나를 낳으셨고 다시 우리 고향 지경리로 돌아오셨지. 그때는 아직 휴전협정이 끝나지 않은 때였지만 우리 동부 전선을 담당했던 제6사단과 제8사단이 인민군들을 38선 이북으로 밀어 내면서 승승장구했기 때문에 어머니의 피란길은 끝이 났고 다시 어머니께서는 갓난아기였던 나를 데리고 시골집으로 돌아오신 거지! 그리고나서 그 해 7월 27일에 6.25전쟁이 완전 종료된 거야! 아니지 전쟁이 완전히 종료된 것은 아니었어. 그건 어디까지나 전쟁에 따른 휴전 협정이었으니까

#6. 다큐영상과 함께 내레이션

내레이션 그렇다. 1953년 7월 27일 판문점에서 조인된 협정은 6.25전쟁의 종식이 아니었다. 그것은 휴전협정을 조인한 것이다. 정식명칭은 '국제연합군 총사령관을 일방으로 하고 조선인민군 최고사령관 및 중국인민지원군 사령관을 다른 일방으로 하는 한국군사정전에 관한 협정'이다. 전쟁이 발발한 지 만 3년 1개월 만에 성사된 잠정적인 종료였던 것이다. 특히 이 휴전협정에서는 우리 한국 정부만 배제된 채 UN측 대표단의 수석대표 미육군 중장 윌리엄 K. 해리슨(William Kelly Harrison Jr.), UN군 총사령관 미국 육군 대

장 마크 웨인 클라크(Mark Wayne Clark) 그리고 중공군 측 대표단으로 중국 인민지원단 사령관 팽덕회(彭德懷)와 함께 북한의 최고 사령관 김일성 그리고 수석대표 조선인민군 대장 남일만이 참석하여 본문 5개조 및 63개항으로 구성된 총 18통의 휴전협정문서에 서명을 하였던 것이다. 이 내용에는 비무장지대(DMZ)의 설정, 군사정전위원회 및 중립국감시위원회 설치, 포로교환, 고위급 정치회담 등이다. 이후 이 휴전합의는 8월 28일 제7차 유엔총회에서 '국제평화 및 안전의 전면적인 회복을 위한 주요한 단계'로서 승인을 받게 되었다.

#7. 1950년대 시골 영상

영신 (독백) 김작가! 보릿고개라는 말 들어봤어? 전쟁이 끝나고 말이야 정말 우리 남한의 경제는 북한보다도 못한 세계 최빈민국가였지. 국민소득이 1인당 67달러밖에 되지 않았으니까 그게 어디 사람이 산다고 할 수 있는 생활이었겠어! 더구나 전쟁 직후엔 극심한 가뭄이 계속되어서 봄에 보리 수확조차 어려울 정도로 너나없이 굶주림에 허덕일 때니까 거기서 보릿고개라는 말이 나온 거지. 그런 시절에 어머닌 도시도 아닌 두메산골 화전민 깡촌에서 어린 나를 데리고 그것도 남편 없이 시숙 밑에서 시집살이 해가면서… 사신다는 것이 참 뭐라 말할 수 없는 고생이셨지!

#8. 두메산골의 초가집

마루에 세 살 영신이 길게 늘어뜨린 천끈으로 집 기둥에 묶인 채 혼자 놀고 있다. 길자, 무거운 잔가지 나뭇단을 머리에 인 채 싸리문을 열고 들어선다.

길자   영신아 내왔다. 엄마 왔다. (나뭇단을 정지칸 입구에 내려놓고 영신에게로 달려간다) 아휴, 우리 영신이가 이래 혼자 잘 놀고 있네. 엄마 마이 보고싶었제? 우리 영신이… 얼릉 이리 온나.

영신이 생글거리며 일어나 아장아장 길자에게 다가와 안긴다.

(젖을 물리며) 마이 배고팠제? 이제 엄마 없이도 순딩이매캉 우리 영신이 혼자 잘 노네. 엄마 젖 묵고남 엄마가 또 옥시기죽 가져올 테니까는 그것도 묵자. 알았나? 우리 영신아!

영신이가 젖을 먹다말고 엄마 얼굴을 바라보고 생글거리며 웃는다.

(따라 웃으며) 아이고 어디서 이리도 예쁜 도령님이 태어났을꼬. 하늘에서 뚝 하이 엄마 뱃속으로 떨어졌능갑다. 우리 영신이 엄마 마이 보고 싶었능갑네. 이래 엄마 얼굴 쳐다보면서 웃는 거 보이게 그치! 엄마도 우리 영신이 너무 보고잖아 이래 달려오지 않았나. (코로 영신이 코를 부빈다)

따라 웃는 영신이. 이때 정지칸에서 큰동서가 나오며 소리친다.

큰동서   (가지 하나를 들어 보이며) 동서! 경상도선 어쩌는지 모르지만 이 동네선 이런 물 오른 싹 난 가지는 불쏘시개로 안 쓰고 절구통에 빠서 나물매냥 삶아 한 끼니로 떼우는 양식으로 써! 참새골 산주네 사람들 보면 또 한바탕 했겠구먼… 얼릉 이런 가지만 골라내서 뒷곁에다 물 담거 놓고 나와! 남들 보면 또 동서 욕한다 어여!

길자   그래예? 오마야 시상에 아무리 보릿고개라 카지만 이런 나무꺼정 삶아 먹능 건 내사 처음 보내예!

큰동서   (가지들을 골라내며) 그러니까 예를 지경이라 허는 거여! 살기 죽을 지경! 그나저나 막내 데련님은 전쟁이 끝났는데도 왜 여적 소식 하나 없능겨? 글쎄.

길 자   (말없이 나뭇가지를 골라낸다) ….

큰동서   에구 말혀면 뭐혀! 당사자도 저래 참는데… 아니 전살했으면 했다고 전사통지를 보내던가 안 그러면 살아있다고 인편으로 소식을 주든가 편질 보내든가 해야 할 건디 어이구 속절없는 양반… 예전에도 거 뭐시냐 보국댄지 뭔지 또랑 건너 셋째 삼촌 대신에 일본으로 끌려갔을 때도 그랬어! 글 모르는 것도 아니고 엄청 똑똑한 사람인데 몇 해 동안 소식 한 장 안 보냈지 뭐여. 우린 그때 모두 다 죽었을 거라고 아 제사꺼정 지낼라고 맘먹었는디… 아 글씨 떡허니 그지 그지 상그지 매냥하고 살아오더라니께. (길자에게) 아 참! 혹시 동서는 막내 데련님 부대주소는 알어? 알면 한번 찾아가보면 워뗘…?

길자   그찮아도 지난 번 장덕이 조카한테 읍내로 가 군청 병사계로 찾아가 애 아범 부대주소가 우에 됐는지 알아보라켔드만 7연대 3대대 병참부란 부대 주소로는 찾기 어렵고 8

사단이캉 6사단이캉 하는 부대는 난리가 끝나고 바로 해
체가 되가 다른 부대로 넘어갔다 카데예.

큰동서 에구 워쩌! 그러니 난리 끝에 조선팔도를 헤집고 다닐 수
도 없고 또 난리 중에 죽은 군인들이 어디 한둘이간디…
신원조차 알 수 없다든디… 그렇다고 애가 저리 커가는
데 기냥 가만히 있을 수도 없고… 참말 워쩌면 좋은겨 글
씨….

#9. 어둠 속의 초가집 길자방

호롱불도 안 켜놓은 어두운 방. 어린 영신이 잠들어 있고 길자 우두
커니 훌쩍이며 앉아있다.

길자 (독백) 영신 아부지예 어디 있능교? 대체 어디에 있길래 이
래 연락두절이라예? 증말로 살아있능교 아님 죽었능교?
죽진 않았지예? 보이소 영신 아부지예 닐러 이래 깊은 산
골째기에다 가다놓고 내 저 어린 것하고 우에 살라꼬 이러
능교… 우리 애 영신이 즈그 아부지 얼굴도 몬 보고 저래
하루하루 커가능기 불쌍허지도 않아예? 제발 빨리 좀 돌
아오소 야, 영신아부지예….

이때 옆방에서 큰시숙 내외 목소리가 들려온다.

큰시숙 (소리) 아 뭐 할라구 그런 쓰잘데없는 소릴 한겨! 그러믐 학
준이놈이 저번처럼 다시 살아 돌아오기나 헌디어?

큰동서   (소리) 아 이 영감탱이 말하는 것 좀 봐! 그럼 막내 데련님
이 죽었다는 거유?

#10. 등잔불 켜진 초가집 안방

아이들 셋이서 자고 있고 큰시숙 새끼를 꼬고 있고 큰동서 바느질을
하며 이야기를 나누고 있다.

큰시숙   아 살아있음야 좋지. 그렇지 않구설랑 아 전쟁이 끝난 지
벌써 이태가 지났는데 뭐 할라구 여즉 소식 하나 없능겨?

큰동서   있으나 없으나 아직 전사통지도 받질 않았는데 그렇게 함
부로 죽었네 살았네 말하믐 되겠시유? 당최 그런 말 말아
유! 동서가 들음 어쩔려구…!

큰시숙   아 내두 속 시끄러우니께 하는 말이지! 그놈은 어릴 적부
터 아부지 엄니 얼굴도 모른 채 자란 놈이여! 내가 그놈 등
에 업고 동네방네 젖동냥하며 키웠는데 어찌 죽길 바랬겠
어… 참… 쪼매할 때부터 어찌나 놈이 영특했든지 지 혼
자서 국민 핵꼴 놀러다니며 국문을 깨치더니만 또 지 혼자
힘으로 중핵교꺼정 간 놈이여 그놈이! 그런 놈이 아 지 색
씨하구 자식꺼정 남겨두고설랑 여태 연락 하나 없으니 내
속 터져 하는 말인 거 임자가 몰라서 그러능겨?

큰동서   허긴 우리 막내데련님은 지한테는 동생이 아니라 자식였
지유! 어찌나 인정이 많고 지를 엄니마냥 따랐든지 지도
우리 도화보다는 그 데련님을 친 아들마냥 더 귀여버했으
니께! 아이구 제발 소식이 있든 없든 살아만 있어줌 좋으

련만. 내 우리 막내동설 보믐 정말 딱해 못보겠시유. 아 무신 팔자기에 시집와서 이틀 신방 채리고 이별인기여 글씨….

이때 문 밖에서 인기척이 들린다.

큰동서   누여? (밖을 향해) 도화냐?
도화   (소리) 야 엄니 나여유.
큰시숙   아 좀 있음 시집갈 년이 오밤중에 어딜 그렇게 쏘다니는 거여?

도화, 방문을 열고 들어온다.

도화   정자네 집에 마실 갔다 왔구먼유!
큰동서   갸 지난번에 저 청천 어딘가에 사는 사람하고 바깥양반들끼리 선 봤다고 하던데 잘된 겨?
도화   엄니 요즘 시상이 어떤 시상인디 당사자들끼리 얼굴도 한 번 안 보구 결혼을 한대유!
큰동서   뭐여? 그럼 깨진겨?
도화   아니 그런 건 아니구 정자도 지금 속맴이 말이 아니니까 그런 거지유!
큰시숙   왜? 갸 아버지 용대 놈은 벌써 사위 자랑을 해쌓든데….
도화   신랑 될 사람은 보질 못해 그렇지 듣기로는 모다 괜찮다니께 맘에 없는 건 아니지만 지네 형편하구 어린 동생들 두고 갈 생각허니께 맘에 걸려 딴 생각하는 거 같두먼유!
큰동서   뭐시여? 딴 생각이라니?

도화   갸네 없는 살림 지도 뻔히 아는데 지가 시집간다고 하면 뭐라도 있어야 할 건디 그러질 못하니께 그러지유. 또 어린 동생들허구 지네 할머니 생각하믐….

큰시숙 아 시집갈 년이 시집을 가믐 그만이지 뭔 남겨진 친정집 살림걱정꺼정 다하구 그려….

큰동서 영감이 몰라 그렇지 갸는 참말로 동네사람들이 다 아는 효녀유… 우리 집 애덜 허군 딴판이구먼유.

도화   아! 엄니….

큰동서 아 말이 그렇다는 거여! 걔 정자 봐라 느그들 한나절꺼정 자빠져 잘 때 갸는 꼭두새벽에 일나 온갖 집안일 죄다 하면서 동생들은 말할 것두 없구 노망난 지네 할머니 똥오줌꺼정 다 받아낸다드라! 요즘 시상에 그런 애들이 어딨어?

큰시숙 그럼 정자는 어찌 한다더냐? 시집 안 가구 평생 친정식구들 돌보구만 산디어?

#11. 어둠 속의 초가집 길자방

길자, 어둠 속에서 무릎에 고개를 걸치고 앉아있다.

도화   (소리) 엄니 이건 비밀인께 갸네 엄니한테 절대 말 허면 안 돼유! 알았지유? 아버지두유! 정자 말루는 지네 엄마가 아직은 일할 수 있응께 지가 인천에 있는 방적공장에라도 가서 한 일년간 돈 벌어와서 그걸로 시집을 갔음 해유!

길자   (고개를 파묻고 있다가 퍼뜩 고개를 들며) 인천 방적공장…?

큰동서 (소리) 뭐여? 인천 방적공장… 그게 뭐 하는 덴디?

큰시숙 (소리) 아, 임잔 국민핵교 문턱은 넘어봤다는 사람이 여즉 방적공장이 뭔지도 몰라?

큰동서 (소리) 그런 말씀은 하시들마유 어이구. 내 핵교 다닐 땐 말이유 왜정 때라 그런지 공부보단 노역이 먼저였시유. 또 집에선 일 시키느라고 핵교나 제대로 보냈남! 그러니께 야들 핵교 다닐 때랑은 생판 달라유! 그래 얼릉 계속해봐라! 방적공장이 어떻다구?

#12. 등잔불 켜진 초가집 안방

도화 정자 말이 청천에 선 본 집에서 일년만 기다려준다면 인천 방적공장에라도 가서 돈 벌어갔구와 시집을 갔음 하더라니께유! 그러면서 지더러 같이 가믐 워떻겄냐고….

큰동서 뭐시여? 갸가 그딴 소릴 혀?

큰시숙 미친년들 난리 끝이라고 세상이 막 거꾸로라도 간 줄 아는 모양인가벼… 그래 너는 뭐라 했냐?

도화 물론 지는 올 가실게 날 받어놔서 그러고는 싶지만 그럴 수는 없다 했지유!

큰시숙 (새끼 꼬던 짚을 들어 올리며) 에라 이 망할놈의 기집애! 뭐여? 그러고는 싶지만…? 이게 그냥?

도화 (두 팔로 얼굴을 가리며) 아이구 엄니!

큰동서 아, 왜 이래유? 야가 따라간다구 했시유? 아 그럴 수 없다 했다잖유!

큰시숙 너 잘 들어! 시상 바뀌었다구 사람 도리꺼정 바꾸어진 게

아녀! 집안 어른들끼리 자식들 위해 한 약조를 깨뜨리는
건 천하에 불혼겨 알아들어? 너 이년 다시는 정잔가 뭔가
하는 애들 집에 마실 갈 생각 말어. 알았어?

도화 아부지 지가 언제….

큰시숙 입 닥치지 못혀!

큰동서 (도화에게) 너 어여 건너가 자! 니 작엄니 깨겠다. 어여.

도화 아, 알았시유! (일어나며) 아부지 지는 갸 따라 안 가유! 괜히
역정이셔…. (문을 열고 나간다)

#13. 어둠 속의 초가집 길자방

어둠 속에서 길자 여전히 앉아있다가 밖의 인기척에 얼른 자세를 바
로 잡는다.

도화 (소리) 작엄니! 주무셔유? 지 들어갈께유!

길자 퍼뜩 들어오소!

문을 열고 어두운 방으로 들어오는 도화.

도화 작엄니! 죄송혀유. 좀 늦었시유! 아휴 우리 애기 동상은 잠
도 참 이쁘게 잘 자네!

길자 괘않아예 그쪽으로 자리 깔아놨으니 누부소!

음악.

길자   (누운 채 조용한 소리로) 도화조카는 자능교?

도화   아뇨! 작엄니도 여즉 안 잤시유? 왠종일 고단할 텐디…!

길자   (조용히) 내 좀 뭐하나 물어볼라 카는데 괘않아예?

도화   (조용히) 뭔데유 작엄마?

길자   내 아까 전에 건너 방에서 큰시숙하고 조카님캉 나누던 애기를 예서 다 안 들었는교….

도화   정자네 애기유? 아, 여기서 다 들리는구먼! 그렇네 그런 줄도 모르고….

길자   아니 괘않아예! 그게 아이고 저… 아까 전에 조카가 말했던 인천 방적공장 말인데예… 그거 아무나 갈 수 있나케서…?

도화   예? 작엄니가 가려구유?

길자   쉬! 옆방에서 들어예. (작은 소리로) 그게 아이고 한번 물어보는 기라예. 인천방적공장에 가면 얼마나 벌이가 되고 내 같이 애 딸린 여자도 일할 수 있나 싶어가 그냥 조카한테 물어보는 기라예….

도화   (작은 소리로) 작엄니 실은 정자 갸는 갈 모양인가 봐유? 하루 종일 일하믐 한 달에 오백 환은 준다는데 석 달만 벌어봐유 자그만치 천오백 환이예유! 천오백 환, 거기다 공꼬루 밥도 멕여주고 잠도 재워준다는디 천오백 환이면 우리 집 같으면 일년 농사지기 벌이잖유! 나도 아부지 엄니만 허락하믐 석 달만 가서 일해갔고 미제 미싱이라도 한 대 사서 혼숫감으로 챙겨가믐 정말 좋겠다 싶었는데 울아부지 보니께 택도 없겄지유? (속주머니에서 신문지 조각을 꺼내며 더 작은 소리로) 정자한테 이걸 빌려왔는데유 날 밝으면 작엄니도 한번 읽어 봐유.

길자   (신문지조각을 받아쥐며) 오메요 한 일년만 일하믐… 땅도 한 서너 마지기는 살 수 있겠네예… 도회지는 그리 큰돈을 벌 수 있는데 왜 사람들은 이래 산골째기서 고생하며 사는 등 모르겠네예….

도화   사람들이 아직 옛날 사람들이라서 집 떠나면 모두 거렁뱅이 된다고 생각들 허니께 그러지유. 아휴 바보들 같으니라구… (돌아 누우며) 작엄니 지는 그만 잘래유. 아! 졸음이 막 쏟아지네유.

길자   그라입시더. 그만 자소… (손에 쥔 신문종이를 펴들고 보다가 다시 가슴에 얹으며) 아! 하늘님요 낼러 좀 도와주시소….

음악.

#14. 노을진 산비탈 언덕

길자, 어린 영신이를 등에 업고 호미자루 들고서 노을 지는 산비탈 언덕을 물끄러미 바라보며 서 있다. 쓸쓸한 음악과 함께.

길자   (독백) 영신이 아부지예! 어데 있능교? 어데 있어가 이래 연락 한번도 없능교… 증말로 사람들 하는 말처럼 죽었능교… 아님 살아 있능교? 낼 보고 절대로 버리지 않고 사랑만 한다카던 양반이 와 이리 속절없이 연락두절인가 말입니더. 당신은 우리 아 영신이가 이래 방실방실 잘 크고 있는 것도 모르지예? 남들캉 이만한 아들은 죄다 아빠 엄마 하면서 말을 배운다 카는데 우리 영신이는 즈그 아부지가 없으니까는 우에 아부지란 말을 할 수가 있겠능교. 영신 아부지예. 참말로 보고잖아예. (왈칵 눈물을 쏟아내며) 빨랑 내 캉 우리 영신이를 보러 안 올끼라예? 영신 아부지예! (흐느껴 운다)

음악 *up-down*.

#15. 두메산골의 초가집

어린 영신이와 사촌 영성이가 마루에서 놀고 있고 정지칸 옆에서 맷돌을 갈고 있는 길자와 큰동서.

큰동서 이래 콩을 갈아 콩물에 간수를 부면 두부가 되는 거여! 동서도 두부를 만들어 봤지? 하기사 면장님댁에서 이런 거 안 만들어 봤을라구… 왜놈들이 우덜을 못살게는 굴었지만 이런 기술 하나만은 증말로 뛰어난 거 같어.

길자 아이라예. 지가 알기로는 두부는 왜놈들이 만든 기 아이고 옛날부터 우리나라 조상님들이 만들어온 우리 음식이라예. 지는 쬐매할 때부터 이걸 만들었는데 한겨울에 추분데서 맷돌을 갈라카믐 손등이 갈라지고 억수로 팔이 아파가 두부라카믐 신물이 나예!

큰동서 그려?… 하기사 이놈오 동넬랑 촌구석이라 그런지 이런 두부 음식은 만들어 먹을 생각도 못혀봤고 명절날 아님 잔칫날이나 더러 구경을 했지만서도 그것도 모두 남정네들 밥상 위에나 올라갔응께 우덜은 뭔 맛인가도 모르는 음식이었제!

길자 (망설이다가) 그칸데 성님요! 내 뭐 한 가지 드릴 말씀이 있는데… 지금 해도 괜않아예?

큰동서 그려? 뭔 말인디 어서 혀봐!

길자 ….

큰동서 아, 뭔디 그려? 내 한테꺼정 말 못할게 뭐 있는디…!

길자 저 성님요! 지가 요 근간에 마이 생각해봤는데예….

큰동서 그려서! 아 빨랑 말혀. 뭔디?

길자 암만해도 지가 몇 달만이라도 집을 떠나있능게 낫지 싶어서예….

큰동서 뭐… 뭐여? 동… 동서가 집을 떠난다고? 그거이 뭔 말이여?

길자 이래 기약 없이 애 아부질 기다리는 것보다는 나라도 나서가 그일 찾아보는기 좋을등 싶고 또 지도 뭔가 밥벌이라도 해야 않겠나 싶어가… 그래 하는 말이라예!

큰동서 이게 다 뭔소리래? 아, 때가 되면 살아만 있음 데련님이 돌아올 거고 이곳에서도 꼭두새벽부텀 밤 늦게까지 하는 게 일인데 밥벌이라니…! 행여 내 동서한테 시집살이라도 시켜 맴이 고된겨?

길자 아이라예! 그런 건 절대 아이라예! 성님이 지한테 억수로 잘해주는데 그게 뭔 말씀잉교? 절대로 그런 게 아이라예!

큰동서 그럼 뭐때매 그런 맴을 먹은겨?

길자 이래 세월만 보내다 보면 그이가 영영 몬 돌아오지 싶은 생각이 들기도 하고 그보다 행여 전쟁 중에 어데라도 다쳐가 못 오는 거이 아닌가 싶어가 한번 군 야전병원들을 찾아다녀 볼라꼬예….

큰동서 (고개를 끄덕거리다)… 그, 그건 그렇기도 허지만 아는 워떡하고 또 그리 다닐 거면 노잣돈이라도 넉넉해야 할 껀데 우리 형편에 그리 델 처지도 못되는데….

길자 아이라예. 노자돈은 괘않아예. 그래 지 혼자서 생각한 것은 우리 영신이만 성님이 한 서너 달만 맡아주시면 내 인천으로 가가 그 방적공장인가 하는 델 들어가서 돈을 쪼매 벌면 되지 않나 싶어예. 거기는 한 달에 서너 번씩은 일을 쉰다 카이 그때마다 좀 그일 찾아다녀 볼라꼬예. 증말이지 이래 있다가는 지가 미칠 거 같다 아입니꺼….

큰동서 그려, 내 동서 맴 다 이해혀. 근데 참말로 영신일 떨쳐놓고 그리 나다닐 수 있었어?

길자 참아야지예! 아니 참을꺼라예! 난중을 생각해서라도 저거 이 눈에 밟혀도 참아야 우에 합니꺼? 다행이도 영성이가 저래 같이 놀아줄 수 있으니까 아가 잠시 울다가 말끼라예! 성님요 허락해주이소 내 꼭 그리 하고잪어예….

큰동서 그려 쉬운 일은 아닌 거 같지만서도 동서가 그리 독하게 맴을 먹었으면 그것도 나쁜 것 같지는 않구먼그려! 일단은 영성이 아부지한테 오늘 저녁이라도 내 말해보고선….

길자 고마버예 성님, 내 성님 은혜는 평생 잊지 않을 끼라예.

큰동서 은혜는 무슨… 근데 떠나믐 언제쯤 떠날 생각인거?

길자 큰시숙 어른께서 허락만 해주시면 당장이라도 떠날라꼬예. 인천방적공장에서도 사람 구하는 기간이 얼마 없다카데예!

큰동서 그래 알았구먼… 아이구 시상에 우리 데련님은 왜 이렇게 식구들 속을 썩이는 거여! 글씨!

어린 영신이와 사촌 영성이가 마루에서 소쿠리를 가지고 놀고 있다.

#16. 기차 객실안

실제 1950년대 초 객차 안 객실풍경 사진 insert.

서로 마주보고 앉아가는 허름한 객실 안의 풍경. 차창 밖을 물끄러미 바라보며 눈물 흘리는 길자.

큰동서   (소리) 이러는 게 옳은지 그른지는 모르겠지만서도 부디 몸 조심하고 잘 다녀와유! 그리고 그놈 찾는다는 것은 쉽지는 않을 테니께 찾다가 힘들면 그냥 곧 바루 돌아오구유. 이래 살아도 집밥이 도회지 밥보다는 더 편할 꺼구먼유. 또 요즘은 난리 때랑은 달라 편지도 쉽게 왕래한다니께 가시걸랑 있는 거처 주소를 바로 보내주구유!

길자   (소리/울먹이며) 도화조카가 우리 영신이를 잘 좀 거두어 주이소! 우리 아가 자다가 깨가 울며 엄말 찾걸랑은 잠깐 어디 갔다가 곧 올 끼라고 잘 달래주… 시소. 아가 아즉 말은 잘 몬해도 말끼는 다 알아들어예! (왈칵 눈물을 쏟으며) 모다 안녕히들 계시소!

#17. 작은 간이 기차역

기차가 내품는 기다란 수증기 사이로 보따리를 이고 지며 승하차하는 사람들. 차창 밖에서는 음식을 파는 민간 장사꾼들의 호객행위. 이때 계란을 파는 소년이 소리치며 창 밖에서 객차 안을 살핀다.

계란소년   계란 있어요. 찐계란이요! 계-란! 계-란! 찐계란이요! 계-란!

이때 길자와 마주 앉아있던 중절모를 쓴 서른 살 안쪽의 형민이 차창 밖으로 머릴 내밀며 소리친다.

형민   야! 꼬맹아! 여기 계란, 계란 좀 줄래!

계란소년   (달려와 짚으로 엮은 삶은 계란 한 꾸러미를 차창문 안으로 건넨다) 여기요!

형민   얼마냐? 꼬맹아!

계란소년   십 환이요!

형민   뭐? 십 환? 아니 뭔놈오 계란이 이리도 비싼거?

계란소년   기차 금방 떠나유. 살래유? 말래유?

형민   (돈을 건네며) 에이 도둑놈들 같으니라구. 아 계란 몇 개에 십 환이 뭐여 십 환이! 난리 때보다도 더 비싸네 그려

계란소년   (돈을 받아들고는) 고맙습니다.

형민   근데 이거 모두 찐 계란인 거 맞지?

계란소년   그럼유! 근데 아저씨!

형민   왜?

계란소년   저 꼬맹이가 아니구 학생이걸랑유. 그리고 물건 파는 도둑 놈도 있냐? 이 개새끼야!

형민   뭐… 뭐여? 이 이런 상놈오 새끼가 너 죽을껴?

이때 기차 기적소리와 함께 수증기를 내뿜으며 움직인다.

계란소년 (주먹손으로 욕지기를 하며 엉덩이를 흔들며 까분다) 안녕히 잘 가
라! 헤헤헤!

형민 (창밖으로 고개를 내밀며) 너 이눔 새끼… 다음에 만나면 아주
요절내 줄 꺼구먼!

기차 덜컹대고 떠나며 소년과 멀어진다. 소년, 계속해서 약 올리다가
역무원한테 어깨를 잡혀 끌려간다.

#18. 기차 객실안

계란을 잡고 씩씩거리는 형민. 함께 좌석에 앉은 사람들 모두 끼득거
리며 웃는다. 형민 역시 겸연쩍은 듯 함께 웃으며 자리에 앉는다.

형민 (웃음 지으며) 하이고 못돼 쳐먹은 놈 같으니라구! 하하 참!

중년여 (웃으며) 난리통에 배운 게 없어가 요즘 아들 다 안 그런
교! 그래도 저노마는 까불면서도 잘 가라고 인사는 합디
더!

노신사 글쎄 그러네! 저놈이 역에서 장살하다보니 배운 게 욕지
거리라서 그렇지 난중에 인사하는 거 봐설랑 그래도 학굔
다녔던 모양이여. 지 입으로도 학생이라고 하는 걸 보니…
학교 갈 시간에 장사하는 지 꼬라지가 좀 부끄러웠던 모양
이지, 허허.

중년여 (웃으며 형민에게) 맞십니다. 저만할 때 아―들이 욕이 몸에 배

가 그렇지 그냥 욕이라꼬 생각지 말고 댁이 참으시소!

형민 (겸연쩍은듯) 그럼유. 전 괜찮아유. 저한테도 저만한 막내가 있는데유 뭘!

중년여 그래예? 아니 그리 나이를 마이 처잡수셨습니꺼? 아주 일찍 장갈 갔나보네예?

형민 (당황하며) 아니 그 그런 게 아니고 제 막내동생이 저만한 애가 있다는 거지유!

중년여 그렇지! 내 보기에도 그렇게까진 안 보이는데 깜짝 놀랬다….

형민 저… 아직 장가 안 간 총각인데유!

중년여 (다시 놀래며) 총각? 아이다 그렇게까진 안 보이는데… 참말로 총각 맞능교?

형민 예… 진짜로 저 총각 맞어유 하하.

중년여 그래예? 그라믐 올해 나이가 몇인교?

노신사 아, 아줌니! 뭘 그렇게 꼬치꼬치 묻습니까? 본인이 총각이라는데….

중년여 호호호! 그래 그란게 아이고예 저리 인물 좋은 사람이 총각이라카이 내 퍼뜩 탐나 하는 말 아잉교. 지한테 과년한 딸애가 있다보이… 호호!

노신사 아 그러니까 사위 삼고 싶어서…!

중년여 하모예! 난리 중에 혼기 놓친 딸아가 하나 있는데예 그 가시나가 날 닮아가 인물도 그래 번듯하고 난리 중에도 중핵교까정 안 나왔습니꺼! 그란데 신랑감을 찾을라 했만 어데 이런 사지육신 멀쩡한 총각들이 있어야지예! 모다 난리통에 마이 죽어가 총각들도 귀한데다가 선도 숫하게 봤지만서도 조건이 안 맞는 기라예… 보기에는 멀쩡하다

싫어 맘에 들가 자세히 들어다보믄 손 색깔이 틀린 의수거
나 일어날 때 보믄 절룩거리는 게 의족인기라예. 그래 그
런 기라예!

노신사　아주머니! 뭐 이해는 갑니다만 그렇게 말씀하시면 안 되
지요. 그 청년들 모두 나라를 지키다가 저리들 된 건데 우
리가 보듬고 우리가 챙겨줘야 하질 않겠습니까? 그리고
사람 의지가 중요하고 가정을 위하는 마음이나 사람 됨됨
이가 더 중요한 게 아니겠습니까? 저는 그렇게 생각하는
데요!

중년여　맞는 말씀인데예. 그래도 딸 가진 부모 맴이 어디 그렇습
니꺼…!

#19. 철로 위를 달리는 열차 풍경

실제 1950년대 초 기적을 울리며 철로를 달리는 열차와 주변 풍경사
진 또는 영상 insert.

#20. 기차 객실 안

길자, 여전히 보따리를 가슴에 안고 턱을 괴고 차창 밖을 내다보고
있다.

중년여　지 친정아부지도 왜정 때 만주로 가서가 그 누구라 카더
라 맞아예 홍범도! 그 홍범도 장군님 밑에서 독립군으로

가 있었는데예 봉오동전투라고 들어 봤습니꺼? 그때 다리를 잃어가 평생 고생을 안 했습니꺼! 남들은 모다 나라 위해 싸운 자랑스런 독립군이라고 좋은 말들을 해쌌지만서도 지 친정어므이는 고생 고생 말도 마이소. 참말로 윽수로 고생만 하다 지난 난리 통에 피란도 몬 가고 그냥 돌아가셨어예. 그래 내캉 그리 생각 안 할 수 없능기라예!

형민 저 말씀들 그만 하시고 이 삶은 계란이나 좀 드세유. 지가 주책없이 나이를 먹어 괜한 오해를 샀는가 봅니다 하하!

계란들을 하나씩 나누어 준다. 이때 형민 모자를 벗고 머리에다 계란을 깨는데 날계란이다. 깨진 계란으로 머리가 범벅된 형민 모습을 보며 모두 다 놀라며 웃는다.

형민 이런 못된 놈 같으니라구! 찐계란이라드니 날계란이었구먼. (당황하며) 이놈 새끼 그냥.

중년여 (얼른 보따리에서 수건을 꺼내주며) 총각! 퍼뜩 저리로 가 머리랑 얼굴을 닦으시소! 참말로 못됐구만이라… 시상이 와 이리된 기가….

형민 (수건을 받아들고는) 고, 고맙습니다 네, 네. (일어나 열차 통로로 나간다)

노신사 (계란을 들어보이며) 이것도 날계란이구먼 그려! 야 참말로 세상이 왜 이리 됐는가! 그래 물에다 한번 삶으면 될 것을 찌는 시간이 없어 이렇게 어린 것들 내세워 사람들을 속여먹다니? (사이) 전쟁은 아직 다 끝난 게 아닌가 봅니다. 지난 전쟁이 총 쏘고 포 쏘면서 사람들 죽이고 살리는 전쟁이라면 이제는 서로 먹고 살겠다고 혈안이 되어 너나없이 사람

들 속이고 등쳐먹는 전쟁… 그런 생존경쟁이라는 전쟁이
시작되었으니! 오, 통제일세 그려!

중년여   그렇네예. 선상님 말씀 듣고보니께 지 생각이 짧았던 기라
예. 사람들이 이래 살면 안 되는 긴데… 나라 팔아먹은 이
완용이만 욕할 게 아이라 우리 백성들 지금 모다 똥 묻은
기라예 아니 거름 똥통에 빠진 기라예 안 그렇습니꺼?

#21. 달리는 열차 밖 풍경

실제 1950년대 초 기적을 울리며 철로를 달리는 열차와 주변 풍경사
진 또는 영상 insert. 어린 남자아이들이 들판에서 기차를 타고 가는
사람들을 향해 두 팔로 욕을 하며 깔깔대는 모습. 어떤 남자애는 엉
덩이를 까내리고 까분다.

#22. 다시 기차 객실 안

오징어 땅콩을 파는 홍익회원 수레를 끌고 통로를 지나가고 형민 머
리를 닦으며 들어와 자리에 앉는다.

중년여   괘않아예?

형민   죄송하네유! 공연히 저 때문에….

중년여   아입니더 왜 총각이 미안타 합니꺼 고놈아가 속인 건데…
아이지 우리 사회가 모다 잘못된 기라예….

형민   에? 그게 뭔 말씀이래유?

중년여   아이라예… 기냥 그렇다는 깁니더.

이때 길자, 보따리를 풀고 삶은 계란과 고구마를 꺼낸다. 그리고 같은 자리에 앉은 사람들에게 내밀며 나누어준다.

길자   저… 이거라도 좀 드시지예!

중년여   (계란과 고구마를 건네받으며) 새댁 내캉 말씨가 같네…!

길자   아, 예… 그렇네예!

중년여   사는 고향이 어딘데?

길자   저… 살기는 충북 괴산이라 카는 데 삽니더. 본래 고향은 경북 안동이라예!

중년여   안동? 안동 어딘데?

길자   글쎄예. 지 어릴 때 안동서 태어났다는 말만 들었제. 실은 어떤 사연이 있어가 어릴 적부터 남 손에 자라가 안동 어딘지는 잘 몰라예.

중년여   그랬구만… 내는 안동 내뜰이라는데가 고향인데… 내뜰이라카는 동넨 들어 봤어예?

길자   어데예… 낳기는 안동이라카는 데서 낳지만서도 아주 얼라 때는 영덕이라 카는 데서 대여섯 살 때까지 자라가 그곳은 잘 몰라예.

노신사   젊은 새댁 같은 분이 어디 한둘입니까? 그 긴 세월 동안 왜놈들 밑에서 고향 잃고 가족 잃고 부초마냥 떠돌다가 해방이다 싶어 고향들을 찾아 가려는데 또 다시 난리가 터져 아예 실향민이 된 사람들이 너무 많아요. 혹시 백년설이 부른 '나그네 설움'이라는 노래 들어보셨습니까?

형민   백년설 '나그네설움'이요? 아, 그 유행가 모르는 사람 있으면 그건 조선사람이 아니지유.

노신사 실은 그 노래를 제가 작사해서 만든 노래인데 바로 그런 뜻이 담겨있지요 고향은 있지만 고향이 어딘지도 모르고 고향이라고 물어 물어 찾아 가봐도 정 없는 타향 같은 고향신세… 이게 다 이 시대 민족의 설움 아니겠습니까!

중년여 아이고야! 이래 유명하신 분인 줄 몰랐네예! 내도 그 노랠 억수로 좋아했는데….

노신사 (길자에게) 그보다 실례지만 젊은 새댁아주머니는 뭔 사연이 길래 그리 오랫동안 창밖을 내다보며 시름에 잠겼었는지 아까부터 궁금했어요! 무슨 일이라도 있는 겁니까?

길자 (당황하며) 내예? 아이라예. 기냥 생전 첨으로 기찰 타다 보이 억수로 빠르게 지나가는 것들이 신기해가… 그카고 우덜 인생도 이래 빠른 세월인가 싶은 게 생각하이 기냥 눈물이 난 깁니다.

중년여 와! 새댁도 저 선상님처럼 시인인갑다. 우에 그리 생각했드노? 그래 얼라는 있나?

길자 아, 예? 얼라 말잉교? 야, 영신이라꼬 이제 두 돌 지난 세 살배기 아가 하나 있어예. (갑자기 눈물이 그렁거린다)

중년여 그래! 그칸데 와 그라노? 아, 얘길 하다 말고 울먹거리는 걸 보이 아가 보고잖나? 아는 지금 어데 있는데?

#23. 기차 객실 안

길자와 함께 이야기를 나누는 객실 안 사람들 모습.

#24 차창 밖 풍경

영신 (독백) 경부선 열차 안에서 어머니의 한숨과 눈물로 범벅된 이야기는 계속되었지. 지금이야 남 이야기는 물론 자신의 사생활조차 서로 함구하며 지내는 것이 일반적인 예의고 문화이지만 그 당시만 해도 모두 삶이 고달퍼서 그랬는지 물론 다는 아니겠지만 처음 보는 사람들끼리 서로 가슴에 맺힌 한스런 사연들을 공유하며 이야기를 나누는 것이 전혀 흉이 되지 않던 시절이었지! 일종의 카타르시스라고나 할까! 또 어머니께서는 남들 가슴을 촉촉하게 적시는 이야기 하는 재주가 있으셨던가봐! 내가 어릴 적에도 어머니께서 해주시는 이야기에 눈물 흘리며 들었던 기억이 많아!

#25. 기차 객실 안

중년여 참말로 젊은 새댁이 옥수로 고생을 마이했구마 쯧쯧… 그래, 그래가 지금 인천으로 가는 길이고?

길자 야! 인천의 동양방적이라꼬 그리로 가 우선 돈 좀 벌어 가면서 애아범을 찾아 볼라꼬예!

노신사 인천의 동양방적?

길자 야! 동양방적이라예. 잘 아시능교?

노신사 (긴 한숨) 동양방적…! 알다마다 내 아주 잘 알지! 인천 북성 포구 쪽 만석동에 위치한 공장인데 일제 때 왜놈들이 세운 방적공장이야. 해방 후 이승만정부가 들어서면서 면직류 생산을 대대적으로 해온 공장인데 그곳 터가 쎄서 그런

지 사람들은 지옥 다음에 만석동, 만석동 다음에 동양방적
이라고들 하지! 그만큼 지내기 힘들고 애환이 많은 곳이
라는 뜻이야. 아니 그런 델 새댁이 어떻게 가려고 그러나?
그 험한 델… 차라리 대전 같은 신흥 도시에나 가서 일자
릴 구하는 게 훨씬 더 나을 텐데….

길자   대전이라꼬예?

노신사   그래요 대전! 앞으로 대전이라는 데가 우리 대한민국 땅
에서 제일 살기 좋은 도시가 될 겁니다. 두고 보세요. 누구
라도 돈 좀 있으면 그리로 가서 장사를 하면 절대로 망하
지 않고 굶어죽지 않을 테니까… 대전은 지리적으로 사통
팔달 삼남의 도시가 돼서 경부선 지나가지 호남선이 지나
가고 또 강원도꺼정 갈 수 있는 충북선이 연결되어 있어서
풍부한 곡물이 매일 연신 들어오고 거기도 제사공장이 있
어 면직류가 부산 남포동보다 더 많이 생산되는데다가 미
군들하고 아군 주둔부대가 많고 도시인구가 부산 대구마
냥 막 늘어나는 곳이라서 아주 장사가 잘 되는 곳이지.

중년여   그래예? 하지만서도 이 새댁은 돈 버는 거이 목적이 아
이고 신랑 찾는 것이 우선이라카이 동부전선 쪽 야전병
원을 찾아 다닐라카믐 경기도 강원도 쪽을 다녀야 할낀
데 그칼라면 서울 인천 쪽이 더 안 났겠능교? (길자에게)
맞제?

길자   야! 맞십니더.

노신사   하기사 뭐 듣자하니 인천의 동양방적도 지금은 노동운동
인가 뭔가가 터지고 난 후로는 예전같이 심하지는 않다고
하던데… 뭐 괜찮을 겁니다. 사람 사는 곳이 다 거기가 거
길 테니까….

중년여 그래도 먹여주고 재워주고 월급은 줄 거 아잉교?

노신사 그야 그렇지요. 문제는 자기 할 탓이니까요. 요즘 가정집 아낙들도 자유부인이네 뭐네 하면서 바람나는 걸 자랑하는 세상이 됐지만 만석동에서 살라고 하믐 첫째로 남자들 조심해야 하오. 만석동뿐 아니라 그곳 송림동, 송현동 일대는 대성목재, 대한제분, 정미공장, 유리공장 등이 모두 한 곳에 다닥다닥 붙어있어서 밤이면 정말 난장판이지요. 가관이 아니에요! 거기다 미군부대까지 있어서… 그리고 또 일을 고되게 시키기 때문에 건강 조심해야 하구.

형민 아니 선상님은 참말로 조선 팔도가 눈에 훤하네유. 근데 그 인천의 만석동인가 하는 곳을 잘 아시는 것 같은데 거기서 살아보셨남유?

노신사 살아봤냐구?… (한숨) … 그럼, 살았지. 나도 왜정 때 동생들 고향집에다 두고 홀로 상경해서 돈 좀 벌어볼 생각으로 그리로 갔다가 그만 잘못되어 한때 주먹질까지 해가며 젊은 시절을 보낸 곳이 그곳이야. 더구나 내 청춘의 슬픈 사랑을 해본 곳도 거기라서 내 못 잊는 곳이기도 하구…!

길자 그라믐 우에 하면 좋겠능교? 그곳을 포기하고 다른 델 알아봐야 합니꺼?

형민 저 선상님! 지도 실은 저랑 혼인을 약조한 처자를 찾으려고 저 아줌니가 가려는 동양방적이라는 델 가려구 하는데유, 그 공장 일대가 아주 큰가유?

노신사 하하하 큰 정도가 아니고 인천시 절반보다도 더 넓고 크지! 주소를 가지고도 찾질 못하는 사람들이 많아. 하도 넓어서.

형민 아 참말로 큰일이네유. 며칠 내루 꼭 찾아서 델구 내려가야 하는디.

노신사 (길자에게) 내 아까도 말했지만 모두 자기 할 탓이지. 그곳도 사람 사는 곳이니까 잘못된 사람도 있지만 착한 사람들도 많아 악착같이 돈을 벌어 성공해서 나오는 사람도 많아요. 그러니까 새댁이 잘 알아서 판단하시구려. 내 얘기는 항상 조심하라는 뜻이지. (형민에게) 자네 방금 뭐라 했지? 혼인 약조한 처자를 찾아서 데려가야 한다고 했나?

형민 예. 그려유… 금년 가실께 혼례하기로 양가 부모님들로부터 허락을 받아서 그렇게들 알고 계신데 이 처자가 앵두나무 우물가에 노래매냥 동네 자기 동무들끼리 뭔 바람이 불었는지 서너 명이서 같이 인천 동양방적으로 갔다는구만유!

노신사 지금 젊은인 무슨 일을 하고 있나?

형민 지는 충청도 천안 아래 있는 전의라고 하는 곳에서 면서기를 하고 있구먼유.

중년여 어메야! 면서기? 아니 그라면 배울만치 배운 사람 아닌교! 그칸데 우에다 색씨 될 사람이 그 험한 공장으로 도망을 간 긴데예?

형민 도망간 게 아니구유, 아주 착한 처잔데 자기가 돈 좀 벌어서 혼수 준비를 한다고 동무들과 거기가 어딘지도 모르고 따라간 거 같아유. 근데 여기 선생님 말씀을 듣고 보니께 맴이 더 심난해지는 거시 참말로 걱정스럽구먼유!

중년여 총각, 아니 면서기 선상님요! 걱정 마이소. 만약에 말입니더, 정혼한 샥씨를 찾지 못하믐 더 생고생 말고 내한테 꼭 좀 연락 주이소. 내 주소캉 적어줄끼니까는.

형민 (정색을 하며) 아주머니 그게 뭔 말씀이래유?

중년여 아니 뭐… 그 색씨캉 인연이 아이라카믐 내한테 연락 좀 달라 이 말 아닝교. 내 그 색씰 보진 못했지만서도 아 가실에 시집갈 색씨가 신랑 될 사람한테 아무런 기별도 남기지 않고 또 소식조차 주지 않는다카믐 달리 생각해봐야 하지 않나 싶어가 하는 말인 기라예, 그카고 사방천지 쎈 게 처녀들인데 뭐 걱정잉교!

형민 (약간 언성 높이며) 아주머니!

중년여 아이쿠 놀래라! 호호 기냥 농담인 기라예, 농담….

노신사 저 면서기 양반!

형민 예?

노신사 만약에 말이야. 그곳에 가서 찾고자 하는 사람을 찾기 힘들면 내 주소 하나 일려줄 테니까는 그리로 가서 내 이름 대고 부탁해보게나! 도움이 돼줄 거야! (가방에서 공책을 꺼내 연필로 주소를 적어서 찢어 건넨다)

형민 (종이를 받아 읽으며) 고려성? 아가미? 이것이 다 뭔 말이래유?

노신사 아 고려성은 내 예명이고 아가미는 자네한테 찾아가보라는 그 사람 별명인데 거기선 모두 이름보다는 그런 호칭이 더 잘 통해….

형민 아 네! 그럼 저 선생님 실례가 안 된다면 어르신 예명 말고 본 존함을 알려주실 수는 없겠는지유? 이 담에라도 은혜를 갚을라면…

노신사 은혜는 무슨… 내 성씨는 조씨이니 그렇게만 아시게나.

형민 예? 조씨유? 지도 조씬데유 성씨가 같구먼유 지는 풍양조 씬데 선생님은…?

노신사 오, 그래! 나는 본관이 창녕이야. 본은 다르지만 성씨가 같다니 반갑구먼. 자네한테 찾아가 보라는 사람은 키가 좀 작고 중머리 모양을 하고 있는데 말씨가 좀 거칠기는 해도 나쁜 친구는 아니니까 나화랑이 형 고려성이 보냈다고 하면 잘해줄 걸세.

형민 암튼 고맙구먼유 선생님! 이렇게 유명하신 선생님을 알게 된 것두 영광인디 이렇게 또 초면에 큰 신셀 지우만유! 저는 말씀드린 대루 충남 연기군 전의면이란 곳에 있으니까 언제라두 지나시는 길에 한번 찾아주시면 잘 모시겠구먼유. 암튼 선생님! 감사해유!

중년여 오메, 이담이 영등포 아닝교? 인천으로 갈라카믐 두 사람은 담에 내리야 할 낀데… 내는 서울역에 가가 내릴 꺼라서 몇 정거장 더 가야 하고….

형민 아 저는 서울에 있는 지 당숙네 집으로 가서 집안 볼일을 좀 보고 하루 더 있다가 인천으로 갈 꺼구먼유!

중년여 그라믐 새댁 혼자 내려야겠네!

길자 (일어나 가방을 챙기면서) 괘않아예. 암튼 모다 고맙십니더! 덕분에 이래 심심찮게 편히 왔어예. 모다 안녕히들 가시소!

#26. 1950년대 영등포, 인천 다큐영상

영신의 독백에 따른 1950년대 어두워진 영등포역과 대합실, 인천역, 인천 거리의 풍경이 당시 실경 모습의 영상으로 비춘다.

영신 (독백) 어머니는 그렇게 그날 밤 영등포역에 내리셔서 대합실에서 밤샘을 하시고 다음날 아침 일찍이 경인선 열차로 인천으로 가셨어. 본래 시력이 안 좋으셨던 어머니는 초행길이라서 만석동에 있는 동양방적을 찾아가시느라 고생을 많이 하셨던 모양이야. 언젠가 내 어릴 적 기억을 더듬어 어머니로부터 들은 '나그네설움'이라는 노래를 지으셨다는 그 노신사 분에 대해서 인터넷 검색을 해보았더니 그 분 본명은 조경환이시고 친동생 되시는 조광환 선생님은 가수 이미자 씨의 데뷔곡 '열아홉 순정'이라는 노래를 만드신 분이시더군. 나화랑이라는 예명으로 활동하셨는데 두 형제분 모두다 1930년대부터 1950년대까지 우리 민족의 애환을 노래한 많은 가요를 작사, 작곡하신 한국가요계의 거목이셨더라구.

음악('나그네 설움').

#27. 인천 동양방적

실제 1950년대 초 동양방적 사진 또는 영상 insert.

동양방적 정문 입구에 10대 초중반부터 30대 가까운 2-30여 명의 젊은 여성들이 몰려 서 있다. 그 사이에 길자의 모습이 보인다. 모두 불어오는 찬바람에 수건과 보자기를 둘러쓰고는 몸을 웅크리고 있다.

선녀　(십대 초반의 어린 순이를 보며) 니 몇 살이고?

순이　(쑥스러운지 고개를 돌리고 함께 온 숙자 뒤로 몸을 숨긴다)

선녀　숨기는… 내 아무리 니 나이를 높게 봐줘도 아즉은 한… 열살 정도로밖엔 안 보이는데 니 이래 고된 공장에서 일을 할 수 있겠나?

숙자 뭔 말이다야! 야가 체구는 요래 작아도 오지게 나이는 먹은 아인디 뭔 상관이라고 나이를 고로콤 줄인당가.

선녀 그래예? 그래 안 보이는데… 내 막둥이 동상이 아즉 국민핵교를 다니는데 제캉 같아 보여가.

숙자 고런 말일랑 허덜 말어! 어린 저거시 이까지 왔을 때는 고럴 만한 사정이 있어 온 거싱게. 행여 면접 보는 데서 작네 크네 입놀려싸 퇴짜 맞음 안 된당게로. (옆에 있는 길자를 향해) 보시요잉! 처녀당가? 아줌마당가?

길자 (당황하여 머뭇거리다가) 내예? 와 묻는데예? 이 공장선 처녀가 아니라카믄 안 뽑능교?

숙자 맞지라. 딱 봐도 아줌마랑게. 나가 달리 뜻있어 묻는 게 아니고라. 오늘 저 공장에서 뽑을라카는 인원이 만약에 넘쳐뿔면 시집 갔냐 안 갔냐 묻고는 처녀가 아니믐 되돌려 안 버리요. 그람믐 또 한 달포 정도 모집공고 날 때꺼정은 기다려야 헌께 하는 말이지라! 나도 아가 있어 하는 말이랑게!

길자 (마음을 열며) 그래예! 고마버예. (순이를 가리키며) 그칸데 쟈는 누군교? 이 처녀 말대로 너무 어려가….

숙자 우리 동네 아그지라. 아직 쟈 동무들은 핵교를 댕기는데 사는 형편이 겁나게 딱혀 나가 쟈를 델고왔응게 대충 그리 알고 만약 같이 일하게 되믐 모다 쟈를 잘들 좀 봐주랑께라!

선녀 (숙자 치마 뒤에서 울상인 순이에게 다가가) 미안타! 니가 내 동생 맨키로 생각이 들가 기냥 물어본 기라. 얼굴 펴라! 집 나오면 아나 어른이나 모다 고생이라컸다. 그러니 우리 모다 독하게 맘을 먹어야 산데이….

이때 정문 옆 쪽문이 열리고 한 남자직원이 나와 소리친다.

남직원   자! 우리 방적공장에 호대공으로 취직하려고 온 사람들은 여기 이 종이를 한 장씩 나누어 줄 테니까 종이에 적힌 내용대로 쓰고 다 쓴 사람부터 한 명씩 이 쪽문으로 들어들 오세요. 오늘 뽑는 모집인원은 충분하니까 서둘지 말고 천천히 질서를 지켜주길 바랍니다.

지원서를 한 장씩 나누어 준다. 길자도 받아쥔다.

숙자   (길자에게 다가와 속삭인다) 이보요! 나가 아즉 까막눈이라 그렇게 글을 알믐 우덜 것도 쫌 써줄 수 있을랑가 모르겠네잉 부탁혀요!

길자   야! 그랄께예! 저리로 가입시더. (공장 판자 담으로 가서 앉는다. 그리고 가방에서 연필을 꺼내서 지원서를 판자 담에다 대고 쓴다)

2-30여 명이 각기 앉고 서서 지원서에 글을 쓰는 장면.

#28. 동양방적 안 사무실

책상에 앉은 면접관 앞에 줄지어 서서 여공 지원자들 면접하는 장면. 그리고 완장을 찬 여자반장이 여공 지원자들을 안내하며 설명하는 장면.
여공 지원자들 보따리와 가방을 들고 여반장을 따라 기숙사로 가는 장면.

#29. 동양방적 기숙사 앞

미리 기숙사 앞에 나와 환영의 박수를 치며 서 있는 선배여공들. 이 때 여반장이 무리들 앞에 나선다.

여반장   여기가 앞으로 우리가 먹고 자는 7공장 기숙사라요! 우리 공장에는 모두 열한 개 공장건물이 들어있는데 각 공장 안에는 현장기계 작업을 책임지는 계장님이라는 남자기술자가 있어! 모두 그분한테랑은 잘 보여야 할끼야요. 또한 7공장에는 열다섯 라인에 모두 백오십 대의 기계가 있는데 각 라인에 열대의 실 빼는 방적기계가 있고 그 라인마다 작업반장들이 있어 내처럼 흰 완장을 차고 있디! 여긴 남정네 군대 못지않은 엄한 군기가 있으니끼니 각자 알아서들 하기요. 또 오늘은 첫날이고 모다 오느라 피곤들 했으니끼니 방 배정 하는 대로 들어가 쉬라요. 그리고 먼저 방에 들어가믐 선반 앞자리에 자기 번호가 써있을 꺼인데 그거이 앞으로 여러분들 작업번호이고 이름이디. 모두 알아들었습네까? 참 한 방에는 일곱 명씩 쓰니끼니 좀 비좁긴 하겠지만서도 그래도 영등포보담 날 기야요! 그럼 호명을 할 테니끼니 큰소리로 대답들 하기요. (선배여공들을 향해) 니네는 빨랑 얘들을 방으로 안내해주고 다시 작업장으로 가라우! 계장님이 난리치면 오늘은 입공원들이 많이 와 늦었다고 하고! 301호 김순례! 강호순! 박길녀! 배복순! 최딸막! 크게 대답들 하기요! 김질녀!

호명하는 대로 손을 들고 선배여공들을 따라 기숙사 안으로 들어간다. 마지막에 길자와 어린 순이가 남아있다.

여반장　너네는 와 그래 서 있는 기야? 호명을 못 들었네?

길자　야! 지 이름은 안 불러가 이래 기다리고 안 있능교?

여반장　이름이 뭐야? (흘깃 다시 보고는) 이름 말이요!

길자　야? 아! 지 이름 말잉교?… 길자라예, 최길자!

여반장　최길자? 내레 불른 거 같은데… 아이 불렀소? 아, 최길자 304호. (순이를 보고) 너는 누기야? 너도 여기 일하려 왔네?

순이　(약간 겁먹은 표정으로 고개를 끄덕인다)

여반장　(큰소리로) 아이 된다. 여긴 최소한 키가 145센티는 되야 작업을 할 수 있는 곳이야! 너같이 작은 아들은 받을 수가 없어! 그러니끼니 키 좀 키워갖꼬 이 담에 오라우야. 날레 돌아가잖구 뭐하고 섰는기야? (기숙사 안으로 들어간다) 최길자 씨는 날 따라오기요

순이　(눈물을 뚝뚝 흘리며 울고 서 있다)

길자　(여반장 뒤를 따라가다 순이를 돌아보고는) 저기 반장님예!

여반장　(길자를 돌아본다)

길자　저… 쟈를 좀 받아주시면 안 되겠습니꺼? 참 불쌍한 아라예!

여반장　무시기, 불쌍하다고?

길자　야! 아까 전에 바깥에서 처음 만난 안데예, 쟈랑 같이 온 사람이 그카데예! 난리 중에 가족 잃고 형편이 어려버가 핵교 다닐 처지가 안 되가 저래 어린기 지 밥벌이라도 한다꼬 따라왔다 안 합니꺼! 어데 안 되겠어예?

여반장　(뒤돌아서서 순이를 향해) 너 이름이 뭐이가?

순이　(울다가 떨면서 작게) 강… 순이.

여반장	뭐야? 안 들려! 크게!
순이	(깜짝 놀라며 길자를 보다가) 강순이랑께라!
여반장	나이는? 나이는 어케 되는데? (여반장 뒤에서 손짓을 하며 열네 살을 가리켜 준다)
순이	(길자를 보고는) 여… 열넷…?
여반장	열넷? 기리케까지는 아이 보이는데…?
길자	맞습니더. 형편이 어려버 몬 먹어가 저래 키가 작다꼬 하데예! 하지만서도 분명히 쟈 나이가 열넷이라 켔어예! 니 맞지 열네 살인 거? (눈을 찡긋한다)
순이	(긴장한 채 고개를 끄덕인다)
길자	키는 저래 작아도 아는 야무진 거 같든데예!
여반장	(순이에게) 확실한 기야?
순이	(다시 손짓하는 길자를 보고는 고개를 끄덕이며) 예….
여반장	(길자에게) 어디 두고 봅세! 길티만 최길자 씨가 저 얼라를 책임지기요. 아이면 당장에 돌려보내야 하니끼니.
길자	야! 그럴께예 지가 델고 있으면서 잘 돌볼 끼라예! 반장님예. 참말로 고맙십니더 참말로 고마버예!
여반장	기럼 같이 304호로 가기요. 내레 계장님한테는 명단을 올리갔으니 아를 잘 챙기시라요. 뭐 현장작업이 아닌 다른 일거리도 있을 테니끼니 앞으로 생활하는 거 봐서 다시 보기요.
길자	고맙십니더. 참말로 고맙십니더. 진짜로 일 잘할 끼라예. (순이에게 오라고 손짓한다)

울먹이며 겁먹고 서 있던 순이 보따리를 들고 길자에게로 다가와 함께 여반장 뒤를 따라 기숙사 안으로 들어간다. 이때 기숙사 현관 안

에서 초조하게 기다리던 숙자가 순이를 보고 달려가 끌어안는다.

#30. 시골 초가집 마루(꿈)

길자, 갈대숲 언덕 위에서 먼 산을 바라보고 있다. 이때 어디선가 어린 영신이 울음소리가 들려온다. 울음소리를 따라 몸을 움직이는 길자, 어린 영신이가 마루에 혼자 앉아 울고 있다.

어린 영신 엄… 마! 엄마! 아-앙.

길자 (소리) 영… 영신아! 울지 말거레이 영신아! 엄마야 엄마 예 있다. 울지 마라 영신아 (따라 울며) 울지 말라카이 영신아!

어린 영신 엄… 마! 아-앙 엄마!

#31. 기숙사방(밤중)

어둠 속에서 일곱 명의 여공들이 잠을 자고 있다. 이때 길자 꿈을 꾸는지 몸을 뒤척이며 신음소리를 내다 눈을 뜨고 벌떡 일어난다.

길자 영… 영신아! 아가야! 영… 신… 아!

사방을 두리번거리다가 얼굴을 두 손으로 감싸고 흐느껴 운다.

길자 영… 영신아! 우야면 좋노. 우리 아가야! 엉엉! 쪼매만 기다리라카이.

길자의 흐느껴 우는 소리에 하나둘씩 투덜대며 잠에서 깨어난다.

숙자   (부스스 일어나 앉으며) 에이 시부럴 뭐여! 새벽부터 뭔 곡소리 당가? 아따 짜증나불구만!

순신   (깨어 일어나 앉으며) 뭐야! 밤새 뒤척이다가 좀 전에 잠들었는데….

선녀   지… 지금이 몇 시나 됐능교? 아즉 새벽녘이지예!

딸금이   시계가 어딨다고 몇 시랴…! 아 꿈에서 막 동무들이랑 맛난 거 먹고 있었는데….

길자   모다 미안합니더… 꿈에 우리 얼라가 낼 찾는다꼬 우는 바람에! 그만! (다시 고개 숙이며) 미안합니더… 내 조용할 테니까는 그만들 다시 주무시소!

숙자   뭐시라? 꿈속에서 아그가 울었다요?… 에고… 나가 그 맘 알지라. 나가 첨에 여기 말고 서울 영등포 원일방적에 있을 때도 같았응께… 애기엄마 그만 자더라고. 이래 돈 벌러왔음 공장 밖과는 당분간 인연을 끊어뿌려야 안 혀요. 안 그믐 공장생활 부지 못 하지라. (주위를 둘러보며) 뭐 한다냐! 어여 모두들 자빠져들 자랑께 낮에 골골하덜 말고….

기숙사방 여공들 다시 자리에 눕는다. 길자, 어둠 속에서 벽에 기대어 쪼그려 앉아 어린 영신이를 생각하며 울다 그대로 잠이 든다.

#32. 기숙사방(새벽녘)

어둠 속에서 잠자는 여공들. 이때 기숙사 방에 전등불이 켜지고 갑자기 스피커를 통해 용공노래가 크게 울려 퍼진다. 이어 호루라기 소리와 함께 책임 여반장의 날카로운 음성이 들린다.

스피커 (반공의 노래)
우리는 백의민족 단군의 자손
악독한 공산제국 반대 격멸에 선봉대가 되리라
우리 젊은이 일어서라 선전에 길을 이어
싸워나갈 대한 반공청년회
우리는 압박에서 살아왔으니
흉악한 적군들의 가진 술책에
나는야 기어코 복수하리라
일어서라 동지애
젊은피로 결속하는 대한 반공청년회

여반장 (소리) 뭬 하는 기야? 날레 일어나라우야. 이래 가지구서리 돈 벌어 고향식구들 멕여 살리갔어? 날레 안 일나구 뭬 하는 거야 어서 날레 일어나라우야! 야 218호실 강군자! 너레 뭬 하는 기야? 여직 자빠져 자네? 날레 일나지 못하갔어!

304호 기숙사실 여공들 하나둘씩 일어나고 길자 여전히 벽에 기대어 쪼그려 앉은 채로 잠들어 있다.

순신 뭐야! 벌써 기상이야? 아휴 정말 사람 죽이는구먼 어휴. (긴 하품)

선녀 벌써 몇 번째고 자다 깨다 자다 깨다 신경질나게시리! 아이구 오메요!

딸금이 빨랑들 일어나시시요잉! 안금 저 못된 반장여편네 눈에 걸려들면 웬종일 겁나게 힘들다 안하요!.

숙자 (길자를 보고) 음마야 저게 뭐시여, 아 밤새 저라고 잤당가? (길자를 흔들어 깨우며) 보더라고 애기엄마 얼릉 일나시오. 잉 아, 빨랑 일나랑께!

길자 (와락 깨어나며) 여… 영신아! (두리번거리며) 아! 벌써들 일어난 기라예?

숙자 벌써가 뭐시다요 아 저 소리 안 들리요? 빨랑 일어나랑께!

길자 (머리를 매만지며) 알겠심더… 어메야 벌써 날이 새뿌렸네!

이때 다시 가까운 데서 호각소리가 나더니 여반장 304호 방문을 열고 나타난다.

여반장 이 방은 다 일어난 기야? 날레 자리 정돈하구 나오라우야. 아 배들 안 고파! 참 이 방에 순이라는 아가 있디?

순이 (화락 놀라며) 예! 내 여기 있으라!

여반장 기레! 잠은 잘 잔기야?

순이 예! 잘 잤으라!

여반장 어드레 춥진 않았네?

순이 예. 하나도 안 추웠으라!

여반장 (다른 공원들에게) 자, 이 방도 날레 나와 식당으로 가라우야! 늦으면 아침배식이고 뭐고 없으니끼니… 씻는 거이 밥 먹은 뒤에 하고….

여공들 모두 대답을 하면서 일어난다.

#33. 공장식당

여공들, 배식구 앞에 줄을 서서 식사배식을 받는 장면.
기다란 테이블에 앉아 시끄럽게 잡담을 나누며 식사하는 장면.
순이, 숙자와 함께 식사를 하는 길자의 모습도 보인다.

#34. 공장 작업장 안

기계 앞에서 조계장이 여공들에게 기계 사용법을 가르치는 광경.
이어 여반장이 신입여공들에게 기계배치를 해주면서 시범적으로 실
을 점검하고 작업하는 모습을 보여준다. 음악소리와 함께.

#35. 기숙사 방안

모두 지친 모습으로 방에 들어와 눕기도 하고 머리 수건 두르고 씻
으러 가고 옷도 갈아입는 장면.

길자 (순이에게) 어떻트노? 일은 할만하드나?

순이 (웃음지어 보이며) 예! 아줌마는요?

길자 내사마 그게 어디 일이가! 시골서 뼈빠지게 일하다 왔고마.

숙자 방적공장 일이라는 게 말이시 보긴 쉬워보여도 깜빡하고
졸든가 옆사람하고 잡담을 하다 한번 실이 엉켜들어가 뿔
면 큰일이지라. 옆에 있는 기계들꺼정 몽땅 스도프시키고
완장 찬 반장 가시나들이 눈 뒤지벼 까면서 소릴 지르며

잡아먹을라 안하요. 그리고 현장 기술자한테도 불려가설
랑 오메 무시라 암튼 쉽게 볼 일이 아니지라.

길자 언니는 전에도 여러 방적공장에 가가 일해본 적이 있다켔
지예?

숙자 아 어데 방적공장뿐이었으랴? 아들 떼놓고 조선팔도 돈
되는 곳이면 안 다녀본 데가 없지라! 근데 와 나가 언니당
가? 애기엄마 나이가 월만디…?

길자 지는 정묘년 토끼띠라예!

숙자 정묘년 토끼띠라믄 나이가 어떻게 된다요? 우리 엄니가
나가 무진년 용띠라 했는디 말이시!

길자 그라믐 댁이 지보다 한 살 어리네예. 지가 스물아홉이고
언니야는 스물여덟이시더!

숙자 그라요? 근데 내보다 성인데 어째 나더러 언니라 한다요?
나가 배움은 없지만 위아래 촌수는 분명이 하는 사람잉께.
이제 나가 애기엄말 언니라 할라요 언니!

모두 웃는다.

음악.

제6부

길 떠나는 사람

#1. 영신 독백 영상과 함께

당시 방적공장 안에서 작업하는 다큐영상.

열악한 환경 속에서 기숙사생활을 하는 옛 사진, 일에 지쳐있는 길자의 피곤한 모습 클로즈업 등.

영신   (독백) 동양방적! 1934년 일제 강점기 때 세워진 이 방적공장은 이후 해방 정부에 의해 국가군수산업으로 재활되었다가 1955년에 서모 사장에 의해 개인소유가 된 방적공장이었는데 이 공장은 처녀신세 망치는 곳, 폐결핵 걸리는 곳, 겉멋 들어 유흥가로 빠지게 하는 곳이라는 나쁜 소문이 돌아 모두들 가길 꺼려했던 곳이었지! 하지만 어머니는 오직 아버지를 찾기 위해 돈을 벌 생각으로 그곳에서 일을 하셨던 거야. 생각해봐! 어머니의 몸과 마음상태를! 공장의 엄한 규율과 하루 12시간 이상의 고된 노동, 그리고 홀로 두고 온 어린 자식과 알 수 없는 아버지의 생사로 인해 아마도 그때 어머닌 건강이 많이 나빠지셨던 것 같아.

#2. 공장 작업장

"악"하는 비명소리와 함께 순신 기계 앞에서 꼬꾸라진다. 사람들 웅성거리고, 요란한 벨소리와 함께 "비상!" "비상!"을 외치는 여반장의 목소리. 모든 공장 안 기계들이 멈추고 여공들이 쓰러진 순신 앞으로 몰려든다.

순신   아이고! 이게 뭔 날벼락이여! 아이고 내 죽네! 엄니! 내 살려줘유 아이고…! (손을 움켜잡고 비명을 지르며 소리친다)

숙자   뭐당가? 뭔 일이다요? 오메, 오메, 저 피… 피야 피!

딸금이   반장언니! 쟈가 기계다 손가락이 낑겨가 잘라징능가 본데… 아이구야!

여반장   모두 비켜! 비키지 못하갔어! 어서 양호반 양호반 사람 불러오기요!

조계장   (기계조정실에서 내려오며) 어케 된 기야! 이런 쌍노메 가시나 또 졸다 압궤손상 당했구만… (여반장을 향해 소리치며) 뭐 하네 빨랑 양호실로 델구 가잖구!

여반장   (순신에게) 괜찮은 기야? 괜찮을 리 없갔지! 조금만 참으라야! 참을 수 있갔어? 양호반! 양호반! 양호반 사람 불러온 기야?

순신   아이고 반장언니! 나 좀 살려줘유. 나 죽으면 안 되유! 아이구 엄니야! 아이구!

길자   지금 뭐 하능 깁니꺼! 저리들 비키시소! 고마. (갑자기 손을

자기 가슴 안으로 넣고 속옷을 찢어 피나는 손을 헝겊으로 싸매면서)
피부텀 지혈해야 안 헙니꺼! 자, 순신아, 쪼매 참그라! 응,
정신 놓지 말고 정신 차리라카이….

순신 아이고 언니! 아이고 언니! 나 좀 살려줘유! 설마 나 죽능
건 아니겠지유?

길자 아, 손가락 하나 다쳤다고 죽나! 쪼메만 참거레이! 다 됐
다. 그래 꼭 손으로 이래 쥐고 있으란 말이다….

여반장 자 구경만 말고 날래 양호실로 델고 가라우야! 어서!

길자와 딸금이 순신이를 일으켜 세워 부축하고 나간다.

조계장 (달려와서 서 있는 여반장을 향해 손바닥으로 얼굴 싸대기치며) 뭐하
는 게야? 이 쌍에미나이야! 너래 죽고 싶어 환장한기네?
앙, 벌써 이 달 들어 몇 번째인 기야? 너 책임반장 완장이
래 떼고 싶은 거이가!

여반장 (무릎을 꿇으며) 죄… 죄송합네다 계장님! 제… 제가 책임지
갔습네다.

조계장 어캐? 어캐 책임지갔다는 거이가. 앙? 공장 한 번 가동 정
지되믐 얼만큼 손실인 거 몰라 하는 말이네? 야 이 7반장
이 에미나이야! 너네 댓 명치 봉급이래 몇 달을 합쳐도 이
손실 못 메꿔 나갈 큰돈인 거 모르네! 근데 어케 책임질 건
데 앙!

여반장 (무릎을 꿇고) 자… 잘못했습네다. 한번만 제발 한번만 봐주
시라요!

조계장 에이 어쩐지 아침부터 일진이 싸나운기. (여반장에게) 날래
일어나 기계에 묻은 피 말끔하게 닦아내고 모다 작업준

비들 하라우야! 앞으로 10분 후에 기계 가동할 테니끼니 날래 자기 작업라인으로 돌아들 가란 말이야! 모다 뭐하는 게야, 날래 움직이지 못 하갔어? 에잇 쌍노무 에미나이래…! 너네 오늘 모다 퇴근이고 뭐고 없어야! 그리들 알라우야! (화를 내며 계단으로 기계 조정실로 오른다)

여반장   (일어나 고개를 깊이 숙이고는) 아… 알갔습네다… 이런 간나 에미나이들!

강한 음악.

#3. 기숙사방

순신이 손에 붕대를 감고 누워 신음을 하고 주변에 길자, 숙자, 선녀, 딸금이 둘러앉아 있고 순이는 방 한구석에 웅크려 떨고 있다.

숙자   의사가 직접 왔당가?

길자   의산지 뭔지는 몰라도 그냥 어떤 남자가 와가 진통젠둥 뭔둥 주사 한 대만 놓고는 그냥 무지막지하게 짤려 나간 손가락 위를 실로 꿰매는기라. 와! 참말로 보기 무섭데. 내사마 욕수로 무서버가 더는 안 봤다안트나! 그라고 의사라카믐 흰 가운도 입고 찬찬히 다친 부위를 살펴가면서 치료를 해줘야할 낀데 마 그기 아닌기라! 소리도 몬 지르게 하고 지 혼자 욕지기하며 고함을 치는데 마, 정내미가 똑 떨어지는기 그게 무신 의산가 싶다카이! 그나저나 짤리어 나간 손가락에 새 살이 돋아나야할 낀데…!

선녀   그… 래 손가락은 얼마나 다쳤능교?

길자   (순신이 한번 쳐다보고는) 모른다. 아마도 한두 갠둥 다친갑다.

딸금이   뭐시당가요? 손가락이 고로콤 짤려나갔다고라! 오메 워쩔 거이여… 참말로 큰일 아니당가. 쟈 꿈은 양장점 미싱기술 자인디 워쩔 거여. 아 워쩌!

숙자   모다 시끄러운께 가서 빨랑들 씻고 잠이나 퍼질러 자더라고잉. 다친 애 맘 상하게 허들 말고….

길자   (순신이에게) 순신아! 괜않나? 통증 말이다. 아즉은 약기운이 남아있어가 쪼매는 괜않제?

순신   (와락 흐느껴 울며) 언니 이제 지는 워떡혀야 한데유? 엉엉… 이제 워쩌유? 울 엄니가 날 받아놓고 그렇게도 가면 안 된다고 말려쌌는디 지가 고집 부려 미싱이라도 한 대 사서 읍내서 작은 양장점이라도 낼려구 도망치다시피 한 거예유. 근데 이제 지는 워쩐데유? 네, 언니? (소리 내어 운다)

길자   (순신이에게) 글씨마 모르긴 해도 시간이 지나면 괜않아지지 않겠드노! 잘려나간 손가락도 새순 돋아 오르는 거매냥 살이 올라올 끼다! 물론 시간이 걸리고 욱수로 아플끼지 만서도 우에 하겠노 참아야지! 그래가 반드시 미싱을 돌리고 양장점 하면 된다, 그나저나 우에 그리 된 기고! 쪼매 조심 좀 하지….

숙자   매일 같이 손가락 소독하고잉 그 뭐여 항생젠가 뭔가 하는 약을 꼭꼭 씹어먹어야 한당께로 안 그믐 손이 썩어 절단나 뿌려야!

딸금이   요거이 다 그 송림동 대성목재 이주임이라는 놈 때문이지라!

숙자   고거이 뭔 소리당가?

순신   (흐느껴 울며) 그만혀! 그만하라고… 딸금이 너 정말 왜 그러
       는거!

숙자   뭐시여? 아 뭣이당가? 이 판국에 숨기고 자시고 할 게 뭐
       있다고 그래쌌능기여? 딸금이 너 말 못하겄냐?

순신   (흐느껴 울며) 딸금아! 하지 마…제발 암말도 하지 마!

딸금이 아녀, 나가 말할껴. 숙자 언니 말대로 숨기고 자시고 할 게
       없어야. 그 씨부럴 놈 그 천벌 받아 즉사할 놈 내 다 까발
       릴껴!

숙자   아 참말로 깝깝혀 죽겠네 잉 (버럭) 아, 뭐시당가?

딸금이 아, 저년이 글씨 송림동 대성목재 이주임이라는 천하에 못
       돼 처먹은 사기꾼놈한테 네다바이 안 당했쓰라?

순신   (흐느껴 울며) 딸금아!

숙자   뭐… 뭐시여? 네다바이? 아 고거이 뭔 말이다냐?

길자   네다바이라 카믐 사기 당했다는 말 아이가?

숙자   사기? 오메… 오메 지랄 염병할!

선녀   그래예! 순신언니가 그놈한테 사기를 당했어예. 지도 알
       아예.

숙자   이기 다 뭔소리당가? 그라믐 선녀 니가 먼저 아는 대로 다
       말혀야 쓰것다!… 아 빨랑 말하랑께!

선녀   (딸금이한테) 딸금언니 니가 말해라! 언니는 순신언니캉 친
       구니까는 내보다 그 내막을 더 잘 알 꺼 아이가! 또 노상
       같이 다녔꼬….

딸금   그려… 석 달 전쯤 어느 일요일 외출하는 날이었지라. 아,
       쟈가 글씨 심심하다꼬 지랄염병을 떨어 싸면서 낼러 보
       고 이민이가 나오는 〈춘향전〉 영화를 보러가자 안 혀요.
       그 뭐시냐 이민이 얼굴 못 보면 잠이 안 올 것 같다 하맨시

로… 그래 나가 저년이랑 함께 송현동에 있는 천막극장이라는 델 안 갔소!

숙자   그란디?

딸금   아, 그래가 이민이가 이도령으로 나오고 조미령이 춘향이로 나오는 〈춘향전〉을 막 보고 나오는디 글씨 왠 허우대가 멀끔한 사내놈 하나가 우덜 뒤를 쫄랑쫄랑 따라오더랑께라.

#4. 옛날 송현동 거리

양장을 한 순신이와 딸금이, 뒤따라오는 이 주임을 힐끔거리며 끼득대고 걸어간다. 엉덩이를 약간 씰룩대면서… 이때 담배 연기를 훅 날리며 순신이를 부르는 이 주임.

이 주임   아, 저 아가씨! 아가씨!

딸금   (걸음을 멈추고 뒤돌아보며) 나요? 아니 저 말인가요?

이 주임   오- 노우! 그 옆에 숙녀분!

딸금   (쌜쭉) 어머! 별꼴이야! (순신에게) 얘, 너 부르잖어 홍!

순신   (화들짝 얼굴을 붉히고 뒤돌아보며) 저요? 왜 그러는데요!

이 주임   아, 이거 숙녀분들한테 초면에 실례되는 말씀이지만 그쪽 아가씨 좀 전에 극장에서 나온 거 맞지요?

딸금   그런데요! 왜 그러시지요?

이 주임   아니 아가씨 말고 저 숙녀분! 저 말씀 좀 물어도 될까요?

순신   네?… 뭔 말씀인데유?

이 주임   방금 보고 나오신 춘향전 저 영화 어떻게 보셨습니까? 재미있었습니까?

순신　어머머…?

이 주임　아, 사실 저 이런 사람입니다. (명함을 한 장 꺼내 건넨다)

딸금　(명함을 낚아채며) 그… 그런데요? (명함을 보는 듯하다가 순신에게 건네며 작은 소리로) 니… 니가 읽어봐야! 난 이런 한문은 잘 안 보이지라!

순신　영화감독?

딸금　뭐시라? 여… 영화감독? 어머 저 분이 여, 영화감독이랴!

이 주임　하하하. (다시 담배 한 대를 물며) 네… 그래요, 나 실은 방금 두 숙녀분들께서 보고 나오신 저 영화 〈춘향전〉을 만든 이규환 감독입니다.

딸금　어머, 어머! 여… 영화 감독님이시래! 어쩜….

이 주임　너무 놀라게 해드렸나요? (순신에게) 저 숙녀분! 어때요, 이 영화 재미있으셨어요?

순신　(긴장을 풀며) 네! 너무 재밌게 봤시유! (얼른) 아니 보았어요!

딸금　지… 지도 억수로 재밌게 봤으랴! (얼른) 아니 저도 참 재미있었어요 감독님!

이 주임　(순신에게) 하하하! 참 다행이군요. 그런데 어… 어떤 장면이 감동적이던가요?

딸금　(얼른) 저… 조미령이가 옥중에서 눈물 흘리며 이민이를 그리워 할 때요!

이 주임　아니 나는 지금 저 숙녀분께 물어 봤습니다! 그리고 조미령이가 아니고 춘향이고 이민이 아닌 이도령이라고 하세요. 배우들 이야기하는 게 아니니까. (다시 순신에게) 숙녀분께서 한 번 말씀해 주시지요!

순신　저는 암행어사 출도요! 할 때요! 정말 가슴 조마조마 했는데 진짜로 통쾌했어요.

이 주임 역시 제 눈이 틀리지 않았군요!

순신 네? 뭐… 뭐가요?

이 주임 저 이렇게 서서 이야기할 게 아니라 잠시 저기 저 다방에 들어가서 함께 코피라도 한 잔 나누면서 마저 이야기하는 게 어떻겠습니까?

딸금 (손뼉을 치며) 네, 좋아요, 저흰 영광이지라!

이 주임 아니 나는 지금 저 숙녀분에게 한 소린데… 네, 좋습니다. 두 분 다 함께 가시죠! 아무래도 처음 보는 숙녀분과 단둘이 동행한다는 것은 남 보기가… 뭐 그렇죠?

딸금 오메! 감독님 매너도 굿이랑께라! (얼른 순신에게) 음… 음, 그래 감독님이 정중하게 말씀하시는데… 코피 한 잔 괜찮지 않겠니?

순신 그… 글쎄!

이 주임 자… 그럼 가시죠! 음, 흠 요즘 코피 맛에 길들였더니 시도 때도 없이 자꾸 땡기누만요!

약간 경쾌하고 코믹한 음악.

#5. 다시 기숙사 방

숙자 오메! 그… 그래갖고 느그들이 그 감독이란 남잘 따라간 것이여?

딸금 그랬지라. 어찌 그 춘향전인가 하는 영활 만든… 유명한 감독님이 코피 한 잔 하자는데 안 따라 갈 수가 있었당가요!

길자   근데 참말로 그 남자가 그 유명한 감독이 맞드나?

딸금   오메 첨엔 그냥 눈이 부시더랑께요. 그 남자 아니 그 개 같은 놈이 글씨 다방에 들어서자마자 배우들 이름을 좔좔좔 꿰어 부름시로 우덜 가슴을 설레게 하드만 또다시 우덜도 잘 아는 유명 영화제목들을 쫘악 늘어놓는디 와따메 그리 유식한 사람은 아니 그런 잡놈은 처음 봤지라. 옛날 영화 〈아리랑〉, 〈임자 없는 나룻배〉부텀 시작혀서 〈자유만세〉또 최은희가 서울아씨로 나왔던 〈마음의 고향〉, 황철이 주연한 〈젊은 모습〉, 전창근의 〈낙동강〉 그리고 또 뭐시냐 그려! 이향이 허고 윤인자가 뽀뽀한 남사스런 영화 그라고 또 아! 〈운명의 손〉 등등 죄다 꿰더라니께라. 근데 아니었당께….

숙자   오메 니년이 더 용혀당께. 워찌 그리 영화 제목들을 줄줄이 꿴다냐?

딸금   글씨 고 잡놈이 고로콤 좔좔좔 꿰더랑께요!

길자   그래갖고? 고놈이 느그들한테 뭔 말을 했드노? 그기 중요하지 뭔 사설이 그리 기노!

딸금   그러네 참! 아, 고 작것이 말이지라, (순신을 가르키며) 쟈더러 얼굴이 참 개성 있고 예쁘다고 하믐시 뭐라더라, 그려 20세기형 동양절색이라나 뭐라나 암튼 (흉내 내며) 아가씨! 영화출연 한번 안하시겠습니까? 하더랑께요!

숙자   그렇제 사기꾼이 맞구먼이라. 꼭 사기꾼이 저런 수법을 쓴다 허드만.

길자   그래가 그놈한테 순신이 쟈가 꾐에 빠졌단 말이가?

딸금   하이고마 꾐에 빠진 정도가 아니랑께라. 한 번 그리 눈이 뒤지버징께라 마 저년이 고 잡놈 말이라면 그냥 메주로 인절미를 만들 수 있다 혀는데도 그기 전라도 토속 음식일 꺼라면서 그냥 안 믿었당가요!.

순신　(소리치며) 그만 그만 하라니까 그러네!

딸금　야! 이년아 뭘 잘했다고 큰소리당가. 이왕지사 이렇게 됐응께 큰 언니들헌테 모다 털어 놓는 거시 더 나은겨. 아 안 그냐?

순신　(이불을 뒤집어쓰며 운다) 엄니 엄니…!

딸금　어휴 어쩔껴… 더 해여 말여?

숙자　니 입으로 우덜한테 털어놓는 게 좋다 안 혔냐! 궁금항께 마저 빨랑 말하랑께!

길자　그래 돈을 얼마나 뜯겼는데?

딸금　돈이라? 쟈가 이날 이때까지 번 돈 아마 고놈한테 다 빼앗겼다 안 허요. 브라자 미싱인가 뭔가 살라꼬 속곳에다 숨겨논 쌈지돈꺼정 몽땅 네다바이 당했응께! 워디 그뿐이당가요? 쟈가 그래도 명색이 처년디 말이시… 아 참 그 말은 안 할라요! 시상에 알고봉께 고 잡놈이 저그 송림동 대성목재소서 노가다 하는 놈인데 말이시 글씨 버젓이 지 마누라하고 자식새끼들꺼정 딸린 유부남이었지라! 워디 그뿐이간디 알고 본께 쟈 말고도 다른 여자애들 여러 명한테도 고 짓거릴 하고 다녔당께!

길자　(순신에게) 니 그기 참말이가?

순신　(이불을 뒤집어 쓴 채 울기만 한다)

숙자　이런 썩어 문드러질 작것… 참말로 신작로서 사지 육시혀가 찢어 죽일 놈이랑께라! 그래가꼬?

딸금　쟈가 맨날 일요일 노는 날이믐 말이시 고놈 잡아 지 돈 찾을라고 아침부텀 밤 늦게꺼정 인천 바닥을 헤집고 안 다녔다요! 근디 맴 먹고 숨은 놈을 어찌 잡을 수가 있겠으랴!

선녀 그래가 저 언니가 맨날 잠 몬 자고 울고 잠을 설치다보이 어제 좔다 그리 된기라예! (다시 흐느끼면서) 이자 우리 불쌍헌 순신 언니 우에면 좋응교! 엉 엉!

길자 아이고 이 칠칠치 못한 것들… 마, 알았다. 우에겠노. 우리라도 나서가 고놈 찾아내서는 돈도 찾고 그간 손해 본 것도 보상 받아야제! 그만 모다 씻고들 자자!

숙자 그려 빨랑 씻고 자장께. 안 그믐 내일 계장놈하고, 똥순이 아지매한테 겁나게 시달릴 텡께. 그라믐 나가 먼저 씻그러 갈랑게. 뒤따라들 오너라잉. 어휴 고 잡놈 워쩔꼬잉. (수건을 들고 나간다)

길자 (순신 이불을 또닥이며) 괜않다마. 울지 마라. 니 인생 팔자만 그런 게 아이다. 세상 살펴보믐 니보다 더한 사람도 아주 억수로 많은기라.

순신 (이불 속에 파묻히며 더 서럽게 운다) 언니! 이제 나 워떡혀유? 나 그냥 팍 죽고 싶구먼유 엉엉.

길자 약 기운이 떨어졌드노? 그기 무슨 말이고. 시상천지에 가장 불효막심한 거이 부모보다 먼저 가는 거라 카드라. (울컥 울음을 삼키며) 니 앞으로 길고 긴 인생 살다 보믐 지금 니가 고노마한테 이자뿌린 것은 만분의 일도 안 된다카이 그러니 니 그딴 생각 버려뿔고 이자부텀 이를 꼬옥 깨물고 다시 죽기 살기로 살면 되는기라 알았나!

이때 방구석에서 쭈그려 앉아있던 순이가 운다.

길자 순이 니는 또 와 우는데…? 니 무서버가 그러노? 이리 내

한테 온나! (순이 훌쩍이며 길자 옆으로 다가와 안긴다)

길자 괜않다! 괜않으니까! 니도 정신 똑바로 차리 거래이. 알았
나? (순이를 다독이며) 아이고 하느님 부처님! 넓디넓은 세상
만 바라보지 마시고 우덜같이 가여븐 인생들도 좀 살펴주
이소!

강한 음악에 이은 구슬픈 음악이 O.L되어 흐른다.

#6. 세찬 비가 쏟아지는 수도국군병원 입구

길자, 비닐우산을 펼치고 버스에서 내린다. 그리고 지나가는 행인에
게 길을 묻는다. 멀리에 환하게 불 켜진 수도국군 병원이 눈에 띈다.

#7. 수도국군병원 현관

우산을 접고 병원 문을 열며 들어서는 길자. 병원 내부에는 환자들과
간호사, 의사들이 북적이며 약간 소란스럽다. 길자, 지나가는 간호원
을 붙들고 말을 건넨다.

길자 저 간호원 아가씨예! 내 뭐 쫌 하나 물어도 되겠능교?
간호원 저 지금 급한 수술환자 때문에 바뻐서 그러니 (접수처를 가리
키며) 저어기 저 병원 접수처로 가서 물어보세요! (급히 지나
간다)
길자 아, 예, 고맙십니더. (접수처로 다가간다)

군복을 입고 사무를 보는 여성사무관. 그 앞 접수처 앞에 여러 환자들이 서성이며 줄을 서서 대기하고 있다. 줄 뒤로 가 서는 길자. 길자, 주변 환자들과 병원 내부를 찬찬히 살핀다. 길자 차례.

접수처 간호원　저 무슨 일로 오셨습니까? 환자분 가족 되시나요?

길자　아, 저 그게 아이고예, 사람을 찾을라꼬 안 왔습니꺼.

접수처 간호원　사람을 찾다니요? 입원환자신가요, 아님 외래환자신가요? 외래환자들은 저희가 잘 알 수가 없습니다.

길자　아… 저그… 입원환자라는 말은 알겠는데예 외래환자라카는 말이 뭔 말인교? 지가 공부가 약해가 잘 모르겠는데예. 우에 됐든 환자들 가운데 우학준 상사라꼬 그런 사람이 예 입원해가 있는지 좀 알고잖아 이래 온 깁니더.

접수처 간호원　그래요? (뒤 테이블에서 타이프 치고 있는 보조간호원을 향해) 김 일병! 여기 이분 좀 도와드려! 저 간호원에게 가보세요!

길자　아, 예 고맙십니더.

이때 접수처 책임자인 듯한 여성 사무관이 일어선다.

사무관　아, 김 일병 아직 타자 다 안 끝났지? 김 일병은 하던 일 어서 계속하고 저 여성분은 내가 면담해드릴 테니까 이리로 들어오시라고 해!

보조간호원　네 사무관님! (길자에게) 저 우리 사무관님한테로 가보세요!

길자, 여자사무관 앞으로 가서 냉큼 절을 한다.

사무관　아 네. 환자분을 찾으신다구요? (장부를 꺼내 펴면서) 찾는 환자분 성함이 누구시라구요?

길자 예. 우학준이라예. 계급은 일등상사고예, 7연대 병참부대에 있었습니다.

사무관 (장부를 살피면서) 환자분 성함이 우학준… 혹시 어디가 다치셔서 입원해 있는지 아세요? 외과환잔지 내과환잔지… 이름만 가지고서는 찾기가 쉽지 않은데요. 여기 입원해 있는 우리 병원 환자들만 해도 수백 명이 넘거든요.

길자 저… 외과환자는 뭐고 내과환자라 카믐 뭘 말씀하는 건지 지가 이래 병원을 와 본기 생전 처음이라서… 부대 이름을 말하는 겁니꺼? 7연대라예… 7연대 병참부대.

사무관 그게 아니구요, 외과환자는 사람 몸이 겉으로 부상을 당해 치료를 받는 환자를 말하는 거구요. 내과환자는 사람 몸 안에 병이 나서 치료를 받는 환자를 말하는 겁니다. 찾으시는 환자분이 어디가 아프셔서 이 병원에 입원해 있는지 먼저 그걸 알아야 몇 병동 몇 호실 환자인지를 찾을 수가 있거든요!

길자 아! 예… 근데 저… 그건 잘 모르겠고예, 또 그 사람이 다친 건지 아님 죽은 건지도 잘 몰라예. (울먹이며) 난리가 끝난 지 이래 삼년이 지났는데도 아무런 연락이 없어가 혹시 머리라도 다쳐 연락을 몬 하는 건지 아님 진짜로 죽어 연락을 몬 하는 건지 알 길이 없다 안 합니꺼? 그래가 지가 이래 군병원들을 찾아다니는 기라예! 어데 좀 알 수가 없겠능교?

사무관 아, 그러시구나! 그럼 여길 잘못 찾아오셨네요. 먼저 찾으시는 분 전사 여부를 확인하시려면 서울 용산에 있는 미군 연합사령부라는 델 찾아가셔서 그곳에 있는 한국군 사무소에 가시면 대략 확인하실 수가 있어요. 물론 아직도 전사자 확인 작업이 다 끝난 게 아니라서 완전하지는 않겠지만요. 여긴 전쟁 중에 부상 당한 환자들만 치료하는 병원이라서 잘 알 수가 없습니다.

길자 아니, 저… 지 말은 그이가 전사했을끼라는 게 아이고예 (사이) 아니 전살했으면 전사했다는 통지가 올 낀데 그런 게 통 없어가 혹시라도 이런 군병원에서 치료를 받는기 아닌가 싶어가 이래 안 왔습니꺼! 어데 좀 찾아봐 줄 순 없겠능교?

사무관 글쎄요? 댁 같은 분들이 하루에도 몇 십 분씩 찾아들 오시는데 대부분 찾질 못 하고 가시네요. 혹시 모르니까 오늘은 너무 바빠서 힘들겠고 제가 당직 서는 날 밤중에라도 천천히 찾아 볼 수 있으면 한번 노력해 볼게요. 여기 근무하셨던 부대 주소랑 찾으시는 분 성함을 적어놓고 가세요. 지금 제가 도와드릴 수 있는 거는 그것뿐이네요.

길자 예… 알겠십니더! 우에 됐든 참말로 고마버예. (소리 내면서 건네준 종이에다 적는다) 저 이름은 우학준이고예 계급은 일등상사 또 나이는 병인년 범띠니까… 올해로 스물아홉? 아니 서른이라예. 또 근무하던 부대는 육군 6사단 7연대 3대대 소속 병참부대니더….

이때 전화 벨소리가 울린다. 그리고 보조간호원이 전화를 받는다.

보조간호원 (교환원인 듯) 네 알겠습니다. (잠시) 네 수도국군병원 접수처입니다. (자리에서 일어서며) 필승! 네 계십니다. 네네, 지금 일반민원인 분과 상담 중이신데 잠시만 기다려 주십시요!

사무관   (보조간호원을 바라보며) 나 찾는 전화야? 누군데…?

보조간호원   네 김병철 대령님이라고 하시는데 구리 59후송병원 원장님이시랍니다.

사무관   그래? (길자에게) 그럼 일주일 후에 다시 한 번 오세요. (전화 수화기를 건네 받으면서) 오, 오라버니 저예요! 무슨 일인데 바쁜 양반이 전화를 다 주셨대… 응? 응, 순철이 오빠? 그… 그래서? 아 알았어요! 그러니까 오늘 저녁에 부산서 작은 아버지하고 모두 같이 올라오신다는 거지요! 알았어요. 오라버니… 그럼요 모두 다 잘 있어요! (길자에게 잘 가라고 눈인사를 한다)

길자, 인사를 하고 뒤돌아서서 가다가 문득 발걸음을 멈춘다.

길자   순철이 오빠? (고개를 갸우뚱 하고는 다시 현관문 앞으로 다가가서 비닐우산을 펼친다)

세찬 빗소리와 함께 음악.

#8. 버스 안

버스 안에서 소낙비가 쏟아지는 차창 밖을 멍하니 바라보며 눈물짓는 길자.
이때 버스 안에서 애기 울음소리가 들린다. 뒤돌아본다. 그때 어느 여인이 우는 애기 젖을 물리며 달랜다. 환청으로 영신이 울음소리가 들리는 듯하다.

길자 (독백/눈물 흘리며 속으로) 여… 영신아! 니도 지금 엄마 보고 잦아 이래 울고 있드노? 안 된다. 우리 아가 울면 안 된다 카이. 이자 곧 엄마가 느그 아부지 찾아가 갈끼니까는 쪼매만 더 참그라. 우리 착한 영신아 니 알았나? 절대 울지 말거레이… 아, 우리 영신이 가여버가 우짜면 좋노!

감성적인 음악이 흐른다.

#9. 기숙사 방

문을 열고 기숙사 방을 들어오는 길자. 방 안에 숙자가 안절부절 못하고 있고 딸금과 선녀와 순이가 울고 있다.

숙자 길자 언니야! 이 무신 날벼락이당가? 순신이가 고 가시나가 글쎄 말도 없이 지 혼자서 퇴사를 했당께로!

길자 뭐라꼬? 순신이가… 아즉 몸도 성챦은 아가 퇴사라니 그게 뭔 말이고?

숙자 나가 알간디, 외출 갔다 돌아와본께 갸 짐이 몽땅 없어쟈뿔고 하나도 없당께?

길자 옆방 애들은? 외출 안 나간 아들이 있었을 거 아이가! 갸들도 순신이 가는 걸 못 봤다드노?

숙자 (선녀를 가리키며) 그챦아도 쟈가 301호부텀 6호꺼정 죄다 다님서 물어봤는디 말이시 작것들 오늘 따라 몽땅들 놀러 갔다가 좀 전에들 왔다는 거여라! 참 5호실 점례가 달거리하는 날이라서 안 나갔다 허드만 갸도 피곤해 잠만 잤다는 기여. 워쪄! 응 참말로 워쪄야 쓰겄당가… 응!

길자 (선녀와 순이에게) 느그들은 언제 왔드노?

순이 (울먹이며) 나가 선녀 이모랑 멀리도 안 가고 만석동 장터만 쬐까 갔다가 왔는디 순신 이모는 그때부텀 없었으라.

길자 (선녀에게) 니는 와 암말도 안코 울고만 있능긴데… 니들 나갈 때 분명히 그땐 순신이가 예 있었드나?

선녀 (눈물을 닦고 앉으며 코맹맹이 소리로) 성님들도 모다 자기 짐들 한번 챙겨들 보이소!

숙자 엉? 고거이 뭔 소리다냐? 짐을 살펴봐야?

길자 (당황하며) 그기 다 뭔 소리고?

모두다 벽장 아래 있는 가방들을 꺼내 살핀다.

음악.

#10. 그늘진 담벼락

점심시간. 임시 휴식시간인 듯 여공들이 담벼락 그늘에 앉아 휴식을 취하고 있다. 숙자, 선녀, 딸금, 순이와 함께 길자 역시 공장근무복과 모자를 쓰고 축 늘어진 채 모두 넋을 놓고 앉아들 있다.

숙자 이제 우덜 모두 어쩌야? 아 고 작것이 갈라면 그냥 곱게 갈 것이제 뭐땀씨 남의 그 목숨 같은 귀한 돈들은 죄다 훔쳐갖고 갔을고잉! 에잇 십리도 못가서 발병 나고 온몸에 역병 나서 열흘 안으로 즉사할 년 같으니라고…!

딸금이 두고 보더라고! 나가 조선 팔도를 다 뒤져서라도 고년을 꼭 잡아가지고설랑 내 그 돈을 꼭 받아내고야 말 것잉께!… 아이고 분혀 분혀… 나가 이제 고년처럼 잠 못 자게 생겼당께. 고 돈이 워떤 돈인데…아이고 고 돈이 워떤 돈인데…

길자 원통하기로 말하믐 내도 매 한가지다. 내 젖먹이 어린 것 떼놓고 돈 벌어가 애 아범을 꼭 찾을라꼬 이리 나선긴데 이제 오는 일요일에 춘천쪽으로 갈라켔드만 차비조차 없능기라. 참말로 우에 하면 좋노? (긴 한숨) 아이고야 순신이 그 지지배 참 못돼 처먹었제. 글씨 일전짜리 동전 하나꺼정 죄다 쓸어 가뿔면 내는 우에 하라꼬?

선녀 큰 언니예! 춘천 어데로 갈라카는데예! 만약 가게 된다카믐 내도 따라가믐 안 되겠능교?

길자 야가 지금 뭐라카노? 니 귓구멍이 막혔드노 아님 혼백이라도 나갔드노? 내 지금 동전 하나 없어가 춘천을 갈라케도 몬 간다 않트나…!

선녀 큰 언니요. 마 지한테 춘천 갈 여비는 쪼매 가지고 있어예!

숙자 뭐시여? 너는 고년한테 다 털린 게 아니었당가?

선녀 지는 돈이라카믐 누구든 안 믿능기라예. 그래가꼬 지는 이래 창피스럽지만서도 속 빤쓰에다 주머니를 달아가 잘 때나 어디 갈 때나 항상 돈을 지녀가 다닌다 아입니꺼!

이때 여반장이 다가온다.

여반장 순이 여기 있네? 어이 동무들 거기래 순이가 함께 있능기야?

숙자 (중얼거리며) 지랄하구 아 여기가 뭐 이북 지네 빨갱이들 동
넨줄 아는 게벼… 동무가 뭐당가 동무가!

딸금 (옆에서 푹 고개 숙이고 앉아있는 순이에게) 아 뭐혀! 너 찾는고마!

순이 (깜짝 놀라며 손을 번쩍 들고) 예 저 여기 있으라! 여기요!

여반장 오! 순이야. 너 날레 내 따라 오기요! 날레!

순이 야! (겁먹은 표정으로 일어선다)

숙자 (여반장에게) 뭔디 그라요? 야도 휴식시간에는 좀 쉬었으면
쓰겄는디!

여반장 걱정말기요! 순이 날레 가자우야! 날레!

순이, 여전히 겁먹은 표정으로 여반장을 따라 간다. 모두 걱정스레
그들의 뒷모습을 쳐다본다.

숙자 (길자에게) 아 뭐땜시 아를 델고 간당가? 혹여 쟈가 너무 어
리다고 내쫓아 뿌릴라고 하는 건 아니것제?

딸금 에이 설마…!

숙자 고거이 아님 뭐 할라고 일이 되가 쉬는 아를 연유도 없이
델꼬 간당가?

길자 근데 숙자 씨! 순이 쟈는 어떻게 알아 델고 온긴데? 한 동
네 살던 애라 안 그랬드노?

숙자 (두 다리를 펴고 주무르면서) 암말 말더라고잉! 내 팔자도 박복
혀 남 얘긴 더 안 할라요! (순간) 근데 말이시… 세상 천지
에 저 가시나 맨치로 박복한 년이 또 어디 있당가요! (사이)
아니 안 한다고 함시 또 나가 주둥일 놀리느만….

딸금 아 뭔디 그라요? 사는 게 지옥 같아서 여기 만석동까지 돈
벌러온 우린데 박복한 인생 뭐 도찐개찐 아니것쓰라! (순간)

근데 이기 무슨 냄새당가? 흠흠…?

숙자 (긴 한숨) 쟈가 말이시 우덜 동네 어느 할배 손녀랑께라. 근디 고놈의 할배가 글씨 자기 딸년을 이웃동네 어느 늙은 영감탱이 머슴놈한테 백미 한 가마에 안 팔았소. 그란디 그 딸년도 젊디젊은 청춘잉께 워디 살맛이 있었겄스라? 그만 얼굴도 반반한께 자기 주인댁 젊은 도령놈이랑 몰래 정분이 난 거지! 그라다 틀켜가꼬 말이시 멍석말이로 모진 매를 맞고는 어덴둥 사라져버렸으라. 그런디 고거시 말여라 한참 뒤에 해방되가꼬 소문이 잠들만 할 때쯤 혀서 그 딸년이 쟈를 델고 나타나들 않았당가요! 그라곤 또 그 할배한테 얼라만 남겨두고 바로 도망을 쳐뿌렸제!

딸금 가만 가만… 그라믐 쟈는 누구 아라요?

숙자 (순간 멈칫) 모르제. 늙은 머슴놈의 씬지. 그 도령놈의 씬지 그도 아님 시상 떠돌다 붙어먹은 어느 놈 씬지 누가 알간디? (갑자기 킁킁대며) 아니 근데 참말로 이기 무신 냄새다냐…?

선녀 내는 아무 냄새도 안 나는데….

길자 내도 요즘 코뿔이 와가 냄새를 잘 못 맡는다카이, 어여 하던 이야길 마저 해라!

숙자 그래가꼬 쟈가 지 외할배 밑에서 한 몇 년 죽 같이 살았제? 근데 참말로 말여라. 쟈 팔자가 참말로 박복한기 그 할배마저 병들어 시름시름 앓더만 지난해에 죽질 않았당가! 그래 저 어린 것이 여즉 동가식 서가식하며 동네 천덕꾸러기로 살아왔는디 말이시 나가 이곳에 올 때 하도 딱혀가꼬 델꼬온 거시여. 쟈가 그런 애랑께!

이때 어디선가 갑자기 큰 폭음소리와 함께 "불이야" 하는 소리가 들리며 담장 뒷 건물로부터 연기가 치솟아 오른다. 이어 연속적으로 폭발물 터지는 소리가 들리고 혼비백산하는 여공들.

딸금 오메 오메 맞구만이라 워짜 쓸꼬?

길자 아, 뭐하노 퍼뜩 도망들 안 가고! 빨리 나가자!

숙자 (다급한 목소리로) 순이… 순이는! 아이고 우리 순이는 우짤꼬잉! 순이야! (불길 치솟는 공장 쪽으로 순이를 부르며 달려간다)

길자 숙자야! 안 된다. 니 어데 가노? 이쪽으로 와라! 거긴 위험하다카이! 숙자야!

선녀 언니예. 이리로 오소 그짝으로 가면 안 되니더. 숙자언니예!

우왕좌왕하는 광경 속에 공장 여러 곳에서 펑펑하는 폭음과 함께 불길이 치솟는다.

#11. 조간신문

신문 찍어내는 윤전기 장면과 함께 동양방적 화재사건이 기사화된 조간신문 insert.

음악.

#12. 춘천 가는 버스 안

버스 뒤편 좌석에 길자와 선녀가 나란히 앉아있다. 차창 밖으로 가을 풍경이 보인다. 선녀, 보따리에서 계란을 꺼낸다.

선녀 언니 이거 하나 까 드이소.

길자 아니 또 계란은 언제 준비했드뇨?

선녀 언니캉 춘천 간다꼬 내 엊저녁에 몰래 식당가 삶아 온 기라예.

길자 니 이래 돈을 마구잡이로 써도 되나? 한 푼이라도 아껴가 니 시집갈 때 혼수 장만할라카믐 돈 쓸 일이 으수로 많을 낀데….

선녀 언니 그리 말하믐 내 섭섭해예! 언니가 어디 남인가예. 내 는요 공장에 들가가 첨부터 언니야를 볼 때 남이라 생각 안 했시더. 고향도 같제 또 우리 큰언니캉 나이도 같제 그 라고 언니는 정이 많아가 모다한테 잘 해주능기 참말로 좋 은 기라예. 친언니 같아예.

길자 니 그래 말해주이 고맙다만서도 그래도 요즘이 어떤 세상 이드노… 마 돈을 모을라카믐 돈이라 카는 것은 움켜쥐는 거지 펼쳐놓능 기 아이라 카드라. 우리 같이 없는 사람들 한테는 돈이라 카는 게 생명이고 목숨이 아니드노. 내 춘 천 갔다오는 여비랑은 다음달 월급을 타믐 꼭 갚아줄끼구 마….

선녀 언니요! 무슨 말을 그리 하능교? 내 집 떠나가 공장에 취 직해가꼬 공장 문 앞 시장 말고는 여태 어디 마실간 적도 없고 이기 처음이라예. 지난번 공장이 불 나는 바람에 이래 공꼬로 휴갈 얻어가 처음 마실가는 긴데… 괘않아예!
자꾸 섭섭해질라 캅니더!

길자   알았다. (사이) 그나저나 시상에 숙자 갸 말이다 어쩜 그리
도 깜쪽 같드노 순이 갸가 지 딸이라카이…! 니는 알았
드노?

선녀   어데예, 누가 알았겠능교? 그 언니가 그리 말했는데… 시상
에 그 언니가 참말로 불쌍타가도 어느 땐 무서분 기라예.

길자   근데 숙자캉 순이캉 모다 괘않은가 모르겠다. 하필이면 우
에 그 불나던 곳에 있었드노? 참 순이 갸를 델고 간 똥순
이 반장은 죽었다켔제? 시상에 우에 그런 일이….

선녀   알고보이 그 반장언니도 참 기구하데예.

길자   뭐가?

선녀   언닌 몰랐능교? 그 조계장인가 조간장인가 하는 놈 말이
시더 그 독한 놈이 알고보이 똥반장캉 이북서 같이 도망쳐
온 연놈들이라카데예. 듣기로는 그 조간장 놈오 자슥도 유
부남이고 똥반장 언니도 유부녀인데 평양 어드메선가 둘
이 눈맞아가 바람나서 삼팔선을 넘어 이남으로 도망쳐왔
다 안 캅니꺼!

길자   그 야긴 내도 들었다. 그 똥반장 여편네한테 이북에 두고
온 열 살난 딸애가 있었다 카드라. 그래가 그 독한 애도 순
이만 보믐 지 딸아가 생각나가 그리 잘 챙겨준 기라카데!
내도 첨엔 왜 똥반장이 순이한테 과자도 사주고 잠자리도
걱정해주며 그리 잘해주는가 했더만 다 두고온 즈그 딸 땜
에 안 그랬드노. 부모맴이라 카능게 다 그렇타카이! 이제
이해가 간다!

선녀   언니, 오늘 우리가 가능기 어디라켔지예?

길자   국군춘천병원이라꼬 전에는 춘천야전병원이라캤는데 내
도 춘천이 처음이라 잘 찾을랑가 모르겠다. 이따가 버스차
장한테 물어보믐 잘 알려주겠지!

선녀   지금 가는 병원에도 형부 되시는 분이 없으면 우에 할 낀
데예? 계속 이래 찾아다닐 끼라예?

길자   그래야 안 되겠나! 내 그래가 얼라 놔놓고 내 집 나온 긴
데… 꼭 그일 찾아야 않겠나! 여기 춘천 말고 군인병원이
이 근동엔 홍천, 함평, 또 원주에도 있다카는데 내 어데고
그일 찾을 때까지 찾아다닐 끼다…!

아련한 음악이 흐른다.

#13. 달리는 버스 뒷모습

신작로로 허연 먼지를 뿜어대며 달리는 춘천행 낡은 버스. 길가 가로
수 곁에 코스모스가 피어 나부낀다. 또 신작로 위로 낙엽이 떨어져
휘날린다.

#14. 인천병원의 병실

화상치료를 받고 있는 순이와 숙자의 병실. 딸금이가 흰 붕대로 얼굴
과 팔을 감고 누워있는 순이와 숙자 곁에서 뜨개질을 하며 간병하고
앉아있다. 이때 길자와 선녀가 병실문을 열고 들어온다.

길자 딸금이 니 온종일 예 있었나. 참말로 고생이 많데이!

딸금 지금 둘이 춘천 댕겨왔당가요? 그래 형부 소식은 들었다 요?

길자 (고개를 가로 저으며) 여즉 소식 없는 사람을 그래 쉽게 찾을 수 있겠드노? 그래 좀 어뜨노? 쟈들 뭐 좀 묵었나?

딸금 웬종일 굶다 둘이 다 지쳤는지 아까 해 넘어갈 때쯤 해서 병원서 나오는 밥을 물 말어 쬐끔 먹었으라. 순이 쟈는 먹 는둥 마는둥 했고라.

길자 니는? 니도 뭘 좀 먹어야할 낀데.

딸금 숙자언니하고 순이가 남긴 거 버리기 아까봐 나가 그걸로 요기 쪼금 했으라.

선녀 (딸금에게 신문봉지를 내밀며) 이거 언니 묵으라꼬 찐빵 사왔다. 아직 따끈할 낀데 퍼뜩 묵어봐라.

딸금 뭐시여, 찐빵? 오메 고마분거…. (찐빵을 꺼내들고는 정신없이 먹는다)

길자 딸금이 빵 다 묵고나믐 느그들은 빨랑 기숙사로 들가라. 오늘은 내가 여기 있을 테니까!

딸금 (빵을 먹다말고) 근데 말이여라, 언니 그거 들었당가요?

길자 뭔데?

딸금 그 진간장이 말이시 빨갱이 간첩이었당께라!

길자 뭐라꼬? 조계장이 빨갱이 간첩이라꼬? 그게 뭔 소리고!

딸금 아, 나가 아까 전에 공장에 잠시 들어갔는데 말여라. 정문 부터 공장마당까지 순사들이 새까맣게 둘러싸 있더란 말 이시. 그래 사람들한테 물어봉께 그리 말하더랑께요. 그라 고라 공장에 불을 낸 것도 그 진간장 놈하고 이북서 남파 된 공장 내 빨갱이놈들 짓꺼리라 안 혀요. 나가 순사들이 고놈들 수갑 채워 갖고 도라꾸에 싣고 가는 것을 직접 봤당께!

선녀 오메메…! 그럼 우덜 모다 여태 그 빨갱이 간첩놈들캉 같이 지냈단 말인교? 어메 무서분거… 언니요. 내 무서버서 오늘 밤 공장에 몬 들어가지 싶어예. 내 오늘 밤 예서 언니캉 잘끼라예!

딸금 오메 넌 또 고거이 뭔 말이다냐? 그럼 나더러 혼자 그 빈방에서 자라고라?

길자 그럼 병원에다 말해가 우리 모다 예서 날밤을 새더라도 같이 있자! 그칸데 공장복구는 언제쯤 된다 카드노? 그라고 이래 모다 일을 안 해도 월급을 준다 카드나? 참말로 걱정이 태산이데이… 아이고 하누님이요! 낼러 좀 살려주소!

숙자 (나즈막하게) 길자언니! 언니도 예배당인가 뭔가 하는 델 다녀 봤으랴?

길자 (깜짝 놀라며) 어메요, 숙자 니 깨어 있었드나? 놀래라! 그래 아픈 건 어떻노?

숙자 나가 아까 전부터 모다 하는 야길 다 들었당께. 길자언니! 언니도 예배당에 다녔냐고라?

길자 예배당이라카믄 그 야수교 믿는 델 말하는기가?

숙자 그려! 언니가 방금 하누님을 찾드만…?

길자 어데! 내캉 예배당이 뭔지도 모른다. 하지만서도 내 급할 땐 하누님 부처님 삼신할매를 몽땅 다 안 찾드나! 와 그러는데?

숙자 오메 씨부럴! 우덜 모녀 위해 기도 좀 해달라꼬 할라혔드만 고마 틀려 뿌렸네!

길자 아, 아이다. 내 기도할 수 있다. 예배당이나 절엔 안 다녀도 기도는 마 누구라도 하면 안 되겠나? 니 내 기도가 필요하나? 그래 내 난리 때도 혼자 기도해가 살아난 적이 있다. 뭐라 빌고픈데?

숙자 (긴 한숨) 나가 순이 에민 거 이제 모다 알았제? 나가 숨기고 짚아 숨긴 게 아녔으라. 언니야, 근데 말여라 나가 아까 전낮에 잠깐 꿈을 뀄는데 말이시. 생전에 그리 보고짚던 그 안채 도련님이 나타났당께. 나가 알기론 그 도련님은 지난 사변때 악질 반동 지주놈이라고 빨갱이 놈들한테 맞아 죽은 걸로 아는디 말여라. 글씨 날더러 자기헌테 오람시 손을 내밀더란 말이시. 워쩌! 너무나 보고짚던 사람잉께 반가븐 맴으로 두 손을 내밍께 내 손을 꼬옥 잡더만 복사꽃이 만발한 꽃길로 날 델고 달려가더랑께. 그리고 꿈을 깼어라.

딸금 오메, 그라믐 언니 소원성취 한 거 아니겠소. 빨랑 일나 다시 돈 벌어가꼬 고향에 가믐 그 도령님 만나 해로할 징조랑께. 아, 안 그요 언니?

숙자 그렇게 아니랑께. 그라믐 월매나 좋겄으라? 우리 할배라 했던 친정아배가 죽을 때도 말이시 어릴 때 모습인 나가 꿈속에서 따라간다 했드만 안 된다 혀서 월매나 울었는지 모른당께라! 난중에 동네 사람들헌테 들어본께 그 할배가 그날 밤에 죽었다 안 허요. 아마 이자 곧 나가 그럴 것 같당께….

길자 아니 니 지금 무슨 말을 하는기가? 그럴 것 같당게 무슨 말인데?

숙자 그렇게 말이시. 나가 인제 죽을 꺼 같다 안혀요! 온 몸이 화끈화끈한 게 아파 죽겠드만 인자는 기운이 쪼-옥 빠져 불고 하나도 아프들 안 능거 본께 그 꿈이 맞능 거 같지라.

실은 말이여라.

#15. 불이 나는 방적공장 창고 안

음악과 함께 숙이의 대사를 배경으로 영상이 나타난다. 여반장이 순이에게 통조림을 먹이는데 펑 하는 굉음과 함께 불길이 번질 때 여반장이 얼른 순이를 끌어안고 엎드린다. 그때 천장에서 불기둥이 떨어져 내리며 여반장 머리를 내리친다. 이어 숙자가 순이를 부르며 불길 속으로 달려들어 오는데 불길이 숙자의 몸에 달라붙어 숙자가 화염에 쌓인다. 순이, 여반장 몸에 깔린 채 소리치고 있는 장면.

숙자　(소리) 순이 쟈가 그 도련님 씨잉 거이 맞그만이라. 다행히도 그 착한 똥순이 아지매가 우리 순이한테 깐쓰메 고길 멕일라꼬 창고로 불렀드만. 근디 글씨 불이 낭께로 쟈를 지 새끼마냥 꼭 끌어안고 엎드려 안 있었겄소. 근디 천장서 불 붙은 큰 낭구가 떨어져 내리면서 말이시… 반장 머리를 내리쳤당께라….

음악.

#16. 다시 인천병원 병실 안

길자　알았다. 이제 그만해라. 니 몸도 이래 성치 않은데 그기 무슨 쓸데있는 말이라꼬 그리 변사 맨키로 구구절절 나부렁대는 기가! 내한테 기도해달라 안 켔나? 그래 뭐를 빌어야 하는 긴데….

숙자   내 말 끊지 마소! 나가 내 몸 상태를 잘 알어 하는 말잉께. 만약에 말이어라. 나가 내 도련님 따라 멀리 저승으로 가믄 말이시 저… 저 불쌍한 우리 순이를 굶어죽지 않게 언니가 꼭 쟈를 고아원에라도 보내줄 수 있을랑가? 이 말이 하고잖고 또 가끔씩이라도 좋응께 불쌍한 우리 순이 쟈를 위해 기도혀 달란 말을 하고 싶당께라….

딸금·선녀   (침대에 엎드려 운다) 언니….

길자   그만 됐다카이. 니 새끼 니가 키우고 기도도 에미 니가 하믄 될긴데 뭔 사슬이 이리도 기노. 그카고 인제 곧 나을 낀데 그런 씰데없는 말 하지 마라! 요즘은 옛날 같지 않아가 미국서 좋은 약들이 많이 들어온다 안 카드나. 쪼매만 참고 기운을 내라카이… 알았나?

숙자   (긴 한숨을 내쉬며) 길자 언니! 언니가 내 친구 맞지라?

구슬픈 음악이 흐른다.

#17. 영신 독백 영상과 함께

영신의 독백과 함께 영상이 나타난다. 화장터에서 숙자의 유골함을 들고 흐느끼는 길자와 동료들. 강가에서 유골가루를 뿌리는 길자와 얼굴에 붕대를 감고 흐느끼는 순이와 또 선녀, 딸금이. 이어 보따리를 들고 울며 미군 지프차에 올라타고 가는 순이와 울며 전송하는 길자, 선녀, 딸금이 등의 영상. 마지막에 순이와 미국인 양부모 사진이 insert 된다.

영신   (독백) 그렇게 어머니의 절친동료였던 숙자이모님은 한많은 세상을 떠나셨고 그분의 딸 순이 누나는 아직 상처가 아물지도 않은 상태에서 고아원이 아닌 홀트아동복지원을 통해 미국으로 입양되어 갔다고 했어. 또 숙자이모님을 대신해서 어머니한테 순이 누나가 미국인 양부모님과 같이 찍은 사진 한 장을 보내 왔는데 어머니는 숙자 이모와의 생전에 나누셨던 약속대로 늘 그 사진을 간직하면서 가끔씩 누나 사진을 꺼내들고는 순이 누나를 위해 정성껏 기도를 해주셨지. 딸금이 이모와 선녀이모? 오 그분들하고는 어머니께서 오랫동안 관계를 지속해 오셨어! 나도 어릴 때는 그분들한테 이모님이라고 부르면서 많은 사랑을 받았으니까… 뭐라구? 오 참! 손가락이 절단되고 떠났던 순신이라는 이모? 그래 그럼 이제부터 그분 이야길 해볼까?

#18. 창 밖에 비내리는 기숙사 방

빗소리와 함께 딸금이가 구성지게 '목포의 눈물' 노래를 부른다. 노래를 부르는 중에 길자의 얼굴이 비추고 이난영의 노래하는 실제 영상이 O.L 된다.

딸금   사공의 뱃노래 가물거리면
         삼학도 파도깊이 스며드는데
         부두의 새악씨 아롱 젖은 옷자락

이별의 눈물이냐 목포의 설움
삼백년 원안풍은 노적봉 밑에
님 자취 완연하다 애달픈 정조
유달산 바람도 영산강을 안으니
님 그려 우는 마음 목포의 사랑

선녀 (눈물을 훔치며 박수를 친다) 와 딸금 언니 진짜로 가수 뺨친다 카이.

딸금 나가 그래도 목포서 고향친구들이랑 이 노랠 부름시 유달산을 오르내릴 때가 참 좋았지라. 그땐 뭐가 그리도 좋아 맨날 서로들 호호깔깔 웃어댔는지… (눈물을 닦아내다가) 야야! 선녀야 언니가 한 곡 뽑았응께 너도 한 곡 뽑아야!

선녀 오메. 내는 언니같이 노래 몬 한다. 그카고 또 아는 게 없어가 싫다!

길자 느그들 노래하며 울었나? 아이구야 그리 맴 약해가 앞으로 우에 살낀데! (짧은 한숨) 내 느그들한테 이 말 처음 하는 긴데 들어볼끼가? 아마 몬 믿을끼라!

딸금 뭔데 그라요?

길자 니 방금 전에 불렀던 '목포의 눈물' 말이다. 그기 누가 불렀는지 아나?

딸금 언니도 참! 누군 누구라요 이난영이제! '목포의 눈물' 하면 이난영인 거 조선 사람치고 모르는 사람도 있당가요?

길자 내 말이다. 그 노랠 부른 이난영 선상님을 잘- 안다.

선녀 호호호호! 아 내도 알아예. 조선사람치고 이난영이를 모르는 사람도 있든교?

길자 아이라카이! 느그들 맨키로 기냥 가수 이름을 아능기 아이고 말이다. 내 그 선상님을 참말로 잘 안다. 그 선상님이 내 시집갈 때 입으라꼬 자기 예쁜 한복도 내한테 내주질 않았드노!

딸금 으메! 뭐라고라 참말이당가?

길자 하모. 내가 언제 느그들한테 실없는 소릴 했드나? 참말이라 카이!

딸금 오메 오메 참말인가 보네. 아니 워떻게 아는 사이여라?

길자 내 담에 이야기해주꼬마. 이난영 선상님뿐 아이다. 명창 박록주 선상님도 알고, 영화배우 복혜숙, 황정순, 최은희, 느그가 봤다는 영화 〈춘향전〉에서 춘향이로 나왔던 조미령이, 또 노경희 죄다 아는 사람들인기라!

선녀 엄마야! 우야노! 언니야 언니도 지금 울한테 네다바이 하는 거 아이제?

길자 니 죽을래?

선녀 아니 그 유명한 사람들을 우에 아는데예? 예? 언니야 말해주소 얼릉예!

길자 내 고향을 떠나 시집을 찾아가는 노상에서 그 선상님들이 타고 가던 유랑극단 도라쿠를 공꼬로 얻어 타고 가지 않았드노. 내 그 인연으로 한 달포 그 사람들한테 밥도 해주고 빨래도 해주면서 같이 살았다.

딸금 오마야! 그라믐 이도령으로 나온 이민도 알고 요즘 잘 나가는 최무룡이라는 옥수로 잘생긴 배우도 모다 만났당가요?

길자 어데 다는 모르고… 맞다! 그래 이민 선상님은 내 만났다. 내가 끓여준 무국을 참 맛나게 잘 드셨다카이!

선녀 그래 그분 실물도 그리 잘 생겼능교?

길자   잘 모르겠다. 사람들이 잘 생겼다카이 잘 생겼겠지만서
           도 내는 늘 짙게 무대 분장한 그 선상님 얼굴만 봐서 글
           씨….

           이때 문이 열리면서 304호 민순이가 쪽지를 내민다.

민순   길자 언니! 정문에서 누가 언니 면회 왔어요. 이걸 보면 안
           다던데요!
길자   뭐라꼬? 낼러 면회 왔다꼬? (쪽지를 펴들며 민순에게) 그래 고
           맙다! 조… 형민?
선녀   누구라예? 언니 집에서 보낸 사람인교?
길자   아인데? 조형민이라 카는 사람은 내 모르는 사람인데…
           누굴꼬?
딸금   아. 빨랑 정문으로 나가보더라고. 만나보믐 아는 사람일지
           도 모룽께!
선녀   언니요! 내깡 가입시더 심심한데 잘됐네예
길자   조… 형… 민? 글씨, 모르는 사람인데….

           비소리와 함께 음악.

#19. 비가 쏟아지는 공장 마당

수위실에 수위영감과 형민이 이야길 나누며 앉아있다. 이때 길자와
선녀가 수위실 문을 열고 들어온다.

길자 (형민을 힐끗 바라보고는 수위에게) 저… 영감님예. 여기 지 찾는 분이 있다 케서 나왔는데예!

형민 (반갑게 일어서며 중절모자를 벗는다) 저… 아주머니… 저를 알아보시겠습니까?

길자 (안경을 벗어 닦고는 다시 쓴다) 저. 누구신데예?… 오메 저 그때 그 기찻간에서 날계란으로 벼락맞은… 먼서기라카는 분 아잉교! 맞지예?

형민 저… 를 알아보시는구먼유! 네 진짜로 예까지 오셨네유. 지는 또 혹시나… 이곳이 험한 데라서 다른 곳으로 가신 거는 아닌가 싶었는데….

길자 아니 우에 오신 겁니꺼? 아, 그래 맞다. 정혼한 아가씨도 이곳으로 일하려 왔다 켔지예? 그래가 찾아 델꼬 간다꼬 한 거 같은데 맞지예? 그래 그 아가씨는 찾았능교?

형민 저… 아직 못 찾았구먼유!

길자 뭐라꼬예? 안즉 몬 찾았다고예? 아니 그때가 언젠데… 벌써 반년은 넘었을 낀데!

형민 예… 그렇게 됐네유. 하지만 공장이 여기 말구도 이 근처 모두가 공장지대라서 이름만 가지구는 찾기가 정말 쉽지 않더구먼유. 그래서 그 사람을 찾으려구 일요일만 되면 매주 고향서 이렇게 올라오는데 오늘은 올라오는 길에 문득 아주머니 이름이 생각나서 혹시나 하고 한번 여기 이 영감님한테 여쭤봤더니 마침 계시다고 해서 이렇게 쉬시는 날일 텐데 면회신청을 했구먼유 정말 죄송하네유!

길자 아 아이라예. 근데 찾는 아가씨가 정혼자라면서 그동안 편지왕래 같은 것도 없었능교?

형민 왜유! 처음에 한두 번인가는… 있었지유. 그런데 모두 인편으로만 주고받은 편지라서 주소가 불분명했던 것 같아유. 그래 그 사람 친구를 통해서 이곳 만석동 공장 어디라고 들은 것 같아 이렇게 이곳만 찾아와 헤매는구먼유?

길자 참말로 안 됐네예. 혹시 그 아가씨 이름이 뭡니꺼?

형민 예. 이순정인데유… 혹시 들어 보신 적이 있남유?

길자 이순정이요? 글쎄예… 순정이라 카는 이름은 흔해가꼬 어디서 들어 본 것도 같고 아닌 것도 같고… 글쎄…? (선녀에게) 선녀야 니 이순정이라 카는 이름 들어봤드노?

선녀 글씨… 내도 몬 들어봤는데… 아 맞다! 언니야, 8공장에 근무하는 아 중에 순정이라카는 애가 한 명 있다!

형민 뭐라구요? 있다구요, 확실합니꺼?

수위영감 그 처녀는 성이 이씨가 아니고 강 씬데! 강순정이라고 키도 여기 선생님맨치로 크고 몸집도 뚱뚱한 거이 목소리도 남자 같은 아가 한 명 있지! 그 앤가?

형민 그럼 아니네유. 우리 순정 씨는 키가 그렇게 크지도 않고 몸도 약간 호리호리한 게 얼굴이 좀 예쁘장한 편이구먼유. 목소리도 곱고유.

수위영감 그럼 이 공장에는 없는 것 같구먼… 암튼 순정이라는 이름은 8공장 그 아가씨 하나뿐인 걸로 알고 있어! (밖을 내다보며) 아니 그런데 가을바람서 웬 여름 장맛비처럼 저렇게 내리 쏟아붓는 거여!

형민 영감님. 저 그럼 혹시 이곳에 오는 아가씨들 중에 자기 이름을 바꿔서 오는 아가씨들도 있을까유?

수위영감 아 그거야 쎘지! 시골서 올라온 아가씨들 본 이름이 똥자니 말년이니 꺼꾸리니 하는 이름이면 놀림 받을깨비 수연이니 단금이니 하면서 어디 소설책이나 영화 속 이름 같은 것들을 따서 바꾸어 등록하니께….

형민 아, 그럼 저 혹시 이순신 장군과 같은 이름을 가진 아가씨
는 없을까유? 그 사람이 전부터 이순신 장군이 자기 집안
선조라면서 늘 자랑스러워 했구먼유.

길자·선녀 예? 이순신?

수위영감 아 이순신이라믐 얼마 전에 사고 나서 손가락 짤려 쫓겨난
아가씨가 있었지… 아! (길자, 선녀에게) 자네들하고 7공장에
서 같이 일했던 애 아녀? 이순신이라고.

형민 뭐라구요, 소… 손가락이 짤려유?

강한 음악.

#20. 동양다방 안

창밖으로 비가 쏟아지고 남인수가 부르는 '무너진 사랑탑' 노래가 지
지직 들려오는 옛 다방 한구석에서 길자와 선녀 그리고 형민이 마주
보고 앉아있다. 선녀는 두 손으로 얼굴을 가리고 울고 있고 길자는
멍하니 창밖을 내다보고 있다.

길자 우리도 전혀 몰랐어예. 갸가 지 발로 나간 줄만 알았는데
손가락 때문에 공장서 쫓겨나간 건 오늘 수위영감님한테
처음 들은 기라예?

선녀 (소리 내어 울며) 우리 순신언니 불쌍혀 워쩌노! 언니야! 언니
야! 난 그런 줄도 모르고….

형민 그 사람이 그래도 옛날로 치면 귀한 양반댁 규수로서 지가

사는 인근에서는 모두 탐내던 아씨였어유. 그런데 왜정 때 그 댁 조부어른께서 독립운동에 가담을 하시는 바람에 총독부로부터 재산을 몰수당하고 그나마 산비탈에 쬐끔 남아있던 땅마지기도 6.25난리 때 몸 다친 병구완으로 다 써버려 가세가 말이 아녔구먼유. 그래서 지하구 혼인날 받아놓고도 친정집을 도와야 한다면서 재봉기술을 배우고 부라다미싱 한 대 살 요량으로 친구 꾐에 빠져 이렇게 돈 벌러 나선 건데… 저 혹시 그 사람이 그렇게 공장을 나간 것이 언제쯤 됐는가유?

길자   한 달포 넘었지 싶어예. (선녀에게) 그렇제?

선녀   (울면서 고개를 끄덕인다)

형민   그럼 그렇게 공장을 떠난 후에는 한번도 아무런 연락도 없었남유?

길자   글쎄 마 연락을 했는지 우엤는지는 모르겠는데예 그게 연락두절이 될 수밖에 없었던 것이 얼마 전에 지들 공장에 큰 불이 안 났습니꺼. 그때 지들하고 한 방을 썼던 제일 친한 친구를 포함해가 공장 내 여럿이 먼저 세상을 뜨는 바람에 순신이캉은 연락이고 뭐고 할 겨를이 없었다 안 합니꺼.

형민   아, 간첩단이 불을 질렀다는 그 사건 말이구먼유. 참말로 폭폭해 죽겄네유. 혼삿날도 혼삿날이지만 도대체 연락이 두절이니 이 사람이 죽었는지 살았는지 아님 마음이 지한테서 영 떠나 작정하고 숨어버린 건지 도대체 알 수가 없으니…!

길자   (조심스럽게 쳐다보며) 지도 선상님 맴 잘 압니더! 그럼 이제부텀 우에 할 낀데예? 기냥 이대로 포기할 겁니꺼? 안 그믐 이래 계속 찾아다닐 겁니꺼?

형민 예? 그게 뭔 말씀이래유! 찾아 당겨야지유! 지는 죽는 날
까지 그 사람을 찾아내서 꼭 조상님들한테 부끄럽지 않게
식을 올리고야 말꺼구먼유!

선녀 엄마야 우야노. (두 손을 가리며 더 크게 운다)

길자 만약에 말입니더. 그케가 찾는다 하입시더. 근데 순신이가
선상님하고 해로할 수 없는 상황이라카믐 우에 할 낀데예?

형민 그거시 뭔 말씀인 줄은 몰라두 당체 그런 말씀일랑은 마세
유! 만약 그렇다혀두 아니 그럴수록 지가 더 챙겨야하덜
않겠시유. 손가락 짤린 거 땜시 그러시는 것 같은데 그게
뭔 대수라구… 지는 그 사람한테 쏟은 맘은 변함이 없구먼
유. 사람 도리라는 게 그런 게 아니잖유.

이때 다방 레지가 커피잔을 들고 다가온다.

미쓰 김 저 혹시 저 방적공장에서 손 다쳐서 쫓겨나 검정장갑을 끼
고 다니는 아가씨를 두고 말씀들 하시는 거 아닌가요?

길자 뭐라예? 아가씨가 갸를 아능교?

미쓰 김 아니 뭐 안다기보다는 전부터 우리집에 자주 오는 단골이
라서 기억을 하거든요!

형민 (다급한 자세로) 그래유? 진짠감유? 그 아가씨 말씨가 나같이
충청도 말씨구 또…! 아니 몸매는 어떻든가유?

미쓰 김 예 아저씨가 말씀하시는 그 아가씨가 맞는 것 같은데요!
말씨는 충청도 사투리를 쓰고 또 몸매는 뭐 보통이지만 약
간 예쁘장하고… 아! 전에는 그냥 얼굴화장을 안 한 맨 얼
굴이었는데 요즘엔 가끔씩 오지만 아주 화장을 짙게 하고
오던데요!

길자 뭐라꼬예? 화장을 짙게해예? 그리고 요즘도 이곳에 온다 꼬예?

미쓰 김 그렇다니까요! 주로 평일에 혼자 와서는 커피 한잔 시켜 놓고는 저기 창가쪽 자리에 앉아서 멍하니 담배를 한 대 피우고 가곤 했어요 그리고 저 남인수가 부르는 '무너진 사랑탑' 노래를 좋아했고요

형민 (실망한 듯) 그럼 지가 찾는 지 약혼녀는 아니구먼유! 그 사람은 그렇게 화장을 할 사람도 아니구 또 담배꺼정 피울 정도로 되바라진 신식여성이 못되니까유!

길자 그칸데 그 여자가 저 공장에 다니다가 손가락이 짤려가 공장을 그만두었다고 하는 말은 어데서 들었는데예? 본인이 그래예?

미쓰 김 예! 전에는 저기 (형민을 힐끔 쳐다보고는)… 송림동 목재소에 다니는 건달 같은 놈하고 가끔씩 오더니만 요즘엔 혼자 와서는 말도 없이 청승맞게 앉아 있더라구요. 그런데 전에 없이 손에 검정 장갑을 끼고 왔길래 궁금해서 제가 한번 물어 봤지요. 그랬더니 본인 입으로 그러던데요!

길자 (와락 놀라 허급대며 형민에게) 아이라예. 그카면 그 아가씬 우리가 찾는 순신이가 아이라예. 갸는 이름맹낭 순진해가 담배도 화장도 몬하고 더구나 건달놈하고는 아… 아입니더. 아이라카이. 기냥 우리 오늘은 이래 헤어지고 담날 다시 날 잡아가 또 한번 만납시데이! 혹시 고향 어딘가로 내려가가 양장점 같은 데서 일하고 있는지 우에 압니꺼! 지들은 그만 갈께예! 선녀 니도 그만 일나거라.

형민 그, 그러지유! 모처럼 쉬시는 날 이거 너무 시간을 많이 빼앗은 거 같구먼유.

미쓰 김 아니 커피는 안 마시고요? 커피나 마저 마시구 가시지! 비도 오는데….

길자 아참! 커피, 마셔야지예. (선 채로 커피를 숭늉 마시듯 후후 불어가며 벌꺽벌꺽 들이킨다)

미쓰 김 어머 뜨거울 텐데….

길자 선상님예! 그럼 지들은 이만 들어 갈끼라예! 조심해가 내려가이소! (인사를 하고) 선녀 니 뭐하노? 딸금이 방안에 혼자 있다.

급하게 선녀를 데리고 다방문을 열고 나가는 길자. 형민, 멍하니 서 있다.

다방 음악과 빗소리 up-down 되고, 남인수의 또 다른 노래 '이별의 부산 정거장' 지지직 가요가 흐른다.

#21. 기숙사방

딸금이 머리를 수건으로 묶은 채 손거울을 보면서 얼굴에 크림을 바르고 있고 길자 벽에 기대어 비오는 창밖을 쳐다보고 있다. 선녀는 주전자로 찬물을 들이키며 혀를 낼름거린다.

딸금 누구당가요? 언니 면회온 사람이….

길자 ….

딸금 혹시 병원서 언니네 형부 소식을 가져온 사람이 아닝가 혀서 내 기대를 했구만이라 언니 표정을 본께 아니랑께라. (선녀에게) 넌 뭔 물을 그러콤 요상시럽게 마신당가?

선녀   (혓바닥을 내밀며) 언니야! 내 혓바닥에 불 붙는 줄 알았다! (혀를 움직이며) 얼랄랄랄라! 아, 언니! 뭐 한다꼬 그리 일난 긴데…? 아 오랜만에 빗소리에 음악 들어가면서 다방커피 근사하게 마실라켔드만 뭐가 그리 급하다꼬 일난 긴데예?

딸금   뭐시라! 다방에 가서 코피를 마시고 왔당가? 아니 둘이서?

선녀   아이다 둘이 아이고 셋이다 언니야!

딸금   언니 정말이여라? 내만 쏙 빼놓고….

길자   (혼잣말로) 무시라! 무시라… 이게 뭔 사단이고?

딸금   (길자를 바라보면서) 뭐시당가? 그게 뭔 말이다요? 사단이 뭐시랑께라?

선녀   (무슨 말인지 모른다고 고개를 흔든다)

딸금   언니 와 그라요?

길자   느그들도 몰랐제?

딸금   아, 뭔 말인데 그러요? 뭐시기를 몰랐으라?

길자   순신이 말이다. 순신이 갸가 멀리 간 게 아이고 이 근처 어딘가에서 살고 있다카는 걸 느그들은 알았나 말이다!

딸금   아, 뭐시라? 순신이가 이 근동에서 살고 있다고라? 참말이여라?

선녀   언니야! 그걸 우리가 우에 알겠노? 우덜도 언니캉 같이 지내는데.

길자   (버럭 울부짖으며) 이놈오 문디이 가시나들아! 순신이가 지 발로 공장을 나간 게 아이고 손가락 짤려 병신 됐다고 공장에서 쫓겨난 기란다! 그카고 즈그 고향으로 간 기 아이고 인천 어디에선둥 아주 못되게 저래 살고 있다 안 카드나? 아이고 하느님요 그 불쌍한 순신이 그놈오 가시나 불쌍해 우에 하면 좋은교!

선녀   언니요. 그만 하이소! 그것도 순신 언니 팔잔데 우리가 우에 할 낀데예?

길자   선녀 이 문디 가시나야! 니는 그래뿐이 말 몬 하겠드노?

딸금   아니 이거이 다 뭔 말이당가? 언니요? 그 말을 어디서 듣고 왔으라?

길자   (통곡을 하며) 아이고 하누님 부처님요! 인제 그 불쌍헌 순신이 우에 할 낀데예?

음악과 함께 우는 장면.

길자의 이야기를 들으며 선녀와 딸금이가 옆에 울고 있다.

길자   (한숨을 쉬며) 내 아까 전에 그 다방 레지가 하는 말을 들을 때 그 레지 말마따나 가야 순신이가 맞는다카름 척하면 삼천리라꼬 그 꼬락서니가 어데 술집 아니면 뒷골목에서 몸 파는 데 있는 게 아닌가 싶다. (다시 울먹이며) 그러니 우에 하면 좋노 말이다? 지 신랑 될 사람은 암것도 모르고 저래 찾고 다니는데….

딸금이 옆에서 울고 있던 선녀. 옆방에서 우는 소릴 듣고 기웃거리는 여공들 못 듣게 방문을 꼭 닫아 잠근다.

길자   할 수 없다 느그들 내 하는 말 단디히 들어라! 우리가 먼저 틈나는 대로 시간을 내가 순신이 갸를 빨리 찾아야 안겠나 싶다. 그라고 갸가 참말로 그런 데서 지내는지 자세히 알아보고 후에 뭔가 대책을 세워도 빨리 세워야할 기다! 안 그럼 두 사람 인생이 조진다카이. 선녀 니는 담 주에 다른 일 없제? 그카믄 담주 일요일에 그 순신이 신랑이 또 낼러 찾아오거든 느그 둘이 대신 만나가 절대 딴말 말고 다방서 음악을 듣는둥 코피를 마시둥 우에든 간에 그 사람 맘 편하게 해가 돌려 보내야 한데이. 그 남자 사는 주소는 꼭 받아놓고… 다시 말하는데 절대 느그들 딴 소릴 하믐 안 된다카이. 알았나! 사람 거짓말도 때에 따라 보약이라 안 카드나. 내는 담주에는 가까운 용산 미군사령부만 갔다가 바로 와가 니들캉 함께 할 테니까는… 알았제?

다시 음악.

제7부

음지에 사는 사람들

#1. '묘도유곽' 거리풍경

배다리부터 주물공장에 이어진 옛 인천 선화동 '묘도유곽' 거리. 더러 낙엽이 휘날리고 가을바람 부는 밤 풍경. 비좁은 골목마다 홍등이 켜져 있고 거리에는 취객들과 허름한 노동자들 그리고 호객 행위하는 창녀촌 여인들이 웃음을 팔고 있다. 거리 모퉁이에서는 더러 취객들끼리 또는 거리 여인과 취객이 싸우는 광경도 보이고, 가난한 고학생이 찹쌀모찌 가방 둘러메고 장사하는 광경도 보인다.

#2. 홍등 골목길

여인들끼리 싸우는 소리가 들리고 싸움 말리는 포주의 앙칼진 목소리가 더 사납게 들린다. 카메라 페이닝하여 다닥 붙은 어느 하꼬방집 대문 안 여인들이 싸우는 모습을 비춘다.

#3. 하꼬방집

두 창녀들, 포주가 뜯어 말리는 가운데 서로 소리를 지르며 말 쌈을
한다.

창녀1   니년이 뭘 잘했다고 초저녁부터 시비여 시비가 앙!

창녀2   조 십칠년 아가리를 확 찢어버리기 전에 아가릴 닥쳐라 잉!

창녀1   야 이년아 우덜이 아무리 미꾸녕으로 장사하는 천것들이
            지만 경우는 있어야 허는 거여 이 잡년아!

창녀2   그래 경우 따지는 년이 어디 할 거이 없어 남의 애인을 꼬
            셔서 삐끼를 치냐? 그거시 경우냐? 이 백여시 같은 년아!

포주   그만두지 못한갼! 초저녁 마수도 아즉 못했는데 이 에미
            나이들이 기냥 확 모두 뒤지고 싶어 환장들 했네? 만날 마
            주치면 쌈박질이여! (창녀1에게) 야 민주! 너 날레 배다리 쪽
            으로 가설랑 손님들 꼬셔와 어서! 지난번 매냥 어린 떠꺼
            머리를 델고 와 일내면 아주 작살날 줄 알어야!… 아 날래
            안 나간!

창녀1   아 알았서! 엄만 맨날 나만 갖고 못 잡아먹어 안달이지. (문
            밖으로 나가며) 너 두고봐라 이년 반드시 후회헐 테니갼!

창녀2   허이구 그래 이년아 어디 두고보자! 느그 그 경두이(건달)
            같은 새서방놈 주먹 맛 실컷 볼 테니까 돈 마이 벌어둬라
            잉, 이 잡것아!

포주   너두 그만하라우! 한두 살이라도 더 처먹은 거이 맨날 지
            동생 같은 년들하구 쌈박질이나 허덜 말고.

창녀2   (짜증을 내며) 아, 엄마!

포주   아 내 안다고! 고 의리 없는 광득이놈 땜에 그러는거. 야 이

년아 이런 유곽에서 밥 처먹고 사는 년놈 간나새끼래 고놈이 고놈이고 그년이 그년인기야! 알간? 모두 싸가지 잡것들만 모여사는 동네니끼니 이름도 호랭이 사람 잡아먹는다는 묘도가 아이겠니? 먹고사는 짓거리가 천하믐 천한대로 맴보라도 곱게 쓰면 되는 거이 죽어설라므니 염라대왕도 달리 본다는 기야. 내레 삼팔따라지로 낯선 객지루 떠밀려 왔지만서도 아즉꺼정은 그런 맴같고 살아왔지 안칸!

창녀2　(벌떡 일어서 나가며) 또 그노므 삼팔따라지 타령! 엄만 지겹지도 않수! 아, 말씨나 억양으로 보믄 어디가 삼팔따라지래! 묘도유곽 토백이구먼. 삼팔따라지가 뭐 벼슬이라도 되는 줄 알아요!

포주　(방안으로 들어가면서) 니년도 대문짝 들어올 땐 늙어 구신 잡아갈 영감탱이라도 좋으니깐 날래 델구 들어오라우야! 알간! 너도 한물 같어야! 몸뚱이 장살할 날두 멀지 않았어야.

#4. 구석진 하꼬방

병색이 가득한 순신이가 누렇게 뜬 얼굴로 혼자서 소주잔을 기울이고 있다.
방문을 열고 들어오는 포주.

포주　야! 이보라우. 저 몽달구신도 꼴보기 싫다고 도망갈 년이 여기 또 있지 않네? 너 오늘도 초저녁부터 술 퍼마시는 기야? 이 쌍것이래 날래 돈 벌어서 내 빚 갚고 시집을 가든 도망을 가든 가야할 거 아니가! 만날 묻지도 않는 결혼날

잡은 색씨라고 까발리지만 말구 말이디….

순신 어이 엄마! 말씀이랑 똑바로 하슈! 내가 언제 엄마한테 돈을 빚었다구 노상 빚타령이래? 난 엄마한테 땡전 한 푼도 빌린 적 없다니까!

포주 야 이년! 너 똑똑히 들으라우! 니 서방인지 기둥인지 너랑 궁합 맞추고 사는 넘한테 준 건 뭐이가! 자그만치 오천 환씩이나! 그카구 너래 달달이 먹고 자는 하숙비며 얼굴에 처바르는 구르므랑 구찌배니 같은 거이 모다 누가 사 줬네! 또 한복이랑 양장옷 같은 것은 누가 대줬구? 아무리 빌려입는 옷이라지만 일일이 따지고 보면 그게 다 돈 아니구 뭐간 앙? 그기 다 얼만지나 아네? 그거이 빚인 기야! 암튼 말이지 너! 잔소리말구 하루에 100환씩 해서 날레 내한테 갚우라우야! 일수로 찍든 계를 붓든 암튼 내레 너한테 들어간 돈들 받기 전엔 너 한 발짝도 이 집에서 나갈 생각하지 말라우! 알간?

순신 이보슈! 엄마! 그럼 내는 그동안 여기서 공꼬루 밥 먹고 잠잔 거여? 나도 이 썩어 문드러질 몸뚱아리로 엄마 돈 벌어주면서 할 거 다해줬잖아! 그런데 뭘?

포주 아 그카니깐 초저녁부터 그렇게 술만 처마시디 말고 내한테 날레 돈 좀 벌어오라우야! 고 내한테 갚은 몇 푼 돈은 광이고 남은 빚은 흑싸리 껍데기네! 이걸 그냥!

이때 포마드로 가르마 탄 이 주임이 방문을 열고 들어온다.

이 주임 (포주에게) 아 누가 내 마누라한테 이년 저년 욕지거릴 하능겨? 듣는 남편놈 자존심 상하게스리 웅?

포주 미친 간나새끼래 개뼉다구 같은 소릴 하구 자빠졌구나야! 저런 단돈 천환짜리도 안 되는 년을 델구와서 오천 환에 팔아먹구는 무슨 뻔뻔한 상판떼기로 내한테 드리미는 거야! 보라우 양심이란 게 있으면 말이디 날래 거릉밭에 가 설라므니 똥구뎅 통에 머릴 박구 뒈져뿌리라야! 그거이니 할 일이야 알간? (욕을 하며 방문 열고 나간다)

순신 (방문을 향해 술잔을 내던지며) 야 이 멀제이 노궁년 에미나이야!

이 주임 (히죽대고 손뼉 치면서) 끼루끼루끼루! 아, 언제부터 삼팔따라지 여편네집서 밥 처먹고 살았다고 장산곶 말씨당가? 아이구 이쁜 거! (순신 얼굴을 매만진다)

순신 (매몰차게 손을 뿌리치며) 저리 꺼져! 이 나쁜 새끼야!

이 주임 (느끼하게) 왜 또 사흘 만에 마실 나온 지아비헌테 깡짜당가? 나 마니 보고잖어 그러능갑네 응!

순신 (소릴 지르며) 미친넘 지랄허구 자빠졌네! 저리 꺼지지 못해! 이 도둑놈 나쁜 개새끼야!

이 주임 (갑자기 순신 얼굴을 치며) 이 뭣 같은 년이 어따 대구 개지랄이당가! 야야 너 오늘 쩌번 매냥 얼굴에 피멍 맨들어 줄까나? 그렇게 만들어 줘뿔어?

순신 (소릴지르며) 그래 이 인간 같지 않은 더럽고 추잡한 개새끼야! 차라리 죽여라! 죽여!

이 주임 (다시 빈정대며) 오메 봐라. 요거이 양반댁 딸년이 맞당가? 지처녀 면피해준 낭군님한테 개새끼가 뭔 말씀이래! 삼강오륜이 뭐신지도 못 배웠당게…! 그려 잘 되얐으라! 내 본시 울 조상이 백정이었응께 죽고잡다는 년 소원 들어주는 거 뭐! 그리 어려운 일이 아니지라!

순신   지랄 육갑떨고 있네!

이때 방문 밖에서 포주의 앙칼진 목소리가 들린다.

포주   (소리) 뭐이가? 느그들 지금 쌈박질하능 거이가? 모다 죽고
싶어 환장들했네. 앙?

#5. 묘도유곽 밤풍경

낙엽 휘날리는 동네 하꼬방집 지붕들과 밤 하늘.
멀리서 들려오는 예배당 종소리.

포주   (소리) 이자 곧 손님들 몰려올 거인디 니네 땜시로 손님들
그냥 가뿔면 너거가 몽땅 오늘 매상 책임지갔어? 앙! 이
쌍간나새끼들이레 어이구 저 목잡이 다 떨어져 나불댄 버
선짝보다도 못한 잡것들 그냥….

예배당 종소리와 음악소리 O.L.

#6. 낙엽 휘날리는 거리

버스에서 내리는 길자. 잔잔하게 흐르는 음악을 배경으로 힘없이 낙
엽 뒹구는 거리를 홀로 걷는다. 여전히 교회 종소리가 멀리서 들려
온다.

사무병   (소리) 아주머니! 육군 6사단 7연대 3대대 소속 병참부대라
고 하셨지요? 이름이 우학준, 계급은 일등상사!… 다행히
도 아직까지는 전사자 명단에는 없습니다. 매달 한번씩 추
가로 명단이 들어오곤 하는데 근래에 들어선 그 수가 매우
적습니다. 그러니 희망을 가지시고 댁으로 돌아가셔서 조
금만 더 기다려 보십시오.

사무병 소리 F.O 이어 잔잔한 음악.

길자   (독백) 영신 아부지예! 어데 있능교? 다행이라카이 다행이
지만서도 지는 마 죽을 지경인기라예! 당신이 살아있으면
내한테 이러면 안 되는 기라예. 그라고 또 우리한테 얼라
가 있어예. 영신이라꼬, 보고잖지도 않응교? 제발 빨리 좀
나타나 주이소 야, 영신 아부지예!

이때 다시 은은하게 예배당 종소리가 들려온다.

길자   (독백/길자 걸음을 멈추고) 그래 맞다! 숙자 갸가 낼러 순이를
위해 기도해달라캤제. 그리해야 않겠나! 약속은 반드시 지
키라캐서 있는 거 아니드노! (천천히 걸으면서 두 손을 비빈다)
하누님, 부처님요, 또 삼신할매요. 먼저 간 숙자 그 도령님
캉 저그 먼데 하늘나라서 새살림 차려가 행복하게 잘 살게
하시고예. 이승에 남겨져 미국으로 입양간 갸 딸 순이, 지
애미 말마따나 그곳에서 배곯지 말고 잘 살게 해주이소.
아즉 미국말을 못해가 억수로 고생할긴데 양코배기 사람
들한테 너그럽고 이해심 많게 해주이소. 그라고 또 순신이

갸도 빨랑 찾아야 합니데이! 참말로 불쌍한 아 아입니꺼? 그 아 신랑이라카는 사람한테도 맴을 너그럽고 넓게 해줘가 불쌍한 순신이를 이해하고 보듬어서 델고가 백년해로 하게 해주이소!

은은한 코러스 음악과 종소리 up-down.

길자 (독백) 그라고요 참! 우리 영신이캉 내도 빨리 애 아부지 만나가 그 지긋지긋한 시골 말고 이래 번듯한 도회지서 집 한칸 마련해가 함께 살게 해주이… 소? (불현듯) 그래 맞다! 대대장님을 찾으면 될 낀데 왜 그 생각을 몬했드노? 김중령! 순철씨! 그래! 가만… 뭐꼬… 김순철? 김순철…! (문득 수도병원 사무관 전화를 떠올린다)

#7. 수도병원 사무실 영상

보조간호원 (작은 에코 소리) 네 김병철 대령님이라고 하시는데 구리 59 후송병원 원장님이시랍니다.
사무관 (작은 에코 소리) 오, 오라버니 저예요! 응! 순철이 오빠가 작은아버지하고 모두 같이 부산서 올라 온다구요? 네네 알았어요.

#8. 다시 낙엽이 휘날리는 거리

길자   (독백) 맞다! 전화 받던 그 사무관 여자가 말하던 그 순철이 오빠! 맞다 그 대대장님 이름이 김순철 아이가! 그라고 자기 사촌형님이 군의사라서 그이를 델고온 기라 했구마! 오, 시상에 내 머리가 왜 이리 바보가? 오 기도하믄 된다카드니 맞네! 아이코 하누님 부처님, 삼신할매요. 참말로 고맙심니더 참말로 고맙심니더!

강한 음악과 함께 종소리 up-down.

#9. 기숙사 방

길자, 방문을 열고 들어선다. 이때 선녀, 길자가 들어오는지도 모른 채 이불장 옆에 놓아둔 남의 가방들을 뒤지고 있다.

길자   선녀 니 지금 뭐하고 있노?

선녀   (소스라치게 놀라며) 어… 언니야. 지… 지금 왔어예? (가방을 안으로 밀어 넣는다)

길자   너 그 가방 니께 아인 거 같은데… 와 남의 가방을 열고 뒤지는데?

선녀   (당황해하며 말을 더듬으면서) 아니… 그 그런 게 아이고 내 속 사리마다가 없어져가 혹시 애들이 지들 가방에 숨겨놨나 싶어가 잠시 보는 것뿐이라예!

길자   너 일나 봐라.

선녀　예? 와… 와 예!

길자　일나라카이 니 조선말도 모르나? 어서 퍼뜩 일나봐라!

선녀　(버츰거리며 일어선다. 이때 앞가슴 쪽에서 지폐가 떨어진다) 오메?

길자　이기 다 뭐꼬? 서… 선녀 니 지금 뭐하고 있었드노 응?

선녀　아… 아이라예. (떨어진 돈을 주우며) 이 이건 지 돈인데… 지
가 속곳에 넣는다 카다가… 그만. (갑자기 무릎을 꿇으며) 어…
언니요 내 잘못했어예. 하… 한번만 용서해도오. 내 다신
안 그럴 테이… 어, 언니야!

길자　설마 니라고 생각 몬 했는데… 니… 니가 우에 이럴 수가
있드노 우에….

선녀　언니요. 아입니더. 내 지금이 처음이라예. 이번 한번잉기라
예! 언니요! 내 좀 용서해주고 눈 한번만 감아주이소! 내
다 도로 넣어 놓을께요. 언니!

길자　그래 어서 다른 아들 오기 전에 퍼뜩 도로 넣고 가방 표시
안 나게 있던 자리에다 잘 정리해 놔라!

선녀　(잠시 후) 예! 언니요. 내 잘못했어예. 다신 이런 일 없을끼
라예.

길자　니 이리로 온나 예 와서 앉아봐라!

선녀　(주춤대며 길자 앞에 와 무릎을 꿇고 앉는다) 어… 언니예…!

길자　니 참말로 이번이 처음가?

선녀　하… 하모요! (고개를 숙인다)

길자　니 고개 똑바로 쳐들고 내 눈 보고 다시 한번 말해봐라!
어서!

선녀　(와락 눈물을 쏟으며) 자… 잘못했십니다… 내… 내가 증말로
잘못했능기라예. 어… 언니예…!

길자　에라 이 못된 문디이 가시나야! 니 참말로 나쁜 가시나데

이! 우에 그랄 수가 있드노? 그 불쌍한 순신이를… 그래 갸가 없다꼬 니 그래 갸한테 뒤집어씌울 수가 있었드나? 도대체 양심이란 기 있능기가 없능기가? 응? 아이고야 참 말로 천벌 받을 짓이데이!

선녀 (울면서) 내 자… 잘못했어예 언니요. 딱 하, 한번만 봐주이 소. 예? 언니요.

길자 시상에 열길 물속은 알아도 사람 속은 모른다카드만… 니 를 두고 하는 말 아이가! 아이고 무시라 무시라! 니 단디 들어라! 내 니 한번만이라는 애길 믿고 이번엘랑은 눈 감 어 줄 테이까는 두 번 다시 그런 못된 짓거리 하지 마라! 알았나!

선녀 (울면서) 알았니더. 고마버예 언니요!

길자 내캉 하는 말이 예서만 말하는 게 아이다. 니 앞으로 살면 서 어데 가가 그런 짓 다시 하믐 손목아지 안 뿌러지겠나? 하누님 부처님이 시퍼렇게 살아있드라카이. 그카니까는 절대 명심하란 말이다 알았나!

선녀 (더욱 서럽게 울면서) 알았니더! 내 두 번 다시 이런 일 없을께 예. 참말로 내 꼭 명심할끼라예. 고마버예 언니!

길자 그럼 됐다. 아들 오기 전에 어서 눈물 닦고 방안 청소라도 하그라! 여자들끼리 사는 방이 이게 무꼬 지저분하게시 리! 대신 앞으로 방 청소는 죄다 니가 해라. 사죄하는 맘으 로 말이다! 알았나!

선녀 예 알았어예. 내 그리 할께예!

길자 그칸데 아들은 모다 어데 가고 니 혼자만 남았드노?

선녀 (방걸레질을 하며) 송림동에 있는 공중목욕탕에 안 갔능교. 모 다 때 민다꼬예!

길자 아니 코앞이 목욕탕인데 뭐할라꼬 그리 먼데를 갔드노 한참 멀긴데!

선녀 버스 타고 간다 켔어예! 그곳이 해수물이라서 물이 엄청 좋다카믄서!

길자 니는 와 안 따라갔는데? (멈칫) 그래 암튼 니 말이다. 내도 잊어버릴 테니까는 니도 다 일자뽑고 절대 그 손목아지 뿌러질 일 하지 말그레이! 알았나?

선녀 알았어예… 지는 달거리하는 날이라서 몬 간다했어예. 실지로도 그렇구예!

길자 그럼 느그들 아침 절엔 순신이 찾으러 몬 갔겠네?

선녀 예 몬 갔어예… 모다 밀린 빨래들 하고 고향집에다 편지 쓰고 하다보이 시간이 없어가….

길자 그럴끼라 남 죽는기 자기 꼬뿔보다 몬하다 안트나! 그렇지만 니캉 딸금이캉 내는 그러면 안 되는기라 내 무슨 말 하는지 알제?

선녀 (여전히 얼굴 못 들고 방청소를 하며) 알아예!

이때 딸금이하고 새로 함께 방을 쓰는 다른 두 명의 여공이 소란스럽게 떠들며 방문을 열고 들어온다.

딸금 언니 서울엔 잘 댕겨왔당가요? (선녀를 보고) 하이고야! 해가 참말로 서쪽에서 떠뿔렀네. 웬일이당가? 쟈가 방 청소를 다하고 말여라.

길자 하도 방구석이 지저분해가 내가 시켰다. 이게 다 무꼬! 가시나들이 사는 방꼬라지가! 이쟈부턴 내 대신 딸금이 니가 방장하고 순번 정해가 돌려가면서 방청소를 시켜라. 아무리 왠종일 일하다 피곤해 들오자마자 쓰러져 자는 방이라카지만… 이 담에 느그들 시집가가 버릇된다카이.

딸금 그란데 언니! 이거 좀 보랑께라! (접힌 쪽지 한 장을 건네며) 아까 우덜이 말이시 버스에 내려서 코피 한잔 마실라꼬 그 동양다방집에 안 갔으라. 근데 그 레지가 말이시 슬그머니 지한테 코피잔 밑에다 이걸 껴줌시 눈을 찡긋 안하요! 이게 뭐다요?

길자 그래? (종이쪽지를 펴보고 깜짝 놀라며) 어메! 어메 이게 뭐꼬? 순신이가 내한테 보낸 편지 아이가? 아니 근데 뭐라카노 이 문디가시나가! 아이고 오메요!

딸금 아니 뭔데 그라요?

길자 지금이 몇 시쯤 됐노? (선녀에게) 니 옆방에 가가 시계 있는 아한테 몇 신가 물어보고 오레이! (여공1에게) 아즉 외출 통금시간 멀었제?

여공1 아까 우리가 다방시계를 봤을 때 8시가 조금 넘었던데 아마 8시 반쯤 된 거 같은데요?

길자 그래? 그라믄 딸금이 니하고 선녀는 퍼뜩 옷 갈아입고 내캉 잠깐 나갔다 오자.

딸금 아니 뭐다요? 무슨 일인데 시방 그란다요?

길자 잔소리 말고 퍼뜩 따라 오라카이!… 순신이 찾으러 안 가나!

딸금 (일어나 스웨터를 걸치며) 오메 순신이 갸가 아즉 근동에 살고 있다요?

길자 아, 그럼 살았지 죽었드노! (선녀에게) 아 니는 뭐 하노? 빨랑 일나지 않구?

선녀 아… 알었어예!

길자   (여공에게) 느그들은 우리가 통금시간이 늦으면 반장 아한테 암만도 하지 말고 그대로 우리 이불까지 펴놓고 기냥 자그레이. 불 꺼지면 암도 모른다.

여공1,2   네! (어리둥절 한다)

세 사람 급하게 일어나 방문을 열고 나간다.

#10. '묘도유곽' 밤거리 풍경

네온사인 불빛이 번쩍이는 거리를 두리번거리며 걷는 길자, 딸금, 선녀.

딸금   야가 이런 데서 산다구라? 오메 워쩌! (거리 여자를 보고) 오메메 저거이 뭐당가? 아니 워째 저라고 있다요? 남사스럽고시리… 남들 눈이 몇인데 저렇게 길거리에서 여자가 남자하고 저러콤 둘이 끌어안고 있다요? 오메… 워쩌야 참말로!

선녀   언니예, 이런 데도 있었네예! 뭐가 저래 불빛이 반짝반짝하고 여자옷들도 저래 고운교? 참말로 별천지라카드만 예가 별천진갑네, 시상에 어쩜 모다 저리도 곱노!

길자   니 미쳤나? 지금 뭐라 카노? 니 예가 어딘 줄이나 알고 그리 조둥이를 놀리는 기가? 이런 덴 조신한 여자들이 오는 데가 아이다! 느그들 정신 바짝 차리거레이… 그카고 빨랑 순신이 잡혀 사는 집이 어딘지나 알아봐라!

선녀   그칸데 언니예? 그 언니가 잡혀 있다카는 집 주소를 가져

왔능교?

길자 주소? 아이구야! (딸금에게) 아까 전에 니가 내한테 준 쪽지 내 안 가져왔드노?

딸금 아 모르지라. 나가 언니한테 건넸응께! 그걸 안 가져 왔다요?

길자 그런갑다. 내 아까 전에 너무 놀라가 그만 방바닥에다 떨구고 왔는가 보네! 이거 우야노?

딸금 아 그란데 순신이 갸가 쪽지에다 뭐라 썼다요?

길자 지 좀 구해달라 안 카드나? 예 주소를 알려주면서 지가 지금 돈 오천 환에 붙잡혀 있다 카드라! 시상에 불쌍해 우에 하노? 아이고 우얄라꼬 그런 놈한테 걸려가.

선녀 그나저나 이제 그 언니 있다는 주소를 모르는데 우에 찾을 낀데예?

길자 내가 요즘 와 이라는지 모르겠다. 이래 정신이 없어가… 할 수 없다. 이왕지사 이래 나왔으니까 혹시 저 여자들 맨치로 순신이 갸도 나와 있을지 모르니 지나치는 여자 얼굴들 단디 살피거레이.

서로 꼭 붙어서 두리번거리며 거리의 여자들 얼굴을 살피며 걷는다. 이때 딸금이가 와락 놀라며 걸음을 멈춘다.

길자 와카노? 순신이가?

딸금 (덜덜 떨며) 아녀라 그런 게 아니고라 저… 저기에 저 그나… 나쁜 놈!

길자 와 그라는데? 나… 나쁜 놈이라카믐? 뭐라꼬!

선녀 저… 저기예 진짜로 그 찢어죽일 놈 그… 왜 이 주임이라

카는 놈… 딸금 언니야, 맞제?

길자　어딘데? 어딨노? 그 나쁜 놈이?

#11. 유곽 거리

한 가게 앞에서 이 주임 건달 두 명과 함께 담배를 피우고 있다.

이 주임　야 광득아 임마! 아무리 이 바닥이지만 너 물건 동서남북으로 꼬로콤 함부로 쓰고 다님 안돼야!

건달1　나가 뭐요? 아! 고 영심이 고년! 냅두라혀요! 지년들이나 내나 이런 델 살믐 다 그런 거지 뭔 순정파라고 한 년한테만 기둥 박고 산다요? 그나저나 성님 거 대성목재 일자리나 한번 알아봐주랑께. 언제 적부터 부탁한 거인데.

건달2　아, 야만 말고 내도 좀 해줘요! 형님이 작업반 반장이라면서?

이 주임　아 알었당께… 알았다고… 근데 요즘은 내 코도 석자여! (순간) 아니? 근데 저것들은 다 뭐다냐? 여기 가시나들이 아닌 것 같은디.

건달2　공순이들 아녀?

이 주임　아니 그런 게 아니고 우덜 보고 뭐라 씨부렁대고 있는 거 같아야! (담배꽁초를 내버리고) 가만있어봐! 돈 되는 건지도 모릉께 나가 가봐야 쓰겠다! 느그들은 여기 그냥 있어야!

이 주임이 길자 일행 앞으로 다가간다.

#12. '묘도유곽' 길 모퉁이

이 주임, 다시 담배를 꺼내 물고 길자 일행 앞으로 건달풍으로 걸어온다.

딸금   (덜덜 떨며) 오메메! 지금 우덜헌테 오고 있어야! 저 잡것이….

길자   어디… 저, 저놈이가?

선녀   야… 맞어예 저… 저놈이라예!

이 주임   (일행 앞으로 다가서며) 뭔 일이다요? 보니께 이 동넨 처음 온 아가씨들 같은데… 이 밤에 심심해서 놀러들 왔소? 그럼 잘 찾아 온기여! 여긴 재밌능게 아주 많은 곳잉께!

길자   (딸금에게) 이, 이 사람이드노?

딸금   (덜덜 떨며) 그라요… 바로 이놈이 그놈이랑께!

이 주임   뭐시여? 이놈이 그놈? (딸금이를 자세히 들여다보며) 오! 시펄. 난 또 누구라고 만석동에서 온 천쪼가리 짜는 여자들이로고마! 난 또 무신 일로 왔능가 했드만?

딸금   (용기를 내어) 그라요… 내 알아보겄소? 나… 나가.

이 주임   아… 아 알지라 그 못낸이 아가씨! 그래 순신일 찾아왔당가? 친구라서?

길자   이봐요! 우리 순신이 지금 어딨능교? 댁이 순신일 이런 곳에 끌고온 기 맞아예?

이 주임   뭐? 그려. 맞아! 나가 델고 왔지라! 그런데, 이런 데가 워때서? 아 시펄 하루 왠종일 뼈빠지게 12시간이 넘도록 일 시켜 먹고는 손가락 짤렸다고 보상 한 푼 안주고 내쫓는 고런 데보단 젊은 것들헌텐 이런 데가 더 인간적인 곳 아니

것소 잉? (길자에게) 뭐 나 말이 틀리당가?

길자 그래 맞네예. 그람, 이래 하입시더. 댁이 영화감독이라 켓지예!

이 주임 나가?

길자 그럼 댁은 이런 인간적인 곳에서 영화감독이나 하면서 잘 사시고예. 내 동상 순신이캉 내가 델고 갈 테니까는 얼릉 갸를 내놓으소!

이 주임 얼레? 이 아줌씨 좀 보게! 나를 아는 게라잉… 그려! 그런디 순신이가 아줌씨 씨부치라도 된당가?

이때 건너편에서 건달1이 이쪽으로 소리친다.

건달1 성님 뭐여라?

이 주임 오! 아녀, 암일 아닝께 느그들 먼저 가 있어라잉! (다시 길자에게) 갸가 아줌씨 꺼요? 아줌씨 꺼냐고오! 워째 잘 사는 남여편네를 두고 뭔 물건이간디 내노라 마라 해싸요 경우 없게시리….

길자 뭐라꼬 여편네? 그라고 뭐라 케쌓노! 경우가 없어?

이 주임 그려 갼 이미 내 마누란 거 여즉 모르고들 왔당가?

딸금 (버럭) 야, 이 오살할 놈아! 갸가 왜 니 마누라당가! 그럼 송림동에 있는 느그 진짜 여편네하고 자식새끼들은 다 뭐당가? 앙?

이 주임 주둥이 함부로 놀리지마라잉. 눈꾸녕을 확 쑤셔가꼬 먹물 뽑아벌랑게! 못낸이! 니는 촌수 따질지도 모르제? 송림동은 내 본처고 여기 묘도 갸는 내 첩잉겨! 알겄냐? 그랑께 모다 내 여편네란 말이시! 고상하게 말혀서 순신이 갸는 내 소실이지라!

길자 시상 천지에 이기 다 무슨 경웁니꺼! 나이는 엇따 처묵었
는데!… 이보소 지금 우리가 당신캉 말장난하러 온 깁니
꺼? (버럭) 빨랑 우리 순신일 내놓으라카이 빨랑!

이 주임 (히죽거리며 능글거리며) 내놓으라…? 그럼 아줌씨! 돈 좀 가
져 왔능교? 갸를 찾아갈라 카믐 쬐까 돈이 필요 안 혀요?
히히히.

길자 지금 계속 이래 나올 끼라예? 뭐라꼬, 돈? 돈이라 켔드노!

딸금 (버럭) 야! 이 나쁜놈아! 그래 니 새끼가 우리 순신이 돈을
다 네다바이 해처묵고는 뭐라고라? 돈이 필요하다고라?

이 주임 (한 손을 번쩍 치켜 올리며) 이게 어따 대고 나이도 어린 거이
어른헌테 욕지거린겨! 기냥 확 귀빵맹이를 올려불라! 시
펄, 네다바이? 하하하 네다바이… 봐라 이 몬낸이 아가씨
야! 어데 가서 아무한테나 그런 승한 말 함부로 쓰는 게 아
니랑께!

길자 보소. 퍼뜩 우리 순신이 내놓으라카이. 지금 야들한테 공
부 가르치는 깁니꺼! 꼴사납게시리!

이 주임 너 그럼 못써야! (다시 길자에게) 그려 좋당께! 내도 객지서
눈칫밥 먹고 살음서 없이 사는 사람 형편도 알고 또 아직
은 양심이 쪼까 있는 놈잉께 좋도록 하소! 어쩔라요? 순신
일 내주면 오늘 밤에 델꼬 갈라요? 근데 순신이가 댁들을
따라 갈라나 모르겄네잉….

길자 이 양반이 지금 무신 말을 하고 있는 기가? 어여 델고나
오소. 내 잘 델고 갈 테이니까는… 어서요!

이 주임 아. 시펄 몰러 몰러, 내도 이제 고런 년 델고 있능게 성가
싱게 느그 맘대로들 하시시오 잉! 그럼 조기 조 길 건너편

만두집에서 내 이름 대고 만두 두 판만 시켜 먹고 기다리더라고! 내 금방 델고 올랑게.

길자 만두는 괘않으니께 그냥 퍼뜩 이리로 우리 순신이만 델고 오소!

이 주임 (한 손을 들어 올리며) 그러든지 말든지! (휘파람을 불며 골목길로 사라진다)

길자 봐라 척 보이 사기꾼이구먼! 그란데 느그는 저런 놈한테 그리 당했드노… 어이그 눈깔들도 뺐제! 안경 쓴 내보다 몬하다. 근데 우리가 저놈 뒤를 따라가봐야 안 캤나?

딸금 아 처음엔 저놈도 사기꾼 맨치로 안 그랬으라… 근디 시간이 지날수록 사기꾼이 돼버리더랑께요! 봐요 오늘도 언니가 온께 저 오살할 놈이 다시 또 저번 맹키로 금시 말씨가 느끼 안 혀요. 근디 정말로 저놈 뒤를 밟아야 한당가? 무섭고로….

선녀 아이고 언니요! 내는 저녁도 안 묵었다. 그마 배고픈데 만두집 가 기다린다카제 왜 싫다 캤어예! 그카고 따라가다 잽히면 우에 할라고….

음악.

#13. 방적공장 작업장 2층 사무실

사무실 밖으로 공장 기계가 돌아가면서 여공들이 작업하는 광경이 보인다.
사무실 안에 여공1,2와 신 반장이 서 있고 새로 온 남자계장이 그녀들 앞에 서 있다. 표정들이 심각하다.

남계장　(쪽지를 손에 들고) 그러니까 엊그제 이 쪽지를 보고는 그 세 사람이 나가서 이틀 동안 아직 안 돌아왔단 말입니까?

여공1　예!

신반장　엊그제 나간다고 했던 때가 몇 시쯤 됐는데?

여공2　(여공1에게) 니가 8시 반쯤 됐다고 안 그랬어?

여공1　예! 그젯밤 8시 3,40분쯤 됐을 꺼예요!

신반장　근데 왜 나한테 허락도 안 받고 나간 거야? 그 시간쯤엔 나도 305호 방에서 그 방 애들이랑 라디오 듣고 있었는데….

여공1　우리야 모르지요. 그 선배들이 그냥 그렇게 자기네들끼리 말하고 나갔으니까!

신반장　야 이년들아! 그럼 니네라도 방 점호할 때쯤 나한테 와서 말을 했어야지!

남계장　아, 7반장! 이들이 뭔 잘못입니까? 그라고 인제부텀 우리 공장 내에서는 상호 간에 욕설 같은 거 안 하기로 했잖아요! (여공2에게) 갸들이 나갈 때 두 사람에게 달리 말한 건 없고요?

여공1　우리한테는 그 말뿐이 안 했어요! 자기네들이 늦을지 모르니까 늦으면 그냥 이불만 펴놓고 자라구요. 그래서 쟤랑 나랑은 선배들이 그날 한밤중에라도 올 줄 알고 그냥 잤다니까요!

남계장　(신 반장에게) 근데 순신이라는 여자는 언제 우리 공장에서 일하던 앱니까?

신반장　네 두 달 전쯤에 이곳 7공장에서 함께 작업했던 앤데 작업

중 사고가 나서 공장을 그만 두었습니다.

남계장 아, 그 손가락 세 개 절단돼서 그만 두게 한 여자애! (소리를 낮추며) 근데 그 사람 본사에 통고 없이 그만두게 했다 든데 저쪽 5공장 사람들처럼 여기선 뭔 소동 같은 건 없었습니까?

신반장 우리 7공장엔 아직 그런 움직임은 없습니다. 모두 다 순해 빠진 애들이라서요!

남계장 그럼 다행이구! 암튼 공장 불 나구 일본서 새 기계들이 들어왔으니깐 기계작동 반드시 잘 점검하고 열 번이고 백 번이고 직원들이 손에 익힐 때까지 숙지시켜서 계획한 대로 일일 목표량을 채우도록 반장언니가 잘 관리해주세요!

신반장 예, 알겠습니다.

남계장 나한텐 그럴 필요 없다니까! 모두 가족 같으니까 옛날같이 그러지들 말구 편하게들 지냅시다. 여기가 뭐 군댑니까? (여공1,2에게) 우리 모두 말입니다. (사이) 하 참! 그런데 그 사람들 혹시라도 공장 밖에서 무슨 사고라도 나면 어쩌지요? 새로 부임하신 회장님 아들 되는 사장님 성격이 보통 깐깐하 게 아니던데…!

여공2 참! 저 계장님! 그 쪽지를 정문 건너편에 있는 동양다방 레지언니가 길자 큰 언니한테 갖다 주라고 했거든요. 거기 가서 한 번 물어보믄 안 될까요?

남계장 동양다방? 오 미스 김!

여공2 예. 미슨지 아줌만지 암튼 그 레지 언니가요!

남계장 그럼 말입니다. 신 반장이 여긴 내가 알아서 할 테니까 누구 대신 완장을 맡기고 동양다방엘 한번 가봐요! 아무래도 쪽지 내용으로 봐선 심상찮은 일이 있을 거 같으니까!

아! 2번 라인 기계 한 대가 아직 수리 중이니까 그 라인 고 참 중에 한 명 골라 완장 맡기면 되겠네요. 그럼 그렇게들 하고 어서들 나가 일 봅시다… 신 반장은 이따 돌아와서 내한테 반드시 보고해주고… 알았어요?

신반장 네 그럴게요. 아니 그러겠습니다!

남계장 에이 또 그런다 그러지 말래두…!

공원1,2와 신 반장 인사를 하고 사무실 문을 열고 나간다.

#14. 2층 사무실 밖 계단

공원1,2와 신 반장 계단을 내려오며.

신반장 아. 소름끼쳐! 무슨 남자가 저러니? (공원1,2에게) 니네들 저런 인간들을 더 조심해야해!

여공1 알아요 언니! 소문 다 났더구만.

신반장 (완장을 빼내 여공1에게 건네며) 얘, 니가 대신 이 완장을 맡아라. 내가 잠깐 나갔다올 테니까 애들 작업 잘 감시하구!

여공1 알았어요. 염려말구 다녀와요 언니!

음악.

#15. 동양다방 안

텅 빈 다방 안에는 미스 김 혼자서 양장 차림으로 카운터에 앉아있다. 한복남의 '빈대떡 신사' 가요가 흘러나온다.

노래
양복 입은 신사가 요리집 문 앞에서 매를 맞는데
왜 맞을까 왜 맞을까 원인은 한 가지 돈이 없어
들어갈 땐 폼을 내어 들어가더니
나올 적엔 돈이 없어 쩔쩔 내다가
매를 맞누나 매를 맞누나

와하하하 우습다 이히히히 우스워
에헤헤헤 우습다 웨헤헤헤 우스워
와하히히 우하하하 우습다
돈 없으면 집에 가서 빈대떡이나 부쳐먹지
한푼 없는 건달이 요리집이 무어냐 기생집이 무어냐

미스김　(노래를 들으며 깔깔대고 웃는다) 호호호! 아버지가 모아둔 아까운 전재산을 다 불어먹고.

이때 신 반장이 다방문을 열고 들어온다.

미스김　어서 오세요!
신반장　안녕하세요! 저 코피 한 잔 되지요?
미스김　그럼! 저기 넓은 자리로 가서 앉으세요! 혼자 왔어요? 아님 일행 분이 더 오실건가?

신반장　아니 저 혼자예요! 저 언니 설탕 좀 많이 넣어주세요.

미스김　네! 많이 넣을게요.

미스 김 커피 타는 동안 신 반장 두리번거리며 어색하게 앉아있다.
'빈대떡 신사' 노래가 계속 흘러나온다.

노래

마즈막엔 마즈막엔 양복을 잽혀도 요릿집만
쳐다보길 점잖은 신사 같지만
주머니엔 한 푼 없는 새파란 건달
요리 먹고 술 먹을 땐 폼을 냈지만
매 맞는 꼴이야 매 맞는 꼴이야
우하하하 우습다 이히히히 우습다
하하하하 우습다 호호호호 우습다
으하하하 하하하하 우습다
돈 없으면 집에 가서 빈대떡이나 부쳐 먹지
한푼 없는 건달이 요리집에 무어냐 기생집이 무어냐

미스김　(커피를 타가지고 신 반장에게 오면서) 저 노래 참 웃기지요? 아니 무슨 노래가 저래? 웃겨도 너무 웃겨! 참 별난 세상이야!

신반장　그러게요! 전 처음 듣는 노래네요!

미스김　요즘 이 노래 사람들이 엄청 좋아해요. 재밌으니까! (커피를 탁자에 내려 놓으며) 근데 동양에서 일하는 아가씨 같은데 어떻게 작업시간일 텐데 이렇게 나왔어요? 무슨 일 있어요?

신반장　저기 언니! 그냥 언니라고 부를게요. 저 여기 좀 앉아 애기 좀 할 수 있어요?

미스김 (쟁반 들고 앞자리에 앉으며) 무슨 일인데요?

신반장 저 다름 아니고요 (쪽지를 꺼내 보이며) 이것 때문에 왔는데요!

미스김 어머나! (깜짝 놀라 주위를 두리번거리며) 어서 그 쪽지 도로 집어넣어요. 누가 보면 어쩔려구?

신반장 (깜짝 놀라며 쪽지를 호주머니에 집어넣는다) 저 언니! 언니가 엊그제 저녁에 이 쪽지 우리 애들한테 시켜 길자 언니라는 선배한테 갖다주라고 했다면서요?

미스김 (여전히 두리번거리며) 맞아요! 그런데 우리 그냥 조용조용히 얘기하다가 다른 손님이 들어오면 아무렇지 않게 그냥 다른 얘기하는 것처럼 해야 해요!

신반장 네 그럴게요! 그런데 그 언니가 엊그제 밤에 이 쪽지를 읽고는 같이 방 쓰는 다른 두 애들과 함께 나갔는데 아직까지 돌아오지 않고 있어요. 언니가 뭐 아시는 것이 있을까 해서 왔어요.

미스김 잘 들어요. 어제 그 쪽지는 돈에 팔려 유곽에 있는 애들이 몰래 보내오는 건데 만약 포주나 삐끼 애들이 알면 전 맞아 죽어요. 그쪽도요. 얼마나 무서운 사람들인데⋯ 그래서 그래요.

신반장 저 그럼 이 쪽질 보내온 순신이도 그런 곳에 팔려가 있는 건가요?

미스김 아마 그럴 거예요.

신반장 그런데 어떻게 이 쪽지가⋯?

미스김 순신이란 여자가 삐끼들 감시하에 여러 번 우리 다방에 와서 차를 마시고 가곤 했는데 얼굴을 보니 그런 데서 일할 여자애 같이 안 보이더군요. 분명 어떤 삐끼들한테 걸려

잡혀간 거 같애요.

신반장 맞아요 개는 절대 그런 애가 아니에요. 본래는 이번 가실에 날 잡아 결혼할 애였거든요.

미스김 알아요 저도 들었어요!

신반장 아니 어떻게…?

미스김 지난번에 순신이 신랑 될 사람하고 그 길자 언니가 이곳에 와서 순신이 이야기 하는 것을 들었거든요! 듣는 순간 아 순신이란 여자가 예전에 나처럼 사기를 당해 또 나쁜 놈들 한테 끌려들어 갔구나 하는 것을 금방 알 수 있었지요! (화들짝) 저 잠깐만요. 저기 안쪽으로 들어가면 제 방이 있으니까 얼릉 잠시 들어가 있어요 빨리!

신반장 (급하게 일어나 안쪽 방으로 들어간다)

미스 김 얼른 탁자를 치우고 카운터로 가서 다시 레코드판을 돌린다. 이때 다방문이 열리며 건달1,2가 들어온다.

노래
양복 입은 신사가 요리집 문 앞에서 매를 맞는데
왜 맞을까 왜 맞을까 원인은 한가지 돈이 없어
들어갈 땐 폼을 내어 들어가더니

미스김 어서 오세요! 어머 난 또 누구라고?

건달1 누님! 오랜만이네!

건달2 누님? 그럼 나도 누님!

미스김 어쩐 일이야. 이 벌건 대낮에… 그찮아도 손님들이 없어서 심심했는데 잘됐다!

건달1 아! 저 유행가 여기서두 또 듣네잉. 빈대떡 신사라고 했나? (노랠 따라부르며 자리에 앉는다)

우하하하 우습다 이히히히 우습다
하하하하 우습다 호호호호 우습다
으하하하 하하하하 우습다
돈 없으면 집에 가서 빈대떡이나 부쳐 먹지
한푼 없는 건달이 요리집에 무어냐 기생집이 무어냐

미스김 뭐 마실 거야, 커피? 아님 쌍화차?

건달1 아이 쪽팔리게 무슨 쌍화차다요? 커피요, 커피 주시시요잉. (건달 2에게) 너는?

건달2 나두 쪽 안 팔리게 커피!

미스김 근데 웬일이야! 생전 안 올 거처럼 지난번에 그리 깽판을 치고 가더니?

건달1 아 그때는 술먹은 개라고 나가 암것두 기억에 없어 잘 모르지라! 아 왜 과거 이야길… 쪽 팔리게시리! (노래를 부르며) 과거를 묻지 마세용!

건달2 난 뭔진 몰라도 그때 없었으니까 쟤하고 같은 취급하지 마시오 누, 님!

미스김 자 여기 커피! 근데 오늘은 커피값 내고 갈 거지? 암 그럼 니네 오야붕한테 찌른다!

건달2 오야붕이라, 누구?

건달1 아 뭘 그렇게 엄청난 소릴! (주머니에서 돈을 꺼내며) 자 여깄수! 커피값!

미스김 (돈을 주워 챙기며) 땡큐 베리망치! 그런데 뭐야? 묘도서 만석동까지 그냥 올 리는 없고.

건달1 거 뭐시냐! 아이 시펄 그냥 말할라요. 앞 공장 동양에서 뭔 소리 못 들었으라?

미스김 뭔 소리? 여기가 뭐 동양 사업소야? 그리고 공장 애들은 일요일이나 돼야 노는 날이라서 밖에 나오지 아무 때고 나올 수 없는 애들이잖아? 뭔 일인데!

건달2 그럼 아즉 이개불 형 이야기는 없었겠네?

건달1 (건달2에게) 야! 이 새끼야 그런 말 함부로 지껄이지 말라 안 했냐? 너 뒤지고잪아 환장한 거여?

건달2 뭘 새끼야! 암것두 모르는 거 같은데!

건달1 하여튼 저 새끼는 주둥아리를 열 바늘쯤 꼬매야 한당께….

미스김 이개불이라니? 응 그 싸가지 없는 사기꾼 삐끼 새끼! 뭔데 그놈이 또 뭔 사고 쳤어? 니네도 그런 놈하구 다녀봤자 좋을 거 하나 없어야. 이 바닥서 소문이 엄청 안 좋아! 그리구 그놈한테 조심하라구해! 여기 공장 남자애들이 그놈 소문 듣고 작심하고 있다더라! 그러니까 앞으로 여기 가시네들 절대 건들 생각들 말라구 하구! 니네들도!

건달2 (건달1에게) 봐라. 이 새끼야! 우덜이 그 형 일에 끼어들어 좋을 거 하나도 없다니까. 개불이 형이 대성목재 취직시켜준다니까 그냥 헤벌레 해갔구!

건달1 너는 안 그랬냐 새끼야! 암튼 알았스라 누님! 그럼 아직까지 예는 아무 일 없이 조용하구만이라!

미스 김 난 그딴 거! 뭔지 모르지만 앞으로 니들도 당분간 동양 애들한테 가급적이면 나타나지 마! 갸들이 세상 착하게 살아볼려구 시골서 돈 벌러온 애들이지만 한번 화났다하면 그런 촌놈들이 더 무서운 거다! 허긴 뭐 니놈들도 시골촌

뜨기 출신이었겠지만….

건달1 조까구 있네! 지깟 시골 촌넘들이 무서워 봤자지! 암튼 누님 고맙네요잉 우리 갈라요!

건달2 야! 너 우리 이렇게 이쁜 누님이 타주신 커피 다 안 마시고 갈껴?

건달1 (흥얼대며) 돈 없으면 집에 가서 빈대떡이나 부쳐먹지! 랄랄라!

건달 1, 2 나간다. 미스 김 뒤따라 나가 주변 동정을 살피며.

미스김 그래 잘 가라! 버스타고 갈 때 차장애들한테 시야까시(희롱)하지 말고 돈 내고 타고 가!

음악.

#16. 다방 내실 안

방 안에 혼자 몸 사리며 쭈그리고 앉아있는 신 반장. 이때 미스 김이 들어온다.

미스김 갔어. 역시나 그놈들 묘도유곽촌에서 온 삐끼 건달 놈들인데 내 눈치 못 채게 시치미 떼고 돌려보냈어요!

신반장 고마워요 언니! 그런데 아까 하시던 말씀 계속해주세요!

미스김 참 이름이 뭐지? 한참 동생 같으니깐 말 좀 놓을게. 하대를 하려니까 자꾸 말이 꼬이네….

신반장 소라예요 신소라! 그리구 저도 언니한테 존댓말 듣는 것이 거북스러워요. 그러니까 편하게 말씀하세요!

미스김 그럴까. 암튼 참? 내 아까 어디까지 했드라? 그래 맞어! 그 쪽지는 그 동네서 저녁에만 모찌 파는 예배당에 다니는 고학생 애가 있는데 그애가 가져다 줬어. 그 착한 애도 목숨을 건 거지! 그런데 문제는 순신이를 어떻게 구해내느냐도 문제지만 내 생각에는 순신이 찾으러 간 길자 씨랑 다른 두 사람이 더 위험지경에 빠진 거 같아 이틀 동안 여태 돌아오지 않았다면 말이야!

신반장 언니! 그럼 어떡한데요 네? 이렇게 하면 어떨까요? 그 동네도 주재소가 있을 테니까 거기 가서 신고하면?

미스 김 주재소라니? 아, 파출소…! 택도 없어! 순진하기는… 내가 알기론 그 지역 순경 놈들도 모두 다 한 팰 거야! 그러니까 그놈들이 매월 포주들한테 일숫돈 걷으러 다니는 거처럼 돈 뜯어가지! 그리구 이건 확실치 않지만 동양방적 내에서도 아가씨들 꼬셔가지고 유곽에다 팔아먹는 삐끼짓 하는 놈들이 있다 들었어… 나쁜 새끼들!

신반장 정말이에요? 어쩜 좋아! 정말 무서워요 언니!

미스 김 그러니까 내 얘긴 아주 조심해서 신중하게 해결해야 한다는 거야! 아무한테나 함부로 말하지 말고… 오죽하면 지옥 다음에 만석동이라는 소문이 났겠어!

신반장 그런데 언니, 혹시나 일이 잘못되면 언니도 놈들한테 크게 당할 텐데 어쩌자구 이렇게 우릴 도와주시는 거예요?

미스김 뭐 별다른 뜻 있겠어? 양심이지! 나도 순진한 처녀 몸으로 발을 잘못 들이는 바람에 이렇게 산전수전 다 겪다보니 내 청춘이 서러운 거고. 그러다보니 나 같은 인생 뒤따라오는 동생 같은 애들 막아주는 것도 선행이다 싶어 덕을 쌓는 거지 뭐! 나야 뭐 이제 더 무서울 것도 바랠 것도 없는 년 이니까! 닥치는 대로 살아도 되지만 니네들은 그러면 안 되잖아. 아! 그놈의 전쟁인지 난린지만 없었어도 내 청춘 이래 뭉그러지진 않았을 텐데… 우리 엄마도 보고 싶고! 또 그 사람도 그립고….

신반장 언니…!

미스김 소라는 혹시 예배당이라는 델 가본 적 있어?

신반장 아뇨? 아! 아주 어릴 적에 그러니까 왜정 때는 한두 번 동네 예배당에 다녀본 적 있어요. 그런데 왜요?

미스김 아니 그냥! 소라가 무서워 하니까 예배당 가서 기도하면 좀 나아질까 싶어서….

이때 밖에서 다방 문을 두드리는 소리가 들린다. 와락 긴장하는 두 사람.

#17. 하꼬방 집 지하 창고 안

캄캄한 지하 창고. 위풍이 너무나 세어 몹시 추운 그곳에 손발이 묶인 채 떨고 있는 길자, 딸금, 선녀. 이때 멀리 밖에서 집주인 포주여자 목소리가 들리고 또 우는 순신이 목소리가 들린다.

포주 (소리) 어쩌자고 니 서방인지 기둥인지 그 개불알인가 하는 새끼래 이런 짓거리로 삐끼 노릇을 하는 거이야? 아 살살 꼬득이기만 혀도 목구녕이 포도청이라고 이런 데 올 년들 세상 천지에 널려 있는데 뭐시 궁하다고 약꺼정 쳐멕임서 끌고 오고 지랄이야 지랄이? 요즘 세상이 어떤 세상인 줄이나 아네? 아 순경놈들도 돈 받아쳐 먹음만치만 우덜 뒷구멍을 봐주는 거이디 저렇게 납치까지 혀서 끌고 오면 안 면 싹 깐다는 거 몰라 그러네!

순신 (소리) 엄마! 그 나쁜 새끼 내 서방이 아니라는데 왜 자꾸 나한테 끌어다 붙이고 난리야! 그 새끼가 내 혼수장만 할라고 뼈빠지게 벌어 모은 돈 자그만치 칠천 환이나 빌려 가놓고도 오리발 내밀고 그것도 모자라 이 집에 식모 시켜 준다고 날 꼬셔서 팔아먹은 놈이야! 제발 그런 소릴 하지 마요! 제발.

포주 (소리) 지랄 염병. 그럼 애당초 고런 새끼래하고 만나질 말 았어야디, 미쳤다고 돈 다 뺏기고 단물꺼정 쪽 빨려게지구 이 지경으로 사는 거이가? 고거이 다 니년이래 자처한 거 이고 또 니년 팔자니끼니 남 펑계델 게 없어야! 다 지 잘 못이디. 그나저나 지하창고에 쳐 가둬둔 저 에미나이들 어 드레 할려고 저러는 거이가? 자들이 펌프질 할 년들 같네? 니 서방 아니, 고 개불이놈한테 분명히 말하라. 저것들 나 땡전 한 푼도 줄 수도 없고 오히려 밥값 축낼 에미나이들 이니끼니 니년이든 고놈이든 내 밥값 받아야갔어! 알어듣 간? 아님 니가 저년들 꼬셔 보든가!

순신 (소리) 엄마! 제발 그러지 좀 마! 그럼 벌 받아. 저 사람들은 이런 데 있을 사람들도 아니고 정말 착하고 순진한 사람들 이란 말이야! 암만 꼬시고 윽박질러도 소용없으니까 괜히 큰일 만들지 말고 그놈 없을 때 빨리 풀어줘! 응? 엄마. 내 오늘부터 술도 안 마시고 몸단장 잘해서 엄마 빚 다 갚아

나갈 테니까… 어서? (소리 점점 F.O)

길자 (혼잣말로) 지금 밖에서 들리는 저 소리 순신이 목소리 아이가? 쟈가 지금 뭐라카노?

딸금 언니 괜찮당가요?

길자 딸금아! 니 정신이 좀 든기가?

딸금 야 지는 진즉 안 깼소. 근데 선녀는 선녀 쟈는 괜않당가요?

선녀 야! 내도 괜않아예! 언니들도 모다 괜않은기지예?

길자 그래 그나저나 느그들 지금 억수로 춥제! 내는 마 추버 죽 겠능기라! 근데 지금 저… 소리는 순신이 우리 순신이 소리가 맞제? 지금 뭐라 카는기가?

딸금 나가 아즉꺼정은 정신이 맹맹혀갖꼬 듣긴 들어도 뭔 소린 지 도통 정리가 안 되는구만이라!

길자 선녀 니는 어뜨노? 밖에 쟈들이 지금 뭐라 카능기가?

선녀 우리 얘길 하는 것도 같은데 내도 이래 춥고 배고픈기 또 너무 놀라가 뭔 소린둥 암것두 귀에 안 들어와예!

길자 모두 정신 단디 차리라카이. 호랭이 굴에 들어가도 정신 바짝 차리면 안 물린다 안 카드나! 내도 아까 전에 어떤 기둥 모서린둥 대갈빡을 쎄게 부딪쳐가 아직도 좀 얼럴럴 하지 만서도 많이 괜않아졌다. 근데 우리가 우에 된 기가?

선녀 우에 되긴예! 고 나쁜놈 이 주임인가 이개불인가 카는 놈이 순신언니 술 취해 있으니까는 델고가라 케서 이집에 왔드만 깡패 같은 놈들이 우릴 잡아 묶고는 협박해가 이래 가두어 둔 기라예 언닌 하나도 기억이 없능교?

길자 근데 내는 왜 하나도 기억이 없노? 내 머리를 부딪쳐가 그런가 아님 너무 놀라가 이상해진 기가? 참말로 이상테이. 암 생각도 안 난다카이.

딸금   내도 안 그러요. 나가 요상스런기 기억이 다 없당께. 아까 전에 고놈 따라 어드메 골목꺼정 따라 들어간 거는 기억이 나는데 그 담은 영 기억이 없지라!

선녀   맞다! 고 나쁜 놈이 청심환이라 카믐서 안 주등교? 그기 청심환이 아니었던가 보네! 내는 그냥 먹는 척하고 입만 대고 안 먹었어예.

길자   억수로 나쁜 놈이데이. 근데 우리가 그걸 와 먹었제?

선녀   순신언니 만나면 놀라지 말고 맴 진정하라꼬 주는기라 카면서 즈그 성의 무시하면 칼로 얼굴을 그은다 캤어예! 그래가 모다 칼보담 청심환이 낫다시퍼 안 그랬능교!

딸금   근데 말이시 나가 지금은 언니 말대로 옥수로 춥다 안 허요. 추버 추분 건지 약 땜시 그런 건지 추버 죽을 거 같당께라. 선녀 너는 안 그냐? 참말로 덜덜덜 떨려 오금 저리고 오줌도 마렵고 정말 죽겄구만이라!

선녀   생각해보이 우리가 벌써 다섯 끼나 굶은 거 같아예. 그래 춥기도 하지만서도 뱃속에 곡기가 없다보이 허해가 안 그렁교. 지는 마 이래 겁도 나지만서도 옥수로 배가 고픈기 딸금언니 맹키로 죽을 거 같아예!

길자   느그들 지금 장난하나? 우덜 목숨이 지금 이래 왔다갔다 하는 판국에 오줌마려 죽겄고 배고파 죽겠다꼬?

딸금   암만 그려도 그게 사실잉께 안 그요! 참말로 미쳐버리겠당께요!

길자   그카믐 니들 잘 들어라! 내도 육이오 때 어느 할마시한테 배운 긴데 오줌 마려울 때는 아주 눈물맹키로 잘게 조금씩 질겨싸라 카드라. 그라고 또 배가 고프면 먹고자픈 음식들을 머릿속으로 한 상 채려놓고는 맘껏 생각하면서 퍼먹으면 된다켔다!

이때 지하 창고 밖에서 발자국 소리와 함께 철문을 두드리며 이 주임 소리가 들린다.

이 주임 (소리) 어이! 모다 깼당가? 그려 말소리가 들리능 거 본께 깨어들 났고만이라! 모다 마이들 춥고 배고프제? 듣고들 있지라?

길자 쉬!

이 주임 (소리) 어이! 다 들려라! 쉬라니 애그들 오줌 싸능겨?

길자 이보소! 이개불 씨! 와 이러능교? 와 이래 카는데예 응? 당신 빨갱잉교? 어데 할 짓이 없어가 빨갱이맨키로 이래 죄 없는 사람들을 가두고 행팹니꺼! 행패가.

이 주임 (소리) 아 몰라 물으요? 돈, 돈 좀 벌라 안 그요! 나가 빨갱이는 아니지만 말이어라 고 빨갱이 놈들헌테 부모 형제 작살나뿔고 천애고아가 돼서 이래 돈 땜시 먹고 살라 안 혀요!

길자 당신한테는 우덜이 돈으로 보일랑가는 몰라도 우리한테는 지금 이기 죽고사는 문젠기라예! 자기 목숨 중하면 남의 목숨도 중한 줄 알아야제 그걸 모른다카믐 그게 사람잉교? 천벌 안 받겠어예? 어서 문 열고 우릴 풀어주이소. 어서 풀어 달라카이!

이 주임 (소리) 거 사람 맴 흔들리게 말 참 잘 혀요. 맞당께. 난 돈이고 당신네는 목숨이지라! 근데 말여라, 나한테는 돈이랑 목숨이 하나랑께 내 생각은 말이시 돈 없음 목숨이랑 게 없고 목숨 없는 건 돈 땜시 그랑께 어서 딴말 말고 내게 당신들 목숨으로 돈 좀 적선들 하랑께! 내 방법은 알려줄 텡게!

딸금 이 오살 맞아 뒤질 놈아! 그게 뭐이당가? 그 방법이랑 게 뭔디 그리 목구멍에다 참기름을 발랐쓸까잉!

이 주임 (소리) 고거슬 꼭 일일이 말로 해야쓰까잉? 산전수전은 몰라도 산수갑산은 다녀본 나이들일탱게 짐작들은 했을 거신데! 고거이 생각보다 어렵지도 않고 한 번 맛들여 불면 죽고 못 살지라! 어쩌요? 돈도 벌고 재미도 보고 그케가 담에 한 밑천 움켜질라요 말라요?

선녀 아저씨에 내 물 한 잔만 주이소. 내는 그거시 뭐가 뭔지는 모르겠지만서도 목이 말라 죽겠능기라예! 그카고예 우덜이 이틀 동안 쫄쫄 굶어가 이래 창새가 뒤꼬여 죽을 지경이라예. 그카니까 일단 우덜을 살려주고 뭔 말이라도 차근차근 하면 안 되겠습니꺼?

이 주임 (소리) 오 그래도 뭔가 흥정 좀 할 줄 아는 아가씨지라! 그럼 아가씨만이라도 풀어줄랑게 우리 맛있는 것도 묵고 또 따시한 방바닥에서 말 좀 계속해보더라구잉!

딸금 선녀! 너 와 이런다냐? 저 작것이 지금 수작인거 몰라 그려? 니 참말로 미친 거시여?

길자 아이다. 선녀 말이 맞다. 이래 죽으나 저래 죽으나 고생하다 죽을 바엔 차라리 선녀 말마따나 이곳을 벗어나 흥정 한번 해보자카이!

딸금 언니! 언니조차 와 이런다요? 야? 언니요!

길자 (손으로 딸금이를 꼬집으며) 보소 이개불 씨요. 그리 할께예. 일단 우덜을 풀어 꺼내주고 뭔 말인지 알아듣게 설명 좀 해주소. 이개불 씨! 듣고 있습니꺼!

이 주임 (소리) 아따! 이제사 말이 좀 통하는 것 같소! 진작 그리하 믐 이런 개고생은 하덜 안 혀도 되았는데…! 그러요 그럼 그리 합시다잉!

이때 순신이가 달려와 퍼대는 소리가 들린다.

순신   (소리) 야! 이 개새끼야 이 천벌 받을 놈아! 지금 니놈들이 하는 짓거리가 뭔지나 알어! 이게 인겁을 둘러쓴 사람들이 할 짓이냐! 언니 길자 언니 안 돼! 이놈들 말 들으면 안 된다구요 언니!

이 주임   (소리) 이거시 자빠져 자는갑다 혔는데 언제 또 나왔다냐? (퍽 하는 소리)

순신   (소리) 어… 언니…. (쓰러지는 소리)

길자   순신아! 순신아! 이개불 씨! 순신이 쟈를 우에 했능교? 쟈가 와 저랍니꺼?

이 주임   (소리) 야! 너 이년 느그 골방으로 끌고 가라잉!

이때 열쇠 따는 소리. 잠시 후 지하 철문이 열린다. 빛이 환하게 비추고 세 사람 눈이 부셔 얼굴을 가린다.

음악.

#18. 하꼬방 방안

길자, 딸금, 선녀, 발목에 여전히 끈이 묶여 있고 손만 풀린 채 기운이 빠진 듯 모두 벽에 기대있다.

포주   (손뜨개질을 하며) 너네 와 고생을 사서 하는 기야! 이곳이 어
            덴 줄 알고시리 분수없이 남 목숨 구한다꼬 기어들어 왔
            서? 불나뱅이야? 배짱 한번들 좋구나 야! 니네 단디 들으
            라우! 순신이래 쟈는 틀러 먹었어! 생각해 보라우. 쟈 배
            타고 홍콩 갔다온 사내놈들이래 몇 명인 줄이나 아네? 또
            쟈가 여길 빠져 나간다고 해설라므네 인생이래 바뀔 것 같
            네? 쟈 팔자가 목단꽃 매냥 도로 활짝 필 것 같네 말이야?
            어림 반푼어치도 없어야! 그라고 이제 느그들도 마찬가지
            디! 두고보라. 이 '아카사키' 동넨 말이디 조선총독 이토
            히로부미 때부터 공인된 유곽지라서 들어 알갔지만 독한
            지옥 같은 불구덩이디! 체면도 양심도 법도 없어! 기냥 돈
            이야. 모든 게 돈, 돈이라서 말이디 돈이 나라고 돈이 유엔
            군이고 돈이 삼팔선 넘어올 때 밀고 들어오던 탱크란 말이
            야! 알아듣네 내 말?

이때 문 밖에서 배달소년의 목소리가 들린다.

배달   (소리) 짜장면 갖구 왔어요. 여기서 시킨 거 맞지요?
포주   그래! (방문을 열며) 어드레 다꽝 좀 많이 갖다 달라고 했는
            데 많이 가꼬 왔디?
배달소년   몰라요. 저는 주는 대로 배달해 가지고 온 거니까! (짜장면을
            꺼낸다)
포주   근데 와 세 개야? 네 그릇을 아이 시켰니?
배달소년   몰라요. 저는 주는 대로 배달해 온 거니까요!
포주   너레 기따위 말밖엔 다른 말은 할 줄 모르네?
배달소년   한 그릇 더 시켜요?

포주	기럼 날래 갔다 달라우야! 그리고 올 때 다꽝 좀 많이 가져 오고! 참 빼갈 한 병도 가져오라우야… 날래 가져다 줄 수 있갔디?
배달소년	몰라요. 저는 주는 대로 배달해 가져 올 거니까! (문을 닫고 나간다)
포주	저런 쌍노무새끼래! (모두에게) 자 어서들 먼저 쳐먹우라야. 그러면서 니들 얘기를 좀 마자 듣기요!

선녀를 선두로 모두 짜장면을 들고 정신없이 먹는다.

포주	(단무지를 손으로 집어 먹으며) 내래 삼팔따라지로 육이오 때 백령도로 배 타고 피란와 설라므니 이 인천 바닥서 처음 먹어본 거이 바로 이 짜장면이었어야. 와! 정말이디 맛있드만! (선녀를 힐끗 바라보며) 너네 모다 인생, 인생 해쌌는데 말이디 인생 고거이 뭐이가? 참말로 별거 아녀야. 이런 맛난 음식 쳐먹고 싶을 때 쳐먹고, 등 따신 데서 남녀 운우지락 즐기며 짧은 청춘 멋디게 살다가 훗날 골골할 때 추억하며 꼴깍하믐 그거이 최고 인생 아니갔네? 인생 그거 너무 따지지 말라우야!
선녀	(정신없이 짜장면을 먹으며) 그렇네예! 참말로 옥수로 맛있고 모다 맞는 말인 기라!
포주	그렇디? 니가 좀 뭔가 아는 것 같다야.
선녀	예, 그렇타카이!
길자	(먹다말고) 이 문디 가시나야 니 지금 뭐라 지껄이고 있노? 니 죽을라꼬 환장한 기가?
선녀	예? 내 뭐라 캤는데예?

딸금 너가 방금 저 아줌씨 말이 옳다 했당가?

선녀 (문득) 뭔 말잉교? 나는 짜장면이 윽수로 맛있다캤고만….

길자 (젓가락을 내려놓으며) 선녀 니 정신 똑바로 몬 차릴끼가?

포주 (손뜨개질을 멈추고) 너 내래 누군데 지금 내 앞에서 유세 떠는 거이가? 앙! 나 '아카사키' 묘도유곽의 삼팔따라지야! 삼팔따라지! 요기서 내 이름 모르믐 간첩이디! 너 살고싶음 그 주둥아리 닥치라우야!

길자 아지매요 입 쳐다물면 이건 우에 먹능교?

포주 기레 처묵을 땐 개도 안 건드린다 켔디… 날래 마저 처묵으라야! 쌍…!

길자 (짜장면 그릇을 내려놓으며) 아지매요! 내캉 뭐 한 가지만 물어도 되겠능교?

포주 뭐이가? 말하라우!

길자 아지매도 자식이 있겠지예? 아지매는 자식아들이 몇이나 있능교?

포주 (깜짝 놀라며) 뭐… 뭐가 어드래? 그거이 와 묻는 기야?

길자 언뜻 보기에도 아지매 나이가 마흔은 넘어보이는데 그카면 아마 열댓 살짜리 자식들이 안 있겠어예? 그칸데 이래 딸자식 같은 애들을 잡아다가 인생 망가뜨리는 일로 돈벌어가 우에 할 낀데예? 내 한 끼 잘 먹자고 남의 눈에 피눈물 쏟게 해도 되는 겁니꺼?

포주 뭐… 뭐, 이 에미나이래 뭐라 주둥아리를 놀리는 기야? 앙!

길자 야들 모다 고향집이 있고 그곳에 부모가 있어예! 나는 자식도 있고예! 아지매한테도 자식이 있다카믐 부모 맴이라는 게 있을 낀데 그런 양심도 사랑도 없고 모다 돈으로 다 태워 먹었능교?

포주   (버럭 핏대를 세우며) 그 아가리 닥치지 못하갔네?

길자   (문득 머릿속으로) 아가리?

이때 이 주임이 문을 열고 들어온다.

이 주임   왜 또 우리 삼팔따라지 엄마 핏대를 세우고 난리당가?

포주   (이 주임에게 소리를 지르며) 야이 이 간나새끼야! 이것들은 입이고 나는 아가미 주둥이가? 어데 본데없이 셋만 시킨 거이가? 내래 제일 좋아하는 중국음식이래 짜장면인 걸 모르네… 쌍!

이 주임   아? 짜장면…그래 화났당가요? 나가 셈본 실력이 본디 없스라! 그랑께 이리 삐끼 노릇하며 살지 안 그믐 핵교 선상 했지라! 안 그요? (밖에다 대고) 야들아 빨랑 짜장면 한 그릇 추가로 더 시켜라잉! (능글거리며) 그라고 짜장면은 때국놈 음식이 아니고라 인천 여기 인천서 만든 우리 고유음식이라 허드만….

포주   (울먹이며) 날래 모두 꺼지라우야! 내래 기간 짜장면이래 먹구 싶어 그라는 줄 아네? 그까이 껏 안 묵어도 되니끼니 모두 날래 나가라우야 어서… 소중아! 소중아!

이 주임   아따메 또 와 그란다요! 또 사리원에다 두고온 아들 생각나 그러요?

포주   (이 주임한테) 너 이 간나새끼래 아가리 닥치지 못하겠네! 그리고 너 귀꾸멍 열어제치고 잘 들으라우! 내래 이 쌍놈오 에미나이들 받을 수 없으니끼니 날래 끈 풀어주고 내쫓으라우! 이것들이래 꼴갑 떠는 거이 보기도 싫고 비우 상하니끼니 날래 내보내라! 알아듣간?

길자 (독백/혼잣말로) 맞다! 아… 아가미? 그 어른이 기찻간에서 만석동에 가가 힘든 일 있으면 아가미라카는 사람을 찾으라켔제! 그래! 아가미 맞다카이!

이 주임 뭐… 뭐시라? 내보내라고라? 와 그란다요! 이년들한테 억수로 공들인 게 월만디 그라요?

포주 (이 주임한테) 너 이 새끼래 무시기 잔말이 그리 많은 기야! 기냥 풀어주라믐 풀어 주는기디! 내래 기깟 돈 대신 셈해 주면 될 꺼 아이가! 날래 내보내지 못하간!

이 주임 (포주의 눈치를 보며) 아 뭐시고라 엄마가 대신 물어준다고라? 아 와 그라는디요? 아… 알았으라! 필시 뭔 곡절이 있는가 분데 꼭 약속은 지키시오 잉.

포주 (혼자 두 손으로 얼굴을 가리며) 소… 소중아 불쌍한 내 새끼래….

길자 보소! 이개불 씨요!

이 주임 (묶은 끈을 풀면서) 아가리 닥쳐라잉. 나가 지금 엄청 열나부렀웅께!

길자 당신 혹시 아가미라는 이름 들어봤능교?

포주와 이 주임 깜짝 놀란다.

이 주임 (약간 떨리는 소리로) 뭐… 뭐시라? 아가미라구라?

제8부

미궁의 기별

#1. 하꼬방 집 안

길자   하모! 그 사람이 누군지 아능교?

이 주임   아따 시펄 놀라버려라! 아, 인천 바닥서 그 회장님 모르는 사람도 있당가?

길자   이개불 당신 아입니꺼? 그 아가미라카는 사람이 내 사촌 오빤데 당신이 아즉 모르는 것 같네예! 그 아가미가 내 오빠시더! 날로 가장 이뻐해주는 내 사촌 오빵잉기라예! 그거 몰랐나보네 (딸금과 선녀에게) 느그들은 어뜨노, 알제? 지난번에 낼러 찾아와 우덜 모다 공화춘서 중식요리 사준 우리 오빠!

딸금   (길자를 쳐다보며) 공화… 춘이라?

길자   왜 키 좀 작고 중매냥 머리를 다 밀어가 낼러 귀엽다고 눈웃음치던 오빠말이다. 기억 안 나노?

선녀   (재빨리) 아! 언니 사촌오빠라 카면서 부하들인둥 시크면 남정네들 델구와가 언니한테 인사캐라 했던 분 말잉교? 아

기억나고 말고예. 기억난다!

이 주임 뭐… 뭐시라요? 고 고거이 참말이당가? 사촌… 오… 빠?

길자 아 전쟁통엔 피죽도 몬 먹어 그런다케도 이제 허연 쌀밥도 돈 있음 맘껏 먹을 수 있는 시상인데 내 뭐할라꼬 당신 같은 삐끼짓 하며 사는 형편없는 사람한테 거짓뿌렁을 한단 말잉교? 한번 우리 오빠 만나볼랑교?

이 주임 (갑자기 무릎을 꿇고 덜덜 떨며) 아이코 일년 열두 달 바빠 쉴 여가도 없으신 분을 나가 맥없이 와 만난다요? 아… 아니 내 죽을 짓을 졌고만이라! 와 진작에 그 오야붕님 야길 안 했당가요! 참말로 야속시럽네요이잉…! 사… 살려주더라고… 참말로 내 잘못했응께… 아이고 아가씨!

포주 (따라서 무릎을 꿇으며) 아 아가씨… 참말로 몰라 그랬시오. 내 래 자식놈 먹일라고 양식 구하러 집 떠났다가 저 이개불놈보다 더 못돼 쳐먹은 어떤 새끼래 꾐에 빠져시리 이때껏 천스럽게 목숨 부지하며 살아온 인생이야요….

길자 그래예? 그런데 그런 말을 와 지한테 하능긴데예?

포주 아가씨! 그 오빠 되신다는 오야붕 참말로 우리한텐 무서운 분입네. 그 아가미 회장님한테 찍히면 우리래 기 냥 산목숨이 아니디요. 그냥 그 자리서 끝이야요. 내 뭐든 잘못했으니끼니 그냥 한번만 봐주시라요. 내 이 목숨이 아까버서 이러는 거 아닙네. (울면서) 내래 사리원에 두고온 아들놈하고 한 약속 땜시… 엉엉 정말 자… 잘못했시오. (밖에다 대고) 야! 날래 순신이를 델고 오기요! 아… 아가씨.

이 주임 (밖에다 대고) 야! 뭐하냐! 얼릉 순신일 델고 아니 모시고 와야! 느그 방에 안 있나? (다시 길자 앞에) 잘못했지라. 참말로 죽을 죄를 졌당께요!

길자 그래 아지매 하던 말 계속 해보이소! 사리원에 낭기고 온 그 아들캉 무신 약속을 했는데예?

포주 (일어나 두 다리를 펴고 앉아 대성통곡을 한다) 아이고 아이고 우리 아새끼래 소중아! 소중아! 못낸 니 어마이 여깄다. 아이고 소중아 소중아!

길자 (불현듯 영신이가 생각나 눈물이 울컥 솟구친다)

포주 (다시 무릎을 조아리고 울면서) 내래 해방둥이로 난 아들놈이 하나 있디요. 그 아 아바이가 그놈이 태어나기도 전에 열병으로 자기 새끼래 보지도 못하고시리 먼저 세상을 떠나는 바람에 유복자로 태어난 불쌍한 놈이야요. 그래 그놈을 목숨보다 소중해서리 이름도 소중이라 했는데 난리통에 먹을 거이 없어 내래 옆 마을에 사는 친정 동숭네한테 갸를 맡겨두고서리 양식 구하러 길을 떠나는데 그 아새끼래 그냥 낼러 따라온다고 울지 않았갔시오. 그래설라므니 내래 갸가 좋아하는 개밥을 사다준다고 하며 달래지 않았갔습네까!

길자 개밥이라꼬예?

포주 우리 황해도 이북선 갱엿을 개밥이라 하디요. 그랬더니만 나더러 (왈칵 울면서) 지 새끼손가락을 내밀면서리 약속을 하라고 하더구만요! 내래 고 어린 아새끼 손가락을 매만지면서리 그러마고는 집을 나섰는데 그게 영영 끝이었던 말입네다.

길자 예? 끝이었다고예?

포주 야. 끝이었디요. 내래 해주 연백쪽으론 남조선군인들과 우리 조선해방군이래 전투가 한창 중이래서 사람들 말만 들고는 장연, 용연을 거쳐 몽금포 쪽으로 가려다가 장산곶으로 갔시요. 그런데 거기도 전쟁이 터졌는지 기냥 여기 저기래 폭격이 쏟아지는 바람에 혼비백산하다가 그만 정신을 잃었더랬는데 눈을 떠보니 내래 어떤 배에 타고 있질 않았갔습네까! 사람들이 저를 끌어다 배에 태운 거디요. 내래 울면서 집에 가야한다고 하니깐 사람들이 미쳤다고 해요. 이미 배가 오래 전에 장산곶을 떠나 백령도 가까이에 왔던 거야요.

이때 급한 발소리와 함께 방문이 열리며 건달2 소리친다.

건달1 성님 없어라. 순신이 고년이 방에 없고라. 이런 거이 한 장 써놓고 사라져 뻐렸는데 그냥 가져왔으라. 한번 뭐라 썼는지 읽어 보더랑께! 나가 일본글은 쬐까 알것는디 한글은 잘 모른당께. (종이 한 장을 이 주임에게 건넨다)

일동 뭐… 여?

이 주임 (종이를 건네받아 읽으며) 이거이 뭔 말이당가? 수… 순신이 고년이 더러운 이 세상을 하직한… 다고라 아이고 오메요 송장 치루게 생겼네잉.

일동 (놀래며) 뭐…? 뭐라구?

강한 음악.

#2. 다큐 같은 영상

영신이의 대사 내용에 따른 다큐영상이 O.L 된다.

영신 (대사) 그렇게 어머니는 열차에서 만나셨던 대중가요를 만드신 노신사 분께서 말씀하신 이름을 기억하시고는 순발력있게 그 위기의 상황을 넘기셨던 거야. 우리 어머님은 정말 학력은 없으셨지만 머리는 상당히 좋으셨던 분 같애! 그리고 어머닌 그 묘도유곽촌을 빠져 나오시자마자 이번엔 진짜로 그 아가미라고 하는 지금으로 말하면 조폭 두목을 찾아가셨던 거야!

#3. 동양다방 안

길자가 아가미와 다방 테이블을 사이에 두고 앉아있다. 옆 테이블에는 신 반장과 딸금, 선녀가 앉아있고 아가미 뒤에는 건장한 조폭 두명이 서 있다.

아가미 그 고려성 선상님은 참 멋쟁이셨지라. 일본 와세다대학꺼정 나오신 인테리분이셨는데 그 어르신이 만드신 노래들도 다 좋았제. 거 뭐시냐 본인의 '첫사랑', 여기 나하고 같이 계실 때 만든 '제물포 아가씨'하고 '나그네 설움', '어머님 사랑' 등 참 많은 노래를 만드셨는데 백년설 성님이 최고 가수가 된 것도 다 우리 고려성 선상님 덕분이지라!

길자 고려성이라꼬에? 지 기억으로는 그 선상님 성씨가 고씨가 아니고 조씨라 켔는데예!

아가미 그려 맞지라. 고려성은 예명이고 본명이 조경환이신께! 그분은 경북 김천분이셨는데 경상도 사투리도 하나 안 쓰셨어. 멋쟁잉께! 연예계에선 참 존경받는 어르신이셨제. 나하고는 죠기 인천 팔각정 앞 아리조나라는 카바레서 만나긴 세월 동안 친동기간매냥 인연을 맺었는데 그분은 늘 자기 동생 나화랑 성을 생각하믐서 자기 아래 연배 되는 사람들에게 동생맨치로 참 자상하게 잘 챙기시면서 도와주신 의리있는 분이었당께!

길자 선생님은 조씨라카믐서 동생분은 나 씬교? 혹 배다른 이복동생이라예?

아가미 하하하 순진한 아주머니시구만이라. 아 예명이랑께 형 이름은 조경환 동생 이름은 조광환이고 (미스 김을 향해) 어이, 미자야! 거 선상님 노래를 쪼까 틀어봐야!

미스김 네 큰 오라버니! 무슨 노래 틀어 드릴까요? '나그네 설움' '무너진 사랑탑', '닐리리 맘보', '열아홉 순정' 어느 거요?

아가미 아무거나 니 맘대로!

미스김 네 큰 오라버니!

이때 다방문이 열리고 이 주임과 건달1,2 다른 조폭들에게 잡혀 들어온다.

조폭들 아가미 앞에 큰 인사를 올리고 그 앞에 이 주임과 건달1,2를 무릎 꿇려 앉힌다.

아가미 이 겁대가리 없는 삐끼놈들이 내 하나밖에 없는 여동생을 유곽에 팔아넘기려 했던 거시여?

이 주임 (덜덜 떨며) 저 그런 게 아니고라! 회장님….

아가미 (발길로 내리치며) 어-허! 너 지금 말대꾸하는겨?

이 주임 (덜덜 떨며) 아, 아닙니다. 죄송합니다. 회장님!

아가미 그런겨? 참말로 죄송한 거 맞능겨?

이 주임 (덜덜 떨며) 주… 죽을 죄를 졌습니다 한번만….

아가미 그려! 그러믐 나도 한번만 묻는다잉. 순신이라는 아 어디
다 숨겨버렸냐?

이 주임 (덜덜 떨며) 회… 회장님… 저… 저희들은….

이 주임 일행을 잡아온 조폭 중 한 명이,

조폭1 회장님! 그 아가씨 지금 제물포병원으로 옮겨놓고 왔습
니다.

길자 제물포병원이라꼬예?

아가미 어디가 다친겨?

조폭1 아니 그런 게 아니라 양잿물을 마셨던 모양입니다!

길자 뭐라꼬예? 양잿물이라꼬예?

아가미 (길자에게 한손을 들어올려 제지시키며) 살 수 있능겨?

조폭1 글쎄 그것까지는 잘….

아가미 (이 주임에게) 떨지마라잉! 그리고 내 느그들 손 하나 까딱
안 할텡께 어여 병원으로 가서 그 아가씨를 살려내야 쓰겄
다. 그라구설랑 내한테로 통고해라 그러믐 너그들이 살 것
이고 안 그믐 너그들도 같이 죽을 텡께! 알긋냐?

이 주임 아… 알겠습니다. 회장님! 꼭 살려서 델구 오겠습니다요!

아가미 아니지라 목숨도 살리고잉 니가 고 아가씨한테 빌려갔던
돈 7부 이자로 쳐가꼬, 꼬옥 가져 오니라! 알았제! 날러 속

일라카믐 니 맘대로 해 뿔고!

이 주임 저… 절대 그럴 리 없을 건게 염려마십시오. 회… 회장님.

아가미 그럼 어여 가봐야!

이 주임 가… 감사합니다 회장님 그럼 이만 물, 물러 가겠습니다 요, 가자!

겁에 질린 채 정신없이 일어나 건달1,2와 함께 다방문을 열고 나간다.

아가미 (길자에게) 그럼 나가 우리 고려성 선상님 부탁을 이행한 거 싱께 담에 선상님을 만나걸랑 잘 말씀드려 주시시요잉!

길자 (일어나 연신 절을 드리며) 감사합니다. 증말 감사합니다. (동료에게) 그럼 우리도 일나자!

모두 다시금 아가미에게 절을 하고 나간다. 이때.

아가미 잠깐만!

길자 (놀라 멈춰서 뒤돌아본다)

아가미 어떠요? 나가 시키는 대로 연기 잘 했지라? 사촌여동상이 라꼬! 하하하.

음악.

#4. 교수 연구실

중년의 우영신 교수와 김유리 작가가 탁자 앞에 마주하고 있다.

유리	교수님 잠깐만요! 커피 한 잔 내려드릴까요?
영신	그럴까? 아니 그런데 지금 몇 시야? 아, 맞다. 이제 곧 총장실에서 보직회의가 있어 가봐야했는데 깜빡했네….

이때 책상 위에 있는 전화기 벨소리가 울린다. 영신, 일어나 수화기를 든다.

영신	오 그래…! 뭐라구? 회의가 다음 주로 연기됐다구? 음 그럼 잘됐네. 여기 마침 손님 와있는데. 아니 김 작가 우리 애 여친! 그래, 그러구 말이야 대학원생들 논문 초록 가지고 오면 오 조교가 받아 뒀다가 한꺼번에 내일 가지고와! 그래 괜찮아. 여기서 알아서 할게! 그래 그럼 수고!
유리	(커피머신 앞에서 커피를 내리다가) 오 조교예요?
영신	그래 커피 갖다 준다기에 괜찮다고 했어! 아, 오 조교랑 김 작가가 학번동기라고 했나?
유리	아뇨! 석사과정 친구예요. (커피를 따르며) 조금만 드릴 거예요! 커피 심장에 좋지 않잖아요. 그래도 워낙 좋아하시니까! 쪼끔만….
영신	김 작가! 오늘은 커피만 마시고 그만 끝내지! 곧 진석이 만나러 가야잖아?
유리	순신이 언니 아니 순신이 그 할머니 이야기까지만 듣고요. 그리고 오늘 저녁은 아버님 어머님하고 모두 커플식사 하기로 했어요. 아시죠?
영신	아 참! 그렇지!
유리	(다시 필기노트를 펼치며) 그런데 할머님! 참 대단하세요… 어떻게 그런 위기 상황 속에서도 쫄지 않으시고 아니 참…

죄송! 겁내시지도 않으시고 대담하시고 순발력과 언변이 좋으신지 새삼 놀랐어요! 우리 진석 씨가 할머님 닮았으면 좋을 텐데….

영신 왜 전혀 안 그런 거 같아?

유리 빈말이래도 경우에 따라 좀 거짓말이라도 해주면 좋을 텐데… 얼마나 고지식한지 몰라요! 아이 몰라 몰라! 아버님 아니 교수님 계속하시죠!

영신 하하 녀석!… 그래 암튼 그렇게 해서 할머니가 그 딸금이 이모랑 선녀이모랑 모두 함께 그곳을 빠져 나올 수가 있었지!

유리 그게 끝이에요? 순신이 이모님이란 분은요?

#5. 병실 안

병실 침대에 호흡기를 쓰고 누워있는 순신이. 의사가 청진기를 대고 진찰하고 간호원 옆에 포주가 걱정하며 서 있다. 이때 길자, 딸금, 선녀, 신 반장이 들어온다.

간호원 어떻게들 오셨어요?

길자 가… 가족인기라예! (의사에게) 선생님예 우에 됐능교? 저 아가 설마 어떻게 되는 건 아니겠지예?

의사 글쎄요… 독한 양잿물을 마신 거라서 일단 위세척은 했습니다만 좀 더 지켜봅시다! 아마 괜찮을 겁니다! (간호원과 함께 나간다)

딸금이와 선녀, 신 반장, 순신이, 침대로 가서 붙잡고 운다.

딸금 순신아 이 써글놈의 가시나야 무어가 억울혀서 이 지경이 다냐! 응 아이고 오메요!···.

선녀 언니예, 와 이래 쌓노? 뭐 할라꼬 이러능교? 응 빨리 일나라카이···.

길자 (흐느껴 울며) 순신이··· 이 문딩이 가시나야··· 이기 다 무꼬 응? (음악/포주에게) 아지매요. 우리 순신이 언제 찾았등교? 양잿물 마신 지 얼마나 되가 병원에 온 긴데예?

포주 찾기는 날레 찾은 모양인데 사발이 빈 거 봐설라므니 양잿물을 다 마신 뒤끝에 찾은 모양이야요! 아새끼들이래 갸를 업구 병원 올 때만 해도 말을 좀 했다드만! 기래도 의사 말로는 기만한 기 다행이라고 했는데 내래 맘 조려 더 죽갔지 뭡네까! 하기사 뭐 사람 목숨 그렇게 쉽게 끊어지는 건 아니디만.

딸금 (포주를 향해) 이 오사릴 아줌씨야. 이거시 다 당신 같은 사람들 땜시 이리된 거 아니당가! 묘도라 카면서 호랭이는 머 허고 자빠졌당가? 저런 사람들 안 물어 가고!

길자 니 지금 무신 말을 그리 하노? 이 아지매 아녔음 우리 모다 우에 됐을긴데···.

선녀 아이다 언니야 내도 아직꺼정은 저 아지매가 원망스러운 기··· 분이 안 풀린다카이··· 우리도 우리지만 순신 언닐 생각하믐 저 아지매를 막 쥐어뜯고 분풀이라도 안 하고 싶드나!

포주 그러디! 내래 어린 너네한테 욕을 먹어도 싸디··· 내래 용서를 빌 자격도 읎어야. 니네 맘대로 하라우. 내 머리끄덩이를 잡아 흔들며 몽땅 뽑든지 내 가슴팍을 쥐고 뜯고 물든지 니네가 호랑이가 되면 아이 되간? 니네 하고 싶은 대로 맘대로 하라우야! 내래 니네가 기래 안 하믐 나래도 그리 하고 싶은 심정이니끼니… 그칸데 말이디!

딸금 그래서 뭘?

포주 여기 이남에 내려오니끼니 사람들이 사람팔자 시간문제라는 말을 많이 쓰더만… 맞디. 사람 팔자라는 거이 진짜로 시간 문제디! 내래 황해도 사리원 만금리서 태어나 어릴 적이래 왜놈들이 판을 치던 시절이었는데 우리 아바이가 송화군에 있는 송화온천 지배인이었더랬어! 그때 동네 아이들이 시커먼 치마에 누더기 저고리를 입고 다닐 적에 내 혼자서리 꼬까옷이라고 색동저고리에 옥색 치마를 입고 다녔고 남들은 조밥으로 풀죽 쑤어먹을 때 우리집은 하루 세 끼니 고봉으로 밥을 먹었다. 지금도 생각나는 거이 우리 오마니가 늘상 하시는 말씀이 너네는 부모 잘 만나 이래 사능 거이니끼니 정방산 성불사 부처님한테 잘 보이라 했서. 내래 이래 뵈도 사리원서 중학 초급반까지 안 나왔겠니. 긴데 그거이 무슨 소용이가. 연애 한번 잘못해설라므니 지지리 못 사는 빈농가로 시집을 가들안나 그 남정네하구 일년도 못 살아보고시리 신랑 열병 얻어 되져뿔고 어린 거이 굶겨죽는 꼴 아이 볼라고 양식 구하러 나왔다가 이래 혼자서 피란살이로 떠돌다보이 순신이 저 에미나 이처럼 사기꾼 못된 놈 만나서리 유곽에서 목숨 부지하다 이 꼴 된 거디. 참말로 사람팔자 시간문제 아니갔어. 내래 이래 장구한 말로 뻔뻔스럽게시리 아가릴 놀리는 거이 다 뜻있어 하는 말이니끼니 새겨들라! 팔자는 자기래 만드는

기야! 아직 너거들은 어리니끼니 자기 맴을 잘 치리하라. 그래야 옳게 팔자가 피는 거야! 내 같이 살지말구 말이디!

선녀 치리가 뭐꼬!

포주 잘 다스리란 말이야! 다 커갔고 그것도 모르네?

이때 병실 문 두드리는 소리. 서로 눈길을 마주치다가 신 반장이 문을 연다.

중절모를 쓰고 조리 꼬아 만든 틀에 담긴 사과를 들고 서 있는 형민.

형민 여기가 순정 씨 아니 순신 씨가 입원해 있는 병실이 맞능 감유?

신반장 네. 누구신데요?

형민 네. 저… 저는 충청도 시골 전의라는 데서 온 사람입니다… 순정 씨 아니 순신 씨 약혼자 되는 사람이구먼유!

길자 (깜짝 놀라며) 잠깐만! 아즉 들어옴 안 된다! 신 반장, 니 그 사람한테 잠시만 바깥에서 기다리라 캐라! 빨랑 문부터 닫고!

신반장 (형민에게) 저 잠깐만 밖에서 기다리세요! 여자들만 있어서….

형민 네. 알겠구먼유!

신반장 (병실문을 닫는) 아니 왜요? 순신이 신랑 될 사람이구만….

길자 (소리를 낮추며) 느그들 내 말 단디 듣그레이! 아이다 우선 (포주에게) 아지매는 저 남자가 들어오믐 그냥 암말 말고 여기서 나가고예! 또 혹시 저 남자가 묘도로 찾아가 순신이에 대해 물으면 무조건 모른다 해주이소. 절대로요. 니들도 순신이에 대해 저 남자한테 이러니 저러니 아무것도 말도 하지 말거레이. 모두 알았나?

선녀 왜예? 왜 그래야 되는데예?

길자 글씨 그리 하라믐 기냥 해라! 이 문디 가시나야! 내 난중에 말해줄 테니까는! (신 반장에게 문을 열라고 눈짓을 한다)

신반장 (병실 문을 열고는) 저, 아저씨 들어오세요!

형민 아, 예! (병실로 들어서서 누워있는 순신이를 보고 깜짝 놀라며) 저기 우리 순정이 아씨 아닌감유? (다가가며) 순정 씨. 순정 아씨!

길자 선상님요. 저 진정하시고예 아직 일날라믐 멀었으니까는 이리와 좀 앉으시소. 지가 설명 다 해드릴께예!

형민 (울먹이며) 아이고 순정 아씨! 순정 아씨 왜 이런데유? 증말!

길자 (포주에게 눈짓을 하고 형민 앞으로 의자를 내민다) 자 그냥 이리로 앉으시소! 참 느그들도 모두 나가있다가 좀 있다 들어오는기 좋겠다! 그리 할래?

일동 모두 병실 문을 열고 나간다.

형민 (울먹이며) 참말로 이게 무슨 일이래유? 왜 저 사람이 저래 누워있는 거래유? 그래 우리 순정 씨가 여적 이곳 인천에서 있었던 거이 맞대유? 아이구! 이 사람이 참!

길자 선상님! 제발 진정 좀 하시고예 지 말 좀 들어보시소! (일어나 난로 위에 끓고 있는 주전자에서 물 한 컵을 따라 건네며) 자, 뜨거우니까 조심해가 먼저 물 한잔 드시고예!

형민 (물 한잔 마신 후에) 고맙구먼유 길자 씨! 근데 참말로 무슨 일이래유? 여즉 소식 없던 사람을 어떻게 찾은 거구유….

길자 (잠시 망설이다가) 선상님 저번에 오셨다 가셨을 때 소식 들으신 대로 쟈가 공장서 일하다가 실수로 손가락 두 개나

절단이 안 났던교? 아시지예?

형민 예. 그건 지가 알고 내려갔지유? 근데 손도 다친 사람이 벌이도 못했을 텐데 그동안 워디서 어떻게 살았대유?

길자 글씨 잘은 모르겠지만서도 아마 어데 고아원 같은데서 밥만 얻어 묵으면서 아들을 돌봐주며 있었든 모양입디더! 자세히는 모르고예.

형민 그럼 지난주에 다방서 그 레진가 하는 아줌마가 말하던 그 아가씨가 우리 순정 씨가 아녔던가 보쥬? 다행이구먼유. 근데 지금 우리 순정 씨가 워디가 워떻게 아퍼서 저리 누워있는 거래유?

길자 저 그기 말입니더! 고아원서 얼라들 빨래하다가 그만 부뚜막에 놓인 양잿물을 숭늉인 줄 알고 마신 모양이라예!

형민 뭐… 뭐라구유 양잿물을?

길자 야! 요즘은 빨래 빨 때 때가 잘 안 씻기가 양재물에다 빨래를 삶는다 안 캅니꺼! 다행히도 금방 발견되가 이래 병원으로 실려와 의사말로는 위를 세척해내고 다 토하는 바람에 생명에는 지장이 없을 것 같다카데예! 그리 된 깁니더.

형민 아이구 순정 씨… 그래도 길자 씨 말을 들으니 안심이 되긴 하네유. 하지만 만약 잘못된다면… 아유 지는 정말이지 못 살거구먼유

길자 선상님 성함이 형민 씨라 켓지예?

형민 예. 조형민이구먼유.

길자 그카면 이제부털랑 지가 형민 씨라 불러도 괘않겠능교?

형민 아 그럼유. 지도 자꾸 선생도 아닌데 선생님이라 하시니까 부담스러웠는디 이름을 불러주시면 고맙지유!

길자 예 그캅시더! 형민 씨요!

형민   (긴장된 마음으로 길자를 쳐다본다)

길자   실은 우리 순신이가예 형민 씨캉 올 가실게 혼인한다고 윽수로 자랑을 안 했습니꺼. 또 입만 떼면 늘 시도 때도 없이 자기 신랑 될 형민 씨를 자랑해가! 모다 그만하라고 할 정도로 자랑했시더. 쟈한테는 형민 씨가 꿈이고 행복인기라예.

형민   아 네…!

길자   그칸데 형민 씨예! 보시다시피 쟈가 지금 이레 안 됐능교! 손가락은 짤려가 앞으로 재봉질도 몬 하고 의사 말로는 독한 양잿물을 마셔가 어쩜 목구멍이 타가 말도 잘 몬 할지도 모른다 캅디더.

형민   그래유? 그런데유?

길자   뭐가 그런 뎁니꺼? 지 말은 그런데두 형민 씨는 쟈를 색씨로 삼고 평생을 함께 할 수가 있겠냐 말입니더?

형민   무슨 말씀이래유? 순정 아씨는 이미 저랑 혼인을 약조했구 저희 집안선 이미 아씨 댁으로 사주단지를 보내서 서로가 날을 잡고 있다가 이런 사변이 난 건데유. 그런데 그런 것들이 뭔 문제라고 그리 걱정이시래유? 괜찮아유! 아니 지는유 그보다 더한 거시 있다혀두 암시루 괜찮응께 얼릉 저 사람이 깨어났으면 싶구먼유!

길자   정말잉교? 내 형민 씨 그 말을 믿어도 되예?

형민   실은 지가 전번에도 말씀드린 걸루 아는디 우리 순정 씨는 이순신 장군 집안 후손으로 양반 중에 양반집 아씨였습니다. 지는 올 할아버지 때부터 그 집안에 머슴을 살았기에 어려선 감히 쳐다볼 수도 없는 지체였구유. 그런디 시상이 바뀌면서 그 집안이 몰락되고 또 양반상놈이 먼 얘기가 된 세상이 되다보니 지가 이를 악물고 열심히 공부한 덕에 아무개 머슴놈의 아들이 아닌 면서기 청년 조형민이가 되는 바람에 이렇게 아씨와 혼인 약조를 받을 수가 있었구먼유! 지는 어려서부터 아씨가 제 꿈이었는데 하늘이 도우신 거지유. 그런데 지가 어떻게 아씨가 저렇다고 내칠 수가 있고 또 평생을 함께 하지 않을 수가 있겠시유? 지는유 아씨가 송장이래두 그렇게는 안 할 거구먼유!

음악.

#6. 시골 옛 기와집 마당

형민과 순신이의 전통혼례 장면이 펼치는 가운데 영신이와 유리의 목소리가 덧입혀 들린다. 삼현육각 음악이 은은히 들리는 가운데.

유리   (소리) 어머 옛날 사람들이지만 그 형민인가 하는 분 참 멋지다.

영신   (소리) 멋있지, 아니 멋있다기보다는 멋도 있었지만 그것이 진짜 사랑이었던 거지! 사실은 말이다. 어머니께서 뒤에 아시게 되었는데 그 형민인가 하는 분도 순신이 이모가 어떤 고초를 당했었는지를 이미 다 알고 있었다는 거야!

유리   (소리) 어머어머! 아니 어떻게요?

영신   (소리) 모르지. 누군가가 얘기해주었던지 아님 찾는 중에 알게 되었을 수도… 그런데 형민이란 분이 순신 이모를 데리고 떠나는 날 우리 어머니한테 이러더란다.

형민   (소리) 길자 씨! 길자 씨가 제게 해주신 말씀처럼 우리 순정 아씨가 밥술만 얻어먹으며 고아원에서 일했다는 것을 사실로 받아주시고 다른 기억일랑 지워주셨으면 합니다. 저도 그렇게만 알고 평생 살 거니까….

강한 음악.

#7. 동양방적 사무실

사무직원들이 업무를 보는 옛날 허름한 사무실, 남자과장 책상 앞에 남 계장이 서서 과장하고 이야기를 나누고 있고 길자, 사무실 문 앞에 서 있다.

남계장 (길자에게 손짓하며) 길자 씨, 이리로 와서 과장님께 인사 올리세요!

길자, 과장 책상 앞으로 다가와서 과장에게 인사를 한다.

과장 (길자를 훑어보며) 7공장에서 일한다구?

남계장 네 그렇습니다. 제가 관리책임을 맡고 있는 7공장 아가씹니다.

과장 원래 공장 내에서는 업무용 외에는 사사로운 전화 사용은 금지하지만 아주 급한 전화라고 하니까 사용하기요. 참 이번에 우리 동료공원 아가씨를 위험한 곳에서 구해내는 일에 여기 남 계장을 도와 애썼다는 이야길 들었디. 수고 많았소.

길자   야? 아 네… 아입니더 지는 뭐 한 게 없고예, 여기 남 계장
님이 참 애를 많이 써가 그리된 기라예!

남계장   아니 뭐 우리 모두 다 같이 힘 모아 한 일이지요! 과장님
그럼 전화 한번만 사용토록 하겠습니다.

과장   응, 그래. (자리에서 일어나며) 앞으로도 사원들의 인화단결을
위해 더욱 노력하기요. 그럼 난 상무님 방에 볼일이 있어
갔다올 테니끼니 전화하고 가시요!

남계장   (허리 굽혀 절하고) 감사합니다. 인화단결을 위해 더욱 노력하
는 충실하고 성실한 공장 관리인이 되겠습니다. (과장이 눈에
안 보이자 겸연쩍게 웃으며 길자에게) 전화 거는 법 알아요?

길자   야! 전에 집에 전화기가 있어가 자주 해봤어예!

남계장   뭐라고요? 집에 전화기가 있었다구요?

길자   야! 지 살던 집이 면장집이라서 전화기가 있었어예.

남계장   면장집? (놀랍다는 표정으로 수화기를 건네며) 그럼 직접 걸어보
세요. 면장집?

길자   (전화 교환수가 나오자) 교환이지예! 네 그라믐 저 서울 종로구
에 있는 수도국군병원 좀 부탁하입시더! 네 맞아예. 수도국
군병원예. 예, 알겠십니다. (수화기를 다시 전화기에다 놓는다)

남계장   참말이네…? 그럼 면장님 딸?

길자   지가 처녀적에예! 지금은 아니라예… 그런데 계장님예!
이래 교환전화를 신청해놓고 얼만큼 기다려야 통화가 되
는 깁니꺼?

남계장   글쎄 나도 잘 모르지요, 공적이든 사적이든 전화를 걸어본
적이 없으니까!

이때 옆에 앉은 사무실 남자직원이 말을 건넨다.

남사무원　외부전환 전에는 한두 시간도 더 기다려야 통화를 할 수가 있었는데 요즘은 세상 많이 발달돼서 한 10분 정도만 기다리면 통화할 수 있을 겁니다.

길자　10분이라꼬예? 아… 예 알겠습니다. 내 예서 이래 기다려도 괜않겠능교?

남사무원　그럼요. 추우시면 여기 곱부에다 뜨신 보리차 물이라도 한 잔 드시면서 기다리세요. 남 계장님도 한 잔 드릴까요?

남계장　아이고 그럼 고맙지! 고마워… 야 참 세월 많이 좋아졌네. 서울 거리가 여기서 얼만데 고작 10분 만에 통화를 할 수가 있다니… 참!

이때 전화기 벨이 울린다. 길자, 얼른 수화기를 든다.

길자　참말이네예. 네 기다릴께예. (잠시 후)

보조간호원　(소리) 네. 필승! 수도국군병원 사무실입니다.

길자　저… 여보세요! 거기가 수도국군병원 맞지예?

보조간호원　(소리) 네. 그렇습니다. 어디십니까?

길자　예. 그카믄 저 접수하는 데 있는 높은 여자분 있지예? 그 뭐라 카드라?

보조간호원　(소리) 아, 우리 사무관님 말씀입니까?

길자　네 맞아예 사무관! 그 사무관님 좀 바꿔주실랍니꺼?

보조간호원　(소리) 네 누구시라고 전해드릴까요?

길자　예 최길자… 지 이름이 최길자라예. (전화기소리 잡음) 아니 왜 전화가 이리 직직거리노? 저 여보세요. 아, 지는 최길자라는 사람인데예 왜 일전에 거길 안 찾아갔든교?

보조간호원　(소리) 최길자라는 여자 분인데요! 심하게 경상도 말씨 쓰는… 네 알겠습니다. 저, 여보세요 잠시만 기다리십시오 사무관님 바꿔드리겠습니다.

길자　예. 고맙심니데이!

사무관　(소리) 아, 전에 남편 찾으시던 분이시군요

길자　네. 맞심니더. 지를 기억하시네예!

#8. 수도국군병원 서무과 사무실

사무관이 전화를 받고 있다.

사무관　아, 그럼요! 그런데 어쩌지요? 찾으시는 남편분 우… 뭐라 더라

길자　(소리) 우상준이라예! 우상준!

사무관　네, 그분 제가 당직 때 병원 입원환자 서류를 다 뒤져보았 는데 찾으시는 남편분 성함은 없었습니다. 물론 저희 병원 에 입원하신 적도 없었구요. 어쩌죠?

길자　(소리) 그래예? 그러믄 말입니더? 혹시나… 김순철 대대장 님이라꼬 아십니꺼? 그 양반 계급이 전에 무궁화가 둘인 둥 하난둥 했는데… 암튼 그분이 육군 6사단 7연대 3대대 장이였어예?

사무관　어머! 우리 사촌오빠 이름이 김순철인데… 예전 부대 이 름은 잘 모르겠지만 예전에 대대장이었던 것은 맞아요? 그런데 무슨 일이죠?

길자　(소리) 쩌번에 지가 거길 찾아 갔을 때 말입니더. 사무관님 이 전화하는 소릴 안 들었능교! 그때는 지가 그냥 남 전화

라서 생각 없이 흘려 들었는데예 아주 낯익은 이름이라서 혹시나해가 기냥 물어본 깁니더. 부산서 올라온다는 소리도 그렇고.

사무관 어머! 그래요? 참 신기하네요!

길자 (소리) 그 김순철 대대장이캉 지 애아빠는 친구라예. 그카고 예전에 일본 보국대도 같이 안 갔습니꺼. 그 인연으로 한 부대에 같이 있었고예! 그래 맞다 그 순철 씨 왜정 때 이름이 '가네야마'라 켓어예. 지 애아빠 이름은 '시게오'고예!

사무관 (놀란 표정으로) 맞아요! 우리 사촌오빠 이름이 어렸을 때 가네야마였어요. 젊었을 때 일본 보국대로 끌려도 갔었구요. 어쩜! 저 길자 씨라고 했지요? 그래 지금 어디에 사시나요? 이 전화는 어디서 거시는 거구요?

#9. 동양방적 사무실

길자가 전화를 받고 있다.

길자 맞아예? 참말잉교? 오, 하누님 부처님! 저 사무관님요? 그카면 지금 그 김순철 대대장님은 어디에 사시능교? 혹시 아직도 군인이라예? 그 양반은 지 애기아빠 생사여부를 알 수 있을끼라예!

사무관 (소리/떨리는 음성으로) 저 길자 씨! 지금 사시는 곳이 어디시냐고요? 그리고 지금 전화하시는 곳은 어디구요?

길자 예는 인천 만석동에 있는 방적공장이라예. 동양방적 7공장. 그카고 지금 이 공장 사무실에서 전화통화를 하고 있는 깁니더!

사무관 (소리) 알겠습니다. 그럼 이렇게 하시지요. 제가 먼저 저희 사촌오빠한테 연락을 해서 좀 더 자세히 알아보고 길자 씨 지금 계신 곳으로 연락을 드리도록 하겠습니다. 괜찮으시 겠어요!

길자 하모예, 네 네 잘 알겠십니더. 그카고예 꼭 꼭 연락해주이 소. 내 소식 기다리고 있을께예. 참말로 부탁드립니더. 꼭 이예! (수화기를 내려놓고 털썩 의자에 주저앉는다) 아이고 영신 아부지예!

강한 음악.

#10. 인천 신현시장 골목길

길자와 딸금, 선녀가 물건보따리를 이고 들고 걸어 나온다.

길자 느그들 이래 돈을 많이 써가 우에 하노? 내사마 염치없어 가 할 말이 없다카이.

딸금 아따 뭔 말을 그리 섭섭하게 한다요. 우덜이 뭐 남인가! 나 가 그동안 언니한테 받은 은혜를 생각하믐 이것도 모자라 지라. 암만 모자라도 한참 모자라당께

선녀 하모예, 언니는 노상 엄마맨키로 우릴 챙기느라 욱수로 돈 도 많이 썼을 낀데 그에 비하면 우덜은 새발의 피잉기라 예! 그나저나 참말로 이래 가야 합니꺼?

딸금 긍께 언니가 한달만 더 있다가믐 나가 쪼까 덜 서운하겠는

디. 그라믄 뭐시냐 내 앞가림도 생각해불 텐데 참말로 아쉽다 안 혀요.

길자 내도 느그들 맴 모르는 것도 아이고 내 역시 그런 맘 굴뚝같지만 우짜겠노? 내 매일 밤마다 들려오는 우리 영신이 울음소리에 더 버틸 힘이 없는 걸… 말이 그렇제 에미가 되갖고 8개월 동안 어린 아를 버리고 이래 산다는기 그기 에미로서 할 짓이 못된다카이… 참말이지 갸가 눈에 밟히가 울다보이 내 이래 눈이 안 물렀드노!

딸금 참! 신 반장, 그 가시나가 아까 전에 얼망가는 모르는디 글씨 이래 돈을 쥐주면서 영신이 옷이라도 한 벌 사주라 안혀요. 내 깜빡했구만이라.

길자 안 된다. 갸 형편 느그들이 다 잘 알잖아. 효녀 효녀 그런 효녀가 또 어디 있드노. 지 하나 벌어가 지 홀머니에 다섯 동상들 먹어 살린다꼬 저래 알뜰하게 사는데 안 된다. 그 돈 꼭 다시 돌려주그라. 맘 상하지 않게끔….

선녀 언니, 내 시집갈 때 언니야한테 연락하믄 올끼가?

길자 글씨 내 맴하고 생활이 다르니 우에 될런지는 모르겠다만서도 애는 써볼 낀데 장담은 몬 한다카이… 근데 니한테 결혼할 남자가 있었드노?

선녀 아이. 그런 게 아이고 일테면 내도 언니야맨키로 언젠가는 시집을 안 가겠어예. 그케 하는 말이시더.

딸금 언니 나가 아직은 남자가 없지만이라 지 맴도 이미 결정 안해부렀소. 내도 올 겨울 지내고 곗돈 타믄 말이시 고향으로 내려가 아무한테나 시집가뿔라고요.

선녀 언니야, 돈만 있다고 그리 쉽게 형부 될 사람을 만날 수 있나? 여자 팔잔 남자한테 달린 긴데 길게 살펴보고 뜯어보고 또 겪어봐야 안하나?

딸금   야 좀 보시, 야가 어느 시대 사람이다냐? 살쾡이매냥 뭘 살펴보고 뭘 뜯어보고 뭘 겪어봐야? 그냥 서로 맴 맞아 좋다 싶음 결혼하구 또 맴 틀어져뿔면 헤어지면 그만이지 뭔 팔자타령이다냐? 시상에 쎄뿐게 남자 여잔디 (길자에게) 아, 안 그요?

길자   너 빈말이라도 그런 말 하면 안 된다. 그기 어디 혼기 찬 처녀가 할 소리고? 시상이 이리 뒤비져가 난리 끝이라 해도 조선사람은 조선사람인기라. 니 일부종사라 카는 말 모르나? 한번 인연을 맺어가 맴과 몸으로 하나 된 부부라카믐 요즘 영화맨키로 사랑이다 뭐다 해싸면서 이혼을 밥 먹듯 하는 거 본받으면 안 된다카이. 그저 한 낭군 일평생 섬기며 사는 거이 그기 옳은 여자 팔잔 기라.

선녀   언니야 조기 저 뭔 사람들이 저래 몰려 있능기고? 우리 한번 가보자!

딸금   전파사 앞인가 본디. 거시기 뭔 뉴슨가 뭔가를 듣는가 보요. 그려 언니 가볼까잉.

길자   그래 가보자.

#11. 길거리 전파상 앞

행인들이 서서 큰 관심을 보이며 전파사 앞 스피커에서 흘러나오는 뉴스를 듣고 있다.

스피커(뉴스소리)

정부는 지난 5월 15일에 실시된 제3대 대한민국 정·부통령 선거에서 압도적으로 당선되신 이승만 대통령각하와 부통령이신 장면각하의 영도 아래 신내각 구성을 발표했습니다. 내무부장관 이익홍, 외무부장관 조정환, 법무부장관 이호 유임, 국방부장관 김용우, 농림부장관 정운갑 유임, 문교부장관 최규남, 부흥부장관 김현철, 체신부장관 이응준, 재무부장관 인태식 이상입니다. 다시 한 번 알려드립니다! (뉴스소리 F.O)

행인1 아이고 이제 세상 다 됐네 다됐어. 아 늙은 노인네가 뭔 욕심이 저리 많아 한두 번으로 족하지 원 세 번씩이나 대통령을 한다고… 전쟁 한번 치루고 나니께 모다 생각들이 뒤틀어진 거 같혀! 나라도 정도가 있어야 하는 건디 말여!

행인2 생각하기 나름이제. 그래도 저 어르신 아니었음 이 나라가 세워졌간디? 그라고 나이가 뭔 상관이당가? 낫살 먹어가 노망 들린 노인네두 쎄뿌렸는데 저래 일평생을 나라 걱정 백성 걱정하며 올곧게 사시는 어른이 또 어디 있을껴!

행인1 하기사 뭐 옛날 같으면 나라 임금이신데 나이가 뭔 상관이겠냐만서두 문제는 그 밑에서 기생하는 간신들이 너무 많은 게 탈인 거여! 아 생각해봐. 오히려 신익희, 조봉암 같은 양반들과 뜻을 잘 맞게 혀서 그들이 잘 보살펴 떠받들면 누가 뭐라 간디! 근디 이기봉이 까라 전봉덕, 장덕수 같은 친일 일색의 역적 간신배들이 딱 버티고 앉아 이 대통령을 끼고 돌으니까 그게 문제란 거지! 그것이 노망이지 뭐 노망이 딴 거여!

행인3 아따 이 양반 말씀 참말로 실하게 하는구먼이라. 암, 그거

시 문제지라. 아 이 대통령이 예수쟁이라면서 뭔 부처님매
냥 동상을 만든당가요?

행인2 그것이 뭔 말이다요? 부처님 동상이 뭐가 어째라?

행인3 부처님 동상이 아니고 이 대통령 동상 말이요. 본디 동상
이란 말이시. 죽은 사람이 산 사람일 때 쌓은 공적을 가지
고 그 뿐을 기리기리 후손들이 보고 배우라고 맨드는 거신
디 살아있는 저 노친네는 뭐가 그리 급하다고 파고다공원
에다가 벌써부터 여든 자나 되는 기력지로 자신의 동상을
세워놓았당가요. 난중에 또 뭔 일 나서 욕된 일 생기면 워
쩔라고! 또 예배당에 댕기는 사람들은 그런 동상을 세우
지 않는 법이라 안 혀요?

행인1 그것도 다 밑에 있는 간신놈들이 아양떠느라 한 짓이겠지
만 그거보담 이런 말들 들어들 봤소? 이번에 낙마한 조봉
암 선생이 그랬답디다. 이번 선거는 선거에서 이기고 개표
에서 진 선거라고!

행인3 아니 고건 또 뭔 소리다요?

행인1 분명 국민들 민심은 이미 자유당을 떠나 민주당으로 몰
려서 대부분 민주당을 찍었는데 뚜껑을 열어보니까 반대
더란 거요. 즉 자유당 표가 압도적으로 많고 민주당 표가
형편없었다는 거인데 암만 생각해도 이건 말도 안 되는
소리잖소?

행인2 에이 뭔 말을 그리 한다요? 그럼 이번 선거가 부정선거란
말인데… 그거야말로 말도 안 되는 소리지라 이기붕은 자
유당인데 떨어지고 장면 박사가 민주당으로 부통령에 당
선된 거는 뭔디요?

행인1 아, 지난번 선거는 말이 되는 선거였소? 대통령 4년 임기

에 원래는 2회까지만 하기로 한 나라 헌법을 억지로 뜯어고쳐서 민의원서 법개정을 투표할 때 재적의원 203명 중 찬성 135명이 2/3가 되지 않자 서울대 교수들을 동원해서 사사오입이라나 뭐라나 하는 산수계산법을 내세우고서는 2/3가 되는 거라면서 억지 춘향으로 대통령 연임법을 통과시키질 않았소! 그리고 대통령 담이 부통령인데 부통령이 뭔 힘이 있겠소. 그러니 자유당이고 민주당이고 부통령은 신경을 쓰질 않은 거지.

행인2 아, 우짜 그란다요? 그거야 전쟁 끝나고 나라 정국이 어수선하니께 안정적인 나라 유지를 위해 미국맨키로 따라 한 거 아니겠르라. 아 미국도 루스벨트 대통령이 전쟁 땜시로 네 번씩이나 대통령을 하덜 않았소. 뭐시가 문제다요?

행인1 우리가 몰라 그렇지 실은 부산 대구 강원도 전라도지역에선 모두 신익희 선생님이 서거하신 후에 그 지지세력이 진보당의 조봉암 선생님한테로 표가 몰려가서 이번엔 분명히 나라 수반이 바뀔 거라 믿었는데 부정이 끼어들지 않고서야… 어디, 분명 이번이야말로 부정선걸 겁니다. 부정선거!

행인3 아따 그 양반 참말로 유식하고 실한 말만 골라하는데 말이시 보는 눈이 많응께 쪼까 입조심하는 거이 좋을 거 같소.

#12. 다시 길거리 전파상 앞

행인들이 서로 토론할 때 길자 뒤로 돌아서면서.

길자 그만 가자! 우리맨키로 배운 게 없는 아녀자들이 들어 뭘 알겠노!

딸금 그렇지라 옛날맹키로 따져불면 대통령이면 나라 임금님인데 저러콤 뒷전에서 임금님 욕을 허는 거시 도리는 아니지라 아, 안 그요 언니?

선녀 아까 전에는 닐러 두고 어느 시대 사람이냐고 질러쌓드만 딸금 언닌 지금은 옛날 타령잉교!

딸금 니 그 주둥이 닥치그라잉.

길자 내 어렸을 때 오빠야한테 들어 배운 말인데 수신제가라 카는 말이 있다능기라. 그기 무신 말잉고 허니 먼저 지 몸부터 깨끗이 하고 자기 집안일을 돌본 후에 남 일을 참견하라는 말인데. 저래 길거리서 책임도 못 질 나라 일에 함부로 입 놀리는 건 분명 잘못된 기라. 아이고 그나저나 왜 이리 허전한 기고….

딸금 내도 안 그요!

길자 암튼 내는 인자 낼모레 떠날 끼고만 느그들 밤에 잠 안 자고 수다 떨다 순신이맨키로 다치지 말고 꼭 조심들 하거레이. 그카고 절대로 수신제가 해가 새색씨로 시집갈 때 신랑한테 귀염들 마이 받아야 한다카이 알았제!

#13. 방적공장 정문 앞

정문 앞에 검정 세단 한 대가 정차해있다.

딸금 오메 저게 뭐시다냐? 사장님 차 아닝게베?

선녀 아이다. 사장님 차믐 정문 안으로 들어가 있을 낀데 저래

있능 걸 보면 누굴 기다리는 찬가 본데… 어메요? 우에 저
래 차가 번들번들거리노? 저런 차는 엄청 비싸겠제?

길자   와? 돈 벌어 살라꼬? 니들은 참말로 젊어 힘이 넘치는갑
다. 내는 이래 팔이 아픈데 퍼뜩 들가자!

보따리들을 들고 정문으로 들어가는 세 여인들.

#14. 방적공장 수위실

세 여인이 수위실 안쪽을 향해 인사를 한다.

선녀   아저씨에 즈그 7공장 기숙사 304호 귀가했심더. 2번, 3번,
5번이라예

수위영감   그래. 근데 3번이 길자지?

길자   내예? 맞심더. 와예?

수위영감   (일어나 밖으로 나오며) 자… 잠깐만 기다려봐! 누가 찾아왔어!

길자   내를 예?

#15. 방적공장 정문 앞

수위영감이 검정 세단으로 다가가서 이야기를 나눈다. 잠시 후 운전
기사가 문을 열고 나와 길자 앞으로 다가온다.

오기사   저… 최길자 씨 맞습니까?

길자 (흠칫 놀라며) 내 예? 맞십니더. 지가 최길자라예! 그칸데 뉘 신교?

오기사 자… 잠깐요! (다시 세단차로 가서 뒷문을 열고 이야길 나누다 다시 길자 앞으로 다가온다)

길자 와 그랍니꺼?

오기사 저기 차 안에 앉아계신 분이 아주머니를 기다리고 계십니다. 가보시지요!

길자 누군데예?

오기사 가보시면 잘 아시는 분입니다

딸금, 선녀 (덜덜 떨며) 어 언니야!

길자 (보따리를 딸금이한테 건네며) 괜않다. 느그들 가지 말고 예서 쪼그만 기다리거레이! (세단차로 다가간다)

이때 뒤창 유리문이 내려지고 유리창 안으로 선글라스를 쓴 남자가 보인다.

순철 저 길자 씹니까?

길자 그런데예. 누 누구신교?

순철 아, 길자 씨! 드디어 찾았네요. 저 김순철입니다. 7연대 3대대장이었던!

길자 뭐… 뭐라꼬예? 대대장님이라꼬예!

순철 그렇습니다. 그동안 어떻게 지내셨습니까? 고생이 많으셨지요?

길자 (갑자기 울음을 터뜨리며) 대… 대대장님이요! 이기 꿈인교 생신교? 참말로 대대장님 맞십니꺼?

순철 저… 잠시만 제 차에 타시죠! (오 기사를 향해) 오 기사 문 좀 열어드리지!

오 기사 달려와 차 뒷문을 열어준다. 길자 차에 오른다. 염려하는 딸금과 선녀.

길자 (차창 문으로 딸금과 선녀를 향해) 괜않다. 내 잠시만 예있다 들어갈 테니까는 느그들 먼저 들어가라!

딸금과 선녀, 고개를 끄덕이고는 정문 안으로 들어간다.

#16. 동양다방 안

순철과 길자가 테이블에 마주 앉아있다.

길자 (울먹이며) 대… 대대장님예, 이기 우에 된 깁니꺼?

순철 네. 지난 전쟁통에 눈을 잃었습니다. 두 눈을 다….

길자 (울먹이며) 우찌하다 그리…?

순철 놈들이 쏜 포격에 파편을 맞아 이리 됐습니다만 부대원들 중에는 목숨을 잃은 병사들이 많아 이렇게 살아있다는 것이 정말 죄스럽군요.

길자 그기 무슨 말씀잉교… 전쟁 아닝교 전쟁! 내는 대대장님이 이래 살아 계신 것만으로도 하누님 부처님께 참말로 고마분기라예!

순철 네 그렇지요. 하지만….

길자 그란데 우리 애아범은 우에 됐습니꺼? 우리 영신이 애비 말입니더!

순철 아, 애기 이름이 영신입니까? 영신이라면…?

길자 아들입니다, 벌써 우리 나이로 네 살 됐십니더!

순철 아, 그렇군요….

길자 저 대대장님요. 수도병원에 있는 사촌이라 카는 여동상한 테 지 얘길 들었지예? 그이캉 혼례 올리고는 담 다음 날 딱 그리 이틀 동안만 지내고는 부대로 귀대하는 바람에 여 즉 그이 소식을 모른다 안 합니꺼! 우에 된 긴데예? 우리 애 아범은 살아있습니꺼? 아님 뭔 일이라도 있었능교?

순철 … 염치 없습니다.

길자 (얼굴이 하얗게 되면서) 뭐, 뭐라꼬예?

강한 음악.

#17. 피난민들이 즐비한 괴산 장터

군용트럭에다 인부 두 명이 쌀가마를 실어 올린다. 그리고 오 하사에 게 다가와서 종이쪽지를 건네고 도장을 받는 모습이 보인다. 이때 다 른 군인 한 명이 학준을 먼저 보고 소리친다.

군인1 … 운송관님 여깁니다 여기요!

학준 (손을 흔들고는 트럭 앞으로 다가간다)

군인1·오 하사 (거수경례를 한다) 멸공!

학준 멸공! 그래 점심들은 먹었고?

군인1 넷! 그 방앗간에서 잘 먹었습니다. 운송관님은 드셨습니까?

학준	난 집에서 나올 때 조반을 든든히 먹어서 별 생각이 없어. 그래 대민수송사업 성과는 괜찮았나?
오 하사	넷. 그보다 운송관님 결혼을 축하드립니다.
학준	고맙네. 모두 잔치에 초대를 했어야 하는 건데 알다시피 상황이 여의치 못해서….
오 하사	아닙니다. 그리고 다행히 이 고장에서는 일거리가 많아서 목표점을 초과달성했습니다. 우리 부대 한 주간 식량은 공급될 것 같습니다.
학준	수고했네 선임하사! 그래도 선임하사가 이 지역을 잘 아는 고향사람이기에 가능했지 안 그러면 어려울 뻔했어!
오 하사	네, 다행히도 고향 친구놈들이 많이 도와줬습니다.
학준	그런데 우리 귀대날짜가 언제지? 늦진 않았겠지?
오 하사	그렇찮아도 걱정했는데 오늘 부랴부랴 달리면 자정까지는 부대에 도착할 수가 있을 것 같습니다.
학준	그래? 그럼 빨리 서두르자! 다 준비된 거야?
오 하사	넷 그렇습니다. 야! 채 일병 어서 차에 올라타!

오 하사는 운전석에 학준은 조수석에 군인1은 뒷 화물칸에 각각 오르고 트럭 출발한다.

#18. 차창 밖 들녘 풍경

오월 늦은 봄 차창 밖으로 지나는 산골과 들녘 풍경이 아름답다. 그 풍경 속에 영신의 대사가 들려온다.

영신 (소리) 지금이야 우리 군 예산이 넉넉해서 군인들 식사가 웬만한 가정집들보다 더 나을 정도가 되었지만 70년 전 그 당시만 해도 군 형편이 어려워서 전쟁이 없는 기간 중에는 각 예하부대의 병참수송부가 중심이 되어 인근지역으로 차량지원 사업을 통해 식량을 구해와 자급자족해야 했던 시절이 있었어. 그때 아버님은 대대장이셨던 아버님 친구분의 도움으로 대민 차량지원사업차 부대 밖으로 나와 어머님과 결혼식을 올릴 수가 있게 되었던 거지.

잔잔한 음악.

#19. 사단 지휘부 연병장

전방 6사단 지휘부 연병장 앞으로 도열하고 서 있는 사단장과 참모들.

#20. 시누꾸 헬기

시누꾸 헬기가 날아와 공중으로부터 착륙하는 광경. 연병장에 헬기로 인해 모래바람이 휘날린다. 일명 잠자리헬기라는 시누꾸가 연병장에 착륙한다. 사단장 이하 참모들이 달려가서 헬기에서 내리는 정일권 사령관에게 거수경례를 한다.

#21. 사단장실

작전용 테이블에 정일권 사령관과 6사단장 좌우로 참모들 및 지휘관들이 앉아있다. 그들 앞에서 지도를 펼쳐놓고 작전상황을 보고하는 작전참모 한 소령.

한소령 저희 6사단은 원주에 있던 7연대 3대대를 춘천에 증원하여 소양강 북쪽의 감제고지인 우두산에 배치하였고 우두산 서북쪽 164고지에 배치되어있던 7연대 1대대가 용산동 북쪽에 집결 중인 북괴군을 기습적인 공격을 감행하고 있는바 현재 북괴군은 공격을 포기하고 지내리까지 일부 퇴각을 했습니다. 그러나 27일 14시경 다시 북괴군 2사단 6연대가 재차 공격을 개시하여 강력한 포병화력으로 164고지, 우두산 일대 우리 방어진지를 목표로 하여 북한강 방향으로 진출 가래목 여울까지 공격하여 소양강을 도하할 기세로 접근하였으나 우리 병력들이 이미 철저하게 방어망을 구축하였고 살신성인 정신으로 무장하고 전투력에 총력을 다한바 어제 16시를 기해 북괴군이 소강된 상태로 퇴각하였습니다. 이상입니다. 필승! (거수경례를 한다)

정일권사령관 (힘차게 박수를 치며 일어선다) 하하하! 정말 대단하구만. 정말 장해! 모르긴 해도 귀 부대의 이런 혁혁한 성과는 훗날 우리 국방의 역사에 대첩으로 기록될 정도의 큰 성과야. (옆에 있는 사단장에게) 송 장군 정말 수고가 많았소. 만약 동부전선의 중심인 이곳 우두산고지를 6사단에서 막아주질 않았다면 정말 어찌 될 뻔했을까 생각만 해도 아찔하구면. (주변을 둘러보며 다시 박수를 치면서) 모두 수고가 많았다. 정말 장해. 내 오늘 서울로 돌아가는 즉시 대통령각하를 만나 뵙고 우리 6사단의 이 성과를 꼭 보고하겠네.

일동 기립하여 사령관에게 경례를 한다.

정일권사령관   자 모두 다 앉게나. 기왕에 이 좋은 소식을 받았으니 내 한 가지만 더 귀 부대에 명령을 하달하겠다! 이 우두산고지를 방어했다는 것은 곧 서울을 방어한 것과 같다. 이는 대통령각하께서 계신 수도권을 수호한 큰 전적이다. 하지만 저 북괴군 역시 이 홍천과 춘천의 방어선을 뚫는 것을 저들의 최고의 전략목표로 중요거점을 확보하는 것이라 생각하고 이전보다 더 큰 공세로서 공격을 가할 것인즉 모두 방심해서는 안 될 것이다 어떤 희생을 감수해서라도 이 방어선이 밀리지 않도록 최선을 다해주길 바란다.

사단장   (일어나서 경례를 하며) 네! 사령관각하의 명령 받들어 반드시 사수하겠습니다.

참모 및 지휘관들 다시 일어나 경례를 하면서.

일동   목숨을 바쳐 사수하겠습니다

정일권사령관   우리가 어떻게 해서 되찾은 나라인가! 그리고 우리가 어떻게 해서 건국을 했고 어떤 어려움 속에서 군을 창설했는가를 결코 잊어서는 안 될 것이다. 내가 이번에 귀국해서 들은 이야기 한마디만 전달하겠다. 워커 장군의 후임이었던 리지웨이 장군이 UN군 총사령관으로 영전한 뒤 그 후임으로 부임한 제임스 밴프리트 미8군 사령관에게는 지미 밴프리트 2세라는 아들이 있다. 그 아들 역시 자원해서 아버지가 사령관으로 있는 우리나라에 참전, 공군 중위로서 복무를 하고 있었는데 지난 달 그러니까 1952년 4월 2일 그가 압록강 남쪽의 순천지역을 폭격하기 위해 출격했다가 새벽 03시경 우리측 공군 레이더망에서 사라진 뒤 소식이 끊겼다고 한다. 이에 4월 4일 오전 10시 30분 미 제5공군 사령관 에베레스트 장군으로부터 지미 밴프리트 2세 중위가 폭격비행 중 실종되어 지금 우리 아군 특공대원들의 수색작전이 진행되고 있다는 보고를 받은 밴프리트 사령관께서는 묵묵히 듣고 계시다가 지미 밴프리트 2세 중위에 대한 수색작전을 즉시 중단하라 명하신 거야! 사령관께서는 다시 이렇게 말씀하셨지! 적지에서 수색작전은 우리 아군들에게 너무나 많은 피해를 줄 수가 있다. 그들도 모두 지미 중위처럼 한 부모의 자식들 아니겠는가! 참 대단한 양반이야! 사령관께서는 내 자식 살리자고 남의 자식들을 죽이게 할 수는 없다는 것이지. 이것이 바로 군인정신이다.

잔잔한 음악.

#22. 영문으로 표기된 편지와
밴프리트 장군의 사진 O.L

영신 (소리) 며칠 뒤 부활절을 맞아 아버지 밴프리트 사령관은 한국전선에서 실종된 미군 가족들에게 이런 편지를 보냈다고 했어. "저는 모든 부모님들의 심정이 저와 같을 거라고 생각합니다. 저 역시 내 목숨보다 더 소중한 한 아들의 아버지니까요. 우리의 아들들은 세계평화라는 의를 위해서 의무와 봉사를 다한 것입니다. 예수님께서도 친구를 위해 목숨을 내어 놓는 것보다 더 위대한 사랑이 없다고 말씀하셨습니다. 지금 한국이라는 나라는 우리의 친구입니다"라고 말이야….

코러스와 같은 고요하면서도 잔잔한 음악이 흐른다.

#23. 사단장실

정일권 사령관과 순철, 사단장이 마주 앉아 차를 마시고 있다.

정일권사령관 아니 그럼 자네가 아까 작전참모가 보고 중에 말한 바로 그 7연대 3대대장이었단 말이야?

순철 네 그렇습니다!

정일권사령관 놀라운 일이군! (사단장에게) 아! 이 친구는 말이야 내 외가쪽 사촌동생인데 영어 실력이 워낙 출중해서 난리 직전에 군 통역관으로 애국 한 번 해보라고 내가 군으로 데리고 온 친굴세! 그런데 이런 전투부대에서 대대장을 하고 있다니! 내 지난 1년 반 동안 미국에 잠시 파견갔다가 오는 바람에 전혀 몰랐지 뭔가! 어때? 송 장군! 이 친구를 육참으로 내가 데리고 가도 상관없겠나?

순철 (정색을 하며) 아, 아닙니다 사령관님! 전 지금 이대로가 좋습니다.

사단장 아닐세. 김 소령! 미군 통역 역시도 전투에 못지않은 큰 과
업일세! (정일권 사령관에게) 네 그렇게 하십시오 사령관님!
사단 예하부대에는 전투력에 지장이 없도록 조치를 취하
겠습니다.

순철 아, 안됩니다. 사단장님 저는….

정일권사령관 (말을 가로채며) 내 군 지휘관으로서 할 얘기는 못 되지만
서도 자네 선친을 내 어찌 뵈올 수 있겠는가? 장차 유능한
인재로 키워서 한국이 아닌 국제사회에서 활약할 수 있도
록 해주겠다고 약속을 드리고 자넬 군으로 데리고 온 나
일세! 그런데 만약에 전투지에서 무슨 일이라도 생긴다면
어찌 하겠는가?

순철 형님! 아니 사령관님! 조금 전에 사령관님께서 말씀해주
신 밴프리트 사령관 말씀은 다 무엇입니까? 그것이 군인
정신이라고 하시지 않았습니까? 저는 지금 군인입니다. 또
한 저는 대대장으로서 제가 책임져야 할 500여 명의 부하
들의 목숨이 있습니다.

정일권사령관 (순철의 눈을 뚫어지게 쳐다보다가) 그것이 자네 본심인가?

순철 … 잠시 형님이라고 부르겠습니다. 어릴 적 가네야마라고
불리던 그 꼬마로서 말입니다! 제가 어릴 때부터 고집불
통인 거 누구보다도 형님이 잘 아시지 않습니까! 그 가네
야마 꼬마가 창씨개명이 아닌 본이름인 김순철로 돌아온
것일 뿐 조금도 달라진 것이 없습니다.

정일권사령관 그 말은 날 따라가지 않고 지금의 자네 부대에 남겠다는
말인가?

순철 그렇습니다. 사령관님!

정일권사령관 (일어서며) 알겠네. 그럼 그렇게 하게나! 대신 꼭 대대장으로서의 임무를 다 완수한 후에 반드시 살아서 나하고 다시 이야기하기로 함세!

순철 (함께 일어서며) 네 알겠습니다!

정일권사령관 꼭 살아있겠다고 약속을 하자는 거야 내 말은!

순철 네! 약속하겠습니다.

정일권사령관 (문을 나서며) 좋아! 그럼 건투를 비네!

순철 (경례를 하며) 필승!

음악.

#24. 전쟁씬과 태극기, 정일권 영상

영신 (소리) 정일권 총리! 김 작가는 그분에 대해서 잘 모르지? 한국 현대사에서 전설적인 인물이야! 본래 그분은 이북 함경도 분으로 1935년 일본이 만주에다 세운 초급장교 양성기관인 봉천군관학교 5기생으로, 졸업 후 다시 일본 육사를 거쳐 일본의 식민지 군대인 만주 국군의 대위까지 진급하셨지. 그 때문에 친일문제로 거론되긴 하셨지만 시대가 그렇게 만들었을 뿐 결코 친일이나 할 그런 분은 아니야. 해방 후 미군정 당국이 설립한 군사영어학교를 다시 졸업과 동시에 한국 육군의 전신인 조선국방경비대에서 장교로 있다가 1948년 8월 대한민국정부수립 이후 경비대가 대한민국 육군으로 확대 개편되면서 짧은 기간 중에 급속히 진급, 1949년 2월에 육군준장이 되셨고 그 해 12월 육군참

모차장 겸 행정참모부장이 되었지. 그리고 6·25전쟁이 발발한 뒤 채병덕 육해공군총사령관이 전사하자, 1950년 7월 육군소장 진급과 동시에 육해공군총사령관에 임명 되셨고 계속해서 육군중장, 대장, 육군참모총장까지 되신 분인데 그때 그분 나이가 30대였으니까 대단한 출세였던 거지. 이후 전쟁이 끝나고 1957년인가 예편을 한 뒤에 프랑스 대사, 미국대사, 외무부장관을 거쳐 제3공화국 시절에는 국무총리까지 하셨고 이후 정치인으로서 유신체제하에서 1979년까지 국회의장직 등 요직을 맡으셨다가 1994년에 하와이에서 돌아가셨지. 처세술도 능하고. 시대적 관운도 따랐고 풍운아적인 삶을 보내신 분이야.

음악.

#25. 달리는 군용트럭

어둠 속에서 헤드라이트를 켜고 산악도로를 달리는 군용트럭.

#26. 군용트럭 운전석 앞자리

고개를 떨구고 졸다가 깨어나는 학준.

학준   (자세를 바로하며) 내가 깜빡 잠들었나보다. 여기가 어디쯤이야?

오 하사 지금 홍천을 막 지났습니다. 부대까지 가려면 아직 한두 시간쯤 더 걸릴 텐데 좀 더 주무십시오.

학준 아니야. 실컷 잤어! 그나저나 자네 무척 고단하겠다! 나랑 운전 교대할까?

오 하사 아닙니다. 전 운전이 취미라서요. 하나도 피곤하지 않습니다.

학준 그래 선임하사는 이번에 고향에 가서 부모님을 모두 만나 뵈었나?

오 하사 네. 수송관님께서 배려해주셔서 하룻저녁 집에 가서 잘 자고 왔습니다. 아버님께서는 여전히 건강하시고 어머님께서 좀… 거동이 불편하신데 마침 누님이 집에 와 계셔서 어머님을 돌보고 계십니다.

학준 그래도 다행이군 그래! 집안에 몸이 불편하신 분이 계시다는 것이 참 힘든 일이거든… 우리 집도 큰형님께서 왜정 말기에 부역 나가셨다가 언덕에서 굴러 떨어지는 바람에 다리를 다쳐 꼬박 반년을 누워계셨거든… 참 오 하사 선친께선 어떤 사업을 하고 계신다고 했지?

오 하사 네. 조그마한 양조장을 하고 계십니다.

학준 그래? 면에서 양조장을 운영하신다면 꽤 부자시겠네….

오 하사 아닙니다! 뭐 그런 건 아니구요.

학준 (갑자기) 가만 우리 뒤로 아까부터 헤드라이트 켜고 따라오는 차가 있는데 저게 뭐지?

오 하사 네? 라이트 켜고 차가 따라온다구요?

학준 그래? 오 하산 그냥 정면만 바라보고 운전 조심하면서 듣기만 해! 더 속력도 내지 말고 여기 도로는 산중길이라서 매우 위험해!

오 하사 네. 알겠습니다!

멀리서 천둥소리와 함께 간간이 포사격 소리가 들린다.

오 하사 (백미러를 보면서) 뒤차가 점점 더 가까이 오는 것 같은데요!

학준 오 하사는 운전만 똑바로 하라니까! (역시 백미러를 바라보며 뒤 화물칸을 향해 소리친다) 야! 양 상병 자냐?

군인1 (소리) 아닙니다!

학준 지금 소총 가지고 있지?

군인1 (소리) 넷! 그렇습니다!

학준 그럼 말이다 총알 장전해서 뒤 칸막이 열고 우리 뒤를 따라오고 있는 차를 향해 조준만 하고 있어! 긴장하지 말고….

군인1 (소리) 넷! 알았습니다!

학준 속도나 불빛을 보아선 민간인 차가 아니고 소형차 같은데… 뭐지? (좌석 뒤 공간에 놓아둔 소총을 찾아 장전시킨다) 근데 아까부터 들리는 저 포소리는 또 뭐야? 아군 포소리야? 아님 빨갱이 놈들 거야?

오 하사 글쎄 말입니다! 소리로 봐서는 한 50킬로는 더 떨어진 원통이나 기린면 쪽 같은데요! 그리고 연속이 아닌 단발소린 걸 보면 놈들 건 아닌 듯싶습니다.

학준 암튼 전방 주시하면서 도로에 장애물 있나 없나 살피면서 운전에 집중해!

오 하사 넷! 알겠습니다. 근데 수송관님!

학준 뭐야?

오 하사 라이트로 수신호를 보내오는데요! 아마 뒤에 오는 차량이 우리 부대 차량인 것 같습니다!

학준 그래, 확실해?

오 하사 예 그런 거 같습니다. 아니 확실합니다.

뒤에 오는 차량에서 라이트로 깜빡거리며 수신호를 보내온다.

학준 그럼 말이다. 속도를 줄이다가 어디 정차할만한 곳을 찾아
서 정차시켜!

오 하사 넷! 알겠습니다.

군용트럭 정차하고 학준 차에서 내린다.

#27. 정차해 있는 군용트럭

학준과 군인1, 소총을 든 채 군용 트럭 뒤에 몸을 숨기고 있다.

#28. 군용트럭을 향해 달려오는 지프차

제 9 부

대전으로

#1. 군용트럭 앞에서 정차하는 지프차

운전병이 내려와 소리를 친다.

운전병　오 하사님! 오 하사님 담당차 아입니꺼?

이때 몸을 숨기던 학준과 군인1이 나타나고 오 하사도 트럭에서 내린다.

군인1　야! 김 상병! 놀랬잖아 이 새끼야!

운전병　어 양 상병 니도 같이 갔다온 기가? (이때 학준을 보고 경례를 한다) 아 수송관님! 멸공! 김일우 상병입니다.

학준　멸공! 대대장님은? 대대장님 모시고 오는 길이냐?

운전병　넷, 그렇십니더.

이때 차에서 내리는 순철.

순철	수송관 자네였어?
학준	(거수경례를 하며 다가간다) 멸공! 이게 어떻게 된 겁니까?
순철	사단에 대대급 이상 지휘관 합동회의가 있어서 사단에 다녀오는 길일세! (소리 죽이며) 그래 혼례는 잘 치루었구?
학준	(역시 소리를 낮추며) 물론이지! 내 이담에 자세히 말해줄게!
순철	(운전병을 부른다) 어이 운전병!
운전병	(뒤돌아보며) 네 상병 김일우.
순철	(군용트럭을 가리키며) 거기 선탑자랑 같이 이리로 좀 와!

이어 오 하사 순철 앞으로 달려온다.

오 하사	(거수경례를 하며) 3대대 수송부 선임하사 오승윤.
순철	(경례를 받는다) 그래 자네 말이다. 내 운전병 김 상병을 그 차에 태우고 부대까지 가라. 나는 수송관이랑 할 얘기가 있어서 같이 타고 갈 테니까!
오 하사·운전병	넷, 알겠습니다.
학준	(열쇠를 건네받으며 오 하사에게) 선임하사가 부대까지 우리 앞 장서서 조심히 운전해라. 나는 대대장님 모시고 천천히 자네 차를 따라갈 테니까.
오 하사	넷, 알겠습니다. (거수경례를 하며) 멸공. (군용차량 쪽으로 달려간다)

#2. 지프차 안

학준이 운전하고 순철 옆에 타고 달리는 지프차.

순철 그래서… 새 색씰 놔두고 온 소감은 어때?

학준 몰라 물어? 암튼 정말 고맙다 자네 아니었으면 길자 씨하고 만날 수도 없었고 또 혼례를 치를 수도 없었을 테니까!

순철 그게 무슨 소리야? 그건 자네 선택이고 자네 운명인데 암튼 다시 한 번 자네 결혼을 진심으로 축하하네! 진정한 친구로서 말야!

학준 고맙다. 네 우정 늘 감사하게 생각하고 있어! 참, 둘쨀 어떻게 됐어? 제수씨 출산할 때가 다 됐지 않았나?

순철 야! 개코 너 장갈 갔다고 세월 가는 게 바람 같아 보이냐? 벌써 우리 둘째놈 백일 돌아온다.

학준 그래? 정말 미안하다 내 그런 줄도 모르고… 사내야? 공주야?

순철 공주! 실은 나도 인편으로 편지만 받아 읽었지 우리 둘째놈 아직 보질 못했어! 이번 작전을 성공적으로 잘 넘기고 우리 부대가 후방으로 교체만 되면 특별 휴가를 신청할 생각이야, 부산엘 잠깐 다녀와야겠어!

학준 이번 작전이라니? 사단은 왜 다녀오는 거야? 무슨 일이라도 있었어?

순철 일은 무슨… 사령관각하께서 사단을 방문하신 거야! 그래서 대대급 이상 전 지휘관들이 총 출동한 거지! 내가 전에 자네한테 말했던가? 정일권 사령관이라고 바로 내 외가 쪽에 형님 되시는 분이신데 그 형님이 다녀가셨어!

학준 그래 생각난다. 너 통역관 하라고 군엘 불러들인 그 유명하신 외사촌 형님 말이지?

순철 기억하는구나! 바로 그 형님이야! 지난 일년 동안 미국으로 유학파견 나가셨다가 지난주에 귀국하셨는데 지난해에 전사하신 채병덕 합동총사령관 대신에 그 직책을 이어 받으신 모양이야! 그런데 학준아! 내 실은 말이야! 자네한테 긴히 할 얘기가 있어서 운전병을 저 차로 보낸 건데… 지금 말해도 될까?

학준 뭔데 그래…? (순철을 바라본다)

순철 이 친구 뭘 긴장하고 그래, 앞이나 잘 봐! 운전중이잖아!

학준 알았어! 무슨 중요한 말을 하고 싶은 거 같은데 뭐야? 궁금하잖아!

순철 자네 말이야! 혹시 딘 장군이라고 들어봤나? 미 24사단장이었는데 병사들의 사기를 돋우기 위해 직접 3.5인치 로켓포를 들고 적의 T-34 탱크 한 대를 폭파시킨 아주 군인정신이 투철한 미군 지휘관이지!

학준 그런데?

순철 그 딘 장군이 대전방어 책임자였는데 작년에 북괴군 놈들한테 밀려 퇴각하는 과정에서 실종되었다는 거야….

학준 실종? 그래서?

순철 저… 혹시 말이다.

학준 …?

순철 지금 유엔사령부에서도 그렇고 우리 육본에서도 제일 시급한 사안 중에 하나가 바로 그 딘 장군의 생사여부를 알아내는 일이야! 그래서 말인데 자넨 고향이 충청도니까 충청도 대전지역의 지리에 대해서는 좀 알 거 아닌가? 혹시 자네 미국 극동군사령부 주한 연락처에 소속된 부대로 전출 가볼 생각 없나? 일명 켈로부대라고 주업무는 첩보수집을 하는 부대야! 그곳에 가면 계급도 뭐도 없고 군복도 안 입고 민간인 복장으로 민간인들 거주 지역에서 민간인들과 똑같이 살면 돼!

학준   야 가네야마! 이 호랑말코야! 갑자기 왜 나한테 그런 제안을 하는 건데?

순철   뭐 특별한 이유가 있어서가 아니라 지금 대전지역은 우리 아군들 점령지라서 가장 안전한 곳이니까 하는 말이지! 너 결혼을 했잖아 그러니까 그곳에 가서 길자 씨와 함께 신혼생활을 즐기라는 것이지 뭐! 딴 뜻 있겠어. 친구로서 니 결혼기념으로 주는 우정의 결혼선물 같은 거지!

학준   됐다 이 친구야! 말씀은 고마운데 그런 호사 누릴 만큼 내 팔자가 그렇게 상팔자가 못돼! 그리고 내 짠밥 경력이 벌써 몇 년인데 나 좋다고 내 부하들 이런 사지에 놔두고 혼자 전출을 해? 말도 안 돼! 그거야말로 얘들한테는 배신이지 안 그래?

순철   왜 내 호의를 그렇게 해석하냐! 친구로서 이 전시 중에 그렇게 해줄 수 있는 기회가 되니까 그렇게 해보면 어떻겠냐고 제안을 하는 건데!

학준   니 말을 고깝게 듣거나 달리 해석해서 하는 말이 아니라 고맙긴 하지만 말했듯 이 전시 중에 부하들을 놔두고 그럴 수는 없어! 아무리 너처럼 고급장교는 아니지만 그래도 명색이 나도 군인인데 안 그래? 그런데 야, 가네야마! 대체 무슨 일이야? 너 아까 '이번 작전에 성공하면'이라고 했지? 이번 작전이라는 게 뭔데? 일급 보안 기밀인 거야?

순철   학준아 잘 들어! 넌 내 생명의 은인이야 니가 전에 일본 보국대에서 다 죽어가는 날 살려주었잖아. 그래서 이번엔 내가 니 목숨 한번 살려주고 싶어 그런다!

학준   그건 또 무슨 말이야 내 목숨을 살려주고 싶어 그런다니?

순철 실은 지금 사단에서 아주 중대한 명령을 하달 받고 오는 길이야! 친구로서 숨김없이 하는 말이니까 부대에 복귀하면 보안을 지켜줄 것을 당부하네만 우리 6사단은 죽음의 희생을 각오하고 우두산고지를 방어하라는 명령이 떨어졌어! 북괴군 놈들한테는 이 홍천과 춘천의 방어선을 뚫는 것이 수도권 점령의 기회를 얻을 수 있는 최고의 전략목표라는 거야! 때문에 지금 사단에서 판단하기로는 이제 곧 북괴군 놈들이 어마어마한 화력을 가지고 공세를 가할 거라는 거지! 만약 그렇게 된다면 우리 부대는 너나 할 것 없이 모두 전멸하게 될 것이 자명한 사실이잖아? 그러니까 내가 도울 수 있을 때 어서 니가 후방으로 전출해 가라는 거야! 새 각시인 길자 씨를 생각해서라도 말이야!

학준 ….

갑자기 비가 쏟아진다. 그리고 점점 더 포소리가 자주 크게 들린다.

#3. 세찬 비 속에서 어둠을 달리는 지프차

음악과 함께.

#4. 대대 정문으로 들어서는 지프차

장대같은 비가 쏟아지는 가운데 사이렌소리가 요란하게 울리고 대대 병력들이 분주하게 움직이며 다소 분위기가 혼란스럽다.

#5. 대대 CP 입구

대대장 지프차가 입구에 다다르자 미리 대기하고 있던 작전참모가 다가선다. 순철 급히 차에서 내린다.

순철　　무슨 일이야? 웬 비상 사이렌이고?

작전참모　다시 놈들이 공격을 시작했습니다. 불과 1시간 전까지만 해도 잠잠했었는데 20시 정각을 기해 놈들이 대공포를 우리 아군진영을 향해 쏘기 시작했습니다.

순철　　뭐야? 그래 연대에다가는 보고했어? 그리고 부대 피해상황은?

작전참모　아직까지는 각 중대별로 직접적인 피해보고 상황은 없었습니다. 그리고 연대 본부에서는 연대장님 곧 귀대하시는 대로 작전명령을 하달해주겠다는 연락만 받았습니다. 대대장님! 아마도 놈들이 쏘는 포 낙하지점이 우리 진지 전방 300m인 걸로 봐서 놈들 선발대가 아직까지는 소양강 도하직전 지점에 있는 것 같습니다.

순철　　알았다. 시간이 없으니까 중대장들 소집은 하지 말고 무전으로 작전지시를 내릴 테니 어서 중대별로 각자 쎅터에서 방어진지를 구축하고 무전 주파수 확실하게 맞춰 놓으라고 해. 지난번처럼 실수하지 말고! 이건 훈련이 아니고 실제 전시상황이야! 이번에도 실수하면 아주 죽음들을 각오하라고 해!

작전참모　넷! 알겠습니다. (호각을 꺼내 불면서) 야, 무전병… 무전병 (상황실로 뛰어 들어간다)

학준　　(순철한테 거수경례를 하며) 그럼 저도 이만 우리 수송대로 가

보겠습니다! 필승! (뒤돌아 뛰어간다)

순철 야! 학준아.

학준 (멈춰서 뒤돌아본다)

순철 아까 내가 한 말 일단 오늘 상황 끝내놓고 잠잠해지면 다시 얘기하자!

학준 (두 손가락을 올리며) 오케이! (다시 뛰며 빗속으로 사라진다)

빗소리, 폭음소리와 함께 음악.

#6. 수송대 내무반

수송부대원들 총기 정리와 함께 전투준비를 하고 있다. 이때 내무반 문이 열리며 학준 들어온다.

오 하사 (벌떡 일어서며) 부대 차렷!

학준 지금 모두 뭐하고들 있는 거야? 비상사이렌 소리 못 들었어?

오 하사 지금 우리 병참수송대도 출동준비를 하고 있는 중입니다.

학준 모두 들어라. 중대별로 각 긴급 구호식량과 화기 탄약을 적재해서 배차 차량에 옮겨 싣고 연병장으로 가서 출동 대기하도록. 아마도 이번에는 놈들의 공격이 만만찮을 것으로 예상되는 바 가능한 많이 적재하도록 하고 또한 하루이틀이 아닌 장기전이 될 수도 있으니까 우리 수송부도 모두 단단히 전투준비를 하고 지정된 참호를 돌면서 탄약공급과 식량지급을 제대로 공급함과 동시에 만약을 대비하

여 전투지원도 각오하도록! 우리 수송부도 전투부대야. 모
두 알겠나!

일동 넷, 알겠습니다!

내무반 병사들 분주하게 배낭을 꾸리고 일사천리로 움직인다.

학준 어이 선임하사!

오 하사 넷! 하사 오승윤!

학준 대대장 1호차 운전하는 김일우 상병 어때?

오 하사 뭐가 말입니까?

학준 김 상병 사격도 잘하고 행동이 민첩한가 말이야. 대대장님
을 수행하려면 좀 날렵하고 순발력이 있어야 하는데 김 상
병 어떤가 해서 말이야? 괜찮겠어?

오 하사 그 친구 아주 괜찮은 친굽니다. 그래서 지난번에 1호차 운
전병으로 뽑은 겁니다. 염려하지 마십시오.

학준 알겠네. 이번 전투는 말일세, 우리가 상상하는 이상으로
적의 큰 반격이 예상되는 바 자네도 몸조심하고 만약 유사
시 내 대신 자네가 수송부를 맡아 지휘해야 하네. 알겠나?

오 하사 넷! 명심하겠습니다. (뒤를 돌아다보며) 야! 너희들 뭘 꾸물대
고 있는 거야? 빨리 움직이질 못해!

남은 병사들 부리나케 무장을 하고 나간다.

학준 그럼 난 연병장으로 나가보겠네! 자넨 병참부로 가서 물
건 인수하는 거 확인하고 내게 보고하도록!

오 하사 넷! 알겠습니다. 멸공! (거수경례를 한다)

학준　멸공! (인사를 받고 나간다)

음악.

#7. 연병장

비오는 어둠 속에서 수송차량들이 라이트를 켜고 출동하는 장면, 포소리가 점점 가깝게 들린다.

#8. 아군들 참호진지

빗발치는 폭탄과 함께 참호 안에서 아군 병사들이 반격하며 총을 쏘는 장면. 쓰러지고 사격하고 흔들리는 참호 풍경과 굉음. 양 상병 탄약 상자를 들고 총탄알을 나누어 주고, 쓰러진 병사 고함치는 참호터널 안의 지옥같은 풍경.

#9. 어둠 속 적군들 공격해오는 광경

어둠 속에서 꽹가리와 태평소 같은 악기소리가 들리면서 산 위 고지를 향해 몰려오는 북괴군들, 여기저기 포탄이 터지고 총에 맞아 쓰러지고 달려드는 공격장면.

#10. 또 다른 참호진지

여전히 폭탄이 떨어지고 반격하는 풍경 속에 무전병 옆에서 도움을 요청하는 1중대장.

1중대장 (무전기를 들고 소리를 지른다) 여기는 불나비! 여기는 불나비! 매미 나와라 오버! 여기는 불나비! 여기는 불나비! 매미 나와라 오버!

무선 (소리) (지직대는 작은 무전소리) 매미 나왔다. 송신 바람 오버!

1중대장 (무전기에다 대고) 지금 뭐하는 거야? 이 개새끼들아! 불나비 지역 빨리 지원 바람 오버! 빨리 화력지원을 하라고 어서!

무선 (소리) 여기는 매미다. 상황을 보고하라 오버!

1중대장 (무전기에다 대고) 상황보고는 무슨! 지금 불나비 위급상황이고 엄청난 피해다 어서 화력지원을 요청한다 오버! (이때 굉음과 함께 포탄이 떨어져 무전병과 중대장 몸이 튕겨나가 쓰러진다)

무선 (소리) 여기는 매미! 여기는 매미! 응답하라! 여기는 매미 1 어서 응답하라! 피해상황을 보고하라 어서! 여기는 매미…. (무선소리 F.O)

비창 음악과 함께 포격소리, 따발총 소리, 비명소리, 처참한 전투장면의 풍경.

#11. 대대장 CP

방호그물이 둘러친 대대장 CP 안, 흔들리는 남포불빛 아래 순철, 작

전참모와 세 명의 통신병이 함께 있다. 통신병들 무전으로 계속 각
중대 상황보고를 받는다.

통신병1 여기는 매미! 여기는 매미! 송신 바람 오버! (지직거리는 작고
다급한 무선소리) 잠시 대기 오버. (작전참모에게) 불나비 지역
방어가 불가하답니다.

작전참모 무슨 개소리야! 이리 바꿔! (무전 수화기를 받아들고) 여기는
매미! 응답 바람 오버! (지직거리는 작은 무선소리 약간 길게) 무
조건 막아야해. 무조건 막아! 뭐라구? 알았다 오버.

순철 뭐라는 거야? 1중대 상황이 어떻다구?

작전참모 놈들이 벌써 소양강을 도하해서 감제고지 하단 전방
200m까지 쳐들어왔다고 합니다. 대대적으로 포사격을 해
와서 1중대 병력이 벌써 절반 이상 사상자가 속출하고 있
다면서 화력지원을 요청합니다.

순철 그럼 한 명은 계속해서 연대로 화력지원을 요청하고 화기
중대 4.2인치 포 방향을 감제고지 쪽으로 바꿔서 집중 포
격해 어서!

작전참모 안 됩니다. 대대장님! 3중대 우두산 좌편고지 역시 같은
상황이라서 4.2인치 포들을 겨우 방향 잡아 놨는데 이 폭
우 속에서 다시 감제고지로 방향을 튼다는 것은 불가합니
다. 고려해주십시오 대대장님.

순철 그럼 어떡하면 좋겠나? 1중대를 그냥 방패막이로 놔두라
는 말이야?

작전참모 그… 그건 아닙니다만.

순철 그럼 이렇게 하자. 연대로부터 지원사격이 오기까지는 수
송대에 연락을 해서 예비 수리교체용 3.5인치 박격포들이

라도 몽땅 가지고 올라 오라고해. 그리고 1중대 사상자가 많으니 수송대 애들을 1중대로 투입시켜서 3.5인치를 맡으라고 하고!

작전참모 넷! 알겠습니다. (통신병2에게) 넌 빨리 수송부에 연락해서 방금 들은 대로 전하고 (통신병 1에게) 넌 계속해서 연대를 호출해서 화력지원을 요청해. 오케이 할 때까지 계속!

순철 잠깐! 먼저 1중대에게 연락해서 화력지원을 해줄 테니까 끝까지 진지사수를 해야 한다고 전해! 그리고 연대로 재촉해 빨리!

통신병들 넷! 알겠습니다. (각자 무선호출을 한다)

통신병3 여기는 매미! 송신 바람 오버! (역시 지직대는 가는 무전소리) 잠시 대기 오버! 대대장님 2중대 탄약이 바닥이랍니다. 탄약지원을 요청하고 있습니다.

순철 (통신병2에게) 차량에 대기하고 있는 운전병들도 모두 차에 있지 말고 탄약박스들을 빨리 2중대 빵카로 옮기라고 해.

무전병2 넷! 알겠습니다. 여기는 매미! 다시 응답 바람. 오버! (무선소리) 차량대기 운전병들 탄약박스 2중대로 지원 바람 오버! (이때 무전소리)

무전병1 대대장님! 1중대장님이 쓰러지셨답니다.

순철 뭐야? 쓰러지다니! 부상이야 전사야?

무전병1 아마 전사하신 것 같습니다

순철 이거 정말 미치겠구만. 그럼 어서 1소대 선임소대장한테 불나비 무전기를 옮기고 중대 지휘하라고 전해!

무전병1 불나비 불나비! 여기는 매미! 응답 바람 (작은 무선소리) 불나비를 1선임에게 넘기기 바람 오버! (작은 무선소리) 잠시 대기. 대대장님 1소대장님도 중상이 심해 생사가 어렵답니다.

순철 이런 제길헐.

작전참모 대대장님 안 되겠습니다. 감제고지는 제1 방어선인데 아무래도 저라도 대신 가 봐야 할 것 같습니다

순철 알았다. 그럼 빨리 내려가봐. 3.5인치나마 지원사격을 해줄 테니까

작전참모 멸공. (거수경례를 한다)

순철 꼭 부탁한다. 한 대위!

작전참모 네 소임을 다하겠습니다. (뛰어나간다)

여전히 세찬 빗소리와 함께 포 소리가 들리고 멀리 섬광이 번쩍거린다.

음악.

#12. 대대 연병장

수송차량들이 서너 대 서 있고 그 옆에 수송부 천막이 쳐져있다. 멀리서 포격 소리.

#13. 수송부 천막 안

천막 안에 무전병과 사무병 그리고 학준이 초조하게 서성이며 서 있다.

무전병 (본부로부터 오는 수신소리) 여기는 매미5! 수신 대기 오버! (작은 무선소리) 알았다. 오버! (학준에게) 수송관님 대대본부로부터 수리 완료된 3.5인치 박격포를 1중대로 보내고 우리 병참 수송대원들을 모두 투입시키라고 합니다.

학준 그럼 빨리 뛰어가서 병참 애들한테 수리 완료된 3.5인치 포를 모두 꺼내 1중대로 옮기라고 하고 너도 같이 합세해라. 여기 무전은 내가 지킬 테니까 어서! 빨리 뛰어가 시간 없다. 어서!

무전병 넷! 알겠습니다.

학준 호출번호는 변동 없지?

무전병 넷! 그렇습니다. (천막 밖으로 뛰어 나간다)

이때 오 하사가 빗속에서 뛰어 들어온다.

오 하사 수송관님 큰일났습니다.

학준 뭔가! 큰일이라니?

오 하사 1중대 방어선이 무너지는 것 같습니다. 1중대장님과 선임 소대장이 전사하셨고 중대에 사상자들이 속출하고 있다고 합니다. 그리고 각 중대가 모두 비슷한 상황인데 2중대에서는 급히 탄약보급을 요청하고 있는 바 CP에서는 병사들이 부족하니 우리 수송부 운전병 모두에게 차량에서 하차하여 탄약을 수급해주라는 명령입니다.

학준 아니 이 지경이 되도록 연대에서는 뭘 하고 있는 거야? 화력지원이 전혀 없어? 선임하사! 지금 우리 운전병 애들이 모두 몇 명이나 대기하고 있지?

오 하사 긴급수송차량 한 대와 대대장님 차량 그리고 앰블런스 운전병 모두 세 명뿐입니다.

학준   그럼 말이야, 자네하고 나하고라도 탄약박스를 옮겨야지 달리 방법이 없겠구나. 아니 아무래도 화기별로 탄약박스를 옮기자면 한두 명은 더 있어야 하니까… 대대장 1호차 김일우만 남기고 모두 같이 가자! 무전기는 내가 지고갈 테니까!

오 하사   넷! 알겠습니다!

학준   오! 그리고 김일우 좀 불러봐! 탄약박스는 2호차에 분명히 실어있지? 빨리 시동 걸라구 하고!

오 하사   (밖을 향해) 야! 김 상병, 김일우! 김일우!

김 상병   (소리/빗소리에 묻혀 멀리서) 넷! 상병 김일우!

오 하사   빨리 수송관님 앞으로 와라! (학준에게) 그럼 저는 탄박스 확인하고 차 시동을 걸겠습니다. 멸공! (쏜살같이 긴급차량 쪽으로 달려간다)

김 상병   부르셨습니까? 수송관님!

학준   너말이다 우리 모두 2중대 빵카로 가서 탄약지원을 해주고 올 테니까 대대장님 잘 지켜! 만약 무슨 비상사태가 나도 넌 다른 거 신경 쓰지 말고 대대장님만 신경을 쓰란 말이야 알았어?

김상병   넷! 알겠습니다.

학준   지금 CP 안에도 통신병이 두 명뿐이 없을 거다. 그러니까 1호차 안에다 무전기 작동시켜놓고 니가 운전과 무전기를 같이 책임지는 거다. 그럼 빨리 CP로 올라가봐!

김 상병   넷! 알겠습니다. 멸공! (거수경례를 하고 달려 나간다)

학준   (긴급차량 쪽으로 달려가며) 야, 오 하사! 탄박스 화기별로 확인했어?

오 하사   (소리) 네, 확인 완료했습니다.

#14. 대대 연병장

학준   (운전석을 향해 소리치며) 나침판하고 지도도 준비돼있지? 그
럼 빨리 떠나자!

수송차량에 올라타는 학준. 그리고 빗속 어둠을 뚫고 연병장을 빠져
나가는 수송차량. 이때 연병장 위쪽 대대 CP쪽에 큰 폭음과 함께 불
길이 솟구친다.

음악.

#15. 동양다방 안

길자   그… 럼 우리 학준 씨는 우에 됐능교?
순철   죄송합니다. 제 운전병을 통해 들은 이야기로는 그게 마지
막이었습니다.
길자   그렇담 우리 그이가 죽었다는 말씀입니꺼?… 그, 그건 아
니지예!
순철   죄송합니다. 그 시각에 제가 있던 지휘부에도 놈들의 포가
쏟아지는 바람에 저 역시 쓰러졌는데 정신을 차리고 보니
제1 야전병원이었습니다. 그래서 학준이의 생사여부를 확
인할 길이 없었습니다.

길자 아니라예. 그이가 내한테 한 약속이 있는데 그렇게 쉽게 우덜을 떠날 사람이 아입니더. 대대장님예! 그러니까 그이가 살았는둥 죽었는둥 아직까지는 확인이 안 된기라 이 말씀이지예?

순철 길자 씨, 무어라 대답을 드릴 수가 없군요. 정말 죄송합니다.

길자 안 됩니더. 대대장님이 그리 말씀하시면 안 됩니더. 그이는 이제 그이 하나의 목숨이 아닌 기라예. 모다 세 사람의 목숨인 기라예. 그가 죽으면 세 목숨이 죽는 기고 그가 살으면 세 목숨이 사는 긴데 우에 그리 말씀을 하실 수가 있습니꺼! (와락 울부짖으며) 대대장님예! 그리 말씀하지 마시고예 제발 죄송하다는 말씀을 하지 마시고예 그냥 살아있을 수도 있다고 하심 안 되겠습니꺼! 야? 대대장님!

순철 … (잠시 침묵 후) 길자 씨 진정하십시오. 그렇지 않아도 내 그 말씀을 하고 싶었습니다. 아직 그 친구의 죽음에 대해서 이렇다 하고 단정을 지을 수가 없는 것이 그날 그 치열했던 전투가 다행히도 뒤늦게 사단으로부터의 화력지원과 함께 공군지원까지 있어서 우리가 놈들에게 우리 지역을 빼앗기지 않고 방어에 성공할 수가 있었습니다. 그래서 며칠 후 상황이 종료가 되고 놈들이 퇴각한 후에 우리 군이 아군 피해상황을 조사하는 과정에서 이상하게도 다른 장병들의 시신은 다 확인이 되었는데 우 상사와 오 하사의 시신만은 찾을 수가 없었다는 겁니다.

길자 뭐라꼬예! 다시 한 번만 말씀해주이소… 그, 그 말씀은?

순철 그래요 길자 씨! 그래서 그때 내가 비록 눈을 다쳐 야전병원에 누워있었던 상태였지만 나를 구해준 김일우 상병에게 반드시 우 상사의 생사여부를 확인해야 한다고 명령을 했고 또 병문안 차 방문해주신 사단장님한테까지 부탁을 드렸었습니다.

길자 그… 그래서예?

순철 그런데 신기한 것은 그 많은 우리 대대병사들이 몇날 며칠을 찾았지만 역시 우 상사와 오 하사의 시신을 찾을 수가 없었다는 겁니다.

길자 (두 손을 모으며) 아이고, 하늘님 부처님 삼신할매요!

순철 그래서 부대에서는 그 두 사람을 전사자의 명단에 올리지 않고 실종자 명단에 올렸다고 내게 보고해왔습니다. 그때부터 저도 지금 길자 씨처럼 제가 믿는 하나님께 매일 같이 두 손을 모으고 기적을 간구하고 있습니다. 꼭 그들이 어딘가에 살아있게 해달라고 말입니다.

환희에 찬 코러스 음악.

#16. 스카이라운지

대전 시내 야경이 아름답게 비치는 고급 레스토랑. 영신과 김유리 작가가 테이블에 앉아있다.

영신 유리야, 분명히 이리로 약속한 거 맞지?

유리 그럼요 제 성격 아시잖아요. 확인, 또 확인해서 어머님께 연락을 드렸고 진석 씨한테도 퇴근길에 집에 들러서 어머님 꼭 모시고 오라고 확인, 또 확인했습니다요!

영신	그런데 왜 이리 늦는 거야? 지금 몇 시나 됐냐?
유리	아직 15분밖에 안 지났어요. 모르긴 해도 정확하게 30분 땡 치면 그때 나타날 걸요. 우리 데이트가 늘 그래왔어요 아버님!
영신	너 밖에 나오더니 아버님 소리가 아주 자연스럽게 나온다.
유리	에이 그럼 이곳까지 나와서도 교수님이라고 불러야 해요? 재미없게시리….
영신	야, 임마 넌 어른들 호칭을 재미삼아 부르냐?
유리	쏘리 써! 죄송합니다.
영신	그래 오늘 저녁은 커플디너니까 나에 대한 호칭 니 편할 대로 해라!
유리	땡큐 써! 아버님!
영신	그나저나 이 사람들 왜 이리 시간관념들이 없어?
유리	그럼 아버님! 진석 씨하고 어머님 오실 때까지 잠깐이라도 아까 말씀해주셨던 그 대목부터 계속해 주실 수 있으세요?
영신	여기서?
유리	네에! 너무 궁금해요 그 담 이야기가…!
영신	그럴까!

경쾌한 음악.

#17. 길자의 모습과 풍경들

길자의 젊은 모습 사진을 바탕으로 당시 풍경들 O.L 되는 가운데 영신의 이야기가 계속된다.

영신　(소리) 어머님은 그 김순철 대대장님을 만난 후로 아버님에 대한 생존여부에 확신을 가지시고는 아버님을 찾아 아! 정말이지 전국 방방곡곡을 다 찾아다니시면서 무진장 많은 고생을 하셨어! 물론 시골집에 맡겨두었던 나를 먼저 찾으셨고 그때부터 어머님과 나는 낯선 도회지로 나와 살게 된 거지! 그 이야기부텀 할까?

#18. 두메산골 동네길

날이 저물어가는 약간 어두컴컴한 동네길 짐보따리를 이고 걸어오는 길자. 이때 동네 처녀가 물동이를 이고 오다가 길자와 마주친다.

동네처녀　에그머니나! 영신이 엄니 아니래유?

길자　그래 잘 있었능교? 우리 조카 도화친구 맞지요?

동네처녀　예, 지금 오시는갑네유! 그찮아도 좀 아까 전에 영신이가 혼자서 우는 소리가 들리더만.

길자　(깜짝 놀래며) 우리 아가 운다꼬? 아니 이기 무신 소리고 왜 우는데?

동네처녀　글쎄 왜 우는가는 모르것구먼유! 아! 지 생각에는 오늘 우덜 동네 저 끄트머리 집에서 굿을 하는디 동네사람들이 몽땅 그리 굿 구경들을 하러 가드만 영신이가 혼자 집에 남았든 갑네요.

길자　뭐라꼬? 우리 아가 혼자 집에 있다꼬? 시상에 이럴 수가 아가! 영신아! (정신없이 집으로 달려간다)

#19. 두메산골의 초가집

어린 영신이가 혼자 마루에 앉아 울고 있다. 정신없이 영신이를 부르며 뛰어 들어오는 길자.

길자   아이고 영신아! 아이고 우리 아가 영신아! 어… 엄마 왔다 영신아! 영신아! 엄마야! 엄마! (보따리 짐을 내던지고 영신이를 끌어안고 운다)

어린 영신   (길자를 낯설어 하며 놀라 더 큰소리로 운다) 아앙!

길자   아이고 영신아! 엄마라카이 엄마가 왔다 영신아! (영신을 끌어안고 울며 뒹군다)

어린 영신   (길자를 떠밀며 계속 큰소리로 운다) 아앙!

길자   시상에 우에 이럴 수가 있단 말이고! 이 어린 것만 남겨 놓고 이 어린 것만 남고놓고. 아이고 우리 영신아! (영신이를 끌어안고 서럽게 울며) 영신아! 엄마야, 엄마 몰라? 우리 영신이 엄마야! 엄마가 우리 영신이 얼마나 보고쟢았는데. 영신아 그러지 마! 엄마라니까! 엄마가 우리 영신이 줄라꼬 까까도 마이 사왔고. 또 예쁜 옷도 마이 안 사왔드노… 엉엉! 영신아 영신아!

어린 영신   (울며 길자를 뿌리치고 마루 끝으로 가서 더욱 크게 운다) 아앙!

길자   영신아 그러지 마. 엄마야 니 와 그라노? 엄마 안 보고쟢았나? 영신아 아이고 영신아! (서럽게 운다)

이때 큰 동서하고 조카 도화와 춘자가 뛰어 들어온다.

큰동서   아니 동서! 언제 왔어? 아 오면 온다고 편지연락이라도 하고 오지 그래!

도화 작엄니 오셨어유? 그래 을마나 고생이 많았데유?

길자 (인사도 안 받고 그냥 서럽게 운다) 영신아… 영신아!

어린 영신이가 일어나 도화에게 가 안기며 운다.

큰동서 그만해라. 하필이면 저놈이 초저녁에 자고 있길래 내 잠깐 다녀온다고 방금 나갔었는데 그새 깨서 혼자 울고 있었든 가보다. 미안혀 동서!

도화 (영신이를 안고 얼레며) 그려유, 작엄니! 지도 보리 안치고 밥 하다말구 깽가리 소리가 나는 바람에 그만 잠깐 구경하고 올라고 나갔는데 하필. (영신이에게) 영신아! 엄마야! 니네 엄마! 우리 영신이가 엄마 보고 싶다고 울었었잖아. 그 엄마가 왔잖아. 얼릉 엄마한테 가봐 어여!

어린 영신 (고개를 흔들며 도화 품에 머리를 파묻고 운다)

도화 애가 쑥쓰러운가보네. 지 엄말 낯가림을 다하고… 영신아! 니네 엄마잖여? 엄마 몰라? 응 영신아!

길자 쟈도 지 엄마가 지를 버리고 간 줄 알고 미버가 그라는 거 같은데 그냥 쬐매만 놔두이소! (눈물을 닦으며) 성님 그동안 별고 없으셨능교? 지가 너무 늦게 왔지예? 참말로 미안합니더 성님!

큰동서 아녀! 그런 말 말어! 집에 있는 우덜랑 그냥 그럭저럭 잘 지냈지만서도 동서야말로 객지서 을마나 고생이 많았데여 글씨.

길자 아입니더 고생은 무신… 성님이야말로 우리 아까지 키우시며 시골살림 하시느라 억수로 고생 마이 하셨을 텐데 참말로 죄송합니데이!

큰동서 그게 뭔 말이여! 우리 영신이가 워디 남인가? 당체 그런 말 말어! 그건 그렇고 그래 우리 막내 서방님 소식은 좀 들어봤어?

길자 아이라예. 지가 차차 말씀드릴께예!

큰동서 아참 내 정신 좀 보게 왼종일 차 타고 오느라 허기지고 힘들었을 텐데… (춘자에게) 춘자야! 니가 영신이 업고 도화너는 빨랑 작은엄마 밥 차려 오니라. 어서!

길자 괜않아예! 오면서 주전버리를 했드만서도 배는 하나도 안 고파예! 그보다 큰시숙 어른께서는 다리가 좀 어떠십니꺼? 내 인천서 용하다는 약국에서 먹는 양약캉 고약 좀 사 가지고 왔는데예.

큰동서 그려! 잘 됐구먼. 아 그 양반 날만 궂으면 통증이 심혀서 왼종일 끙끙 앓는디 잘됐어. 정말 고마워 동서! (영신이에게) 영신아! 느그 엄마야 영신이가 맨날 찾던 엄마! 느그 엄마한테 안 갈겨?

어린 영신 (다시 울음을 터뜨린다)

춘자 아녀 아녀 괜찮여. 기냥 누나랑 같이 있어 (영신을 달랜다)

길자 영신아!

음악.

#20. 등잔불 켜진 초가집 안방

온 집안 식구들이 둘러앉아 있고. 어린영신이 길자 품에 딱 안겨있다.

큰동서 (영신이를 가리키며) 저놈 좀 봐라 엊저녁에는 지 엄마 싫다고 그렇게 울어 쌓드니 하룻밤 지나고 나니께 그새 지 엄마 지 떨어뜨려 놓고 또 어디 갈까봐 저레 딱 붙어있는 것 좀… (영신에게) 영신아 큰엄마한테 안 올래? 어여! (영신 고개를 흔들며 길자 품에 꼭 안긴다) 호호! 저거 봐라!

도화 영신아 큰 누나한테 와봐 어서! 너 좋아하는 옥시기 줄게 응? (고개를 흔드는 어린영신) 이누무시끼! 하하하

둘째동서 저게 핏줄인기여! 이제 저놈이 지 엄마 있는데 도화 너한테 가겠냐. 아무리 어린애지만 속은 다 멀쩡하다니께!

큰시숙 (헛기침을 하고는) 그래 저놈 애비가 죽지 않고 살아있다는 거시 분명한 거유?

길자 예! 확실합니더! 대대 병력이 사흘 넘도록 온 산을 구석구석 다 뒤져봤지만서도 찾질 못했다켔어예!

큰시숙 그럼 지수씨 말대로 그렇게 하세유! 원칙일랑 지가 나서서 조선팔도 어디라도 구석구석 찾아댕기면서 갸를 찾아 다녀야 하는 긴데 지 다리가 이 모양이라서 그러질 못하니께 염치는 없지만서도 지수씨가 대신 고생을 좀 해주세유. 하필 때가 때인지라 가실거지가 아닌 보릿고개라 노자 드릴 형편도 못돼놔서 더더욱 맴이 편치 못하구먼유!

길자 아이라예! 그냥 시숙어른께서 허락만 해주신다면 야 델고 어디 가서 굶어죽기야 하겠습니꺼! 그라고 지한테 인천서 벌어온 돈이 쬐끔 있어가 당장은 끼닐 때울 수는 있어예!

큰시숙 (다시 긴 한숨 끝에) 지는 그만 일어날께유! 더는 염치가 없어서 이래 지수씨하고 마주 대할 면목이 없구먼유! (일어나 방문을 열고 나간다)

큰동서 (길자 손을 잡고 울면서) 시상천지에 우덜같이 이래 복 없는 여

펀네들이 또 워디 있능겨! 참말로 염치가 없고 가슴이 폭 폭혀 말이 안 나오는구면. 어쩌다 이런 촌구석 살기 힘든 지경리꺼정 시집을 온 거래 글씨.

둘째 동서와 함께 모두 길자를 부둥켜 안고 운다.

음악.

#21 바람 부는 산기슭 언덕배기

구슬픈 주제 음악이 흐르며 어린 영신이를 등에 업고 보따리를 머리에 이고 또 다른 보따리를 손에 들고 서 있는 길자. 찬바람이 세차게 불어온다. 그리고 시골 산길을 걸어 나가는 뒷모습.

음악 up-down.

#22. 증평 시골장터

낮인데도 잿빛 하늘에 약간 어두컴컴한 증평 시골장터. 보따리를 머리에 인 길자. 한 손으론 어린 영신이 손목을 잡고 다른 한 손으로 커다란 보따리를 들고 왁자지껄한 장터를 헤매는 모습. 이때 우두둑 빗방울이 떨어지더니 이내 세찬 소낙비가 되어 쏟아진다. 장터 사람들 이리저리 비를 피하는 풍경 속에 길자 역시 어린 영신이를 데리고 베로 짠 넓은 천으로 초가집 처마를 가린 팥죽장수 할미가 있는 곳으로 달려와 비를 피한다.

#23. 장터 팥죽장사

어린 영신이를 치마폭에 감싸며 연신 손을 부벼대며 쏟아지는 빗방울을 쳐다보다가 팥죽 냄새에 문득 팥죽 끓는 솥가마를 물끄러미 바라본다. 갑자기 시장기를 느낀다. 이때 천둥번개가 치자 어린 영신 놀라며 엄마를 꼭 끌어안는다.

팥죽할미 (힐끔 옆에 있는 길자를 보고는 혼잣말로) 아 난리 끝난 지 벌써 삼년이 지났고만 꼭 이맘때면 죽은 구신들 곡소리매냥 저래 뇌성벽력이 치고 난리 때 죽은 구신들 억울혀 쏟아내는 눈물매냥 장대같은 비를 퍼대니 이거 모다 워쩔 거여! 집집마다 고사를 지낼 수도 없고… 어이구 이노메 팔자! 빌어먹을… 먹는 장사를 혀야 밑져도 입에 풀칠할 수 있다혀서 늙은 몸뚱으로 사흘장 찾아다닌 기 벌써 햇수로 몇 핸겨! 젠장 그래도 난리통에는 죽네사네 하면서도 피난민들이 줄지어 오간께 사람 구경해싸며 하루 두 통씩은 팔아치웠는디 요샌 장터도 장사꾼 아니면 각설이패 놈들뿐이니 이거야 원.

이때 박약한 떠벅머리 거지청년이 히죽대며 팥죽할미 앞으로 다가선다.

팥죽할미 일없다 이눔아! 빨랑 꺼지지 못혀! 내 아직꺼정 개시도 못

했니라! 아 어여 가!

거지청년 히히히. (히죽대며 꾸뻑 인사를 하고 지난다)

팥죽할미 생긴 건 저래 멀쑥헌 기 장가가 애를 나도 벌써 서넛은 놓았을 꺼인디 저게 뭔 지랄인겨… 난리통에 혼자 되서 정신 잃구 저리 반병신이 되얏으니. 이담에 늙어지면 워떡헐껴! 짚신도 짝이 있다는디 같은 끼리끼리라도 만나 연을 맺고 살면 좋으련만… (좀 안됐다 싶은지 청년을 향해 소리친다) 인석아 그렇게 비 맞고 다니지 말구 비 좀 피해있다가 손님 개시허믄 오니라! 저번 매냥 들고 있는 그릇도 깨끗이 씻어 오고, 안 그럼 안 줄껴!

청년 뒤돌아서서 꾸뻑 절하고는 히죽대며 여전히 비를 맞으며 걸어 간다.

팥죽할미 (힐끗 어린 영신이를 보고는) 아이구 저런! 내 아까부터 보고도 생각 못했네 그려! 얘 엄마 그 애기 어여 이 불 있는 데로 델구 와서 옷이라도 좀 말려!

길자 야! 고맙심더. (불 곁으로 다가선다)

팥죽할미 아니 뭔 볼 일인데 이래 날 구진 날에 애를 델구 나와 비를 쫄닥 맞히는기여? 얘 감기 들면 워쩔려구? (영신이를 불 옆으로 끌어 당겨 안으며) 이런 이런 애가 얼음장이구먼! 기특헌 거이 그래도 울지도 않고 있었네 그려.

어린 영신, 길자 얼굴을 한번 쳐다보다가 배가 고팠던지 손가락으로 팥죽 솥을 가리킨다.

팥죽할매 (길자에게) 색씨 아직 점심 안 묵은 기여? 애 보니께 그런 거 같은디 죽 좀 쪼매 퍼 줄까? 이래뵈두 아침 절에 해온 거라서 맛은 있어!

길자 저… 지는 괘않은데… 죽이 얼만데예? 저… 아 먹을 만큼만 쬐매도 파능교?

팥죽할미 (힐끗) 한 바가지에 10환씩 받으니까 반 바가지면 5환인데 까짓 개신께 잔돈 있음 되는대로 줘! (어린 영신을 얼르며) 우리 도련님 참 착하다. 울지도 않구. 그치! 할미가 따뜻한 죽 퍼줄 테니께! 먹자! 많이 배고팠지? (큰 바가지에다 두어 국자 죽을 푸며) 애 엄마 말씨로 보니 이곳 사람은 아닌 거 같은디 어디로 갈라구 예까지 온 기여?

길자 친정이 경상도라 그렇지 살기는 청안재 너머 지경리라예!

팥죽할미 에고 하필이면 지경리로 시집온 기여! 그 장암 지경리?

길자 야!

팥죽할미 (팥죽을 건네며) 근데 그기 다 뭔 보따리여! 이고지고 온거 봄시 어디 멀리라도 갈 모양 같아 보이는디… 애덜 아범은?

길자 ….

팥죽할미 (머쓱해하며) 저건 느그 엄마 혼자 먹게 하고 우리 도련님은 이 할미가 새로 퍼서 줄 텐게. (어린 영신이를 바짝 끌어당기며 죽을 호호 불며 먹여준다) 자 먹자 어서 죽 먹자 옳지!

길자 괘않아예! 이걸로 애하고 지가 나눠먹으면 되예! 장살하실라믐….

팥죽할미 괜찮여. 죽이 다 팔리간디? 장사 끝내고나믐 남는 기 죽이라서 우덜 애들은 이날 이때까지 저녁일랑은 죽이 양식인 줄 알어! 아, 때 지난 지가 월만디 여즉 요기도 못 하구 있었던 기여! 아가 얼마나 배고팠을 거여!

길자	괜않은데예….
팥죽할미	돈 내라고 안 헐 테니께 그냥 주는 대로 받아 요기나 혀! 집 떠나면 고생이고 길채비엔 누구나 허기지는 법이여….
길자	고… 고맙십니더…. (갑자기 설움이 북받치는지 눈물을 뚝뚝 흘려 가며 바가지를 쥐고 죽을 퍼먹는다)
팥죽할미	아, 시장하믐 진즉에 말을 하지 쯔쯧… 죽 좀 더 퍼줄까?
길자	아니… 아니라예 괜않아예… (잠시 주춤, 보따리에서 종이에 싼 비녀를 꺼내들고) 하… 할머니예. 저… 괜않다면 이 비녀로 죽 값을 치루면 안 되겠능교…? 은이라예!
팥죽할미	뭐여?

서글픈 음악.

#24. 장터 초가집 처마 밑

음악 여전히 B/G로 은은하게 들려오고 팥죽할미 옆에 나란히 앉아 있는 길자, 아이는 피곤한지 길자 품에 안겨 잠들어 있다.

팥죽할미	그랬구먼… 아, 그래도 그냥 그 촌구석에라도 붙어살지 도회지로 가면 뭐 별 수 있었어! 아직은 난리 끝이라 사방천지 실향민들이 득실거린다는데 저 어린 것 데리고 산다는 거이 쉬운 일이 아닐 텐디….
길자	그래도 이래 결심하고 나오니 맴은 억수로 편한 기라예. 시부모 안 계신 시숙 뫼시고 외지 사람인 지가 애비 없이 애 하나만 데리고 그 촌구석서 산다는기….

팥죽할미 그려 내 그 맘 다 알지! 내도 그랬으니까… (잠시 침묵하다가 천천히) 일정 때 애들 애비가 즈그 삼촌 대신 보국대로 끌려가 죽고 내 혼자서 힘든 남의 집 종살이 해가며 애들 다섯을 안 키웠남. 그러다가 어느 핸가 돌림병으로 끝에 가시나와 둘째 아들놈을 죽이고 남은 새끼들 살려보자고 보쌈당한 홀애비 집에서 팔자려니 하고 살았는디 글쎄 이 영감탱이가 지 낳은 자식은 떠받들고 내가 델구간 자식놈들한테는 입에 곡기 들어가는 게 아까와 어찌나 구박을 하던지 더는 못 살겠더라구. 그래서 내 야밤에 몰래 내가 난 새끼들만 데리구 도망쳐 나왔지. 막상 날이 밝으니 애들 셋하고 갈 데가 없는 거여. 그래서 그때부터 내 이를 악물고 자식새끼들 굶기지 않으려고 안 해본 거 없이 별별 짓 다하며 살았어! 남사당패를 안 따라 다녀봤나! 객주집 부엌떼기 노릇을 안 해봤나. 말하긴 뭣하지만 남의 집 늙은이 병수발 해주며 주인 여편네 눈치꺼정 보며 살았어. 어디 그뿐이여. 찍접대는 남정네 놈들헌테 돈 몇 푼 받고 두 눈 질끈 감고 별 수모를 다 당했는디. 하루는 그만 대갈배기 컸다고 큰 아들놈이 에미 챙피하다고 집을 뛰쳐 나간 기여! 그 후로 지금꺼정 행방불명인데 아마 죽었을 끼여. 본시 그놈이 폐가 약했었거든… 그러다 해방이 되자 또다시 셋째놈이 딴따라 패 따라 집을 나가 소식 두절이 됐구 겨우 딸내미 하나만 남지 않았남.

길자 그라믄 그 따님이 시집도 안 가고 여즉 할머니를 모시고 살고 있능교?

팥죽할미 그런 것도 아녀! 서방 복 없는 년 자식 복이 있겄서! 딸년도 지 에미 팔자 닮아 지보다 열댓 살 더 쳐먹은 심마니 놈한테 시집을 보냈더니 그 사위놈이 지난 난리 때 빨갱이 놈들헌테 끌려가 산 길잡이 노릇 해주다가 그만 눈길 벼랑 밑으로 떨어져 즉사를 했든겨. 하루는 딸년이 애 하나 덜렁 안고 밤중에 소복차림으로 날러 찾아왔더구만. 그래서 그냥 우리 세 식구 그렇게 살고있어 시방… 그럼 애 엄마는 워디로 갈 껀디? 도회지에 누구 돌봐줄 친척이라도 있는기여?

길자 어데예! 내 어릴 때부텀 남의 집 부엌떼기로 살다가 사변 때 그 사람 만나가 이 먼 곳까지 시집을 와 살아서 하늘 땅 어드메도 지 의지할 수 있는 일가친척이라곤 없능 기라예. 그래 그냥 이래 살다가 죽을 바엔 차라리 도회지로 가서 거렁뱅이로 사는 한이 있드라도 애 아범도 찾고 또 이놈아 세상 넓은 곳에서 키워야 안켔나 싶어가 이래 집을 나왔능 기라예!

팥죽할미 어이구 불쌍한거! 시상에 나만 불쌍하고 박복한 줄 알았더만 여기 내 같이 박복한 것이 또 있었네 그려! 암튼 조심혀! 시골은 없어 그렇지 사람 인심은 그래도 있는 편이지만 도회지는 그렇지가 않어. 아 그런 말 있잖여. 눈뜨고도 코 베인다는 말. 그러니 도회지에서 살려면 여자라 생각지 말고 남자처럼 억척같이 살아야혀. 절대 누구도 믿지 말고… 간사한 자신도 믿지 말어! 어이구 그나저나 저 어린 것 불쌍해서 어쩌누. 어른은 어른이라 하지만 저 어린 것은 뭔 죄가 있다구… 참! 차 타고 갈 여비는 있는 기여?

길자 ….

팥죽할미 (속주머니에서 주섬주섬 지폐 두어 장 꺼내주며) 이거 몇 푼 안 되지만 노자에 보태 써!

길자	아… 아니라예 괜않아예!
팥죽할미	이거 공꺼 아녀! 아까 내게 건넨 비녀 값이여! 은이라메? 팥죽값 제하고 남은 돈이니 어여 받어!
길자	(돈을 받으며) 참말로 괜않은데….
팥죽할미	모질게 살아야혀! 절대 착하게 살지 말고! 동냥이네 적선 이네 그런 것도 가리지도 말어. 아 동냥이믐 워떻고 적선 이면 워떠? 저놈 사흘 굶기고 엄마… 엄마! 울어봐. 에미 되갔고 눈 뒤지벼지지 않을 사람 있는가? 어여가 지금쯤 저리 신작로로 나가면 지나가는 버스나 도라꾸가 있을겨!
길자	(자리에서 일어나 잠든 영신이를 업고 보따리를 이고 들고 할미에게 인 사를 한다) 참말로 고맙심더. 지가 절대로 이 은혜를 잊지 않 을 끼라예! 안녕히 계시소!
팥죽할미	은혜는 무슨! 여하튼 어디를 가든 가서 애하고 밥 굶지나 말고 열심히 잘 살어. 저놈 커서 시상 좋아지면 옛말하고 살 꺼니께. (손을 흔들어 준다)

또다시 비가 부슬부슬 내린다. 길자 연신 뒤돌아보며 인사를 하고는
신작로를 향해 빠른 걸음으로 사라진다.

강한 음악.

#25. 1950년대 스틸사진

음악과 함께 1950년대 낡은 시골버스와 시골장터 풍경, 그리고 버스
차창 밖으로 사람들이 서로 싸우는 광경이나 인생사는 여러 모양의

모습들의 사진이나 다큐영상과 함께 O.L 되면서 영신이 내레이션.

영신 (소리) 아무리 세상이 변해도 예나 지금이나 사람 사는 모
양에는 착한 사람이 있고 나쁜 사람이 있는 것 같아! 아니
김 작가가 이 말을 한번 잘 표현해봐! 어머닌 그 팥죽장수
할머니 은혜를 평생 잊지 않고 사시면서 때때로 동네 이
웃 할머니들을 자주 집으로 모시고 왔지! 그리고는 그 이
름도 성도 모르는 그 할머니에게 갚아야하는 빚이라고 하
시면서 팥죽을 쑤시거나 부침개를 부치셔서 할머니들에게
대접을 해주셨는데 아마도 우리가 이렇게나마 잘 살 수 있
는 것도 모두다 어머니의 그 덕을 물려받은 까닭이 아닐까
생각하지!

짧은 음악.

#26. 옛날 구형 버스

장터 옆 증평거리 도로가에 요란한 시동소리와 함께 매콤한 검은 연
기를 뿜어내며 서 있는 낡은 구형버스 한 대. 남자 차장이 소리를 지
르며 호객행위를 한다.

버스차장 청주 오수 조치원 전의 부강 신탄진 대전 가실 분 얼릉 타
세유! 청주 오수 조치원 전의 부강 신탄진 대전! (길자와 영
신을 보고) 아줌마 버스 탈 거래유?

길자 (머뭇거리며) 저… 이 버스 어디 어디 간다켔습니꺼?

버스차장 뭐라구요? 버스 시동 땜에 잘 안 들려유! 뭐… 뭐유?

길자 (좀 큰소리로) 이 버스 어디 어디 간다캤냐 물었어예!

버스차장 (똑같은 호객행위 목소리로) 청주 오수 조치원 전의 부강 신탄진 대전! 아줌마는 워디루 갈 건디유?

길자 (다시 머뭇거리며) 저… 아즉 정하지 못했는데예? 어디가 사람들이 가장 많이 사는 큰 도회진교?

버스기사 (소리) 야! 시간 없어 손님들 없으면 그냥 빨리 가자구!

버스차장 (안에다 대고) 아 알았시유! (길자에게) 아, 어디루 갈 거냐구유? 탈 거유? 말 거유? 우리 시간 없어 빨랑 차 떠나야해유!

길자 저… 차장 아저씨에 (팥죽할미가 준 꼬깃한 지폐 두 장을 내밀며) 저기… 지가 가진 게 이게 전분데예 이 돈만큼 우리 애하고 지가 갈 수 있는 가장 먼 곳으로 좀 태워다 줄 수가 있겠능교?

버스차장 뭐, 뭐래유? (힐끗 어린 영신이를 쳐다보고는) 암튼 빨랑 타유. 짐보따리는 내가 너줄 테니께 이 얼라나 간수 잘 하구유, 조기 뒷자리가 비어있응께 그리루 가세유! (다시 큰소리로) 청주 오수 조치원 전의 부강 신탄진 대전!

길자, 어린 영신이를 데리고 버스에 올라탄다. 그리고 뒷자리로 간다.

버스차장 청주 오수 조치원 전의 부강 신탄진 대전! 오라잇! (보따리를 들고 뒤편으로 와서 빈자리에 놓고는 다시 앞으로 가 조수석에 앉는다. 콧노래를 부르며)

길자, 어린 영신이를 꼭 껴안고는 차창 밖을 내다본다. 차창 밖 풍경이 을씨년스럽다. 눈물이 주르르 흘러내린다. 이때 어린 영신이가 길자 볼에 흐르는 눈물을 손으로 닦아준다.

어린 영신 엄마 아야해?
길자 (영신에게) 아니! 엄마 아야 아니야!

주제음악 소리 들려오며 차창 밖 풍경이 비추인다. 날이 개이고 저 들녘 너머로 석양이 비추인다. 영신이를 붙잡고 꾸벅꾸벅 조는 길자. 어린 영신 엄마를 깨우지만 여전히 피곤에 지쳐 조는 길자. 어린 영신이가 물끄러미 차창 밖을 내다본다. 음악 계속.

#27. 땅거미 지는 어둠 속으로 달리는 버스

#28. 어두워진 옛 대전 도심으로 들어서는 버스

음악 F.O 되고 여전히 졸고 있는 길자와 어린 영신. 옛 대전 도심으로 들어선 버스. 차창 밖에는 남폿불로 어둠을 밝히며 장사하는 노점상들. 그 앞으로 오가는 행인들의 거리 풍경이 비추면서 버스 천천히 서행하며 버스 터미널로 진입한다.

#29. 옛 대전역 앞 버스 주차장

승객들이 하차한다. 그러나 여전히 어린 영신이를 안고 잠들어 있는 길자 앞으로 버스 차장이 다가온다.

버스차장 아줌마! 다 왔어유! 어서 내려유, 아줌마!

길자 (벌떡 깨어나 놀란 눈으로 버스 차장을 쳐다보며) 뭐… 뭐라꼬예? 다 왔십니꺼? 고… 고마버예! (자는 영신이를 깨우며) 영신아 아가 다 왔단다. 어여 일나그라! 영신아 일나라카이. (잠투정하며 우는 영신을 껴안고 보따리 하나 챙겨들고 버스에서 내린다)

버스차장 (보따리 하나를 가져다주며) 아줌마 여기요! 이거 아줌마 짐 맞지유?

길자 아 예! 아이고 고마버예! 저 근데 차장 아저씨예?

버스차장 (뒤돌아보며) 예?

길자 저 여기가 어뎁니꺼?

버스차장 여기유? 아 대전이지 워디래유! 대전이유 대전! (뒤돌아 간다)

길자 대전이라꼬예?

잠든 영신이를 다시 업고 보따리를 이고 들고 어둠 속 버스주차장에 두리번거리며 서 있는 길자. 카메라 페이닝하여 주차장 건너편 옛 대전역사를 비추고 '대전'이라는 간판이 클로즈업. 그리고 밤하늘의 별들을 비춘다.

음악 up-down.

#30. 스카이라운지 레스토랑

유리   어머나! 아버님 정말 한편의 시 같아요!

영신   무어? 시 같다구?

유리   네! 들녘 너머 지는 석양, 잿빛 하늘 아래 을씨년스런 풍경 들 또 남포 등불로 어둠을 밝히는 도심 골목 노점상들, 아 이의 울음소리, 엄마가 흘리는 눈물의 기도, 정말 모든 게 하나하나 다 시어잖아요!

영신   유리 너 진짜 작가 맞구나! 나한텐 이 모두가 가난과 막막 함의 추억을 표현한 단어들이었는데 넌 그 상황을 시어로 표현하다니….

유리   어머나! 아버님, 지금 그 말씀하고 그 우수에 찬 표정도 정 말 시예요 아버님!

영신   됐다 인석아! 아부 그만 떨어도 돼!

유리   아부라니요! 정말! 진짜! 참말로 말씀하시는 모든 정경이 제겐 아름다운 시처럼 들리거든요! 물론 아버님에게는 슬 픈 추억이시겠지만 그러나 그때의 눈물이 지금은 아름다 운 추억으로서 이렇게 웃음 짓게 하니까 얼마나 다행이에 요 (사이) 아, 그렇게 해서 아버님이 할머님하고 이곳 대전 으로 오시게 되었군요. 그런데 그렇게 빈 손으로 대전에 오셔서 정말 고생 많으셨겠어요!

영신   고생! 말도 못하지. 그런데 그 고생은 내가 아닌 항상 우리 어머님의 몫이었어! 나야 뭐 어리니까 고생이 뭔지나 알 았겠니. 다 어머님의 눈물이고 고통이셨지. 그래서 난 항 상 돌아가신 우리 어머니를 생각하면 가슴이 저리다 못해 아파! 난 지금도 어느 날인가 초저녁에 엄마 무릎을 베고 누워 있으면서 들었던 어머님께서 하소연 하시던 그 기도를 생생하게 기억하고 있어! 어머님은 내가 잠든 줄 알고 외로운 마음으로 하늘의 별을 바라보시면서 혼자 말씀을 하셨지만 그 어린 나이에도 내 마음에는 아, 지금 우리 엄마는 슬퍼하고 있구나 하는 것을 느낄 수가 있었거든! 가끔씩 그날 밤 그 슬픈 엄마의 모습이 떠오를 때가 있지! (물끄러미 유리창 밖의 밤하늘을 바라본다. 별빛이 빛난다)

길자 (독백) 엄마요! 하늘에 사시는지 땅 어드메 사시는지는 모르겠지만서도 내 요즘 이래 살고있어예. (사이) 그 버스차장한테 돈맨치 우덜을 태워 달라카이 이곳 대전에다 우릴 떨가주고 안 갔능교. 한밤중에 우리 두 모자 덩그러니 낯선 도회지에 오고 보니 돈이 있나 먹을 게 있나 한여름 장마 끝인데도 춥기는 와 그리 추분지 그날 밤에 남의 집 굴뚝 끌어안고 안 잤능교. 그카다보이 아침에 야가 열이 펄펄나는기 그만 정신을 잃데예. 너무 놀라가 어찌해야 좋을둥 몰라 지도 그만 그 자리에 퍼질러 앉아가 애를 붙들고 그냥 막 목 놓아 울었어예. 그랬더니 하늘이 도왔는지 길 가던 어느 목사님이라카는 할배 한 분이 우덜을 데리고 자기 집으로 댈구가서는 뜨신 방에다 잠도 재워주고 사나흘을 허연 이밥에다 미역국을 끓여주는 바람에 그래 살아난 기라예. 그카고 피난가고 아무도 살지 않는 이 빈 초가집을 알려주어 지금 이래 살고 있어예. (긴 한숨) 엄마요. 하늘 아래 엄마가 살고있음 날러 찾아와가 어릴 때 버리고 간 이 딸년 좀 살려도오. 안 그믐 하늘에 별이 되가 있음은 야 말대로 얘 아범을 찾아주든가예! 우리 영신이 이 어린 것이 왠종일 지 혼자서 빈집을 지키고 있는데 지깐에도 문둥이 한테 잡혀갈까 무서버가 문고리에다 숟가락 꽂아놓고 끈으로 이래 묶고 저래 묶고 남은 끈내기를 손에 쥐고는 이 에미를 부르다가 그만 지쳐 잠들곤 하네예. 엄마예 우리 영신이가 너무 불쌍해요 엄마! 낼러 좀 도와주이소….

음악 잔잔하게 흐른다.

영신 아까도 말했지만 그날 밤 나는 어머니 품속에서 눈을 감고는 있었지만 잠들지는 않았어. 어머니가 울면서 혼잣말로 하던 그 모든 말들을 다 듣고 있었지. 어머님이 나를 안고 울고 있었을 때 사실은 나도 따라 울었어. 비록 어린 마음이지만 우리 어머니가 너무 불쌍했던 거야. 아마도 지금 생각해보면 그때 내 정신적 연령은 결코 어린아이가 아니였던가봐.

유리 그런데 뒤에 말씀은 무슨 말씀이에요? 온종일 혼자 빈집을 지키면서 나환자한테 잡혀갈까 무서워 문고리에다 숟가락 꽂아놓고 끈으로 묶었다는 말씀이…?

음악 up-down.

#31. 초여름의 들판

아득한 철로 위로 기적을 울리며 달려오는 증기 기관차, 그리고 기차가 지나간 자리의 빈 철로, 이어 카메라 페이닝하여 철로 옆 들판에

느티나무 한 그루 서 있는 외딴 초가집을 비춘다.

#32. 초가집 마당

어둠이 가시고 밝아진 아침. 어린 영신이가 엄마를 부르는 외침소리.

어린 영신 (울면서) 엄마- 엄마아.

싸리문 밖에서 작은 보따리를 머리에 인 채 서 있는 길자.

길자 니 거기 그대로 안 있고 엄마한테 뛰쳐오면 엄마 장사고 뭐고 다 때려치뿔고 니 맴매하면서 밥도 안주고 손가락만 빨게 할 끼다. 그케도 좋음 니 맘대로 해라!

어린 영신 (울면서) 엄마- 엄마아!

길자 (소리치며) 엄마가 장살해가 돈 벌어와야 니하고 내하고 밥 묵고 살고 내후년에 니 핵교도 보낸다 안 켔나? 근데 와 자꾸 아침부터 에미 속을 썩이는데. 응?

어린 영신 (울면서) 엄마- 나 엄마 따라갈래, 같이 갈래 응 엄마!

길자 안 된다카이! 엄마가 이고 있는 이 장보따리가 을마나 무거운지 니 아나! 옥수로 무건 이 보따리 하나도 힘든 데 니까지 따라다니며 업어달라 카믄 엄마가 장사를 우 에 하겠노!

어린 영신 (울면서) 나 엄마한테 업어달라고 안 할꺼야. 아이스께끼 사 달라고도 안 하고….

길자 엄마가 니한테 한두 번 속나! 안 된다카이. 오늘도 니 혼자 집에 있그라. 엄마 장사 일찍 마치고 집에 얼릉 올께!

어린 영신 (울면서) 싫어! 무섭단 말이야!

길자 오메 이기 무신 소리고? 무섭다니! 사내놈이 무섭긴 뭐가 무섭다는 기고? 응?

어린 영신 (울면서) 엄마가 그랬잖아! 문둥이가 애들 잡아가지고 간 빼 먹는다구!

길자 (덜컥) 아니야! 그… 그건 저어기 딴 동네 멀리 있는 곳에서 그런 일이 있었다는 기고 우덜 사는 곳엔 그런 거 읎다!

어린 영신 (울면서) 거짓말! 어제도 엄마가 심심하다고 아무나 따라 가믐 문둥이한테 잡혀먹는다고 그랬잖아! 엄만 거짓말쟁 이야!

길자 그… 그거는 니가 혼자 까불며 저어기 혼자 싸돌아 다닐까 봐 엄마가 그런 거고 집안에 가만히 있음 괜않타. 글구 니 도 이 담에 핵교 갈라카믐 미리 공부해야 한다 안 캤나! 엄 마가 갈켜준 니 이름하고 엄마 이름 마당에다 백번씩 쓰믐 내 후딱 이거 다 팔아가 집에 일찍 올게. 알았제?

어린 영신 (울면서) 엄마-아! 인제 엄마 이름하고 내 이름 다 쓸 줄 안 단 말이야!

길자 오메야 니 그기 글씨가? 삐딱허니 이리 꼬불랑 저리 꼬불 랑 내는 하나도 모르는 글자 같구마!

어린 영신 (울음을 멈추고 포기한 듯) 그럼 반드시 엄마 이름 내 이름 백번 쓰면 집에 올 거야?

길자 하모! 그라제. 오늘은 하늘에 뭉게구름이 뭉실뭉실 피어오 른 거 보이 장사가 잘될 꺼 같다 그라니까는 엄마 퍼뜩 댕 겨올 테니까 어여 울음 뚝 그치고 집에 들어가 있거레이 알겠나 우리 아들….

어린 영신 알겠다. 엄마 퍼뜩 댕겨와라?

길자 영신아! 니 엄마맹키로 그런 사투리 쓰지 말라켔지! 응? 다시 말해보거래이.

어린 영신 (꾸뻑 인사를 하며) 엄마 안녕히 다녀오세요.

길자 그래 우리 아들 엄마 말 잘 듣는 착한 아이네! 참 그라고 지금부터 기차가 세 번 지나가믐 엄마가 정지깐에 밥 챙겨 놨으니까 그거 물하고 찬찬히 묵고 알았제? 그럼 엄마 간 다. (뒤돌아서며) 아이고 하느님 부처님예 저 얼라 좀 지켜주이소!

어린 영신 (물끄러미 엄마 간 자리를 쳐다보다가) 엄마- (다시 울기 시작한다)

이때 다시 멀리서 기적소리 그리고 음악.

제 10 부

예배당 종소리

#1. 대전 중앙시장

중앙시장 좌판거리. 비린 생선 파는 옆자리에 나물, 채소와 찬거리를
대나무 소쿠리에 담아 파는 여인들, 왁자지껄 시장이 온통 북적인다.
이때 양담배하고 군용 양말을 담은 보따리를 이고 나타나는 길자. 좌
판자리를 찾아 헤맨다.

미나리할매 니 지금 오는 기가?

길자 야! 안녕히 주무셨능교?

미나리할매 안녕이고 뭐고 니 그래 장사해가 언제 돈을 벌 낀데, 돈은
고사하고 아 굶겨 직일 작정이드노?

길자 와예? 무슨 일이라도 있어예?

미나리할매 지금이 몇 시드노? 남들은 새벽같이 나와가 서로 목 좋은
델 잡는다꼬 이레 번잡스럽게 쌈까지 해싸며 새벽 장살하
는데 니는 해가 중천인데 지금 나와가 원제 장살할 낀데?
오늘도 자리나 잡겠드노?

고무댁 남들은 우덜 장살 우습게 보지만 예도 목 따라 하루 장사에 몇 백 환씩 차이가 나는 법이여! 워떡하냐? 이쪽 자리는 벌써 다 차났서. (두리번거리다가) 그려 저기 냄새는 나겠지만 저 생선좌판 옆으로라도 가봐! 저 자리도 쫌 있으면 남이 꽤 찰 꺼여!

미나리할매 그래 쌍둥이 애미 말대로 어여 거기라도 차지해라! 그래 어저께 그 양키 물건은 좀 받아왔드노?

길자 예! 근데 밑천이 없어가 어제 판돈 몽땅 줬는데도 카멜 한 봉지뿐이 몬 구해왔어예! 돈이 쪼매만 더 있어도 신사양반들이 좋아하는 말보로나 윈스톤 같은 잘 팔리는 고급담밸 더 살 수도 있었는데….

짱아댁 영신이 너 그 양키 물건도 꼼꼼하게 살펴가믄서 사고 팔아야혀! 요즘 양담배 단속이 하도 심혀다 보니께 가짜배기도 많고 또 진짜배기라 혀도 잘 숨겨가면서 한두 개씩 까치 담배로 팔아야지 그렇게 몽땅 내놓고 팔단 금세 단속반 놈들한테 걸려!

길자 예! 안 그래도 물건 띠러오는 수재아부지도 그카데예! 이자 쫌 있으믐 아리랑인가 뭔가 하는 양담배맨키로 맛이 좋은 국산담배가 나올 낀데 그 담밸 같이 파는 게 좋고 꼭 그 담배만 내놓고 다른 양담밸랑은 앉는 의자 밑으로 꼭 숨겨가 팔라꼬예!

고무댁 저 사람 말은 그게 아니고 요즘 나쁜 놈들 손기술이 좋아서 담배꽁초 뿌스레기로 모아 양담배처럼 만든다는 거여! 근게 양담배 띠어올 땐 겉만 보지 말고 냄샐 잘 맡아가면서 진짜 가짤 잘 가려 사란 말이여! 양담배 장살하려면 말여. 카멜 냄새하고 말보로, 윈스톤, 그라고 거 뭐

지? 그려 마일드 쎄븐 같은 모든 양담배 냄샐 잘 가려낼
줄 알아야혀.

길자 시상에 성님은 우에 그리 잘 아는교? 내사마 성님들이 이
래 안 갈켜주면 암것도 모르니더!

고무댁 내가 전에 그 장살해봐서 아니께 그런 거여! 내가 왜 그 장
살 고만 두고 이 빤쓰랑 꼬무줄 장살하는디! 아이고 말도
마라! 내 한번은 그 아편쟁이 고놈한테 가짜 양담밸 팔았
다고 그놈 난리 난리 생난리를 쳤다. 그래서 그날 번 돈 다
뺏기고 어휴 그리고나서도 또 고놈이 글쎄 단속반한테 찔
러서 내 닷새 동안 구류를 살다 나왔지 뭐냐!

짱아댁 그런디 말여라. 고놈들이 모다 한 패였던겨! 모두 짜고설
랑 쟈한테 네다바이 친 거지 뭐여! 시상에 천하에 나쁜 놈
들 같으니라구!

길자 오메, 오메! 시상에 그게… 말이나 됩니꺼!

고무댁 그러니까 영신이 너도 조심하란 말여! 밑천 없이 장살해
야 하니께 그것부터 장살 시작했겠지만서도 돈 쫌 모으면
얼릉 때려치우고 딴 장살 시작혀는 게 좋을껴! 뭐니뭐니
혀두 우덜같이 밑천 없이 하는 이런 장바닥 좌판꾼들은 말
여 쬐끔 먹고 쬐끔 싸도 맴을 편혀게 가져야 오래 버틸 수
있능겨. 그러다 보믐 자식새끼들 핵교도 보내고 때 되면
찬밥 한 술이라도 멕일 수가 있어!

길자 야! 명심할께예!

미나리할매 그나저나 오늘도 느그 얼라가 안 떨어질라케서 이래 늦은
기가? 하루이틀도 아이고 우에 할라 그라노? (번쩍) 아, 이
러면 안 되겠나!

길자 야! 뭔데예?

미나리할매 조기 저 역전 앞에 십번지라고 안 들어봤나? 중동 십번지라꼬!

길자 글쎄예! 지가 대전 온 지 얼마 안되가….

고무댁 먹고살 게 없어 몸 파는 여자들이 사는 유곽동네여!

미나리할매 그 동네 모퉁이에 예배당이 안 있드나. 그곳에서 얼라들 글도 갈켜주고 또 셈본도 갈켜준다카든데 난리통에 배움 잃은 아들을 국민학교매냥 공꼬로 갈켜준다카드라! 느그 아를 거기다 맽겨두고 갈 때 델고 가면 안되겠나? 아가 너무 어려가 안 될라나…?

길자 참말잉교? 참말로 공꼬로 그리 아들을 맡아 공부꺼정 시켜주는 데가 있어예? 우리 아는 지 혼자서 벌써 지 이름하고 내 이름도 쓸 줄 알아예!

미나리할매 그라믄 오늘 점심때라도 시간 봐가면서 니 거기 한번 가봐라! 이 통으로 주욱 가가 큰 신작로를 건너가믄 그 예배당을 바로 찾을 수 있을끼다!

고무댁 동네가 요상시러워 그렇지 얼라들이 뭔 상관이여. 아침절에 예배당에 들어가서 늦게까지 공부하고 놀다가 집에 가는데… 영신이 공부 끝나면 자네가 집으로 델고 가면 되잖여!

길자 야 그라믄 되지예! 그런데 거기가 예배당이라카는데 혹시라도 우리 아가 강제로 야수교에 다녀야되는 거 아입니꺼?

짱아댁 아 야수교면 어떻고 예수교면 어뗘? 아 어린애 뱃속으로 그 교가 뚫고 들어간디어?

길자 그기 아니고….

미나리할매 암튼 그렇게 해라 그케야 니도 맴 편히 장살 할 수 안 있겠나! (이때 갑자기 얼굴색이 변하며) 야야! 퍼뜩 보따리들 싸거래

이. 저 저기 또 지랄 같은 놈들 나타났다카이! 아침 개시부
터 뭔 지랄들이고!

고무댁 뭐시유? 아이코 한동안 뜸하더니 원제 또 나타났데. 저 써
글놈들이? 아 뭘 해 얼릉 보따리를 싸지 않구!

길자 뭐… 뭔데예! (보따리를 싸면서) 알았시더.

약간 떨어진 데서 장사하는 사람들 판을 뒤엎으며 동네 건달 두세 명
이 행패를 부리며 다가온다. 좌판장사하는 여인들 소릴 지르며 자릴
뜬다. 이때 생선좌판 어물전 외눈박이 맹씨가 꼼짝 않고 서 있다.

박 건달 (생선좌판 앞으로 다가와서) 뭐시다냐? 니는 뭐신데 고로콤 전
봇대마냥 빳빳허니 서서 낼러 쳐다보는 거다냐?

맹씨 식전부터 까불지 말고 날레 비키라우. 안 그믐 니놈들 오
늘 사주에 재수 옴 붙게 해줄 테니끼니. (날카롭게 쏘아보고는
다시 생선을 자른다)

박 건달 뭐시고라! 까불지 말고 비키고 오늘 사주에 재수 옴이 붙
어야? 이게 뒤지고 싶어 환장했능갑네! 나야 누군 줄도 모
르고라! 이 상노모새끼 정말 겁대가리 없다요!

맹씨 (다시 쳐다보고는) 너 이 간나새끼래 증말 꺼지지 않고시리
내 앞에서 계속 나불댈 거이가?

오 건달 (다가와서는) 야야 여긴 냅두고 딴 데로 가야! (박건달 팔을 잡아
끌면서) 딴 데로 가자니께! 아자씨 비린 생선이나 잘 칼질하
소. 뭔 남 영업에 참견이다요!

박 건달 아 뭐여 씨팔! 저 멀대가 뭔데 겁먹고 그란다냐?

이때 또 다른 빵떡모자를 쓴 꼬붕이가 다가오면서 맹씨한테 넙죽 절

을 한다.

꼬붕이   아이고 아자씨! 안녕하셨으랴! (박건달과 맹씨를 번갈아 쳐다보며) 아니 근데 이게 다 뭔 상황이다요? (박건달에게) 눈 깔어라 안 그믐 니 눈깔 먹물 뽑을랑게! 저 아자씨, 오늘은 아자씨 친구 분께서 중앙시장 한바쿠 돌다오라 안 혀요. 그랑께 우덜이 이짝 말고 저어기 저짝으로 돌고갈 텡께 한 번 봐주시랑께요 그럼! (빵떡 모자를 들어올린다)

맹씨   (계속 생선을 다듬으면서) 고 내 친구라는 놈한테 꼭 말하라우! 그케 살지 말구 좀 당당하게 살라구 말이디!

꼬붕이   (뒤돌아서며) 말씀은 전달하겠는디요 조까 안 좋게 들으실 꺼 같구만이라.

맹씨   (생선칼을 높이 쳐들며) 날레 안 비킬 꺼이가?

꼬붕이   (겁을 먹고) 아 식전부터 웬 고함이당가요. 가요. 간다고라! (다른 건달들에게) 느그들도 인사올리거라잉!

박 건달   (꾸뻑 인사하며) 아자씨 아니 성님 담부털랑 예의 차릴랑게 오늘 건방떤 거실랑 이자버리시요잉.

오 건달   (꾸뻑 인사하며) 지도 그랑께라. 많이 파시시요잉

건달들 종알대며 급하게 사라진다. 구경하던 시장사람들 모두 박수를 친다.

약간 경쾌한 음악.

#2. 영신네 외딴 초가집

해질녘 교회 종소리가 은은하게 들려온다. 아이가 마당에서 혼자 막대기로 글씨 연습을 하고 있고 길자가 영신이를 부르며 보따리를 들고 들어온다.

길자　영신아 엄마 왔다!

어린 영신　엄마! (길자에게 달려가 허리를 꼬옥 껴안는다)

길자　니 혼자서 잘 놀았드나?

어린 영신　응.

길자　철길엔 안 올라갔제?

어린 영신　응!

길자　아이고, 우리 영신이 참말로 착했네. 철길은 위험하니까 절대로 올라가 놀면 안 된데이 알았나?

어린 영신　응!

길자　응이 뭐꼬, 어른들이 물으면 네! 해야지!

어린 영신　네!

길자　그래 그래야제. (보따리를 건네며) 이거 방에다 들가 놓거라. 엄만 물 좀 마셔야겠다. (부엌으로 들어간다)

길자　(소리) 영신아! 근데 부뚜막에 이기 뭐꼬?

어린 영신　아까 전에 저기 저 예배당에서 줬어!

길자　(부엌에서 나오며) 뭐라꼬 예배당서? 그럼 니 요새 예배당에 가서 놀았드나?

어린 영신　응! 거기 얼마나 재밌다구.

길자　그래가 니 요즘에 엄마 따라 간다고 떼쓰지도 않고 엄마보고 빨랑 가라캤나!

어린 영신	응! 이제 나 하나두 안 무서워!
길자	근데 부뚜막에 있는 저 보따리는 뭔데?
어린 영신	오늘 예배당서 어른들이 날 보고 줄서 있으라고 해서 섰더니 밀가루랑 보리쌀을 줬어! 그리고 어떤 아줌마가 날보고 예쁘다고 우유가루도 줬다! 얼마나 맛있다구.
길자	근데 저 무거운 걸 니 혼자서 우에 들고 왔는데?
어린 영신	우리 예배당 선생님이 가져다 줬어! 그 선생님 옛날 얘기 얼마나 잘 한다구! 노래두 잘해.
길자	아이고 이제 이놈아도 컸다고 집에 양식꺼정 들여오네… 이왕지사 가져온 거니까 먹긴 하겠지만서도 담부터는 저런 거 가지고 오지 마라!
어린 영신	왜?
길자	내는 오래 전부터 절엘 다녔고 또 오방신 장군님네를 모셨는데 저런 예배당 구신 붙어있는 물건을 집에 들여놈 부정 탄다 카드라! (부엌으로 들어간다)
어린 영신	저건 귀신이 아니고 밀가루하고 보리쌀인데!
길자	(소리) 그래두 예배당서 갖고온 거는 그 뭐라 카드노 그래 야순지 예순지 그런 구신이 붙어다닌다캤다.
어린 영신	에-이 공갈! 우리 예배당 선생님이 그러는데 그런 건 다 미신이랬어! 아주 나쁜 거래! (두손을 입에 대고 외친다) 미신아 물러가라 미신아 꺼져라!

길자, 부엌에서 자루를 들고 나오다가 와락 놀라면서.

| 길자 | 니 시방 뭐라캤노? 이놈 보래이! 니 언제부터 예배당엘 댕겼다고 벌써부터 그런 소릴해쌌노? |

어린 영신	엄마 배고파 얼릉 밥 줘!
길자	알았다. 근데 니 앞으론 그런 말 하지말거레이! 알았나?
어린 영신	(길자에게) 메롱!

음악.

#3. 남포불 켜진 초저녁

B/G음악 서서히 들려온다. 어린 영신이 마루에 엎드려 공책에다 글씨를 쓰고 있다. 길자 부엌에서 밥상을 들고 마루로 나온다.

길자	어서 밥묵자! 니 마이 배고팠제?
어린 영신	(일어나 밥을 먹는다 그러다가) 아참! (두 손을 모으고 노래를 부른다) 날마다 우리에게 양식을 주시는… (힐끗 눈을 뜨고 엄마를 훔쳐 보다 다시 눈을 감고) 은혜로우신 하나님 참 감사합니다. 아멘
길자	밥 먹다 말고 그기 뭔 노랜데? 어디서 배웠드노?
어린 영신	우리 선생님이 밥 먹을 때마다 이렇게 감사노래를 부르랬어! 그래야 복 받는대.
길자	뭐라꼬 감사노래라꼬! 누구한테 감사하는 노랜데?
어린 영신	하늘에 계신 하나님께!
길자	(버럭) 니 하늘 올라 가봤나?
어린 영신	아니!
길자	그칸데 니 하나님이 하늘에 있는지 우에 아는데?
어린 영신	…?
길자	니 날 밝을 때 하늘을 올려다 봐라! 하나님이 있드노? 저

예배당서 니한테 거짓뿌렁으로 지어 만든 말이다. 그런 거 믿지 마라

어린 영신 햇빛이 비치니까 눈이 부셔서 하나님을 볼 수 없는 거지! 그럼 엄마는 하늘나라에 가봤어?

길자 아니! 그치만 이담에 엄마가 나이 마이 묵고 죽으면 그땐 하늘나라 가겠지!

어린 영신 그럼 하나님이 진짜로 하늘에 있는지 그땐 알겠네!

길자 그렇지 하지만 지금은!

어린 영신 엄마는 나 예배당엘 가지 말라구? 공갈치는 거지?

길자 니 엄마한테 뭐라 카는기가?

다시 멀리서 예배당 종소리가 울리면서 음악이 O.L된다.

#4. 영신이네 아파트 거실

베란다 창문 밖으로 보이는 도시 풍경. 이른 새벽 아침에 도심의 불빛이 더러 비추고 도로를 달리는 차량 불빛이 환하게 보인다. 잠옷 가운을 입은 60대 영신 소파에 앉아 그 아침 풍경을 물끄러미 바라본다.

영신 (독백) 언제부턴가 어린 나는 들판 너머 언덕 위에 높이 솟은 교회를 다니기 시작했다. 아침저녁으로 온 세상에 울려 퍼지는 그곳 교회 종소리가 참 신기했고 하루 온종일 마루에서, 마당으로 또 방안에서 혼자 노는 것이 너무나 심심해서 호기심으로 혼자서 그 언덕을 올라갔던 모양이다. 그

랬더니 그곳에는 내 또래 아이들과 형아들이랑 누나들이 놀고 있었고 또 나랑 놀아주었다. 그리고 어느 날인가는 선생님들이 노래를 가르쳐주고 재미있는 동화도 해주었고 또 맛있는 과자랑 빵도 나누어주었다. 그래서 어린 나는 교회가 너무 좋았다. 매일 아침이면 눈을 뜨자마자 엄마가 장사를 가기도 전부터 교회에 갈 생각을 하면서 새로 동무가 된 친구들의 이름을 부르면서 공책에다 그 이름들을 쓰곤 했다. 그래서 나는 여섯 살도 안 되어서 한글을 깨우친 것 같다.

이때 안방 문이 열리면서 아내 선혜가 역시 잠옷 가운을 입고 나온다.

선혜 아니 언제 일어났어요? 새벽기도회에 다녀오신 거야? 그럼 잠 좀 더 주무시지! 아직 날 새려면 멀었는데… 오늘은 오전 강의도 없는 날이잖아요.

영신 잠이 영 안 오네. 아까 모닝커피를 진하게 마셔서 그런가?

선혜 당신 이제 커피 마시지 말고 녹차나 보이차 마시라고 했잖아요! 한 잔 타드려요?

영신 됐어! 나 여기 좀 더 앉아있다가 들어갈 테니까 당신이나 들어가서 좀 더 자! 어제 애들이랑 늦게까지 이야기 하든 거 같은데…! 유리는 몇 시에 지네 집에 갔어?

선혜 한 열한 시쯤? 유리 그 아이 생각보다 참 깊이가 있고 다정다감한 게 우리 진석이한테는 정말 딱이더라구요! 마음 정하기 전에는 몰랐는데 우리 며늘애로 맘 정하고 나니까 볼수록 더 예쁜 거 있지요!

영신 그래 유리네 집 어른들하고는 상견례 날 잡았대?

선혜　진석이가 곧 알려준대요. 진석이가 먼저 그 댁 어른들께 인사를 드리고 허락을 받아야잖아요! 아무리 형식적이지만.

영신　알았어. 빨리 들어가 자! (벽시계를 보고는) 아직 5시 반도 안됐어!

선혜　(하품을 하고는) 알았어요. 그럼 나 좀 들어가서 더 잘게 당신도 청승 그만 떠시고 어서 들어와 눈 좀 붙여요. 오후 강의에 피곤해 하지말고….

선혜 방으로 들어간다. 다시 베란다 창밖을 묵묵히 바라보는 영신.

#5. 어느 일요일 아침

초가집 남루한 방안에 혼자 누워 자던 어린 영신. 영신의 독백에 따라 어린 영신이의 모습이 보인다.

영신　(독백) 그날 아침에도 예배당 종소리가 멀리서 들려왔다. 어린 나는 잠에서 깨어나 엄마를 찾았다. 그런데 아무런 대답이 없었다. 그런데 문득 나는 헐렁한 윗도리 런닝만 입고 있었고 그 전날 저녁에 분명히 입고 잤던 빤스가 없어진 걸 알게 되었다. 어쩐지 아랫도리가 허전했던 것이다. 순간 어린 나는 그것이 엄마가 그랬다는 것을 알 수가 있었다. 그날이 주일날 아침이었기 때문이다.

어린 영신　엄마- 엄마아 엄마아 아 아- (사이) 엄마 나빠. 나 예배당에 못 가게 할려구 내 빤스를 벗겨간 거지? 두고 보자. 엄마! 엄마 오기만 해봐라. 내가 가만히 안둘 거야 (예배당 종소리)

아이참! 예배당에 빨리 오라고 종소리가 울리네. 어떡하지? (다시 소리쳐 엄마를 부른다) 엄마- 아, 엄마야- 엄마!

#6. 가을 들녘

벼가 누렇게 익어가는 들녘의 바람소리. 코스모스가 피어 하늘거리는 철길 풍경 들녘 지나 초가집 한 채.

영신 (독백) 우리가 살고 있던 그 집은 동구 밖 들녘을 지나 철도길 옆에 세워진 자그마한 초가집이었다. 하루에 열댓 번씩 기차가 지날 적마다 집이 흔들거렸다. 그날 아침에도 어머니는 일찍부터 들녘을 가로질러 동네 냇가 빨래터로 빨래하러 가신 것이다.

#7. 다시 초가집 마루

어린 영신 치 그런다고 내가 예배당에 안 갈 줄 알아, 엄마 미워! 어? 내 신발, 아이 내 신발도 가져갔네? (다시 소리쳐 엄마를 부른다) 엄마아. 엄마아. (소리가 메아리친다) 그래도 갈 거야! 일요일날 예배당에 빠지면 하나님이 내 기도를 안 들어주실 꺼란 말이야.

영신, 엄마가 씻어 세워둔 흰 고무신을 발견한다.

어린 영신 엄마 신이다. 치 이거 신고가면 되지. (고무신 끝에 고인 물을 털어낸다) 아이- 그런데 바지는 어디 있지? 엄마가 내 바지도 가져갔네. 이잉…나 몰라! (다시 엄마를 외쳐부른다) 엄마-엄마아-

#8. 철길

코스모스가 무리져 피어있는 기차 철길. 조용한 음악과 함께 잠시 후 기차가 기적소리를 내며 지나간다. 어린 영신 지나가는 기차를 물끄러미 바라본다.

#9. 초가집 마당

어린 영신 (결심을 한 듯, 입고 있던 런닝을 길게 앞으로 잡아당긴다. 그리고 아래를 쳐다보고는 고추가 가려지자 안도의 숨을 내쉰다) 치, 이렇게 하고 가면 되지, 엄마 이따가 오기만 해봐라. (엄마 고무신을 신고 질질 끌고 싸리문 밖으로 나간다. 아이의 엉덩이가 크게 드러난다)

예배당 종소리가 다시 들려온다.

#10. 옛날 예배당 종탑

#11. 예배당 입구

풍금소리에 맞춰 부르는 아이들의 노랫소리, 그리고 주변을 두리번 거리며 런닝을 잡아당긴 채 질질 엄마 고무신을 끌고 나타난 어린 영신.

꽃가지에 내리는 가는 빗소리
가-만히 기울이고 들어 보세요
너희들도 이 꽃처럼 맘이 고와라
너희들도 이 꽃처럼 맘이 고와라

냇가에서 들리는 시냇물 소리
가-만히 기울이고 들어 보세요

어린영신   아이 어떻게 들어가지? 애들이 막 놀릴 텐데….

#12. 예배당 안

작은 강대상 옆으로 흰 저고리에 검정치마를 입은 여선생님이 풍금을 치고 검정 교복을 입은 청년이 강단 앞에서 노래를 인도하고 있다. 동네아이들이 십여 명 앉아서 열심히 노래를 부른다. 이때 어린 영신이가 문 입구에서 얼굴만 내밀고 예배당 안을 들여다본다.

청년   (노래 중간에) 오, 영신이 왔구나 근데 왜 들어오지 않고 그러구 서 있어? 어서 들어와!

어린 영신이 런닝을 앞으로 쭈욱 잡아 댕겨 아랫도리를 가리고 엉덩이는 삐쭉 내놓은 채 천천히 들어온다. 갑자기 동네아이들 웃는 소리. 어린 영신 부끄러워하면서 자신도 겸연쩍은 듯 씨익 웃고는 앞자리에 가서 앉는다. 아이들 다시 웃는다.

청년   (두어 번 손뼉을 치고는) 자, 모두 여기 집중! 기영아! 그만 웃고 여길 보라니까! 너네 동생 우리 영신이가 무슨 사정이 있어서 바지를 못 입고 왔는데 얼마나 기특하고 착한 신앙이니! 아마 너희들은 저런 용기를 낼 수 없었을걸! 자, 모두 시선을 이리로 집중하고 다시 계속해서 노랠 불러보자! 자 2절부터 다시 시작 (커다란 문종이에 검은 먹물로 가사를 쓴 찬송가를 한 소절씩 짚어가며)

냇가에서 들리는 시냇물 소리
가-만히 기울이고 들어 보세요
너희들도 이 물처럼 맘이 맑아라
너희들도 이 물처럼 맘이 맑아라

이때 어린 영신이가 "아얏" 하며 소리 내어 운다.

청년   아니 영신아 왜 우는 거니?
어린 영신   아앙! 엄마!
단발여아   (기영이를 가리키며) 기영이가 연필로 영신이 궁뎅이를 찔렀어요!

아이들 소리내어 웃는다.

기영 아냐 난 한 번뿐이 안 찔렀어. 저 새끼 홍기가 두 번 찌른 거야!

청년 너희들 그러면 안되는 거 알잖아. 여긴 교회야 교회에서 그러면 되겠어? (기영이를 쏘아본다)

기영 (울먹이며) 난 한 번뿐이 안 찔렀다니깐요!

이때 풍금을 치던 여선생님이 어린 영신이에게 다가온다 그리고 영신이를 무릎에 앉히고 검정치마를 좌우로 접어 앞을 가려준다.

여선생 영신아! 형아들이 나쁘다 그치! 이따 예배 끝나면 선생님이 대신 혼내줄 거야. 자 눈물 뚝! 옳지! 야, 우리 영신이 정말 착하다 정말 예뻐!

청년 자! 그럼 다 같이 기도! 조용히 두 손 모으고 눈을 감고 옳지 다 같이 기도합시다. 야! 기영아 두 손 모으고 기도하자니까! 그래 자 눈감고 두 손 모으고….

아이들 장난을 치며 두 손을 모으고 눈을 감는다.

청년 사랑이 많으신 하나님 아버지 감사합니다. 오늘도 우리 착한 주의 어린이들 거룩한 주일날 아침에 이렇게 예배당에 나왔습니다.

이때 개구쟁이 기영이가 나무꼬챙이로 어린 영신이 종아리를 꼭 찌르고는 얼른 두 눈을 감는다.

어린 영신 (큰소리로) 아얏!

아이들 두 손을 모으고 눈을 감은 채 킥킥대며 웃는다.

여선생 쉬이 조용, 조용! 기도 시간이잖아.

아이들 다시 눈을 감는다.

청년 이 시간 기도 시간에 장난치는 아이들 없게 하시고 하나님
께 정성을 모아 예배드리는 착한 어린이들 되게 하시고….

이때 기영이가 다시 나무꼬챙이로 어린 영신이 다리를 또 찌른다. 어
린 영신이 기도하다가 다시 소리를 지른다.

어린 영신 아얏!

아이들 다시 깔깔대며 웃는다. 어린 영신이 다시 소리 내어 운다.

어린 영신 앙… 앙 엄마아!
여선생 기영아! 기영이 너 나가 있어! 어서!

기영이 삐쭉대며 일어나 나간다.

여선생 미안해 영신아! 괜찮아 괜찮아 울지 마! 선생님이 호 해줄
게! (어린 영신이 종아리를 쓰다듬어주며 호 한다)

아이들 다시 낄낄대며 웃는다.

청년　　아직 기도 안 끝났어요. 다시 눈감고 두 손 모으고 그래… 하나님 아버지 마음이 아픈 사람들에게 그 아픔을 위로해 주시고….

#13. 예배당 안 풍금소리

여선생님이 다시 풍금을 치고 아이들 풍금소리에 맞추어 노래를 부른다. 어린 영신이는 런닝을 앞으로 잡아당긴 채 노래를 따라한다.

노래
하나님이 세상을 이처럼 사랑하사 독생자를 주셨으니
누구든지 예수 믿으면 멸망하지 않고 영생을 얻으리로다
영생을 얻으리로다

노래와 영상 F.O

#14. 영신이네 아파트 거실

조용히 눈을 감은 채 거실 소파에 누워 생각에 잠기는 영신, 눈가에 눈물이 흐른다.

영신　　(독백) 그날 나는 선생님 무릎에 안긴 채 이런 생각을 했었던 기억이 난다. 기도도 안 하고 내 엉덩이를 나무 꼬챙이로 찌른 기영이 형은 벌 받을 것 같다고. 그리고 나를 안아준 여선생님처럼 우리 엄마가 나를 이렇게 안고 예배당에서 기도를 하면 참 좋겠다고…. 지금은 내 기억 속에서 그 얼굴들이 떠오르지는 않지만 그때 노래를 부르던 그 형들과 누나들의 노랫소리와 풍금소리는 지금도 잊혀지지가 않는다.

음악.

#15. 은행동 거리

은행동 거리의 즐비한 인파들 사이로 행인들을 헤쳐가며 열심히 통화를 하면서 다가오는 유리.

유리 강PD님! 지금 무슨 말씀을 하시는 거예요? 제작 보류라니요, 그게 말이나 되는 소린가요?… 그럼 진작에 말씀해주셨어야죠! 처음 시놉시스를 보시고는 제게 뭐라 말씀하셨어요? 배불러 죽겠다는 비만시대에 그때를 아십니까? 질문을 던져주는 최고 명품이 될 수도 있다고 하시면서 드라마 국장님도 좋아하셨다면서요…! 뭐라구요? 정말로 그렇게 말씀하셨다구요? 참 내 어이가 없어서… 암튼 제가요 지금 우 교수님 만나려고 가는 중이 걸랑요 약속시간이 늦었어요! 그러니까 이따가 방송국에 가서 말씀 나누죠! 암튼 저도 절대 양보할 수 없어요. 이해도 안되구요! 네. 끊겠습니다. (통화를 끝내고는) 미친 새끼들…! (시계를 보고는) 아 이참 어쩌지!

빠른 걸음으로 사라진다.

#16. 성심당 제과점 이층

튀김소보로를 사기 위해 카운터 앞에 즐비한 손님들 그리고 매장 안에 가득 채워진 손님들. 이때 유리 문을 열고 급한 걸음으로 이층 계단을 오른다. 우영진 교수 창 가쪽 의자에 앉아 깊은 시름에 잠겨 있다.

유리   아버님! 조시는 거예요?

영신   (눈을 뜨며) 아? 아 아니야!… 지금 오는 거니? 점심시간이라서 교통이 좀 복잡했을 텐데 그래도 빨리 왔구나!

유리   빨리라니요 10분이나 넘게 늦게 왔는 걸요! 죄송해요. 오래 기다리셨어요?

영신   (자세를 바로 앉으며) 아니! 엊저녁에 옛날 생각하느라 밤잠을 설쳤더니만 수면이 부족했는지 여기서 깜빡 졸았나보다! 어서 와 앉거라!

유리   (두리번거리며) 주문 좀 하구요! 아버님은 뭐 드셨어요?

영신   아니다. 나는 커피나 한 잔 다오. 요즘 의사 말이 지방간을 줄여야 한다고 해서 탄수화물을 좀 줄이려고 해.

유리   시장하지 않으시겠어요? 그래도 점심인데 그럼 고로케 하나만 드세요.

영신   알았다. 그럼 알아서 시켜봐! 카드 줄까?

유리, 카운터로 향한다. 영신, 다시 눈을 감고 회상에 잠긴다. 잠시 후

유리, 커피와 고로케가 든 접시를 가지고 와 자리에 앉는다.

유리　아버님 무척 피곤하신가 봐요! 오늘은 인터뷰 생략하고 차나 한 잔 마시고 그냥 집에 들어가셔서 쉬시는 게 어때요? 오늘 오후 강의도 없으시잖아요?

영신　아니 괜찮아. 피곤해서 그런 게 아니라 요즘 너랑 이렇게 지난 일들에 대해 이야길 나누다 보니까 여러 가지 생각나는 것들이 많아 좀 센치해졌나봐! 지금도 옛날 국민학교 입학 전 교회 배움터에서 공부하던 생각이 떠올라서 잠시 눈을 감고 있었던 거야!

유리　아버님은 참 천재세요. 어떻게 그렇게 오래 전 어릴 때 일까지 기억하고 계신 거예요? 저는 초등학교 전 일들은 벌써 가물가물한데….

영신　글쎄다. 삶의 환경이 달라 그럴 수도 있겠지만 요즘 들어서 난 내 지난 일들 모두가 소소한 것까지도 다 소중한 생각이 들어. (수첩을 내보이며) 그래서 이렇게 메모하는 습관까지 생겼어!

유리　치매 예방으론 그게 최고라고 하던데요! 후후 역시! 교수님은… 아니 아버님은 멋지세요! 그래 오늘은 어떤 이야기 자료를 주실 건데요? 아니 참 아버님 중심으로 내가 조그마할 때, 또는 내가 대여섯 살 때 그렇게 말씀하시니까 제 머리로는 정리가 안 될 때가 있어요. 차라리 연도를 말씀해주시면 더 이해하기 좋을 것 같아요. 그럼 아버님 말씀을 근거로 인터넷으로 시대적 상황을 덧입힐 수가 있으니까요.

영신　그래 그럴 수가 있겠구나. 어차피 내 어린 시절 이야기는

네가 경험해보지 못한 옛날 이야기일 테니까? 가만있어보자. 그러니까… 그렇지 아마도 1958년도 그때쯤일 거야. 내가 국민학교 입학 1년 전 이야기니까.

유리   (수첩을 꺼내 메모하면서) 네. 그러니까 오늘 말씀해주실 이야기의 그 해가 1958년이란 말씀이지요!

영신   그래. 그런데 내 기억에도 한계가 있어서 어제 밤에는 인터넷을 통해 1958년도가 어떤 해였는지 찾아보았지! 그랬더니 참 흥미로운 해였더군. 마침 내가 앞으로 기회 있으면 쓰고 싶었던 월북작곡가로 활동했던 세계적인 작곡가 정추라는 분이 소련 유학생 동료들과 함께 소련에서 김일성 체제에 대한 반기를 들고 집단으로 망명을 신청해서 세계적인 화제가 되었던 사건이 있었던 해였고 또 창량호 비행기 납치사건하고 이라크 왕가 붕괴인지 혁명인지 하는 세계사일 말고는… 그래 내 전공과 관련이 있어서 그런지 흥미로운 방화들이 제작 발표되었던 해였더군!

유리   방화라면? 국산영화들 말씀이세요?

영신   그래! 참 좋은 영화들이 만들어 상영되었더구나, 그 해에!

유리   어떤 영화들이 있었는데요?

영신   지금은 모두 작고하신 감독들이지만 한국 영화사에 전설적인 유현목, 신상옥, 김소동 감독과 같은 분들이 만들어 발표한 〈돈〉, 〈지옥화〉, 〈인생차압〉 그리고 〈눈 나리는 밤〉 등이 있었는데 모두 한결 같이 이태리의 네오리얼리즘과 같은 형태의 영화들이었어! 어떻게 그 당시 그렇게 경제사정이 어려웠을 때였는데도 그런 묵직한 영화들을 만들어 낼 수 있었는지 정말 그분들이 존경스러웠다니까!

유리   작가인 저도 이해하기 힘든 영화경향인데 어떤 점에서 그렇게 생각하셨는지 좀 더 설명을 해주세요!

영신   그건 시나리오 작가로서 또 인문학을 전공하는 사람으로서 유리가 공부하면서 연구해야할 과제이고 암튼 빅토리오 데시카 감독이 만든 〈자전거 도둑〉이라든지 로베르토 로셀리니 감독의 〈무방비도시〉와 같은 작품들의 영향을 받아 그 해 만들어낸 영화들은 정말 대단했어. 꾸밈없는 시대상을 있는 그대로 표현하고 그 본질을 보여주는 그 네오리얼리즘의 형태를 도입했다는 것은 아마도 그때가 한국영화의 르네상스가 아닌가 싶어!

유리   그 영화들 직접 보셨어요?

영신   그때 당시 내 나이가 여섯 살이었는데 그걸 어떻게 볼 수가 있었겠니! 하지만 커서 그러니까 중앙대 대학원 다닐 때 그때 수업시간에 신상옥 감독이 만든 〈지옥화〉랑 김소동 감독이 만든 〈돈〉이라는 영화는 보았고 또 유현목 감독이 만든 〈인생차압〉이란 영화는 못 보았지만 동명의 작품을 〈살아있는 이중생 각하〉라는 제목의 연극으로 보았지! 〈시집가는 날〉의 희곡작가 오영진 선생님이 쓰신 작품이었거든!

유리   그런 영화에 출연했던 배우들은 어땠어요?

영신   배우들? 와, 정말 대단했지! 김승호, 최은희, 황정순, 김진규, 최무룡, 최남현 정말 한국영화사의 기라성 같은 배우들이었지. 난 지금도 그런 배우들이 중심이 되어 한국영화를 이끌어 왔다는 것이 정말 자랑스러워! 모두 작고하신 분들이지만 말이야! 내가 말한 그 해 만든 영화들 가운데 지금도 내 기억 속에 생생하게 남는 한 장면이 있었는데 당시 우리나라 백환지폐에는 이승만 대통령 사진이 있었거든. 그 자유당 시절 그 절대적인 권력의 화신인 그 대통령의 초상이 박힌 그 지폐를 밟고 지나가는 장면이 있었어! 그건 부패정권에 대한 분노감을 표출한 간접적인 표현 아니겠니? 그것이 바로 네오리얼리즘의 하나인데 와! 정말 당시 영화감독들 참 대단히 용감한 분들이었던 것 같아! 물론 영화 상영 이후 모두 끌려가서 지독하게 고초를 당했겠지만….

유리 정말 그러네요! 참, 아버님은 영화광이시라 영화 얘기에 빠져들면 한도 끝도 없으시니까 오늘은 아버님 그 시절의 개인적인 얘기로 돌아가시죠!

영신 아니 가만있어봐! 내가 왜 1958년 이야기에 영화 얘기를 꺼냈느냐 하면 말이다. 당시 그 영화 속에 표현된 우리네 현실을 말하고 싶었던 건데 내가 생각하기로는 아마도 그때가 요즘 진성인가 하는 가수가 부르는 '보릿고개' 그 노랫말의 배경이 되는 시절이 될 거야! 유리는 초근목피니 하는 가사가 무슨 뜻인지 이해가 되겠어?

유리 당연히 이해가 안 되지요! 무슨 뜻인지 단어의 뜻은 알 수 있지만 어떻게 이해할 수가 있겠어요. 어린나무 가지 껍질을 벗겨 주식을 삼는다? 그건 구석기 시대 때나 있을 법한 일이니까 상상이 안 되지요!

영신 그런데도 그 노래 요즘 뜨고 있잖아? 더구나 진성이 정도의 나이가 든 가수가 부르면 그렇겠구나 싶은데 전혀 그렇지 않은 정동원인가 하는 어린아이가 부르는데도 말이야. 그런데 갸가 그런 노랠 부르는 걸 보면 마치 로봇이 감정없이 부르는 노래 같아 보여! 하지만 어린 아이가 어쩜 그리도 구성지게 노래를 부르는지 나 요즘 그놈아 팬이 됐어!

유리　어르신들께서 옛날을 회상하시면서 지금의 현실에 대한 어떤 카타르시스겠지요. 아마도 그래서 어른들에게 인기가 있어 그렇지 젊은이들에게는 그렇게 열렬하진 않아요! 요즘 국제적으로 인기 짱인 BTS 노래 아버님 연세되시는 분들은 잘 이해 못하시잖아요. 마찬가지겠지요! 그래 1958년도는 어떤 해셨어요? 아버님 기억 속에는요?

영신　그래 그 해가 어떤 해였느냐 하면….

음악.

#17. 제일교회 배움학당

한글 자음과 모음이 적혀있는 작은 칠판. 그리고 민 선생님이 꽃 무늬 저고리에 검정치마를 입고 아이들에게 한글을 가르친다. 아이들은 어린 영신이 또래보다 더 큰 아이들이 많고 열아홉 살 먹은 어른 같이 큰애도 있다. 단발머리한 여자애들도 절반가량 된다. 책상이 없이 아이들 앉아서 또는 엎드린 채 책을 펴들고 공부를 한다.

민 선생　자, 모두 따라 읽어봐요, 가!

아이들　(일동) 가!

민 선생　나!

아이들　(일동) 나!

민 선생　다!

아이들　(일동) 다!

민 선생　라!

아이들	(일동) 라!
민 선생	가,나,다,라!
아이들	(일동) 가,나,다,라!
민 선생	잘했어요! 그럼 가는 어느 때 쓰는 가 자일까요? 자 보세요! 가위! 바위! 보! 할 때 바로 이 가! 자. 또 집에 가자 할 때도 여기 가가 나오지요. 또 뭐가 있을까? 가! 자가
연자	가실 할 때 가요!
민 선생	그래 맞아요. 그때도 이 가!자를 쓰지요! 그런데 가실이 뭐야, 가을이지! 학교에서는 표준말을 써야 해요. 가실은 사투리거든! 다 같이 가! 가! 가! 가!
아이들	(일동) 가! 가! 가! 가!
민 선생	그럼 이번에 나자는! 나 자는 언제 쓰는 글자일까요?
홍연	나는 나 할 때요!
민 선생	그렇지! (자신을 가리키며) 나! 나! 또?
어린 영신	나무! 나라! 나물! 나이요!
민 선생	(박수를 치며) 오. 우리 공부방에서 제일 어린 동생인 영신이가 정말 잘해주었어요. 그럼 영신이가 한 대로 다 같이 따라 해볼까? (칠판에 글씨를 쓰면서) 다 같이 나무, 나라, 나물, 또 뭐랬지?
어린 영신	나이요!
민 선생	그래 참 나이, 자 다같이 읽어볼까요!
아이들	(일동) 나무! 나라! 나물! 나이!
민 선생	자 그럼 다, 는?
아이들	(여기저기서) 다람쥐요, 다슬기요! 다같이. (하하하!)
광식	(큰소리로) 다짱이유!
아이들	(일동) 하하하! 호호호!

민 선생 우리 제일 큰형인 광식이가 말한 다꽝도 다자인데 표준말을 쓰라고 했잖아. 왜정시대 때는 다꽝이라고 했는데 지금 우리 표준말로는 단무지라고 해요. 자 그럼 마지막으로 라, 자는 뭘까요? 어느 때 라, 자를 쓰지요?

아이들 (서로 두리번거린다)

어린 영신 라디오요!

아이들 아 맞다 라디오! (머리를 긁적댄다)

민 선생님, 영신이를 바라보며 엄지손가락을 들어올리며 눈을 찡긋한다.

아이들 (모두 손뼉을 친다)

#18. 중앙시장

시끌벅적대는 시장. 여전히 고무줄아줌마, 장아찌아줌마, 미나리할매, 명랑젓갈댁과 생선가게 외눈박이 맹씨가 장사를 하고 있다. 그 중간에 길자가 앉아 두부를 팔고 있다

길자 (두부판을 놓고 장사한다) 두부 사이소. 싱싱한 두부라예. (지나가는 여인에게) 아지매요, 두부 사이소, 고소한기 방금 맨기러온 두부라예.

여인 한 모에 얼만데요?

길자 10환이라예 증말 고소한기 맛이 좋아예.

여인 한 모만 줘봐요!

길자 예! 감사합니더. 이걸로 두부전을 부치면 식구들이 모다 맛있다고 좋아할끼라예. (두부 한 모를 건네고 돈을 받으며) 고맙습니데이. 매일 따뜻하고 싱싱한 거 준비해 올 테니까는 또 사러 오이소! 안녕히 가입시다! (소리치며) 두부 있어예 두부사이소!

미나리할매 니 아침 절에 두불 얼마나 팔았드노?

길자 한 판하고 또 이래 두 번째 판을 파니더.

미나리할매 이제 제법 장살 잘하네. 장사는 지금 맨키로 그리 하는기 다. 맨 첨맹키로 가만히 앉았다가 손님이 물으면 가격만 말하금 그기 어디 장사가! 이자 좀 알겠제?

길자 야! 그카고 저 성님이 갈켜준대로 양담배 말고 이래 두부 로 바뀐기 증말 잘한 거 같아예!

짱아댁 맞구먼! 역시 이런 시장장사는 먹는 장사가 최고랑께. 아 팔다 남으면 집식구들 먹이면 되고 (고무줄아줌마에게) 아 안 그냐?

고무댁 안 그럴 수도 있제! 여름 땡볕에 음식 상혀 못 팔면 죄다 내다 버려야 하고 한겨울엔 또 꽁꽁 얼어붙음 팔지도 못 하니께 그게 문제지만서도… 음식 장산 팔린 땐 장땡이지 만 안 팔릴 땐 썩은 생선매냥 한가진겨! 그러니까 내 말은 음식장산 한철 장사란 거지!

짱아댁 (입을 씰룩거린다) 뭔 까시 백힌 소리다냐? 빤스하고 고무줄 파는 것보담은 백번 낫제. 맨날 빤쓰 고무줄이요 빤쓰 고 무줄이요 에고 남사스러워설랑….

고무댁 뭐여? 시장 바닥서 하는 장사에 뭐시 남사스럽다능겨? 너 는 빤스도 안 입고 빤스에 고무줄도 안 끼고 걸쳐만 입고 사냐? 진짜로 까시 백힌 소릴 혀쌌네….

짱아댁	히히 기냥 말이 그렇다는거지. 까시는 무슨…?
젓갈댁	(길자에게) 그나저나 집에 얼라가 그리 똑똑하담서! 우리 옥란이가 그라는디 예배당서 제일 어린 것이 제일 똑똑혀서 선생님이 물으면 모르는 것이 없이 척척 맞힌다고 허데! 얼마나 좋을꼬!
미나리할매	참말이가? 나는 갸가 너무 얼라라서 잘 따라할까 걱정했는데 다행이라카이.
고무댁	그려? 그럼 자네 가만있음 안 되겠네! 아들놈이 그리 똑똑하다고 칭찬을 받는데 입 다물고만 있음 안되지! 아 안 그려?
길자	아이고 아즉 얼랍니다! 고 어린 거시 알면 얼마나 알고 똑똑하믐 월마나 똑똑하겠능교 기냥 지 아는 거 선상님한테 대답 했능가부지예.
젓갈댁	아녀 참말이래여! 옥란이만 그러는 게 아니고 갸 친구애들도 우덜 집에 놀러와서 하는 말이 영신이가 일서부터 백꺼정 다 외우고 쓰고 더하기 빼기도 할 줄 안다고 하면서 그 지지배들이 모다 부러워 하더라구! 또 노랜 얼마나 구성진지 모르는 노래가 없다 하던디.
맹씨	아 기럼 가만히 있어서 되갔습네까! 영신이 오마이 한턱 내시라요!
길자	아 까짓 그라입시더! 내 이래 없으나 저래 없으나 없이 사는 거는 매 한가진데 내 자식 잘한다꼬 칭찬하는데 기마이 한번 몬낼까예! 모다 뭘 잡숩고 싶은데예?
미나리할매	치라. 말이 그렇다는 거지 진짜로 니 형편 모다 아는데 뭐 바라고 하는 말들이겠노!
길자	아이시더. 내 퍼뜩 가가 술떡이라도 두어 개 사올랍니다.

마침 모다 출출할꺼라예. (자리에서 일어나려고 한다)

짱아댁 됐어. 그 기분으로 배부릉께 자리 뜨지말고 장사나 혀! 장사 잘될 땐 손님들이 연줄로 줄서지만 한 번 장사손님 끄치면 쾡일 뚝잉겨!

이때 시장 저쪽 끝에서 소리가 난다. 모두 놀라 쳐다보니 소매치기가 이쪽으로 달려온다.

영감 (소리치며) 소매치기다! 소매치기! 어여 저놈 좀 잡아줘유 어서.

소매치기 (칼을 휘젓고 달려오며) 저리들 비켜 안 그믐 확 글거 버릴껴! 아 안비껴!

시장사람들 모두 무서워서 길을 비키고 영감은 따라오며 소릴 지른다.

영감 아! 저놈 좀 잡아줘유! 우리 아 월사금이유. 저 소매치기 놈 좀 잡아 달라니께유. 야 이놈아 거기 안스냐 그 돈이 워떤 돈이라고 야 이 망할 놈아!

이때 생선장수 맹씨가 생선칼을 든 채로 좌판 앞으로 나와 뛰어오는 소매치기 앞발을 재빠르게 건다. 소리를 지르며 고꾸라지는 소매치기.

소매치기 아! 아이고 어떤 새끼여? 아, 아 누구냐니깐 시팔! (호주머니 칼을 맹씨한테 들이대며) 너 죽고 싶어 환장했냐? 저리 안비켜!

다시 일어나는 소매치기를 맹씨가 팔목을 나꿔채며 뒤로 젖힌다.

소매치기 아! 아, 이 팔 안 놔? 이 팔 노라니께! 암 그믐 너 죽여버린
다! (용트림 친다)

맹씨 야 이 간나새끼야! 저 할바이 자슥놈 월사금이라지 안네!
어서 그 돈 놓고 날레 가라우! 기케면 내 놓아주갔어! 안
그믐 니놈 쇠고랑 찰끼야 알간!

소매치기 아이 시펄 아… 알았다구요. (돈주머니를 땅에 집어던진다. 맹씨
가 팔을 놓자 욕을 하며 쏜살같이 도망을 간다)

영감 달려오며 여전히 소리친다. 맹씨가 돈주머니를 집어들고 영감
앞으로 내민다.

영감 아 저놈 잡아 달라니께요, 아이구! 내 돈 내도-온!

맹씨 그만하시라요. 이거이 영감님 돈 아닙네까!

영감 (돈주머니를 덥석 잡으며) 아이고 내 돈 맞아요 아이고 내 돈!
이게 워찌된 거래유 야? 어떻게 이 돈을… 저, 저놈 잡아야
할건데

맹씨 돈 찾았으니끼니 그만 진정하시라요. 기카고 앞으론 사람
많은 데설랑 기케 돈 있는 거 표시내면 아이 됩니다!

영감 (숨을 몰아내쉬며) 아이고 내 돈! 암튼 감사혀유. 감사해요. 이
돈 우리 손자놈 월사금입니다요. 이 돈 없으면 우리 불쌍
한 손자놈 핵교도 못다니고 말 거인디 아이고 감사해요.
감사합니다.

맹씨 됐으니끼니 돈 잘 간수하고 어서 가시라요. 안그믐 또 어
디서 어떤 놈이 나꿔챌지도 모르니끼니.

영감 감사합니더. 감사해요. (맹씨에게 연신 인사를 하며 사라진다)

좌판장사 아줌마들과 길자 흐뭇한 미소를 띄며 맹씨를 바라본다. 시
장 구경꾼들도 맹씨를 향해 박수를 친다

미나리할매 (구경꾼들을 향해) 아, 뭔 귀경이라꼬 그리들 서가 있능교. 인
자 다 끝냈으니께어여 퍼뜩 가든 길들이나 가소! (맹씨에게
다가서며) 봐라 니 우얄라꼬 또 그래 나선기가? 소매치기 쟈
들이 워떤 놈들인 줄이나 아나?

맹씨 워떤 놈들인지 뭔진 모르디만 내래 고 간나새끼들이래 이
시장 바닥서 활개치는 꼴 못보갔습네다

미나리할매 아, 그기야 맞는 말이지만서도 아까 그 소매치기 놈 고놈이
혼자가 아이라카이! 고놈들 니 몰라 그렇제 아주 싸납고 지
랄같은 놈들인기라. 지난번에 그 건달놈들캉 모두 한 패 거
린 거 아나? 참, 니 고놈들 오야봉 주봉이라꼬 안다켔제! 내
도 몇 번 본 적이 있지만 고놈은 사람이 아닌기라. 그놈들
모다 면도칼이라카는 주봉이 놈 갸 꼬붕들 아이가!

맹씨 내래 알갔으니끼니 오마니는 어서 장사나 하시라요! (문득
길자를 향해) 저 영신이 오마니! 이따 집에 가실 때 이 칼질
낸 고등어 가지고 가서 영신이 좀 구워주시라요!

길자 예? 고등어 가지고… 뭐라 켔능교?

짱아댁 아, 니 아들 영신이 갖다가 구워주라잖여!

길자 아입니더. 괘않아예! 남장사하는거 내 우에 그랍니꺼!

맹씨 (무뚝뚝하게 일을 하면서) 칼질하다만 고등어생선은 내래 손님
들한테 팔지 않습네다. 그러니끼니 영신이 갖다 주시라요!
그라고 공부 더 잘하라고 하기요.

길자   (얼굴을 붉히며) 아이라예! 난중에예. 난중에 남으면 주이소!

음악.

#19. 영신네 초가집

어린 영신, 마루에 걸터앉아 구구단을 외우고 있고 길자 부엌에서 저녁 찬거리를 만들고 있다.

어린 영신   이일은 이, 이이는 사, 이삼은 육, 이사 팔, 이오 십, 이육 십이, 이칠은 십사, 이팔은 이팔은…?

길자   (소리) 이팔은 십육!

어린 영신   아 맞다! 이팔은 십육 이… 이구는… (부엌에 대고) 엄마! 말하지마. 나 아니까 말하지 마! 앗싸! 이구 십팔!

길자   (소리) (박수치며) 와 맞았다! (짝짝짝) 우리 영신이 아즉 진짜 핵교도 안간 여섯 살인데 벌써 구구단을 외네 참말로 니내 아들 맞나?

어린 영신   맞다 엄마 아들! 엄마! 오늘 무슨 반찬이야?

길자   (소리) 개구리 반찬

어린 영신   고기 냄새네 진짜 개구리반찬이야?

길자   (소리) 아니 고등어 반찬

어린 영신   와! 신난다. 엄마 빨랑 밥줘!

길자   (소리) 다 구웠다 엄마가 밥채려가 갈께 쪼메만 참거레이

어린 영신   이 일은 이, 이이는 사, 이삼은 육, 이 사팔, 이 오십, 이 육 십이, 이 칠은 십사, 응…! 이 팔은 십육!

길자, 밥상을 들고 부엌에서 마루로 나온다.

어린 영신   와! 진짜 고기다. 엄마 오늘 돈 많이 벌었어?

길자   그래 많이 벌었다. 엄마가 돈 많이 벌면 니 그리 좋나?

어린 영신   응! 돈 많이 벌면 엄마가 아부지 찾으러 갈 수 있다고 했 잖아!

길자   영신아! 니는 태어나 한 번도 느그 아부질 몬 봤는데 그래 도 느그 아부지가 보고 싶드노?

어린 영신   응! 엄마 스톱! 나 기도하고. (두 손 모아 잠깐 식사기도를 하고) 오라잇! (밥을 먹는다) 엄마 우리 아부지는 어떻게 생겼어?

길자   느그 아부지? 우리 영신이 맨키로 아주 잘 생기셨지!

어린 영신   (밥을 먹으며) 그럼 나는 아부지 닮은 거야?

길자   (생선을 발라주면서) 그럼 우리 영신이가 어른이 되면 엄마는 영신이가 느그 아부진둥 아님 느그 아부지가 영신인둥 못 알아볼 정도로 안 닮았드노.

어린 영신   그럼 나도 아부지 만나면 댐박 알 수 있겠네?

길자   (손으로 영신이 입에 생선을 넣어주면서) 영신아 밥 천천히 묵으 라. 꼭꼭 씹고….

어린 영신   엄마 근데… 나 울 아부지 봤다!

길자   뭐라꼬? 니가 느그 아부질 봤다꼬?

어린 영신   응! 꿈에서… 그런데 엄마하고 아부지하고 결혼할 때 찍 은 사진과 똑같은 아부지가 나타나서 나를 안아줬어!

길자   언제? 언제 그 꿈을 꿨는데?

어린 영신   몰라! 근데 아부지가 웃으면서 나를 목마 태워줬다.

길자   (갑자기 울컥하며) 우리 영신이도 엄마맨키로 느그 아부질 윽 수로 보고잖았던가 보다. 어서 밥 묵자!

어린 영신	응! 근데 엄마 또 울어?
길자	울긴… 엄마 바보 아이다. 안 운다… 영신아!
어린 영신	응, 왜?
길자	우리 영신이가 그리 공부 잘한다며… 느그 예배당 핵교서 말이다.
어린 영신	응. 선생님이 내가 대답하면 모두 맞다고 했어! 형아랑 누나들이 손뼉을 치고! 그게 공부 잘하는 거야?
길자	하모! 그게 공부 잘하는 거지!… 영신아! 우리 이사갈까?
어린 영신	이사? 와! 어디루?
길자	인자 니도 내년 되면 예배당핵교 말고 진짜 핵교를 가야 안트노? 그카니까 핵교 가까운 곳에 세라도 얻어갖꼬 우리 거기가 살면 어떻겠노?
어린 영신	진짜! 엄마 진짜야? 와 신난다 엄마 최고! 우리 엄마 최고! 근데 몇 밤 자면 이사갈 껀데?
길자	그건 모르제! 우선 집부터 알아봐야 않겠나!

#20. 낙엽 지는 집 마당

노오란 은행잎이 떨어지는 집 마당, 중년 영신이 휠체어에 앉은 노인 길자를 밀고 마당 한가운데에 서 있다.

잔잔한 음악.

영신	엄마! 바깥바람 쐬니까 좋아요?
노인 길자	그래 좋다 오늘은 몸이 가뿐한기 니하고 이래 마당에 서

있으니까 기분도 좋고 또 옛날 생각도 나는기⋯ 세월 참 빠르다카이.

영신   옛날 어떤 생각이 나는데?

노인 길자   예전에 말이다. 니 그 철길 가에 쬐그마한 다 쓰러져가든 오두막집 생각나나?

영신   느티나무 있는 철길가 초가집?

노인 길자   그래 니 아주 쪼그마할 때 우리가 처음 대전에 와가 살았던 그 집!

영신   그 집은 왜? 언젠가 굴다리 지나다가 옛날 생각이 나서 그 집 터 있던 곳을 바라보니까 집은 온데간데없고 어떤 이층 건물의 교회가 세워져 있든데! 그리고 코스모스가 피어있던 철길 옆으로는 주욱 다 아파트가 들어서 있고!

노인 길자   내 장살해야하니까 아침마다 내 따라간다꼬 우는 널 그 빈 집에다 떼어놓고 떨어지지 않는 발걸음으로 내 울기도 마이 울었다 시상에 시상에⋯ 지금 생각해보믐 아무도 없는 그 외딴 빈집에 우에 얼라 혼자 놔두었는지⋯ 내 지금도 가끔씩 그때 꿈을 안 꿨드노?

영신   그래도 이렇게 잘 컸잖아요!

노인 길자   말하믐 뭐하노. 내 늘상 니한테 고맙지! 내 대전에 처음 와가 돈 좀 모으면 느그 아부지 먼저 찾아야 한다꼬 생각했는데 그리 몬 했다. 살아 있으믐 언젠가는 만나겠지 싶은 기 니가 점점 커가이게 모든 생각이 니한테로만 쏠리능기라. 그래 니 학교 갈 때쯤 되가 셋방이라도 얻어 니를 사람들 사는 동네서 키우는 것이 맞겠다 싶어가 그리 용기를 안 냈드노. 그때만 해도 내 수중에 뭔 돈이 있었겠노? 시장 장사하는 아줌마들 맹키로 일수돈 빌려가 그리 이사를 했능기라.

영신 근데 엄마 왜 갑자기 지금 그 생각이 난 거예요?

노인 길자 부모 맴이란 자식들한테 잘한 건 기억에 없고 잘못해준 건 기억에 남는긴데 내 니 키워가며 없다는 핑계로 옥수로 고생 마이 안 시켰드노. 그래 그런둥 가끔씩 이래 생각이 난다.

영신 엄만 그때가 언젠데… 그걸 다 기억을 해! 난 그래도 고생하며 컸다는 기억은 하나도 없는걸!

노인 길자 그래라! 애미 잘몬 만나가 고생했던 일일랑 다 이자 뿔고 니 이래 잘 살고 있는 좋은 일만 생각하면서 살그라 그라믐 내 맘이 좀 덜하지!

영신 (노인 길자를 끌어 안으며) 엄마 정말이지 나 고생한 기억이 없어. 엄마가 나 때문에 정말 엄청나게 고생을 하셨잖아! 그러니까 이제 엄마가 고생하신 거 내 다 보상해드릴 테니까 오래오래 건강하게만 사시면 되요. 엄마 약속해요! 아주 아주 오래 사시기… 알았지?

노인 길자 알았다. 쿨럭쿨럭. (기침소리)

영신 참! 엄마 우리도 이 집 말고 아파트로 이사갈 것 같애. 삼성아파트 분양 받았거든!

노인 길자 아파트로? 잘됐네. 애미가 인자 좀 더 편해지겠다. 우릴랑 옛날 사람들이라서 이런 마당 있는 개인집도 좋지만… 살기는 아파트가 더 편하다카드라!

영신 이 집은 겨울에 춥잖아! 그런데 아파트는 참 따뜻하고 좋다고 애들 엄마가 엄마 때문에 서두른 거야!

노인 길자 그래 고맙다!

멀리 하늘을 쳐다본다. 그리고 아파트들이 즐비한 대전의 아파트 단지들이 보인다. 잔잔한 음악과 함께.

도완석 장편 시나리오

길 위의 초상 1

초판 1쇄 인쇄일 2022년 3월 15일
초판 1쇄 발행일 2022년 3월 20일

지 은 이 도완석
만 든 이 이정옥
만 든 곳 평민사
　　　　　서울시 은평구 수색로 340 〈202호〉
　　　　　전화 : 02) 375-8571
　　　　　팩스 : 02) 375-8573
　　　　　http://blog.naver.com/pyung1976
　　　　　이메일 pyung1976@naver.com
등록번호 25100-2015-000102호
ISBN　　978-89-7115-822-7 03800
정 가　　24,000원